흔해빠진 직업으로 세계최강

ARIFURETA SHOKUGYOU DE SEKAISAIKYOU

시라코메 료 shirakome ryo

illust.타카야Ki takayaKi

#7

야에가시 시즈쿠
"괜찮을까 몰라⋯⋯."

시라사키 카오리
"으으, 우리 엄청
주목받고 있지 않아?"

제성 안·파티장

티오
"요리도 술도
일류구먼."

시아
"세상에는 이런 곳이
다 있네요."

나구모 하지메
"유에, 한 곡 출까?"

유에
"응…… 좋아."

흔해빠진 직업으로

ARIFURETA SHOKUGYOU DE SEKAISAIKYOU

세계최강

#7

시라코메 료 지음

타카야Ki 일러스트

김장준 옮김

CONTENTS

"……대장님. 전령 부대가 가져온 소식이…… 사실일까요?"

새하얗게 깔린 짙은 안개 속을 걷던 한 남자가 조심스레 물었다.

가무잡잡한 피부에 끝이 뾰족한 귀. 청년은 마인족이었다.

그의 질문은 바로 옆을 걷던 동족 남성의 귀에도 들렸다. 엄격한 표정이 어울리는 고령의 남성이었고 미간에 잡힌 주름은 【라이센 대협곡】만큼이나 깊었다.

"셀레카 부대장. 그 발언은 전령 부대가 거짓 정보를 흘리고 있다는 뜻인가?"

"아, 아닙니다. 전 그런 뜻이 아니라……. 죄송합니다, 다발로스 대장님."

험상궂은 얼굴에 어울리는 위압적인 음성이었다. 셀레카라고 불린 마인족 청년은 허둥지둥 고개를 저었다.

다발로스는 셀레카에게 눈을 부라렸다. 분명한 질책의 눈초리였다. 그리고 그들을 뒤따르는 마인족에게 그 눈길을 돌리는 것을 보면 그가 하고자 하는 말은 자명했다.

요컨대, 부대를 이끄는 대장급 인물이라면 허튼 발언을 삼가라는 것이었다.

"우리가 수해에 돌입하기 직전, 마물의 목숨도 돌보지 않고 가져온 급보였다. 틀림없는 사실이겠지."

"그렇지만…… 프리드 님께서 중상이라뇨? 게다가—."

청년이 삼킨 말은 「대미궁 중 하나인 【그류엔 대화산】을 분화시켜 봉인한다뇨?」였을 것이다.

말로 하지 않아도 그 의중은 다발로스에게 전해졌다.

"인간 측에 그만한 강적이 있다는 뜻이겠지."

"그럴 리가 있습니까! 다른 사람도 아니고 프리드 님입니다! 백룡『우라노스』가 있고 다른 마물도 있었을 텐데…… 그런데 어떻게!"

목소리를 한껏 낮췄으나 눈빛 속에 어린 동요까지는 어쩌지 못했다.

다발로스는 다시 날카로운 눈빛으로 셀레카를 질책했다. 하지만 말을 꾹 삼키는 셀레카를 보면서도 속으로는 그럴 만 하다고 생각했다.

그들, 다발로스가 이끄는 【마국 가란드】 소속 특수 임무 소대가 【하르치나 수해】 어딘가에 있을 『진정한 대미궁』을 공략하기 위해 조국을 출발한 지도 벌써 두 달이 다 되었다.

아인족의 영토인 【하르치나 수해】는 걷히지 않는 순백의 안개에 싸인 비경. 이 수해에서는 시야는 물론이거니와 방향 감각조차 기능을 상실한다. 아인족과 수해에 숨어 사는 토착 마물만이 그 자연의 위협을 무시할 수 있었다.

현재 【가란드】는 총대장 프리드 바그어의 지휘 아래 각 지역의 대미궁 공략을 적극적으로 추진 중이었다. 마인족의 영웅인 프리드가 가진 힘의 원천이 『진정한 대미궁』을 공략해서 얻은 신대 마법이기 때문이었다.

프리드는 한 사람이라도 많은 마인족을 자신과 같은 신대 마법 사용자로 만들어 마인족 전체 전력을 강화할 생각이었다.

다발로스는 【가란드】군의 백전노장이었고 마왕과 프리드에게도 신뢰가 두터운 인물이었다. 이번 수해 원정에서 그가 대장으로 임명된 이유 또한 다발로스라면 『진정한 대미궁』을 공략할 수 있으리라는 판단 때문이기도 했다.

다발로스도 『진정한 대미궁』 공략이 불가능하지 않다고 여기고 있었다. 기대와 신뢰에 보답하겠다는 다짐뿐 아니라 본인의 힘에 대한 자신감이 있었다.

무엇보다 그에게는 따로 믿는 바가 있었다.

"끼이끼익."

"치지지직."

금속이 마찰하는 듯한 작은 소리. 그것은 울음소리였다. 현재 다발로스 소대가 이끌고, 그들이 올라탄 마물이 내는 소리…….

프리드에게 하사받은 강력한 병력이었다. 수해의 짙은 안개로 인한 불리함에도 아랑곳하지 않고 그 전투 능력은 가히 경이로웠다.

다른 대미궁과 도시 공략 임무를 맡은 이들도 똑같이 강력한 마물을 받았다.

이 힘이 있으면…….

작전 개시 당시에는 누구나 두려울 것이 없다며 웃었다.

마인족의 영광은 보장되었다. 이제는 전 세계에 마인족과 마인족이 숭배하는 신의 위대함을 떨칠 뿐이다. 그런 자신감과 확신에 차 있었다.

언제부터였을까?

그 자신감과 확신이 흔들리기 시작한 것은…….

수해를 돌파하려면 안개로 인한 핸디캡을 무시할 수 있는 마물을 빼놓을 수 없었다. 『진정한 대미궁』 공략 외에도 아인족과 전투를 치러야 하므로 머릿수가 제법 필요했다. 그렇다면 비행형 마물을 이용한 수송은 불가능했다.

그리고 아무리 전투력에 자신이 있어도 완벽하게 방비를 갖춘 나라와 정면으로 맞붙는 만용을 부릴 생각은 없었다. 아슬아슬한 순간까지 은밀 행동을 해야 한다는 이유에서도 눈에 띄는 이동은 피하고 싶었다.

그렇기 때문에 그들은 대륙 남부 중앙에 위치한 【가란드】에서 【라이센 대협곡】을 따라 동쪽으로 이동했고, 대륙 남부에도 몇백 킬로미터에 걸쳐 펼쳐진 수해에 이르기까지 꾸준히 육로로 이동했다.

수해에 당도한 뒤에는 깊이 들어가지 않고 숲 가장자리를 따라 북쪽으로 진군했다.

그래서 【가란드】에서 온 전령과도 연락을 주고받을 수 있었다.

그리고 그동안 전해진 것은 각지에서 동포들이 거둔 전과나 신대 마법을 얻었다는 소식……이었어야 했다.

―특명. 대규모 곡창 지대 파괴 및 풍작의 여신 살해.

……실패. 해당 임무를 담당한 특수 임무 부대 소속 레이스

는 중상, 한쪽 팔을 잃음. 현시점에서 전선 복귀는 불가능. 대여한 마물— 전멸.

—특명. 진정한 오르크스 대미궁 공략 및 가능하다면 용사 포섭.

……실패. 해당 임무를 담당한 특수 임무 부대 소속 카틀레아는 사망. 대여한 마물— 전멸.

—특명. 앙카지 공국 와해.

……실패. 해당 임무를 담당한 특수 임무 부대 소속 로겐은 귀환. 대여한 마물— 상실.

잇달아 도착하는 소식은 상상도 하지 못한 것이었다. 정보를 공유하기 위해서 창설된 전령 전문 부대의 병사는 나타날 때마다 환희와는 거리가 먼 굳은 표정을 짓고 있었다.

그리고 아인족의 나라 【페어베르겐】에 가까워져 수해 깊은 곳으로 진군하기 직전, 차마 믿기 힘든 소식이 도착했다.

—프리드 장군, 그류엔 대화산에서 이레귤러와 교전.

—중상을 입고 귀환. 【그류엔 대화산】을 포기.

무적, 무패를 자랑하던 마인족의 영웅이 패주했다…….

이 소식이 도착했을 때 받은 충격은 이루 헤아릴 수 없었다. 만약을 위해서 대장급 인물에게만 정보가 전해지도록 전령에게 부탁해 놓길 잘했다고, 다발로스는 진심으로 생각했다.

그러지 않았다면 지금쯤 소대의 사기가 바닥을 쳤으리라. 실제로 부대장부터 이 모양인 것을 보면 말이다.

다발로스도 동요하긴 했다. 하지만 그 이상으로 분노가 강했다.

마인족의 영광에 그림자를 드리우는 존재, 선택받은 존재인 우리에게 대적하는 어리석은 족속들을 향한 들끓는 분노였다.

"대장님. 전방에 촌락입니다. 아인들의 구역에 가까워진 모양입니다."

셀레카의 보고에 다발로스는 고개를 끄덕었다. 패배할 이유가 없는 자신들이 가장 먼저 조국에 낭보를 안겨줘야 한다는 의욕이 타올랐다.

"전 부대원은 들어라. 현재 프리드 장군님이 지휘하는 왕도 침공 작전과 디보프 소대의 제도 파괴 및 황제 암살 작전이 진행되고 있다. 필시 양자 모두 승전보를 가지고 조국으로 돌아갈 테지. 우리만 빈손으로 돌아간다면 길이길이 망신거리가 될 것이다!"

셀레카를 포함한 부하들의 전의가 부풀어 올랐다.

키긱키긱, 끼기긱. 마찬가지로 전의를 고취하는— 강력한 신종 마물 군단과 함께…….

하지만 다발로스는 몰랐다.

본국의 최우선 목표인 왕국 침공 작전에 그 이레귤러가 향하고 있다는 사실을…….

그리고 이레귤러 본인은 나타나지 않지만, 이 대수해에도 그가 육성한 최강, 최악의 병사들이 있다는 사실을…….

가장 성공을 확실시하던 수해 공략이야말로 최대의 난관이
라는 사실을⋯⋯.

눈 아래로 펼쳐진 운해가 뒤로 흘러가듯 사라졌다.

겹겹이 구름 아래로는 초원과 잡목림, 때때로 작은 마을이 보였지만 역시 순식간에 저만치 뒤로 흘러가 버렸다.

무슨 결계가 펼쳐졌는지 상당히 빠른 속도를 내고 있을 텐데도 피부로 느끼는 바람은 놀랄 만큼 부드러워 산들바람 같았다.

살랑살랑 불어오는 미풍에 트레이드마크인 포니테일을 나부끼며, 아래로 보이는 경치를 바라보는 사람은 바로 야에가시 시즈쿠였다.

시즈쿠는 시선을 돌려 머리 위에서 눈부시게 빛나는 태양을 봤다

구름 위에서 보는 은총의 빛은 손을 뻗으면 닿지 않을까, 하는 착각마저 들 정도로 가깝게 보였다.

시즈쿠는 손으로 햇빛을 가리며 난간에 등을 기댔다. 그리고 달관한 것 같기도, 혹은 생각에 지친 것 같기도 한 복잡한 표정으로 불쑥 중얼거렸다.

"……설마 비공정(飛空艇)까지 만들었다니. ……그 앤 이제 만능이구나."

시즈쿠가 지금 있는 곳은 하지메가 만든 대형 비행 아티팩트— 비공정『폴니르』의 후방 갑판이었다.

이 폴니르는 중력석과 감응석을 주재료로 사용하고 그 외 이런저런 기능을 탑재해 만든 새로운 이동수단이었다. 전체 길이는 약 120미터. 위에서 보면 가오리 같은 형태였다. 기체 앞부분에 높이 솟은 부분은 함교였고 중앙 부분에는 거실 같은 넓은 공간 및 주방, 욕실, 화장실을 갖춘 주거 공간까지 있었다.

그리고 탈것이라는 분류 안에서는 틀림없이 이 세계 최대 크기, 최고 속도를 자랑할 것이다.

"……꿈만 같아."

구름 위 비행. 어디를 둘러봐도 끝없이 펼쳐지는 절경.

후우, 숨을 내쉬며 중얼거리는 시즈쿠는 과연 어떤 심경일까.

세계정세를 나 몰라라 하는 하지메. 그에게 반발해『그렇다면 대미궁 공략에 따라나서서 신대 마법을 얻은 내가 세계를 구하겠다』라고 선언한 코우키. 거기에 촉발되어 저마다의 이유로 그 힘을 원한 시즈쿠와 아이들.

비장한 각오로 이 여행에 따라나선 그들이었으나, 설마하니 시작부터 하늘을 날게 될 줄을 누가 상상이나 했을까? 게다가 목적지인【하르치나 대수해】까지 도보로 3개월은 걸리는 거리를 불과 이틀 반 만에 주파해 버리니 기가 막힐 노릇이었다.

심지어 왕국과 수해 사이에 위치한【헤르샤 제국】까지는 채 하루 반이 걸리지 않았다.

향후 인간족의 방침을 협의하고 원조를 요청하기 위해 편승한【하일리히 왕국】의 왕녀 릴리아나의 경우에는 왕녀의 체통도 잊고 경악으로 흰자위를 까뒤집었을 정도였다.

그렇다면 하지메는 왜 지금까지 이 이동 수단을 사용하지 않았는가? 그 이유는 순전히 하지메의 실력이 부족했던 탓이었다.

생성 마법으로 중량 마법을 부여한 광석—『중력석』은 질량이 크면 클수록 중력에 간섭하는 힘도 커진다. 예를 들어 크로스 비트 정도의 크기라면 기껏해야 사람 한 명을 들어 올리는 게 고작이다.

이 질량과 간섭력의 관계는 조작 난이도에도 적용된다.

쉽게 말해 질량이 큰 중력석일수록 감응석으로 조종하기 어려워진다는 뜻이다.

비공정이라는 로망 넘치는 이동 수단 자체는 꽤 예전부터 구상해 왔다. 단지 숙련도의 벽에 가로막혀 만들지 못하고 있었을 뿐이었다.

그러나 타고난 연성사의 기질이라고 해야 할까? 물건을 만들고 활용하는 데 있어서 타협을 모르는 하지메는 짬짬이 실력을 쌓아 왔고, 그 결과 마침내 며칠 전 그 기술력의 벽을 뛰어넘는 데 성공했다.

그리고 왕도에서 출발할 때 왕도 근교 초원에서 폴니르를 선보이며 말하길—

"여행 막바지에 비행형 이동 수단을 얻는 건 상식이잖아?"

무덤덤한 얼굴에 대수롭지 않은 말투였지만…… 그 우쭐한 표정은 차마 숨기지 못했다.

어린애처럼 자랑스러워하는 모습을 본 유에 및 일행은 그러려니 하는 미소를 지었고, 다른 이들은 이런 일면도 있었나 하며 놀라워했다.

참고로 폴니르는 하늘에 떠 있기만 해도 상당량의 마력을 소비하며 고속 비행에서는 막대한 마력을 필요로 한다. 인간의 영역을 초월한 마력과 회복력이 필수다. 그러므로 다룰 수 있는 인원은 극히 한정된다.

"하늘은 이렇게 푸른데……."

시즈쿠가 반쯤 현실에서 도피하고 있는데 불현듯 말을 거는 이가 있었다.

"시즈쿠…… 여기 있었어?"

"코우키……."

시즈쿠가 눈을 돌리자 코우키가 해치를 열고 막 얼굴을 내미는 참이었다.

코우키는 시즈쿠 옆으로 다가와서 난간에 양팔을 얹고 먼 구름을 바라봤다.

잠시 침묵의 시간이 이어졌다. 그리고 이윽고 코우키가 말을 툭 뱉었다.

"이거…… 대단하네."

"그러게. ……이젠 일일이 놀라는 것도 질렸어."

코우키가 가리킨 것은 물론 폴니르였다. 하지만 그 표정에서 감탄한 기색은 느껴지지 않았다. 대신 어딘지 모르게 초연하며 분해 보였다.

코우키의 속내가 얼추 짐작되는 시즈쿠는 구태여 화제를 돌려 보기로 했다.

"코우키 혼자야? 다른 애들은?"

이번에 하지메를 따라나선 사람은 릴리아나와 그녀의 시녀, 경호를 위한 근위 기사 수십 명, 코우키를 필두로 한 용사 파티뿐이었다.

아이코는 싸우지 못하는 학생들을 놔둘 수 없다며 남았다. 나가야마 파티와 아이 경호대 멤버도 코우키가 없는 사이 잔류 멤버와 방비가 약해진 왕도를 지키겠다며 남기로 했다.

뭐, 사실 왕도에는 프리드가 남긴 초장거리 전이 장치에서 힌트를 얻어 언제든 곧바로 돌아갈 수 있게 아티팩트를 두고 왔으므로 여행에 따라나선 이들도 하지메에게 부탁하면 순식간에 돌아갈 수 있었다.

"류타로와 근위 기사들은 시아 씨가 만든 음식을 먹고 있어. 스즈는 릴리와 이야기하는 중이고. 나구모는…… 여자랑 놀고 있어. 함교에 들어앉아서 말이지."

가시 돋친 말투였다. 시즈쿠는 코우키를 힐끔 곁눈질했다.

복잡하게 일그러진 옆얼굴이었다.

또 왜 이렇게 골이 났을까……. 시즈쿠는 애매하게 웃었다.

"엄청 불만스러워 보이는데? 나구모가 여자랑 있는 게 그렇게 마음에 안 들어?"

"……누가 그렇대?"

시즈쿠가 조금 놀리는 투로 말하자 코우키는 불쾌한 표정을 숨기지 않고 퉁명스럽게 대답했다. 그리고 가슴속에 쌓인 불만을 토로했다.

"……이렇게 대단한 물건을 만들고…… 엄청나게 강하면서…… 어떻게 그런 식으로 뻔뻔해질 수 있지? ……왜 쉽게 못 본 척하려고 하지……?"

"……"

아무래도 코우키는 하지메가 신과 싸우지 않고 이 세계를 버리려고 한다는 사실을 아직 받아들일 수 없는 모양이었다.

자신이 그만한 힘을 가졌다면 분명히 세계를 구하기 위해 신을 쓰러뜨릴 텐데…… 그런 생각을 한다는 것이 뻔히 보였다.

"……아마, 선택한 거야."

"선택해?"

코우키가 시즈쿠를 돌아보며 되물었다.

시즈쿠는 먼 곳을 바라보고 말을 고르듯 천천히 설명했다.

"그 애는…… 겉으로 보는 것보다 마음의 여유가 없는 게 아닐까? 태연하게 보여도 아마 언제나 『필사적』인 거라고 생각해. 『필사적』으로 소중한 사람들과 살아남으려고 하고 있어."

"……"

"걔도 말했잖아? 힘이 있어서 이루는 것이 아니라, 이루고 싶은 것이 있으니까 힘을 얻고 사용한다는…… 그런 얘기."

코우키의 미간에 주름이 깊어졌다. 그러고는 다시 눈길을 돌려 버렸다.

『그런 힘이 있으면 세계를 구할 텐데』― 그것이 지금 코우키의 생각. 하지메와는 비슷하면서도 다른 사고방식이었다.

"코우키가 지금 느끼는 『차이』는 그 애가 처음부터 가졌던 게 아니야. 『무능하다』, 『쓸모없다』, 그런 말들을 들으며 밑바닥에서 기어 올라와 얻은 거야. ……말 그대로 결의와 각오 끝에 얻은 힘이지. 신을 쓰러뜨리기 위해서도, 세계를 구하기 위해서도 아니야. 더 구체적이고 자기와 가까운 것을 위해서……."

시즈쿠는 코우키의 옆얼굴을 빤히 바라봤다. 평소라면 돌아올 소꿉친구의 시선은 돌아오지 않았다. 코우키는 여전히 눈을 돌리고 있었다.

그래도 시즈쿠는 그만두지 않았다. 그가 조금이라도 좋은 해답을 얻길 바라며…….

"우리처럼 『할 수 있으니까 한다』라는 생각과는 달라. 그러니까 이제 와서 『할 수 있으니까 해』라고 말해도 쉽게 수긍하지 않아. 왜냐면 그러려고 얻은 힘이 아니니까. 한눈팔다가 정말로 소중한 것을 잃으면 주객전도니까."

"……잘 모르겠어."

복잡하던 얼굴이 더욱 심란해졌다. 머리에서 미지의 가치관이 소용돌이쳐 코우키를 어지럽히는 듯했다.

다만, 소꿉친구의 말을 한 귀로 흘리지 않고 열심히 생각하고 있다는 것은 알 수 있었다.

시즈쿠는 진지하기 이를 데 없던 표정과 목소리를 조금 누그러뜨렸다.

"으음, 조금 다를지도 모르지만, 이런 비유는 어때? 권투로 세계 챔피언이 되고 싶어서 연습했는데 싸움을 잘하니까 동네 불량배를 퇴치하라는 말을 들었다고 쳐. 알 것 같지 않아?"

"……그렇게 들으니까…… 확실히……. 그, 그래도 이 세계 사람들의 인생이 걸린 문제라고."

반쯤 오기로 반론하는 코우키에게 시즈쿠는 난감하게 눈썹을 찌푸렸다.

"곤란한 사람이 있으면 가만히 있지 못하는 게 코우키의 장점이긴 하지만…… 그건 어디까지나 코우키의 가치관이니까 나구모한테 강요하면 안 돼."

"……뭐야? 시즈쿠 넌 그 녀석을 편드는 거야?"

코우키가 토라진 소리를 내자 시즈쿠가 어이없게 쳐다봤다.

"무슨 어린애 같은 소리야? 그냥 사람은 다 다르다는 이야기일 뿐이야. 게다가 코우키도 알겠지만, 나구모는 이러니저러니 하면서도 우리를 포함해 여러 사람을 돕고 구했어. 우르 마을에서도 그랬고, 카오리가 말하기로는 앙카지 공국도 구했다고 해. 휴렌에서는 인신매매를 일삼던 범죄조직을 박멸하고 뮤라는 해인족 아이를 구해서 어머니와 다시 만나게 해줬대. …… 이 세계에서 우리보다 훨씬 많은 사람을 구하지 않았을까?"

"그건…… 그렇지만……."

"분명히 자기 자신을 위해서…… 유에와 소중한 사람들을 위해서 그랬을 뿐이겠지만…… 후후. 그렇게 생각하면 결국 신도 『겸사겸사』 날려 버릴지 몰라."

"무슨 신이 그래……?"

시즈쿠는 말도 안 된다고 생각하면서도 하지메라면 가능할지도 모른다며 소리 죽여 웃었다.

코우키의 표정은 복잡했지만 시즈쿠의 말에 차마 반박하지 못하고 약하게 받아치는 데 그쳤다.

다시 침묵의 시간이 찾아왔다.

코우키가 다시 제 가슴속에 엉킨 실타래와 마주한 것이라고 생각한 시즈쿠도 구태여 말을 걸지 않았다.

얼마나 그러고 있었을까?

지금까지 일직선으로 날던 폴니르가 돌연 진로를 틀었다. 거칠 것 없는 하늘에서 똑바로 제국을 향해 날아가면 될 뿐인 여행이었다. 코우키와 시즈쿠가 무슨 일인가 싶어 서로 얼굴을 마주 봤다.

"……무슨 일이 생겼나?"

"일단 안으로 들어가자."

두 사람은 잠깐 뜸을 들이고 고개를 끄덕인 후 선내로 돌아갔다.

시즈쿠와 코우키가 함교에 들어갔을 때는 이미 모두 모여서 중앙에 설치된 수정 같은 물체를 둘러싸고 있었다.

"무슨 일 있어?"

"앗, 시즈쿠. 응, 제국병에게 쫓기는 사람이 있는 것 같아."

시즈쿠의 질문에 카오리가 대답했다.

카오리가 손가락으로 가리킨 정육면체 수정에는 협곡 사이를 달리는 두 토인족과 그 뒤를 쫓는 제국병의 살벌한 술래잡기가 중계되고 있었다.

이 수정도 아티팩트였다.

망원 기능을 갖춘 『원견석(遠見石)』과, 동질의 마력을 부여하면 한쪽 광석에 비치는 광경을 짝을 이루는 광석에도 비춰주는 『원투석(遠透石)』을 생성 마법으로 부가해 만든 특제 수정이었다.

이것으로 폴니르 외부에 단 카메라 역할을 수행하는 수정을 통해 먼 외부의 영상을 함교에 설치된 수정에 비출 수 있었다. 이름은 단순히 『수정 디스플레이』였다.

시즈쿠가 그 수정 디스플레이를 들여다보자 카오리의 말대로 물이 흐르지 않는 좁다란 협곡에서 토인족 여성 두 명이 필사적으로 도망치는 모습이 보였다.

하지만 그 발걸음은 불안정했고 말에 올라탄 제국병들과는 비교할 수 없게 느렸다. 따라잡히는 것은 시간문제로 보였다.

더불어 그 제국병의 먼 후방에서는 대형 수송 마차도 몇 대 보였다. 릴리아나의 설명에 따르면 제국에서 노예를 운송할 때 자주 쓰는 물건이라고 했다.

상황으로 추측하건대 처음부터 쫓고 있었다기보다 도중에 탈주했거나 우연히 발견한 토인족을 잡으려는 것으로 보였다.

"그런 거구나. 그래서 진로를……."

시즈쿠가 상황을 이해하고 고개를 주억거렸다.

원래 하지메의 성격이라면 무시하고 지나쳤겠지만, 시아의 동족을 못 본 척할 수는 없으니까 일단 상황을 살피기 위해 접근하는 것이라고 추측했다.

그런데 코우키가 낯빛을 바꾸고 버럭 소리 질렀다.

"큰일이잖아! 당장 도우러 가야지?!"

지금은 하늘 위에 있건만 당장에라도 뛰쳐나갈 것 같은 기세로 따지고 들었다.

그러나 하지메는 재촉하는 코우키에겐 대답하지 않고 미간을 좁힌 채 의아하게 수정 디스플레이를 들여다봤다.

"이봐, 나구모! 설마 저 사람들을 보고도 못 본 척할 생각은 아니겠지?! 네가 돕지 않겠다면 내가 간다! 빨리 내려줘!"

"잠깐 있어 봐. ……야, 시아, 이거 혹시……."

"네? ……어? 아, 이 두 사람!"

하지메는 길길이 날뛰는 코우키를 제지하고 시아에게 말을 걸었다.

하지메가 화면을 더 확대해 두 토인족의 얼굴이 확실하게 보이자 시아도 눈치챈 모양이었다. 토끼 귀가 쫑긋 튀어 올랐다.

"뭘 느긋하게 보고 있어! 시아 씨는 같은 종족이잖아! 아무 생각도 안 들어?!"

"죄송한데 잠깐 조용히 해주실래요?"

시아가 자신의 주장을 매정하게 잘라 버리자 코우키는 얼떨결에 입을 다물어 버렸다.

참고로 코우키가 시아에게 『씨』를 붙이는 이유는, 상큼하게 웃으며 자기소개를 하고 이름으로 불렀더니 시아가 싱글싱글 웃으며 친한 척 부르지 말라고 했기 때문이었다. 코우키는 웃는 얼굴이 무섭다는 표현을 처음으로 실감했다.

"하지메 씨, 틀림없어요. 라나 언니랑 미나 언니예요!"

"역시 그랬군. ……딴사람처럼 변한 게 충격적이어서 아직도 기억나. ……그나저나 이 녀석들의 움직임, 표정…… 흐음."

하지메는 팔짱을 끼고 생각에 빠졌다.

그러는 사이 도망치던 토인족 여성 두 명— 시아가 말하길 라나와 미나가 몸을 가누지 못하고 쓰러지다시피 다리를 멈추고 말았다. 협곡 중에서도 조금 폭이 넓은 중앙 부근이었다.

그것을 보고 퍼뜩 정신을 차린 코우키가 함교에서 전방 갑판으로 나가려고 했다. 거리는 아직 멀지만, 일단 마법이라도 쏴서 제국병의 주의를 끌어 볼 작정이었다.

"어허, 기다려, 아마노가와. 괜찮으니까."

"무, 무슨 소리야! 연약한 여성이 습격당하기 일보 직전인데!"

코우키는 짜증스럽게 하지메를 쏘아봤지만 하지메는 의미심장한 웃음으로 받아쳤다.

그리고 수정 디스플레이를 보며 재밌다는 양 말했다.

"연약해? 퍽이나. 이 녀석들은……『하우리아』라고."

무슨 말이냐며 코우키가 의아한 표정을 지은 직후, 누가 앗하며 경악에 찬 소리를 냈다.

코우키가 무슨 일인가 싶어 수정 디스플레이를 보자— 목이 떨어지거나 머리에 정확히 화살이 꽂혀 죽은 제국병의 시체 더미가 비쳤다.

"······어?"

코우키뿐 아니라 그곳에 있던 모든 사람이 눈을 의심했다.

카오리를 포함한 지구의 아이들은 참혹한 살육 현장을 목격했기 때문에······.

릴리아나를 포함한 왕국 사람들은 이 세계의 상식이 무너지는 순간을 목격했기 때문에······.

충격이 가져온 정적 속에서 영상이 이어진 사태를 비췄다. 토인족을 쫓던 부대가 돌아오지 않는 것을 의아하게 여긴 운송 부대의 지휘관으로 보이는 자가 병사 몇 명을 척후병으로 보냈다.

얼마 지나지 않아 그 척후 부대는 산처럼 쌓인 아군의 시체를 발견했다. 이어 그 중앙에서 어깨를 맞대고 떨고 있는 토인족 여자 두 명을 보고는 잡아먹을 듯이 다가갔다.

영상으로만 봐도 알 수 있었다. 그들은 심하게 동요해 고래고래 악을 쓰고 있었다. 무슨 일이 있었느냐고 공갈을 놓는 것이다.

그들도 평소라면 더 신중하게 행동했겠지만, 예기치 않게 참살된 아군의 시체를 목격한 데다가 눈앞에는 전투력이라고는 눈곱만큼도 없는 애완 노예가 있었다. 동요한 마음에 경계심 없이 다가갔다고 해도 어쩔 수 없는 노릇이었다.

그 대가는 비싸게 치러야 했지만······.

척후병 한 명이 토인족 여성— 라나의 토끼 귀를 붙잡으려고 한 순간, 어디선가 날아든 화살이 그 남자 뒤에 있던 다른 척후병의 머리에 박혔다.

그가 한순간 경련한 후 옆으로 쓰러지자 그 소리를 듣고 척후병이 돌아봤다.

그 순간, 공포에 떨던 라나가 소리도 없이 튀어 올라 어느새 손에 쥐고 있던 소도를 휘둘러 앞에 있던 척후병의 목을 뎅겅 잘라 버렸다.

그리고 다른 토인족— 미나도 땅을 기다시피 낮은 자세로 단숨에 달려가 목이 잘려 쓰러지는 남자의 옆을 스쳐 지나갔고…… 갑작스러운 사태에 넋을 잃은 마지막 척후병의 목 또한 무처럼 썰어 버렸다.

마치 장난감처럼 획획 날아가는 머리를 보고 아이들은 얼굴이 새파래져 헛구역질 올라오는 입을 틀어막았다. 심지어 스즈는 반쯤 눈을 뒤집고 혼절할 뻔해서 류타로가 받쳐주고 있었다.

릴리아나와 근위 기사들은 토인족이 제국병을 순식간에 살해하는 비상식적인 광경에 무심코 시아를 응시했다.

너만 특수한 게 아니었냐며 그 눈이 경악으로 휘둥그레졌다.

"아뇨, 특수한 건 분명히 저뿐이에요. 저 같은 사람이 몇 명이나 있을 리 없잖아요? 라나 언니와 미나 언니는 훈련으로 다져진 거예요. ……지옥이라는 말로도 부족한, 인격 개조에 가까운 하지메 씨의 훈련을 받더니 저렇게 됐어요."

"""""……"""""

모든 시선이 일제히 하지메에게 집중됐다. 그 눈은 입보다 많은 말을 하고 있었다.

「또 너냐?!」라는 말을……

하지메는 은근슬쩍 눈길을 피했다.

그러는 사이에도 사태는 마지막 국면에 접어들었다. 후속하던 수송 마차와 나머지 제국병들이 살육 현장에 도착한 것이었다.

길을 막듯이 나뒹구는 아군의 처참한 모습을 보고 제국병들이 우뚝 멈춰 섰다.

아무렇지 않게 시체를 밟고 지나갈 수도 없거니와, 무엇보다 심하게 동요한 탓에 다음 행동을 하지 못하고 있었다.

하우리아 족은 그 치명적인 허점을 놓치지 않았다. 아니. 모든 것은 그 허점을 만들기 위한 작전이라고 봐야 했다.

남은 제국병은 열세 명. 그에 비해 양쪽 절벽에서 튀어나온 하우리아 족은 세 명. 어느새 모습을 감춘 라나와 미나 두 사람과 방금 화살을 쏜 저격수를 포함해도 총 여섯 명. 수적으로 따지자면 두 배의 병력 차였다.

하지만 제국병이 튀어나온 하우리아 족에게 제대로 된 전투 태세를 갖춘 것은 네 사람의 머리가 달아나고 한 사람의 미간이 화살로 꿰뚫린 뒤였다.

하우리아 족의 맹공은 멈추지 않았다. 그들은 물 흐르듯, 혹은 군체 생물처럼 제국병을 공격했다.

한 사람이 정면에서 소도를 휘둘러 제국병이 검으로 막는 순간, 옆에서 튀어나온 다른 하우리아 족이 순식간에 그 목을 베었다.

이번에는 제국병의 정면에서 화살이 날아들었다.

포물선을 그리며 날아오는 그 화살은 첫 습격 때와는 비교도 할 수 없을 만큼 느렸다. 제국병이 이 정도는 다 보인다는 것처럼 그것을 쳐 낸 순간, 화살을 좇는 그의 시야를 파악하고 있던 것처럼 다른 토인족이 사각에서 몸을 날려 목을 쳤다.

하우리아 족은 함성을 지르며 달려드는 제국병에게 잘린 머리를 찼다. 그들이 공분에 휩싸여 괘씸한 하우리아 족에게 시선을 고정한 순간, 갑자기 배후에서 나타난 다른 하우리아 족에게 목을 베였다.

오른쪽인가 싶으면 왼쪽에서, 뒤라고 생각하면 정면에서. 종횡무진, 변화무쌍한 공격에 시종일관 농락당한 제국병들의 목이 남김없이 잘려 나가기까지…… 그리 오랜 시간은 걸리지 않았다.

"이, 이게 토인족이라고……?"

"맙소사……."

"토끼 무서워……."

폴니르 함교가 전율 섞인 혼잣말로 술렁거렸다.

"……제법인데. 꽤 훈련이 잘 되어 있어. 빼먹지 않고 잘했나 보군. ……하지만 마무리가 좀 아쉬운걸."

아연실색한 아이들과 눈물을 글썽이며 떨리는 몸을 부둥켜안은 여성 멤버들(주로 릴리아나와 스즈)에게 개의치 않고 하지메는 슈라겐을 꺼냈다.

붉은 스파크가 튀면서 개폐식 바람막이 일부가 열렸다. 하지메는 거기로 총구를 내밀고 서서 쏴 자세를 취했다.

디스플레이 속 현장과는 아직 5킬로미터는 떨어져 있었다. 사정을 모르는 사람들이 눈을 휘둥그렇게 뜨는 가운데, 하지메는 미동도 하지 않고 스코프를 들여다보는 눈을 가늘게 찌푸렸다. 그리고 소리도 없이 방아쇠를 당겼다.

작렬음과 함께 한 줄기 붉은 섬광이 하늘을 갈랐다.

아득히 먼 하늘로부터 떨어진 섬광은 마차에서 뛰어내려 발동 직전의 마법을 쏘고자 하우리아 족에게 손을 뻗은 제국병에게 정확히 명중했다.

마치 처음부터 그랬던 것처럼 제국병의 머리가 깨끗하게 소멸했다. 열에 지져진 목에선 피조차 나오지 않았다. 목 없는 인형이었다고 해도 믿을 것 같았다.

작게 숨을 내쉬고 슈라겐을 어깨에 걸친 하지메에게 시선이 집중됐다.

"어, 어떻게 안 거야?"

"나구모, 초능력이라도 있어?"

경악으로 입을 다물지 못하는 근위 기사들을 대신해 류타로와 스즈가 의문을 입에 담았다.

"물리 공격을 하려고 했다면 알아채지 못했겠지만…… 마법을 쓰려고 하면 알 수 있어."

하지메는 그렇게 말하고 안대를 손가락으로 톡톡 건드렸다. 즉, 마안석과『멀리 보기』기능을 통해 마력 파동으로 복병을 감지할 수 있다는 뜻이었다.

"멋 부리려고 한 게 아니었구나! 사실 취향이 좀 독특한 애라고 생각했는데……"

"난 또 나구모식 패션인 줄 알았네. 미안! 의미도 없이 안대를 왜 끼나 했었거든—."

두 발의 총성. 첫 번째는 류타로의 이마에, 두 번째는 도탄되어 스즈의 엉덩이에 꽂혔다. 고무탄이라서 살상 능력은 없지만, 충격은 고스란히 전달됐다.

"으헥?! 머리가, 머리가아아아아!"

"하윽?! 엉덩이가, 내 엉덩이가아아아아!"

두 사람은 저마다 비명을 지르며 뒤집어졌다. 류타로는 이마를 붙잡고 브릿지 자세가 되었고, 스즈는 엉덩이를 붙잡고 데굴데굴 굴러다니면서 사이좋게 몸부림쳤다.

"누구보고 중2병이래? 확 쏴 버릴라."

이미 쏴 놓고…… 라고는 아무도 말하지 않았다.

하지메는 몸부림치는 두 사람을 두고 수정 디스플레이로 시선을 되돌렸다.

수정 디스플레이에는 놀란 표정으로 목이 날아간 복병을 바라보는 하우리아 족이 비치고 있었다. 그들은 바로 사선을 좇아 하늘을 나는 폴니르를 발견했다.

보통이라면 정체 모를 비행 물체와 그곳에서 날아든 공격에 경계심을 드러내겠지만…… 그들의 표정에는 희색이 번졌다.

바위 뒤에서 크로스보우를 어깨에 걸치고 뛰쳐나온 소년은 왠지 대담무쌍하게 웃으며 와일드하게 경례까지 했다.

그들은 섬광을 날린 존재의 정체를 깨달은 모양이었다.

당연하다면 당연할지도 몰랐다. 왜?『붉은 섬광』은 그들이 경애하는 보스의 상징과도 같으니까.

하우리아 족은 소년을 따라서 심금이 울릴 정도로 멋진 경례를 했다.

수정 디스플레이로 커다랗게 보이는 그 광경에, 다시 함교에 있는 이들이 모두 하지메에게 시선을 집중했다. 이번에는 심히 어이없다는 눈이었다.

무슨 짓을 하면 온화함의 대명사인 토인족이 저렇게 되느냐고, 릴리아나와 근위 기사들의 눈이 무언의 의문을 던지고 있었다.

"하지메 씨, 하지메 씨. 어서 내려가요. 수해 밖에서 이런 짓을 하고 있다니…… 설마 또 날뛰고 있는 건 아닌지…….'

시아가 하지메를 재촉했다.

하우리아 족이 작전을 짜서 제국병 운송 부대를 노린 것은 상황으로 보아 명백했다.

시아는 가족이 수해 밖으로 나와서까지 제국병을 죽일 정도로 또 싸움에 취해 날뛰고 있는 것은 아닐까 걱정하는 듯했다.

"보아하니 네가 걱정하는 그런 상황은 아닐 거 같은데?"

그렇게 말하면서도 이런 곳에서 살육 토끼가 설치는 이유는 하지메도 궁금했다. 시아의 얼굴에 근심이 어리기도 하여 하지메는 서둘러 착륙하고자 폴니르를 하강시켰다.

협곡에 착지해 폴니르에서 내린 하지메 일행을 반긴 것은 바짝 군기가 잡힌 얼굴로 한 치 흐트러짐 없이 정렬한 하우리아 족 여섯 명과 전전긍긍하며 하지메 일행을 주시하는 수많은 아인족이었다.

100명 남짓한 대규모 집단이었다. 토인족 말고도 호인족(狐人族)과 견인족, 묘인족, 삼인족(森人族) 여자와 아이들이 대거 모여 있었고 팔다리와 목에 금속 구속구를 찼다. 역시 릴리아나의 예상대로 아인 노예를 옮기기 위한 수송 마차였나 보다.

"저, 저기, 카오링, 시즈시즈. 나 저 아인들 표정 본 적 있어. 그 왜, 영화에서 외계인이 우주선에서 내려왔을 때 지구인이 짓는 표정."

"응? 우리가 외계인이란 소리야?"

"……정말로 미지와의 조우구나."

말로 표현하기 힘든 표정으로 말하는 스즈에게 카오리가 어리둥절하게 눈을 깜빡거렸다.

시즈쿠는 속으로 이 중에서 가장 외계인 같은 사람은 카오리지, 라고 생각했지만 입 밖으로는 내지 않았다.

현실감 없는 미모라는 점에서는 유에도 마찬가지였지만 거기에 더해진 은색 머리카락이 정말로 이질적이었다. 한눈에 기사임을 알 수 있는 근위 기사들이나 토인족인 시아가 없었더라면 아인족의 눈길은 카오리에게 집중되었을 것이다.

그렇게 미지와 조우해 경악 8, 경계 2의 비율로 혼란에 빠진 아인들을 제쳐놓고, 크로스보우를 걸친 소년이 쏜살같이 달려왔다. 그리고 하지메 바로 앞에서 등을 꼿꼿이 세우고 절도 있고 힘 있게 경례했다.

"오랜만에 뵙겠습니다, 보스! 다시 뵙는 날을 손꼽아 기다렸습니다! 설마 이런 것을 타고 등장하실 줄이야……. 저, 필멸의 발트펠드는 다시금 탄복했습니다! 그리고 조금 전에는 조력해주셔서 감사합니다!"

"오랜만이야. 방금 움직임을 보면 괜한 참견이었는지도 모르겠군. 지금 너희 실력이라면 마법이 발사되었어도 대처할 수 있었겠지. 실력이 제법 좋아졌잖아?"

하지메가 히죽이 입가에 웃음을 띠며 말하자 토끼 귀 소년 — 자칭 필멸의 발트펠드라는 팔 군(10세)과 마찬가지로 라나와 미나, 그리고 남자 세 명이 달려와 경례하며 감개무량하게 눈물을 글썽거렸다.

그러는가 싶더니 일제히 발뒤꿈치를 착 붙이고 차렷 자세로 완벽하게 목소리를 맞춰 외쳤다.

"""""""감사합니닷, Sir!!"""""""

감동에 몸을 떠는 하우리아 족의 함성이 협곡에 메아리쳤다.

경애하는 보스에게 성장했다고 칭찬받아 눈이 촉촉이 젖었지만 결코 눈물을 흘리지는 않았다.

「왜냐면 우리는 보스의 부하니까!」라고 말하기라도 하듯이……

모두 하늘을 올려다보며 눈에 잔뜩 힘을 줘 흘러내릴 듯 말 듯 한 눈물을 참았다. 힘이 조금 많이 들어가서 눈에 핏발이 선 것이 호러가 따로 없었다.

하지메, 유에, 시아 세 사람은 태연했지만 티오와 카오리를 포함해 학생들과 릴리아나 일행은 기겁할 일이었다.

"아…… 다들 오랜만이에요! 건강해 보여서 다행이에요. 그런데 아버지와 다른 사람들은요? 팔 군이랑 여러분밖에 없어요? 그리고 왜 이런 곳에서 제국병이랑 싸움이……."

"진정하십쇼, 시아 누님. 한 번에 물으셔도 곤란합니다. 일단 지금 이곳에 있는 건 우리 여섯 명뿐입니다. 사정이 복잡하니 자세한 이야기는 어디 편한 곳에 가서 하지요. ……그리고 누님, 팔 군이 아니라『필멸의 발트펠드』입니다. 틀리면 섭섭하죠."

"……어? 지금 짚고 넘어가야 할 부분이 그건가요? 게다가 아직 그런 이름을……. 다른 분들도 애 좀 말려주세요."

시아는 변함없이 정신 상태가 의심되는 팔 군을 보고 두통을 참듯 관자놀이를 비벼 댔다.

그러나 장소를 옮겨야 한다는 의견은 타당했으므로 일단 그 이상 추구하지 않았다. 그저 누나나 다름없는 라나와 미나에게 팔의 중2병식 개명을 말리도록 주의를 촉구했다.

하지만 현실이란 언제나 예상을 뛰어넘는 법이다.

"시아. 라나가 아니야…….『질풍의 라나인페리나』야!"

"……?! 라나 언니?! 무슨 소리를……."

하우리아 족 안에서도 야무진 언니였던 라나에게서 뜻밖의 대답이 돌아와 시아는 충격을 받은 얼굴이었다.

하지만 하우리아 족의 맹공은 멈추지 않았다.

노도 같은 연계 공격이야말로 이들의 무서움이다!

"나는 『공열(空裂)의 미나스테리아』!"

"……?!"

"나는 『환무(幻武)의 야오제리어스』!"

"……?!"

"나는 『저참(這斬)의 요르간다르』!"

"……?!"

"홋, 『안개비의 리키드브레이크』다."

"……?!"

모두 엄청나게 당당한 얼굴로 죠○ 같은 기묘한 포즈를 잡으며 이명을 밝혔다.

시아의 표정이 절망으로 물들고 입에서 어버버, 하는 기괴한 신음이 흘렀다.

아무래도 하우리아 족 내에 이명(중2병) 붐이 불었나 보다. 이 참상을 보건대 일족 전체가 이명을 가졌을 가능성이 농후했다.

참고로 그들의 진짜 이름은 앞머리 두 글자였다.

오랜만에 재회한 가족이 당당한 얼굴로 포즈를 잡으며 이명을 밝히는 상황에 입으로 엑토플라즘을 토하는 시아의 모습은 안쓰럽기 짝이 없었다.

하지메는 기막혀하면서도 시아와 하우리아 족을 위해서, 몇 년 후에는 창피해서 이불을 걷어차게 될 것이라고 충고하려고 했다.

하지만 그때 발트페— 팔 쪽에서 유탄이 날아왔다.

"그런데 보스는 『붉은 섬광의 윤무곡』과 『흰 조아의 광표(狂飆)』 중에 뭐가 마음에 드십니까?"

"……뭐?"

"보스의 이명입니다. 일족 회의로 꼬박 열흘간 격론이 오간 끝에 간신히 후보를 이 두 가지로 줄일 수 있었습니다. 그렇지만 결국 어느 쪽이 좋을지 결론이 나지 않아 일족끼리 모의 전쟁까지 펼쳤으나 무승부로 끝나 버렸죠……. 이렇게 되면 보스와 재회했을 때 판단을 맡길 수밖에 없다며 결정을 보류했습니다. 참고로 전 『붉은 섬광의 론도』 파입니다."

팔 군이 열 살이라고는 생각하지 못할 안광으로 주장했다.

"잠깐. 왜 이명을 가져야 한다는 전제를 깔고 시작하지?"

"보스, 저는 단연코 『흰 조아의 광표(狂飆)』입니다."

라나 씨가 거친 콧바람을 내뿜으며 주장했다.

"아니, 내 말 좀 들어. 난……"

"무슨 소리야, 질풍의 라나인페리나. 어떻게 생각해도 보스에게는 『붉은 섬광의 론도』가 어울리잖아!"

미나 씨가 핏발 선 눈으로 반론했다.

"야, 그만하라고……"

"맞아! 붉은 마력과 스파크를 일으키고 하늘을 자유자재로 누비며 갖가지 무기를 사용하는 모습은 그야말로 『붉은 섬광의 론도』! 상식적으로 이거밖에 없지!"

요르 씨가 주먹을 불끈 쥐며 역설했다.

"그만, 더 이상 그런 낯 뜨거운 해설은—."

"어이, 이것 보라구, 저참의 요르간다르. 그렇게 따지면 트레이드마크인 백발을 휘날리고, 백수 왕의 발톱과 어금니에 비견할 강력한 무기를 양손에 든 채 노도와 같은 공격을 퍼붓는 모습은 『흰 조아의 광표(狂飆)』 외에 표현할 길이 없다는 걸 모르나? 언제부터 그렇게 이해력이 떨어진 거지?"

"옳은 말이야. 이래서 론도 파는……."

야오 씨와 리키 씨는 고개를 절레절레하며 어깨를 으쓱거렸다.

"어버버."

하지메의 입에서도 기괴한 신음이 흘러나왔다. 더불어 엑토플라즘 비슷한 뭔가도 튀어나왔다.

듣는 사람이 몸부림치고 싶어지는 창피한 해설이 붙은 깜짝 선물에 나락의 괴물마저 정신에 한계가 온 것 같았다.

사이좋게 입으로 정체불명의 에너지를 내뿜는 하지메와 시아 뒤에서 누군가 푸흡, 하고 웃음을 터뜨렸다.

"시, 시즈시즈, 웃으면 안 된다니까, 푸흡!"

"스, 스즈도, 웃었으면서, 크흡…… 중2병은…… 감염도 되는구나, 후, 흡."

하지메가 혼란에서 빠져나와 뒤를 돌아보자 시즈쿠와 스즈가 어깨를 들썩이며 필사적으로 웃음을 참고 있었다. 전혀 참

지 못하고 있었지만…….

그나마 유에와 카오리가 난감한 듯 미묘한 웃음을 짓는 것이 불행 중 다행이었다.

티오는 잘 이해하지 못한 것처럼 어리둥절한 표정이었다.

하지만 어떤 의미로 가장 가슴을 파고든 것은 코우키와 류타로의 측은한 미소였다.

하지메의 수치심이 단박에 위험 수준을 돌파했다.

일단 격렬한 주장을 주고받기 시작한 하우리아 족을 고무탄으로 날려 버리고 아직도 바들바들 떨고 있는 시즈쿠와 스즈를 원망스럽게 쳐다봤다.

"야에가시, 쿨한 너에겐 나중에 강제 트윈 테일과 리본을 선물해주마. 물론 영상으로 기록한다."

"……?!"

"타니구치, 네 키를 5센티미터 더 줄여 버릴 거다."

"……?!"

시즈쿠와 스즈의 웃음이 뚝 멎고 얼굴에 핏기가 가셨다. 그것이 설령 부당하기 짝이 없는 화풀이라도 하지메가 그럴 마음만 먹는다면 두 사람에게 저항할 방법은 없었다.

그리고 하지메의 눈을 보면 그러고도 남을 분위기였다.

스즈가 왜 우리만 가지고 그러냐는 눈으로 코우키와 류타로를 휙 돌아봤다. 두 사람은 함께 하늘을 쳐다보고 있었다. 두 사람도 흑역사라는 과거를 가슴에 묻은 적이 있는 것일까? 웬일로 하지메에 대한 예외적인 이해심이 엿보였다.

그런데 그때 차분한 음성이 들렸다.

"저기…… 잠깐 괜찮을까요?"

땅바닥에서 데굴거리는 하우리아 족을 조심스럽게 피하고, 하지메에게 이런 법이 어디 있냐고 맹렬히 항의하는 스즈와 시즈쿠를 무시하며 그렇게 말을 건 사람은 한 아인족 여성이었다.

바닥까지 닿는 길고 아름다운 금발이 너울거리고 비취색 눈동자에 마른 몸매의 미소녀였다. 길고 뾰족하게 뻗은 귀를 보아 삼인족임을 알 수 있었다.

하지메는 어쩐지 페어베르겐의 장로 중 한 명인 알프레릭과 닮았다고 생각하면서 계속 말해 보라고 눈짓했다.

"당신이 나구모 하지메 님이신가요?"

"응? 맞는데……."

하지메가 어떻게 내 이름을 아느냐고 고개를 갸웃거리면서도 대답하자 삼인족 소녀는 안심한 것처럼 가슴을 쓸어내렸다.

가느다란 팔에 찬 수갑이 절그럭 소리를 냈다.

눈 뜨고 보기 힘든 딱한 모습이었다. 특히 발목에 찬 족쇄는 걸음을 옮길 때마다 쓸리는지, 그녀의 희고 보드라운 살이 빨갛게 부었다.

"그럼 저희를 붙잡아서 노예로 삼지는 않으시나요? 할아버지께선 종족에 관한 당신의 가치관은 좋든 나쁘든 평등하다고 하셨어요. 아인족을 괴롭히는 분은 아니라고요."

"할아버지? 혹시 알프레릭 말이야?"

"네. 인사가 늦었네요. 전 페어베르겐의 장로 중 한 명인 알프레릭 하이피스트의 손녀, 알테나 하이피스트예요."

"장로의 손녀가 잡혀가고 있었다고? ⋯⋯정말로 무슨 일이 있긴 있었나 보군."

장로의 손녀라면 명실상부 삼인족의 공주였다. 당연히 호위와 비상시 도주 경로, 방법도 확립되어 있을 것이다.

그것들을 쓰지도 않고, 혹은 쓰고도 잡혔다면 그만큼 절박한 사태가 있었다는 뜻이리라.

설마 대수(大樹)에게까지 무슨 일이 생긴 건? 하지메는 일말의 불안을 품고 점점 더 이들에게 자세한 내막을 들어야겠다며 눈을 날카롭게 했다.

그리고 가까스로 고무탄의 충격에서 헤어난 하우리아 족에게 말을 걸었다.

"야, 너희가 아인족을 통솔해서 따라와. 가는 김에 수해까지 바래다줄 테니까."

"Yes, sir!! 앗, 보스, 죄송하지만 제도 근교에 매복 중인 동료에게 연락하고 싶습니다. 도중 이탈을 허락해 주시겠습니까?"

현재 하지메 일행이 있는 곳은 제도와 상당히 가까운 곳이었다. 이런 곳에 아인 노예 수송 마차가 있다는 것은 수해에서 제도로 가는 것이 아니라 제도에서 다른 곳으로 가는 도중이라는 뜻이었다.

즉, 하우리아 족은 제도에서 어떤 정보를 수집했고, 운송에 관한 이야기를 알아내어 쫓아온 게 아닐까.

하지메는 짐작과 동시에 사정을 이해하고 승낙했다.

"그래. 마침 나도 제도에 누굴 데려다줄 예정이니까 제도에서 조금 떨어진 곳에서 함께 내려주지."

"감사합니다! 이봐, 당신들! 보스가 수해까지 바래다주신다고 한다! 죽도록 감사해라! 자, 따라와! 집으로 돌아가기 싫은 녀석은 안 와도 돼!"

열 살짜리 토끼 귀 소년이 내는 쩌렁쩌렁한 목소리에 다 큰 어른을 포함한 아인족들이 움찔 몸을 떨었다.

그래도 집으로 갈 수 있다는 말을 들으면 불안과 공포는 있을지언정 기대는 되었다.

아인들은 앞장선 하우리아 족을 따라서 머뭇거리며 걸어 나갔다.

하지메 일행도 그것을 보고 폴니르로 돌아갔다.

그런데 그때, 하지메 근처에서 「꺅!」하고 귀여운 비명이 들렸다. 알테나가 족쇄의 쇠사슬에 걸려 넘어진 모양이었다.

양팔이 허공을 헤집다가 순간적으로 가까이 있는 것— 하지메의 등을 붙잡으려고 했으나…… 하지메는 뒤통수에 눈이라도 달린 것처럼 옆으로 휙 피해 버렸다.

"으꺅?!"

퍽! 듣기에도 아픈 소리와 함께 삼인족 공부님에게 어울리지 않는 작은 비명이 울려 퍼졌다.

아인들이 작게 아, 소리를 내고 멀뚱멀뚱 알테나의 추태를 바라봤다. 몇 사람이 당황해서 일으켜 세우기 위해 달려갔지만 하지메를 보더니 얼어붙었다.

"응?"

하지메는 그제야 뒤를 돌아봤다. 통증을 참기 위해서인지, 아니면 단순히 창피해서 그런지 땅에 엎어져 부들부들 떠는 소녀 한 명이 눈에 들어왔다.

아무래도 일부러 피한 것이 아니라 다가오는 기척에 민감하게 반응해 발생한 무의식적인 사고였나 보다.

상황을 파악한 하지메도 허둥지둥 알테나를 일으켜—

"팔이 말했지? 빨리 일어나서 안 타면 두고 간다?"

세우지 않고 무정한 말로 후속타를 넣었다.

나락의 괴물— 나구모 하지메..

알테나의 말대로 좋든 나쁘든 평등한 남자. 단, 종족뿐 아니라 남녀에 관해서도 평등한 남자였다. 예외가 있다면 어린 아이 정도일까?

그러나 그것이 만인에게 받아들여지는 가치관인가 하면, 물론 그렇지 않았다.

"……하지메. 여자라고 아무에게나 친절하게 대하지 않는 건 기쁘기도 하지만, 이건 좀……."

뭐라고 말하기 힘들게 복잡한 표정을 짓는 카오리.

"하지메 씨, 아무리 그래도 조금만 더 친절해져도 되지 않을까요?"

씁쓸하게 웃는 시아.

"우와아, 자기 일행 외에는 철저하게 차가워……. 한결같네."

"나구모……."

약간 질색하는 표정인 스즈와 눈살을 찌푸리는 시즈쿠.

"나구모. 남자로서 그건 아니지."

"피한 건 어쩔 수 없다고 쳐도 말이야……. 괜찮냐는 말 정도는 건네도 되잖아?"

남자들에게까지 혹평이었다.

고개를 돌리자 릴리아나, 아인에게 차별 의식이 있을 왕국 사람들까지 정말로 믿어지지 않는다는 표정이었다.

"유에. 이건 내 잘못이야?"

곤란할 때 믿을 건 애인뿐. 하지메는 눈을 실룩거리며 물었다.

과연 유에의 대답은—.

"……응? 뭐가 잘못됐는지 잘 모르겠어. 시아한테도 그런 식이었어."

"듣고 보니 그러네요! 지금 알테나 씨에게 친절하게 대했으면 제 입장이 이상해질 뻔했어요!"

시아가 토끼 귀를 쫑긋 세우며 하지메의 행동에 이해를 표했다. 단숨에 시아에게로 동정의 시선이 모였다.

그리고 또 한 사람, 하지메를 옹호하는 자가 발언했다.

"그래! 이래야 우리 주인님 아니겠느냐! 그나저나 주인님……."

몸을 꼼지락대며 다가온 티오가 무슨 생각에선지 하지메의 발치에 엎드려 누웠다.

그러고는 눈을 힐끔 위로 뜨고—.

"바, 밟아도 좋다."

얼굴을 붉히며 그렇게 지껄였다. 일어날 타이밍을 놓쳤는지 옆에서 조용히 누워 있던 알테나가 흠칫했다.

아인들이, 릴리아나와 근위 기사들이, 그리고 학생들이 쳐다본다!

"……."

하지메의 몸에 전율이 일었다.

발치에 미소녀와 미녀가 나란히 누워 있는 이게 대체 무슨 상황인가? 이러면 마치 내가 사디스트 같지 않은가?

기대에 부푼 눈망울을 반짝이는 티오에게 울컥 부아가 치밀었다.

하지메는 말없이 티오를 무시하고 알테나에게 다가가 그녀를 일으켜 세웠다.

"저, 저기……."

고양이 목덜미를 잡아드는 모양새였지만, 분명히 도움을 받긴 했으므로 알테나가 감사하려고 했다. 주위에서는 아인들이 하지메의 예상치 못한 행동에 당황해 웅성거렸다.

"아, 아니?! 보스가 손을 내밀었다고?! 우리에게도 해주신 적 없는데!"

"네 이 녀석, 알테나……."

하우리아 족의 증오 맺힌 목소리에 알테나가 더욱 흠칫했다.

"귀찮아서 일으켜 세웠는데 또 귀찮은 일이……. 차라리 그냥 죄다 날려 버리고 가 버릴까……."

작게 중얼거린 혼잣말이었는데도 불구하고 협곡에 메아리

치는 말은 유난히 또렷하게 울렸다.

하지메의 행동을 반쯤 재미로 주목하던 일행과 만족스럽게 고개를 주억거리던 코우키, 류타로의 얼굴이 일제히 새하얗게 질렸다.

몇 사람이 하늘을 올려다보며 긴장했다. 죄다 날려 버린다는 말을 듣고 하늘에서 지상을 초토화하는 그 빛의 기둥이 머릿속을 스쳤기 때문이었다.

하지메는 한숨을 한 번 쉬고 알테나 앞에 무릎 꿇었다.

"나, 나구모 님?"

"아무 말 말고 가만히 있어."

갑자기 무릎을 꿇어 당황한 알테나는 하지메의 이어진 행동에 더욱 심하게 동요했다. 다름이 아니라 하지메가 알테나의 다리에 손을 댄 것이었다. 정확하게 말하면 다리에 찬 족쇄였지만……. 알테나는 몸을 움찔 떨었다. 당황한 나머지 몸은 뻣뻣하게 굳었는데도 동공은 정신없이 흔들렸다.

인간 남성이 자기 앞에서 무릎을 꿇는 일이 있을 리 없었다. 그뿐 아니라 동족 중에서도 가족 외의 남성에게는 닿은 적조차 없는 온실 속 화초 같은 아가씨였다. 당황하는 것도 당연했다.

무슨 짓을 당하는지 몰라 동요하던 알테나가 그 직후 놀라움에 눈을 동그랗게 떴다. 붉은 마력광이 터져 나오는가 싶더니 소리도 없이 족쇄가 풀렸기 때문이었다.

"……마력을 가지지 못한 아인족용이라서 그런가? 마력을 봉인하는 구속구는 아니군. 단순한 금속이야. 하지만 힘으로 부수지 못하게 하기 위해서인지 유난히 튼튼한 소재를 썼는 걸……. 그래 봤자 가져갈 정도는 아니지만…….”

하지메는 족쇄의 소재를 분석하며 일어서더니 이번에는 알테나의 양손을 잡았다.

그 시점에서 하지메가 무엇을 하려는지 이해한 알테나는 조금 마음을 진정시켰다.

그리고 다시 번쩍이는 붉은 빛에 눈길을 빼앗기며 들릴락 말락 한 목소리로 중얼거렸다.

“아름다워…….”

최근 하지메의 마력이 순수하게 정제되어 가는지 예전보다 선명해진 느낌이었다.

하지메는 마지막으로 알테나의 목으로 손을 가져갔다. 노예 용 목걸이가 있었기 때문이었다.

진지한 눈빛으로 자신의 목을 손으로 훑는 하지메를 보며 어째선지 알테나의 뺨이 열을 띠고 붉어졌다.

간단히 목걸이를 푼 하지메는 「이제 불만 없지? 불만이 있 어도 다음번엔 그냥 날려 버리겠지만」이라는 의도를 담아 **이 해심을 강요하는** 안광을 주변에 흩뿌렸다.

눈빛을 받은 이들은 남녀노소를 불문하고 하나같이 눈을 피했다.

하지메는 나직이 한숨을 쉬고 천천히 알테나의 구속구로 시선을 떨궜다. 그 직후 연성 마법을 발동해 구속구를 몇 개의 열쇠로 가공했다.

그리고 완성된 열쇠 다발을 팔에게 휙 던졌다.

"이 많은 구속구에 일일이 다른 열쇠를 쓰진 않았겠지. 아마 같은 열쇠로 열릴 거야. 아인 노예를 대량으로 거느리고 다닌다는 둥, 이 이상 어처구니없는 오해를 사는 것도 귀찮아. 전부 풀어줘."

"Yes, sir!! 깊은 아량에 감사드립니다!"

팔이 힘 있게 경례하자 하지메는 고개를 한 번 끄덕이고는 무심히 돌아섰다.

유에를 필두로 카오리와 시아, 티오는 자랑스럽게 미소 짓고 그 뒤를 따랐다. 학생들과 릴리아나 일행은 그 모습을 눈부시게 바라보았으며 코우키는 형언하기 힘든 복잡한 표정을 짓고 있었다.

그리고 아인들은 그런 하지메의 뒷모습으로 시선을 모았다. 대단히 신기한 사람을 봤다는 눈초리였다.

그 후 얼마 지나지 않아 구속구에서 벗어난 아인들을 태우고 폴니르는 다시 하늘로 올라 여행을 재개했다.

어른은 비공정, 정확히는 하늘을 난다는 사실 자체에 시종일관 전전긍긍하며 반쯤 넋이 나가 있었다. 하지만 경치가 잘 보이는 갑판은 어린아이들의 환성으로 대성황을 이루었다. 종족은 달라도 어린아이가 기운이 넘치는 것은 만국 공통인가 보다.

제국에 붙잡혔을 때 보인 어두운 표정은 이미 사라진 지 오래였고 아이들의 얼굴은 【페어베르겐】에서 보던 웃음으로 가득했다.

그런 아이들을 지켜보는 알테나에게, 함께 잡혀 있던 삼인족 시녀가 불쑥 물었다.

"……알테나 님. 그 사람은 저희를 정말로 돌려보내 줄까요?"

불안과 기대가 혼재한 목소리였다.

알테나는 아이들에게서 시선을 떼지 않고 답했다.

"할아버지께서 말씀하신 그대로였어요. 그분에겐 좋든 나쁘든 아인에 대한 특별한 감정이 없다— 아뇨, 엄밀히 말하면 『관심이 없다』고 해야겠죠. 귀찮지 않으면 도움도 줄 것이고 이렇게 엄청난 아티팩트에도 태워줘요. 게다가 자유롭게 행동하라는 허가까지……."

"그건 그렇지만…… 인간인걸요. 게다가 장로님 중 한 분이었던 웅인족의 진 님을 불구로 만들었어요. 어쩌면……."

뿌리 깊은 『인간족 불신』을 표출하는 시녀를 제지하듯 알테나는 살며시 고개를 저었다.

"뭐가 어찌 됐건 저희는 아무것도 할 수 없어요. 기댈 수밖에 없죠. 여차하면 제가 이 몸을 바쳐서라도……."

"알테나 님……."

믿고 기댈 수밖에 없는 현실. 시녀는 자신이 올라탄 탈것이 얼마나 대단한지 받아들이지 않을 수 없었다. 동시에 비장한 각오를 다진 알테나에게 깊은 경의를—

"그, 그런데 원래 남자분들은, 여자를…… 바, 밟고 싶어 하나요?"

"네?"

"전 남자에게 밟힌 적이 없어서 어떻게 밟히면 좋을지 짐작
도 되지 않아요. 당신은 경험이 있나요?"

"있을 리가 없잖아요?"

경의라곤 눈곱만큼도 없이 정색하며 대답했다.

알테나는 살짝 볼을 붉히고 말했다.

"가능하면 처음엔 상냥하게 해줬으면 좋겠는데……."

"여성을 밟는 시점에서 인간 말종 쓰레기일 뿐이라구요! 정
신 차리세요, 알테나 님! 왜 밟힐 생각부터 하세요?!"

"아아, 어쩜 좋죠? 역시 앞날을 대비해서 그 아름다운 흑발
을 가진 분께 밟히는 법을 지도받아야 할까요……?"

"돌아오세요~! 그 선을 넘으시면 안 돼요, 알테나 님! 왜
뺨을 붉히면서 몸을 꼬고 그러세요?! 알프레릭 님, 도와주세
요! 알테나 님이 이상해지셨어요!"

아이들의 환성 사이에서 숲 속 공주님의 미래를 우려하는
시녀의 비명이 메아리쳤다.

한편 그 무렵, 하지메 일행은 함교에 모여 하우리아 족에게
이번 사건의 자초지종을 듣고 있었다.

"그래서? 왜 이런 곳까지 나온 거야? 알프레릭의 손녀가 납
치됐다면 페어베르겐까지 제국의 마수가 뻗쳤다는 뜻인가?"

"그렇습니다, 보스."

등을 쭉 펴고 대답한 사람은 팔이었다.

듣자 하니 이 소대는 발트펠드 소대라고 하며, 발트펠— 팔이 소대장을 맡고 있다고 했다. 열 살이란 나이에 믿어지지 않는 기개와 지휘 능력을 갖췄고 저격수로서 후방에서 전체 전황을 관찰, 분석할 수 있다는 이유로 선발된 것 같았다.

"그게…… 사실인가요? 제국이 무슨 수로 수해의 안개를 극복한 거죠?"

릴리아나가 무심결에 그런 질문을 던졌다.

제국까지 비밀리에 새로운 힘을 얻은 것일까? 그렇다면 왕국으로서는 간과할 수 없는 사태였다. 순수한 의문과 우려가 아직 앳된 티를 벗지 못한 그녀의 미모를 구겼다.

팔은 순간 릴리아나에게 눈길을 줬지만 곧 의사를 확인하듯 하지메를 돌아봤다.

왕녀의 질문에 즉각 대답하지 않는 괘씸함에 근위 기사들이 무언의 압박을 가했다.

하지만 팔은 그러거나 말거나 신경도 쓰지 않고 부동자세로 하지메의 대답을 기다렸다.

"공주님. 질문은 내가 할 거야. 공주님이 섣불리 아인에게 관여하면 사람들이 시끄러워진다고."

"으, 그렇죠……. 제가 괜한 참견을 했네요. 나구모 씨에게 맡길게요."

릴리아나가 의기소침한 모습으로 물러섰다.

그녀도 경건한 성교 교회의 신자이기에, 비록 관련될 일은 없었지만 아인족에 대한 차별 의식은 당연히 가지고 있었다.

그러나 창세신 에히트의 진의와 그 광기 어린 행보를 안 지금은 신기할 만큼 아인족에 대한 차별 의식이 옅어졌음을 알았다.

팔에게 무시당한 것도, 다가가야 할 상대에게 다가가려고 했을 뿐인데 주위 사람들이 탐탁지 않게 여기는 것도 지금 릴리아나에게는 슬픈 일이었다.

실은 팔이 릴리아나를 무시한 이유는 그녀가 인간족이기 때문이 아니었다. 그저 보스의 허가 없이 타인에게 보고하기를 꺼렸기 때문이었다. 요컨대 하지메의 조교 때문이지만…… 릴리아나가 그것을 알 게 되는 것은 조금 더 훗날의 이야기다.

"팔, 차근차근 설명해 봐."

"보스. 전 발트펠드입니다."

아무리 보스라도 그것만은 양보할 수 없나 보다.

"……발트펠드, 설명해."

"알겠습니다. ……사건의 발단은 제국이 아니라 마인족이었습니다."

팔은 조금 고민하는 표정을 보인 뒤 실제로 보고 들은 사실과, 페어베르겐의 전사 및 적을 심문해서 얻은 정보를 토대로 사건을 설명했다.

그날은 아침부터 이상하게 수해가 술렁거렸다.

명확한 근거는 없었다. 다른 아인족에게 말했다면 무슨 소리냐며 고개를 갸웃거렸으리라.

하지만 토인족은 확실하게 느끼고 있었다.

토인족은 아인족 중 가장 약한 종족이다. 강인한 육체도, 뛰어난 신체 능력도, 압도적인 근력도, 특수한 기능도 없다. 온유하고 평화적인 성격에 기가 약하고 무엇보다 다툼을 싫어한다.

바로 그렇기에 위험 감지와 몸을 숨기는 능력만은 타의 추종을 불허하는 종족이었다.

특히 숨고 도망치는 데 특화한 유일한 능력을 날카롭게 다듬어 전투 능력으로 승화시킨 토인족의 이단자― 하우리아 족이라면 더욱 정확하게 느낄 수 있었다.

"토끼 귀가 들쑤시는군……."

새하얀 안개 속, 하늘 높이 솟은 나무의 굵직한 가지 위에 서서 토끼 귀를 까딱까딱 움직이는 소년― 하우리아 족의 팔이 중얼거렸다.

본래 많은 누님으로부터 귀여움을 살 미소년다운 용모에는 역전의 군인 뺨치는 패기와 전의가 서려 있었다.

"느낌이 안 좋아……. 제국병과 마주친 그날이 떠올라."

어딘지 모르게 요염한 목소리로 팔에게 대답한 사람은 네아 하우리아였다. 짙은 감색의 세미 롱 헤어를 쓸어 올리는 몸짓이 묘하게 섹시했다. 하지만 날카로운 눈빛은 팔과 마찬가지로 역전의 군인 같았다.

참고로 네아는 열 살. 팔의 동갑내기 친구였다.

현재 하우리아 족은 족장인 캄의 지령을 받고 수해 쪽으로 경계를 나간 상태였다.

무슨 일이 일어났다고 해도 다른 아인족이 어떻게 되건 알 바 아니었지만 동족인 토인족까지 모른 척할 수는 없었다.

그래서 자신들의 부락 근처뿐 아니라 【페어베르겐】과 다른 장소도 감시하고 있었다.

"……그렇군. 그렇지만 옛날의 우리와는 달라. 이젠 기족을 빼앗기지 않아."

"그래. 목을 모조리 날려주겠어. ……하지만 설마 우리의 성역에 생각 없이 기어들어 올까?"

열 살 소년소녀가 나누는 흉흉한 회화가 작게 울렸다.

그리고 그때, 두 사람이 완전히 동시에 한 방향으로 시선을 옮겼다.

"느꼈어?"

"희미하게. 이 기척은 뭐지……?"

수해에서 지금껏 느낀 적 없는 기척이었다. 두 사람의 토끼 귀에서 털이 바짝 곤두섰다.

두 사람은 고개를 마주 끄덕이고는 단숨에 달려 나갔다.

가지에서 가지로, 짙은 안개를 약하게나마 흩어 놓으며 놀라운 속도로 이동했다.

"……?! 비명!"

"전투음도 들려. 하지만…… 이 소린 뭐지?"

부우우웅, 하는 기묘한 소리가 토끼 귀를 찔렀다. 비유하자면 벌레 날개소리와 비슷했지만 그것보다 더 고음이라서 두통을 일으키는 불쾌한 소리였다.

팔과 네아는 기척을 극한까지 죽이고 소란의 발생지로 접근했다.

잠시 뒤 보인 것은 피투성이가 되어 쓰러진 웅인족과 낭인족 남성이었다.

아니, 피투성이 정도가 아니었다.

"이거 참…… 무지막지하군."

"몸통이 두 동강 났어. 엄청나게 예리한 절단면이야."

둘은 땅에 착지하자마자 【페어베르겐】 경비대원으로 추정되는 두 남자를 관찰하며 험악한 표정을 지었다.

그 직후, 두 사람의 토끼 귀가 흠칫 곤두섰다.

"……?! 회피!"

"회피!"

동시에 저마다 반대 방향으로 몸을 날렸다.

그 순간, 두 사람이 방금까지 있던 곳으로 뭔가가 고속으로 지나쳤다. 눈으로 확인할 여유도 없었다. 한 줄기 그림자로밖에 보이지 않는 속도였다.

팔과 네아가 전율하면서도 착지함과 동시에 두 사람 뒤에 있던 나무가 대각선으로 슥 어긋났다.

그리고 작게 땅을 울리며 뭔가에 절단된 나무가 쓰러졌다.

"발트펠드!"

"쳇!"

팔이 혀를 한 번 찼다. 그 자리에서 옆으로 몸을 던진 팔 뒤에서 2미터 남짓한 거구가 튀어나왔다. 이번에는 방금 본 것만큼 빠르지는 않아 눈으로 확인할 수 있었다. 하지만 볼 수 있다뿐이지 피하는 것 외에 다른 방법이 없었다.

그것은 단단한 등판과 흉악한 뿔을 가진 거대한 곤충이었다. 형태는 지구의 장수풍뎅이와 흡사했다. 그것이 등 날개 아래로 마력을 분사하며 엄청난 속도로 돌진해 왔다. 그 기세는 시속 100킬로미터로 달려오는 코뿔소에 비할 수 있을 것이다.

진로에 있던 거목이 마치 두부처럼 허무하게 박살 나며 날아갔다.

그와 함께 무언가가 네아를 향해 초고속으로 접근했다. 토끼 귀가 특유의 소리를 포착한 순간, 머리로 의식하는 것보다 빠르게 땅에 엎드려 가까스로 위기를 모면했다. 평소 훈련의 성과였다.

"네아슈타트름! 괜찮아?!"

"안 괜찮아! 토끼 귀 끄트머리를 잘렸어! 이 자식, 쳐 죽여 버리겠어!"

훌훌 날리는 자신의 털을 보며, 네아는 평소라면 미소녀라고 칭찬받을 귀여운 얼굴을 악귀처럼 일그러뜨렸다.

참고로 네아슈타트름은 네아의 이명이었다. 정확히 말하자면 『외살(外殺)의 네아슈타트름』이다.

열 살짜리 여자아이라고는 도저히 생각하지 못할 핏발 선 눈으로 주변을 노려보던 네아는 자신들의 주위로 모이기 시작한 마물의 기척과 그 수에 입꼬리를 실룩거렸다.

"발트펠드."

이름을 불린 팔도 이미 알아차렸는지 험악한 표정을 유지한 채 조용히 지시를 내렸다.

"교전 불가능. 정보 우선. 엄호한다. 가."

"알겠어."

간결한 명령과 간결한 대답. 군더더기 없는 대화는 노련한 군인을 연상하게 했다.

팔의 전의가 상승했다. 살기가 주변으로 퍼져 나가고 기척 조작 기능으로 존재감이 팽창했다.

동시에 네아의 기척은 안개 속으로 사라졌다.

그것을 놓칠세라 초고속으로 비행하는 무언가가 공기가 파열하는 듯한 소리와 함께 날아갔다. 그리고 눈 깜짝할 사이에 네아를 따라잡아 등에 공격을—.

"키이익?!"

—가하기 직전, 그 마물은 작은 비명을 지르면서 균형을 잃었다. 그리고 회전하며 나무에 격돌해 땅으로 떨어졌다.

초고속으로 날아 진로상에 존재하는 대상을 절단하는 그것의 정체는 몹시 얇은 날개를 여섯 장이나 가진 벌 형태의 마물이었다.

그 벌 마물의 몸통에 두꺼운 화살이 박혀 있었다.

"제아무리 빨라 봤자 직선 궤도라면 내 화살에선 벗어날 수 없지."

크로스보우를 겨눈 팔이 대담하게 웃었다.

네아를 노리리라 예측하고 극한까지 단련한 토끼 귀로 공격의 순간을 감지한다. 그리고 직감으로 궤도상에 화살을 쏴서 명중시킨다. 가히 신기에 가까운 솜씨였다.

그 옛날 꽃을 사랑해 마지않던 소년이 지금은 하우리아 족 최고의 저격수가 되었다.

네아의 기척은 이미 느껴지지 않았다. 팔조차 포착할 수 없을 만큼 기척을 차단해 이미 전선을 이탈했으리라.

쿵! 충격음과 함께 갑충이 돌진해 왔다. 그것도 세 방향에서 동시에……

"어이쿠, 나도 퇴각해야겠군. 대체 이 녀석들은 뭐 하는 놈들인지, 원……"

크로스보우에 밧줄이 달린 화살을 장전하고 즉시 발사해 본체의 기믹을 발동했다. 줄을 고속으로 감아 들이는 장치였다. 팔은 순식간에 갑충 머리 위를 뛰어넘었다. 아래로 세 마리 갑충이 충돌하고 엄청난 충격이 주변의 땅을 파헤쳤다.

가지 위에 내려앉은 팔의 토끼 귀로 부우우웅, 하는 날갯소리가 무수히 들려왔다. 그 외에도 다양한 기척이 접근하고 있었다. 관자놀이를 따라 식은땀이 흘렀다.

"작정하고 도주하지 않으면 위험하겠는걸……"

보통 토인족이라면 이미 살아남길 포기할 상황이었다. 아니, 다른 아인족이라도 그러리라. 아니면 울며불며 하늘에 목숨을 구걸하거나.

하지만 팔은 즉석에서 거침없는 손놀림으로 부비트랩을 설치하며 죽음의 술래잡기를 시작했다. 팔의 얼굴에는 겁 없고 흉악한 미소가 떠올라 있었다.

모 나락의 괴물을 빼닮은 웃음이었다.

그 후, 역시 숨고 도망치는 능력만으로 살아남아 온 종족답게 팔은 가까스로 신종 마물들의 추격을 뿌리칠 수 있었다.

그리고 불온한 기운이 감드는 수해를 헤치며 일직선으로 부락을 향해 질주하고 있을 때였다.

—부우우우우우우우우!

몸속까지 울리는 중저음이 수해 전체에 울려 퍼졌다.

"이건…… 페어베르겐의 경보음?"

한 해에 한 번 훈련을 겸해 울리는 【페어베르겐】의 긴급 경보였다. 거대한 호적에서 울리는 경적은 【페어베르겐】 전체 또는 수도의 긴급 사태를 알리는 신호였다.

아무래도 신종 마물의 습격은 아인족 나라를 뒤흔드는 규모였나 보다.

"뭐가 어찌 됐든 우선은 족장님에게 보고해야지."

더욱 속도를 높이자 얼마 안 있어 하우리아 족 부락에 도착했다. 팔은 페어드렌 수정이 만들어 내는 안개 방지 결계 안으로 뛰어들었다.

부락 중심부에서는 이미 캄이 몇 명의 하우리아 족에게 보고를 듣고 있었다. 그중에는 네아의 모습도 보였다.

"발트펠드!"

"무사했군!"

네아가 팔을 발견하고 손을 들었다. 눈에 띄는 상처도 없이 무사히 귀환한 팔을 보고 네아뿐 아니라 다른 이들도 조금 표정을 풀었다.

"잘 돌아왔다, 발트펠드."

"네, 족장님. 신종 마물에 대한 정보가 몇 가지 있습니다."

"말해 봐라."

캄의 목소리가 조용히 울렸다. 팔짱을 끼고 명상을 하는 것처럼 눈을 감는 모습은 위엄에 차 있었다.

팔은 네아와 헤어진 뒤 새롭게 얻은 정보를 보고했다.

초고속으로 날아다니며 스쳐 지나가는 대상을 절단하는 벌 마물, 등에서 마력을 분사해 육중한 무게와 무섭도록 튼튼한 외뿔로 돌진 공격을 감행하는 갑충 마물 외에도 날개에 그려진 무늬에서 고열의 광선을 발사하는 나비 마물, 날갯소리로 방울 같은 음색을 내며 토착 마물을 조종하는 마물 등이 있었다.

토착 마물 외에는 안개가 불러일으키는 감각 혼란에서 벗어날 수 없을 텐데도 그 마물들은 전혀 영향을 받지 않는 것처럼 정확히 팔의 위치를 알아냈다. 기척 조작에 뛰어난 토인족이기에 도망칠 수 있었다고 해도 과언이 아니었다.

"역시 모두 신종이군. 보고에 의하면 그밖에도 주위 경치에 완벽하게 동화하는 나뭇가지 같은 마물도 있었다는군. 나무 위에서 긴 다리를 뻗어 찌르며 독도 있다고 한다."

"그것들이 페어베르겐을 습격하고 있단 말이군요?"

"정확하게 말하면 『마인족과 놈들이 끌고 온 마물』이지."

"마인족! 침공입니까?!"

"그럴지도 모른다. 이오르닉스의 보고에 따르면 마인족은 수해의 효과를 받고 있는 모양이다. 무슨 수를 썼는지 놈들이 수해에서 활동할 수 있는 마물을 대량으로 구한 것 같군."

모여 있던 하우리아 족들이 고민스러운 표정을 지었다.

그런데 그때, 새로운 하우리아 족 여성이 뛰어들었다.

"라나인페리나 및 미나스테리아, 지금 귀환했습니다."

라나와 미나는 【페어베르겐】이 지금 어떻게 대응하고 있는지 확인하기 위해 정찰을 나간 이들이었다. 그녀들이 가져온 정보를 듣고자 모두 토끼 귀를 곤두세웠다.

"페어베르겐은 문을 걸어 잠그고 전사단을 총동원해 방어하고 있습니다. 다만, 완전히 기습을 당해 이미 다수의 사상자가 나온 상황입니다. 특히 남쪽 부락과 그 부근을 순회하던 경비대는 거의 전멸한 듯하며 동요한 나머지 사기가 낮습니다. 게다가 마물도 강력해 방어선이 돌파당하는 것도 시간문제로 사료됩니다."

예상은 하고 있었다. 그럼에도 술렁거리는 것을 어쩔 수 없었다. 하우리아 족은 이미 독립했지만 아인족 국가가 파멸 위기에 놓였다는 것은 그들 역시 충격이었다.

"수선 떨지 마라!"

벼락같은 노성이 울려 퍼졌다.

하우리아들이 조건 반사처럼 척 발소리를 내며 자세를 바로했다.

매처럼 날카로운 캄의 눈빛이 그들을 훑었다.

"페어베르겐이 열세라서 뭐가 잘못됐나? 우리가 해야 할 일에 무슨 차이가 있나? 놈들은 적이고, 적은 죽인다. 그게 다다. 아닌가?"

모든 이의 얼굴에 섬뜩하고 사나운 미소가 떠올랐다.

"페어베르겐이 시간을 벌어준다면 우리는 그동안 충분히 준비하면 될 것 아닌가? 들어라, 하우리아 제군!"

【페어베르겐】을 시간벌이 도구로 써 버리는 캄에게 하우리아들은 토끼 귀를 기울였다.

"적은 언젠가 이곳까지 올 것이다. 가만히 앉아 죽음을 기다리는 것만큼 어리석은 짓이 또 있는가! 수해는 그리 만만하지 않다는 사실을 그 몸에 새겨주자! 걸프스트림 소대! 방어 태세를 갖춰라! 트랩 지대를 최종 점검해라!"

"Sir, yes, sir!!"

"아이델하이트 소대! 마인족 편제를 조사해라!"

"Sir, yes, sir!!"

"인비지블 소대! 너희는 마물의 특성을 조사해라! 행동 패턴과 고유 마법을 위주로 철저하게!"

"Sir, yes, sir!!"

"발트펠드 소대! 페어베르겐으로 가서 지원해라! 단, 모습은 드러내지 말고 철두철미하게 시간만 벌어라! 페어베르겐이 버티면 버틸수록 우리가 유리해진다! 그 후 퇴각하여 상황을 보고하도록!"

"Sir, yes, sir!!"

"나머지 소대는 타 종족 부락으로 가라! 조금이라도 안전한 장소로 피난시키거나 경우에 따라서는 이곳으로 데리고 와라!"

""""Sir, yes, sir!!"""""

"자, 먼 남쪽 땅에서 힘들게 여흥거리를 가져와 준 그들에게 최고의 대접을 베풀어주자!"

""""YAHAAAAAAA!!"""""

외부 세력과 펼치는 첫 전투. 자신들의 부락을, 가족을, 동족을, 이번에야말로 지킬 수 있을 것인가……

부당함에 저항하는 마음과 힘을 바랐고, 그리하여 얻어 단련한 힘.

가장 약하다며 괄시받던 토끼들의 진가가 시험받을 순간이 왔다.

고함과 비명이 메아리치는 【페어베르겐】 방어선으로부터 약 500미터 남쪽 지역.

"이제 조금밖에 안 남았다! 서둘러! 한 사람이라도 많이 페어베르겐에 수용해!"

온몸이 피와 땀으로 젖은 호인족 남자— 제2 경비대 대장 길이 외쳤다.

그가 바라보는 곳에는 경비대에게 보호받으며 죽자 살자 【페어베르겐】을 향해 달리는 아인들이 있었다. 남쪽 부락의 생존자였다. 간신히 목숨만 건져 돌아온 경비대원이 전한 위급한 소식을 듣고 길이 구조에 나서 데리고 온 것이었다.

"대장님! 더는 못 버팁니다! 이대로는 방어선까지 도망칠 수 없습니다!"

비전투원인 피난민을 데리고서는…….

그런 뜻을 내포한 말에 길은 이를 갈았다.

"할 수 있다 없다 따질 때가 아냐! 해야 한다고! 우리는 그러기 위해 있는 거다!"

"하지만 피난민 대부분이 토인족이라—."

"더는 말하지 마라!"

생존자 대부분은 숨고 도망치는 것이 자랑거리인 토인족이었다. 누구보다 싸움을 못 하는 그들은 남녀노소를 불문하고 겁먹은 기색으로 억척스럽게 도망치는 중이었다.

최약체 종족을 경시하는 가치관은 뿌리 깊게 존재했다. 토인족을 구하기 위해 귀중한 병력인 경비대가 목숨을 던져야 하느냐는 생각을 품은 부하를 무작정 책망할 수는 없었다.

설령 길 본인에게 그런 편견이 없다고 해도 말이다.

"한 번 더 말하마. 싸우지 못하는 동포를 사수해라. 그게 우리의 역할이다. 적어도 페어베르겐의 전사가 된 날, 나는 그렇게 맹세했다. 너는 아니냐?"

"으…… 저도, 마찬가지입니다."

부하는 크게 심호흡하고 결연한 눈빛을 보였다. 길은 힘주어 고개를 끄덕였다.

그러나 직후—.

"윽?! 비켜!"

"……?!"

길은 부하 청년을 한 손으로 떠밀었다. 그 찰나, 안개를 뚫고 갑충 마물이 돌진해 왔다!

경비대의 방어망이 돌파됐다는 사실을 이해함과 동시에 앞으로 내민 칼과 갑충의 외뿔이 격돌했다.

"크악?!"

의식이 저 멀리 날아간 게 아닐까 착각하게 하는 충격이었다.

핀 볼처럼 튕겨 날아간 길은 땅바닥을 굴러 거목에 등을 세차게 부딪쳤다.

"대장님!"

부하가 소리치는 소리가 들린 것 같지만, 머리가 핑 돌며 온몸이 으스러질 것 같은 격통 때문에 대답할 여력이 없었다. 다만 흐릿한 시야에는 길을 튕겨 낸 기세 그대로 쫓아온 갑충 마물만이 비쳤다.

'이런 곳에서……'

길은 이를 악물었다. 마물의 거구가 시야를 전부 가렸다.

그리고—.

"흠, 이건 통할까?"

머리 위에서 목소리가 들렸다.

다음 순간, 돌진하던 갑충 마물이 비명을 지르며 기우뚱 기울더니 진로가 살짝 어긋나 길의 옆을 지나쳤다. 그리고 쿵, 하고 진동이 전해졌다.

더불어 안개 안쪽에서 연속으로 마물의 비명이 들렸고, 이윽고 그마저도 작아지더니 이내 잠잠해졌다.

"소도로는 갑각에 피해 못 줌. 단, 관절에는 유효."

"돌진 중에 펼치는 딱지날개 안쪽이 약점. 큰 타격을 입은 것을 확인."

"마력 분사로 추진력을 얻음. 이를 고유 마법이라고 판단함. 두 개의 분사구로 출력을 조정해 어느 정도 진로 변경이 가능. 한 곳을 저격하면 의도적으로 진로를 바꿀 수 있음."

"이만하면 됐다. 대상을 다음 마물로 옮긴다."

길이 괴로워하며 머리 위를 올려다봤다. 몸을 기댄 거목 위에 사람들의 실루엣이 보였다.

쫑긋쫑긋 산만하게 움직이는 토끼 귀도…….

"토, 인족……?"

길은 가지에서 가지로 휙휙 옮겨 가며 안개 너머로 사라지는 토인족들을 멍하니 바라봤다. 마지막으로 남은 토인족 남자가 그런 길을 내려다보며 씩 웃었다.

"동족을 지켜준 답례다. 열심히 발버둥 치며 살아남아라."

그 말만 남긴 채 마지막 토인족도 안개 속으로 사라졌다. 신경이 예민한 길조차 금세 기척을 놓쳐 버렸다.

"대장님! 무사하십니까?! 대체 무슨 일이……!"

다급하게 달려온 부하를 앞에 두고 길은 메마른 웃음을 흘렸다.

부하가 머리라도 부딪쳤나 싶어 더욱 당황했지만 반박할 기운도 없었다.

길의 머릿속을 스친 것은 푸른빛 감도는 흰 머리 토인족, 『불길한 아이』라며 처단하려고 한 소녀였다. 언젠가 그녀의 일족에 관한 어떤 황당무계한 보고를 받은 적이 있었다.

"레긴…… 제정신인지 의심해서 미안했어. 살아서 돌아간다면, 사과해야겠군."

신기하게도 마물이 습격해 오는 낌새는 없었다.

그들이 어떻게 했겠거니 예상하면서 길은 부서질 것 같은 몸을 채찍질해 일어났다.

"대장님?"

"크, 난 괜찮다. 조력이 있어서 목숨을 건졌어. 그보다 곧 다음 마물이 올 거다. 이 틈에 어서 페어베르겐까지 가자."

"아, 알겠습니다!"

길은 지시를 내리기 위해 달려간 부하의 뒷모습을 바라봤다.

상황은 여전히 위험했다. 과연 방어선은 무사할까…….

"젠장. 이토록 무력하다고 느낀 건 그 소녀와 대치한 이후 처음이군."

길은 인상을 쓴 채 그렇게 내씹었다.

【페어베르겐】의 중추인 장로 회의는 유례없는 무거운 분위

기로 가득 차 있었다. 최고참인 삼인족 족장 알프레릭조차 답답하다고 느낄 정도였다.

어찌 보면 당연한 일이었다. 조국이 당장 망국으로 전락할 판국이니까 말이다.

원을 그리며 빙 둘러앉은 족장들 중 호인족 족장 젤이 바닥을 쾅 치며 소리쳤다.

"제길, 대체 어떻게 된 거야?! 왜 외부 마물이 수해에 영향을 받지 않는 거지?!"

"아직 관련 정보는 들어오지 않았습니다. 지금은 『왜』보다 『어떻게 해야 할까』를 논의해야 합니다."

장로 중에서도 젊은 축에 속하는 호인족(狐人族) 족장 루아가 실눈을 더욱 가늘게 하며 말했다.

"진정해, 젤. 루아 말이 맞아."

"그렇지만 마인족이 통솔하는 마물의 힘은 상식을 벗어났어. 방어선도 언제까지 버틸지 몰라."

토인족(土人族) 족장 구제가 젤을 달랬고 익인족 족장 마오가 고개를 저었다.

"누가 그걸 몰라?! 알프레릭! 당신이 가장 오래 살았어. 무슨 생각 없어?"

젤이 지푸라기라도 잡는 심정으로 물었다.

알프레릭은 감고 있던 눈을 천천히 떴다.

"……설마, 자격자인가……."

그가 중얼거린 소리에 모든 족장이 몸을 떨었다. 장로 한 명을 불구로 만든 백발 안대 소년이 뇌리를 스쳤다.

"그럴 리가. 건국 이래 한 사람도 나타나지 않았던 자격자가 이런 단기간에 한 명 더 나온다고?"

"한 명이 나왔으면 몇 명 더 나온다고 이상할 건 없지. 물론 나구모 하지메와 달리 이번 상대는 마인족이야. 적대할 의사가 없다고 말한들 과연 이야기를 들어줄지……."

알프레릭은 잠깐 뜸을 들이고 결심한 것처럼 입을 열었다.

"나라를 버린다— 그런 선택도 염두에 둬야 할지 모르겠군."

"뭐?"

젤이 반론하려다가 바로 입을 다물었다. 다른 족장들도 할 말을 잃었다.

"목숨과 바꿀 순 없지. 수해 더 깊은 곳, 북쪽 산맥 지대, 남쪽 대륙, 혹은 대륙을 횡단해서 멀리 서쪽 바다에 있는 동포의 마을에 보호를 요청하세. 무엇 하나 편한 길은 없지만, 결사 항전보다는 살아날 확률이 높을 거야."

"그렇지만, 이 땅을 버릴 순 없어! 우리의 성역, 우리의 고향이라고!"

"죽으면 그게 다 무슨 소용인가? 나라가 없어도 살아만 있다면 언젠가 다시 만날 수 있겠지."

항변하는 이는 없었다. 하지만 쉽게 결단할 수도 없었다. 장로들은 다시 무거운 분위기에 빠졌다.

그곳으로 마치 결단을 강요하는 듯한 보고가 날아들었다.

쾅! 요란한 소리와 함께 뛰어든 낭인족 청년이 울음을 터뜨릴 것 같은 얼굴로 외쳤다.

"전사단 단장 고트 님이 전사하였습니다!"

"""""⋯⋯?!"""""

【페어베르겐】 전사단을 통솔하던 낭인족 족장 고트는 장로들에게 신망이 두터운 아인족 군대의 상징적 인물이었다. 그 인물의 사망 소식이 가져온 충격은 헤아릴 수 없었다.

"현재 부단장이 지휘권을 인계했으나, 이미 최후 방어선까지 물러나기로 결정했습니다. 부단장의 전언입니다. ―우리는 이곳에서 죽기로 각오했사오니 장로님들은 페어베르겐에서 피난하십시오. 이상입니다!"

"더 생각할 여유는 없군."

누구도 알프레릭의 말에 이의를 제기하지 않았다.

알프레릭은 손녀 알테나를 생각하면서 각 종족의 차세대 유력자를 선별해 우선적으로 탈출시키자고 제안하고자 막 입을 열려고 했다.

그러자 그때 또 다른 전령이 뛰어 들어왔다. 찾아온 이는 결사의 각오로 첩보를 떠난 호인족(狐人族) 청년이었다.

"루아 족장님과 장로님들께 보고합니다. 적의 목적은 『진정한 대미궁』인 모양입니다."

"네? 그게 사실인가요?"

루아가 가느스름한 눈을 크게 뜨고 무심코 되물었다.

"예. 마인족이 빈사 상태의 아인족에게 묻는 것을 들었습니다. 대체 무슨 말인지⋯⋯ 대답할 수 있는 자는 없었습니다만……."

　보고하러 온 호인족 청년 본인도 당혹스러움을 감추지 못했다. 하지만 조금 전 소동이 머릿속을 스쳤는지 장로들의 안색을 살피듯 바라봤다.

　루아의 시선이 알프레릭에게로 돌아갔다.

　"더 따질 것도 없군. 그걸 알려주고 물러난다면 싸게 먹히는 거지. 내가 가겠네. 그러는 편이 설득력도 있겠지."

　알프레릭은 만약을 위해서 다른 족장들에게 탈출 준비를 하도록 당부하고 바로 방을 나갔다.

　"알프레릭 님! 위험합니다! 내용만 알려주시면 저희가……!"

　"따지고 있을 시간은 없다."

　종족을 불문하고 장로 회의 측근들이 매달렸지만 알프레릭은 그들을 모두 뿌리쳤다. 그리고 일단 타협점으로 애용하는 활을 들고서, 최고 연장자라고는 생각할 수 없는 속도로 문으로 갔다.

　최후 방어선은 도시의 거대한 정문이었다. 그 앞에는 밧줄만 끊어도 굴러떨어지는 거목 방어벽이 있었고, 뒤쪽에는 주위 나무들과 문 위쪽에서 활로 공격할 수 있게 되어 있었다.

　알프레릭은 나이도 몸무게도 느껴지지 않는 몸놀림으로 문위까지 올라가 눈에 힘을 주고 전황을 확인했다.

　"잘 싸워주고 있군."

　그 말대로 전사단은 선전하고 있었다. 모두 어디 하나 성한 곳이 없음에도 결사의 각오로 미지의 마물을 저지하고 있었다.

하지만 패배는 시간문제였다.

알프레릭은 먼 곳까지 내다보이는 시력으로 적들 후방에 있는 인물을 포착했다.

그리고 크게 숨을 들이켠 뒤 먼 곳까지 울리는 낭랑한 목소리로 이름을 밝혔다.

"내 이름은 알프레릭 하이피스트! 페어베르겐의 장로 중 한 명이다! 마인족은 들어라! 『진정한 대미궁』을 찾고 있는가!"

함성과 비명이 메아리치는 전장에서 그 목소리는 신기하게도 선명하게 들렸다. 페어베르겐 전사들이 뭔가에 홀린 것처럼 순간 동작을 멈췄다.

그보다 조금 늦게 마물들도 멈춰 섰다.

그사이로 마인족— 다발로스가 걸어 나왔다.

"오호라, 네가 장로인가 뭔가 하는 녀석인가? 그렇게 말하는 것을 보면 『진정한 대미궁』을 알고 있나 보군?"

"안다. 장로들에게만 구전된 이야기다. 내용이라면 알려주겠다. 대가로 전투를 즉시 중지했으면 한다. 우리는 너희의 대미궁 공략을 방해하지 않겠다."

"흠, 정보를 교환 조건으로 목숨을 보전하겠단 건가?"

다발로스는 생각하는 양 턱을 더듬었다.

【페어베르겐】 전사들이 침을 삼키며 지켜봤다.

과연 다발로스의 대답은—.

"왜 우리가 후방에 물러나 있는지 생각해 봤나?"

"……무슨 말이지?"

"가능한 한 힘을 온존하기 위해서다. 『진정한 대미궁』에 도전하기 전에 힘을 소모하고 싶지 않았지. 하물며 우리 선택받은 종족의 힘을 아인 따위에게 쓰는 것은 지나친 낭비다."

전사들이 울컥하며 분노를 드러냈다.

그러나 다발로스는 전혀 개의치 않으며 똑바로 알프레릭을 쳐다봤다.

그 눈동자에 깃든 광기를 보고 알프레릭은 소름이 끼쳤다. 동시에 이해했다. 나구모 하지메와는 전혀 다르다는 것을. 교섭의 여지 따위 처음부터 존재하지 않았단 것을······.

"그렇지만 교섭을 시도하다니······. 알고 있나? 교섭이란 **대등한** 입장에서 이루어지는 선택이다. 대등이다, 대등! 짐승 따위가 우리 선택받은 종족과 대등하다고 생각하는가?! 그 착각— 죽어 마땅하다."

다발로스가 천천히 팔을 올렸다. 동시에 숙련된 고속 영창이 개시됐다.

그에 대항해 알프레릭도 범상치 않은 속도로 화살을 쐈다.

하늘을 찢을 듯한 기세로 날아간 화살은 정확히 그 궤도상에 있는 다발로스의 심장을 노렸다. 거리와 쏘는 속도를 생각하면 가히 신들린 정확도였다.

하지만 그것을 예상했던 것처럼 다른 마인족이 바람 장벽을 만들어 화살을 막아 버렸다.

"대비하라!"

알프레릭이 경고한 것과—

"─『염각추(焰殼鎚)』."

다발로스의 마법이 발동한 것은 동시였다.

─땅과 불 속성을 합친 상급 마법 『염각추』.

지면을 융기시켜 거대한 암석을 구축, 고열의 불길을 두른 암석이 거대한 용암이 되고 폭발력으로 사출되는 마법. 상급 복합 마법이지만 위력만 따진다면 최상급에 필적한다.

벌건 용암 포탄이 포물선을 그리며 문으로 날아왔다.

꿍음.

충격과 폭풍이 전사들을 휩쓸었다.

전체 높이가 3미터 정도 되는 육중한 문은 안쪽으로 박살 났고 주위에 난 나무들은 도려내지다시피 날아갔다. 문 테두리와 위층은 새까맣게 타 버렸지만 가까스로 형태만은 유지했다.

최후의 방어선이 단 일격에 깨지고 말았다.

"어떻게 이럴 수가……."

문 안쪽으로 눈길을 돌린 알프레릭이 전율하며 중얼거렸다.

아직 벌겋게 달아올라 지면을 지지는 암석 주위에도 많은 아인족이 쓰러져 있었다. 손가락 하나 까딱하지 않아서 숨이 끊겼는지, 아니면 아직 간신히 숨이 붙었는지조차 알 수 없었다.

"깨달아라."

증오마저 내포한 광기 어린 음성이 들렸다.

"신에게 버림받은 이도 저도 아닌 네놈 짐승들이 나라를 세운 것 자체가 우리 선택받은 자에게는 참을 수 없는 모욕임을. 세계는 우리 마인족의 인도하에 번영해야 한다. 왜 그 순리를 이해하지 못하는가? 네놈들의 무지몽매함에 머리가 어지러울 지경이다."

다발로스의 충혈된 눈이 충격에서 간신히 헤어난 아인들을 내려다봤다.

"이곳의 함락도 임무에 포함됐다는 사실을 진심으로 감사히 생각한다. 짐승들아, 영광인 줄 알아라. 인간 나라처럼 노예로 삼지는 않겠다. ……여기서 씨를 말려주마."

초고속으로 튀어나온 그림자 두 개가 일직선으로 알프레릭이 있는 곳을 향했다.

『진정한 대미궁』에 관한 정보를 캐내지 않은 단계에서 바로 죽이리라고는 생각할 수 없었다. 전쟁 중에 실수로 죽이지 않도록 빈사 상태로 잡아 둘 요량이리라.

"ㅡ큭!"

알프레릭은 화살집에서 화살 세 대를 뽑음과 동시에 하늘을 보며 문 안쪽으로 뛰어내렸다. 오랜 세월 쌓은 경험과 보고받은 내용을 믿고 순간적으로 취한 행동은 결과적으로 옳았다.

아무리 빠르다고 해도 표적이 뛰어내린 이상은 진로를 변경해 위에서 공격해야만 한다. 그 한순간 적은 반드시 감속한다.

포물선을 그리며 나는 세 대의 화살은, 마치 착탄 지점을 자동 조준이라도 한 것처럼 다발로스를 머리 위에서 노렸다.

게다가 공중에서 몸을 비틀어 화살을 뽑은 알프레릭은 문

건너편에서 화살을 쐈다. 사람과 마물 사이를 뱀처럼 구불구불 날아가는 화살은 확실하게 다발로스를 향했다.

과연 신궁이라고 불릴 만한 실력이었다.

제아무리 다발로스라도 눈을 번쩍 뜰 수밖에 없었다. 반사적으로 몸을 옆으로 날려 화살을 피했다.

"네 이놈이!"

다발로스는 아인족 따위의 공격을 피할 수밖에 없었다는 사실에 격노했다.

즉각 무영창에 가까운 초급 마법 《염탄》을 퍼부었다. 초급 마법이라고는 하나, 하나하나가 무서운 위력을 가졌다. 착탄할 때마다 땅이 폭발하며 충격이 퍼졌다.

"으악?!"

알프레릭이 충격에 날아갔다.

최고 연장자 장로가 궁지에 빠지자 전사들이 함성을 질렀다. 하지만 마물이 다시 움직이고 다른 마인족들도 공격에 가담하자 함성은 비명으로 변하고 말았다.

문을 깨부순 충격은 이미 【페어베르겐】 안까지 전해졌다. 벌써 전령도 뛰어가고 있었고 지금쯤 다른 장로들이 비전투원들을 분산 이탈시키고 있을 것이다.

하지만 과연 도망칠 수 있을까?

전사단은 얼마나 시간을 벌 수 있을까?

절망밖에 없었다. 아무리 희망을 찾아보려고 해도 전혀 보이지 않았다.

【페어베르겐】은 오늘 멸망한다. 도저히 저항할 방법이—.

"아니…… 아직 희망은 있어!"

지금 막 갈비뼈 몇 대가 부러지는 대신, 돌진하는 갑충 마물을 거대한 할버드로 내려찍은 웅인족 전사가 거친 숨을 헐떡이며 중얼거렸다.

그의 이름은 레긴. 반톤 족 차기 족장 후보였던 강력한 전사였다. 하지만 전에 장로였던 진을 불구로 만든 것에 앙심을 품고 장로 회의의 결정을 거슬러 하우리아 족을 습격했다가 패배한 자들의 리더이기도 했다.

그는 그 사건의 책임을 지고 족장 후보에서 탈락해 일개 전사가 되었지만—.

"놈들이다. 놈들의 조력이 있다면 아직……! 가야 해!"

나비 마물이 날개를 팔락였다. 발사된 광선이 레긴의 옆구리와 팔을 꿰뚫었다. 지체 없이 갑충 마물이 돌진해 왔다.

"끄악?!"

레긴은 격통에 의식을 잃을 뻔했으나 이를 악물어 버렸다. 튕겨 날아간 기세로 페어드렌 수정이 만드는 결계 밖까지 굴러나갔다.

"미안하다! 조금만 버텨 다오!"

레긴은 엉망이 된 몸을 이끌고 남은 힘을 쥐어짜서 뛰었다.

레긴이 하우리아 족 부락에 도착했을 때, 그곳에는 이미 임전 태세를 갖춘 하우리아 족이 모여 있었다.

페어드렌 수정 결계를 통과해 레긴이 모습을 드러낸 순간,

모든 하우리아 족이 「앙?」 소리를 내며 마물 뺨치는 안광을 쏘았다. 레긴은 얼떨결에 「힉?!」이라는 비명을 지르고 펄쩍 뛰어올랐다.

"누군가 했더니 전에 본 그 곰이잖아?"

캄이 대표로 발언했다. 눈초리가 가장 위험해서 레긴은 그만 눈길을 피했다. 하지만 곧 용기를 쥐어짜서 한 발 내디뎌 하우리아들 앞에 나섰다. 그리고 무릎을 꿇은 뒤 땅에 이마를 박았다.

"염치 불구하고 부탁한다! 바란다면 내 몸, 목숨을 모두 바치겠다! ―제발 힘을 빌려다오!!"

길게 말하지 않고 그저 이마를 땅에 박았다. 자존심도 체면도 내던지고 머리를 조아렸다.

【페어베르겐】의 전사가, 한때 최강 종족의 족장 후보까지 올랐던 인물이, 최약체라고 괄시받는 종족의 한 부족에게 머리 숙여 부탁했다.

분명 다른 토인족이 보면 놀라 자빠지거나 틀림없이 꿈일 거라며 자기 토끼 귀를 꼬집어봤을 것이다.

그만큼 현실성 없는 애원을 들은 캄은―.

"거슬린다. 입 다물고 있어."

"―."

그렇게 잘라 말했다.

레긴이 이를 갈았다. 왜냐는 의문이 치밀었다. 아인족의 성역인, 고향인 수해가 침공받고 있었다. 반목했다고는 하나 이

위기 상황을 가만히 보고만 있는 것이 이해되지 않았다.

레긴은 충동에 이끌려 캄에게 따지려고 했다.

하지만 그 전에 캄이 어떤 소름 끼치는 감정을 품은 목소리로 말했다.

"전원, 정보는 공유했겠지? 놈들의 목적은 『진정한 대미궁』이라고 한다. 그렇다. 언젠가 돌아올 『보스』를 위해 존재하는 그 대미궁이다."

"""""""……""""""".

레긴의 피부에 오싹한 소름이 돋았다. 조용한데도 하우리아 족이 내는 분위기의 무시무시함은 이루 말할 수 없었다.

"놈들은 보스의 물건에 손을 댈 심산 같다."

키익키익, 하고 작은 비명이 들렸다. 그와 함께 주위 수풀이 흔들리는 소리와 그것이 멀어지는 소리가 들렸다. 마물인지 벌레인지 모르겠지만 부락에서 흘러나오는 살기에 도망친 것 같았다.

레긴도 당장 도망치고픈 기분이었다. 그러고 싶어도 움직일 수 없었지만…….

"만약, 만약 놈들이 대수에 무슨 짓을 해서 보스가 대미궁으로 가는 길을 막기라도 한다면……."

아득. 캄의 입에서 이를 가는 소리가 났다. 토끼 귀의 털이 북슬북슬하게 곤두섰다.

"묻겠다. 나의 동지이자 가족들이여. 우리가 두 눈 빤히 뜨고 있는데 보스의 꿈이 무너진다…… 견딜 수 있는가?"

""""""Sir, no, sir!!""""""

쩌렁쩌렁한 성량과 패기에 부락을 감싼 안개가 요동쳤다!

"가슴을 펴고 재회의 기쁨을 맛볼 수 있겠는가?!"

""""""Sir, no, sir!!""""""

"우리가 보스를 보스라고 우러러볼 자격이 있는가?!"

""""""Sir, no, sir!!""""""

"그렇다! 그런 무능한 놈은 버러지만도 못한 『삐―』다! 우리는 『삐―』인가?!"

""""""Sir, no, sir!!""""""

"그래, 아니고말고! 우리는 하우리아 족! 보스의 병사! 최강의 병사다! 증명하자! 본때를 보여주자! 수해 속 악마가 여기 있다고!"

""""""Aye, aye, sir!!""""""

문득 정적이 찾아왔다. 뜨거워진 열기가 서서히 흩어졌다.

'아니, 열은 그대로야……. 아, 이 얼마나 차가운 살기인가…….'

기운이 흐릿해져 갔다. 눈앞에 있는데 하우리아 족의 존재감이 희박해져 갔다.

레긴은 깨달았다.

전에 보인 난동은 진심이 아니었다. 말 그대로 단순히 날뛴 것에 불과했다.

극한까지 조용한, 극한까지 흐릿한, 하지만 확실히 존재하며 눈치챘을 때는 이미 휘둘러지는 살의의 칼날.

이것이 바로 하우리아 족. 아니, 이것이 바로 최악이라고 경시받던 토인족의 진짜 힘이었다.

숨은 열 대신 토끼들의 입가가 찢어졌다. 밤하늘에 걸린 초승달처럼.

그러고는 몸을 느릿느릿 흔들며 한 사람씩 사라졌다.

어디로? 뻔하지 않은가?

병사가 향하는 곳은 단 하나.

전장이다.

레긴은 훗날 말했다.

"그때 하우리아는 정말로 무서웠어. 예전처럼 미쳐 날뛰는 것도 아닌데 몸을 천천히 흔들면서 입가가 이렇게 슥 찢어지더니…… 웃는 거야. 으으, 그 날부터 제대로 잘 수가 없어. ……꿈에 입이 찢어진 토끼가 나와서 목을……. 허억, 허억…… 안 돼. 몸 떨림이랑 과호흡이 안 멈춰……. 약을 어디 뒀더라……."

처음으로 이변을 눈치챈 사람은 부대장인 셀레카였다.

"응? 뭐야? 왜 돌아오지?"

옆에서 체공하는 벌, 마인족이 스키아라고 부르는 마물을 보며 고개를 갸웃거렸다.

이 스키아는 이동 속도가 빨라 다리에 종이를 묶어 전령 역할도 수행하는데, 별동대 부하에게 보낸 전달용 종이가 아무리 봐도 셀레카 본인이 아까 묶은 것이었다.

그 말인즉, 이 스키아가 부하의 위치를 찾지 못했다는 것이었다.

혹시나 몰라 종이를 펼쳐 내용을 확인했지만 역시 자신이 준비한 그 종이가 맞았다.

"……설마 이제 와서 수해의 영향을 받은 건 아니겠지?"

하나의 걱정이 떠올랐지만 셀레카는 곧 머리를 저어 부정했다.

전방에서는 다발로스가 솔선해서 싸움을 펼쳤고, 알프레릭을 포함한 장로들이나 대장 격 전사들이 총출동해서 버티고 있었다.

본심을 말하면 셀레카도 아인족 소탕에 참전하고 싶은 마음이 굴뚝같았지만 마물 통솔과 전체 상황을 파악할 지휘탑은 필요했다.

하지만 이미 【페어베르겐】 안으로 마물이 다수 침입해 전투원, 비전투원 구별 없이 아인을 공격하는 상황이었다. 전세는 완전히 기울었다.

어깨에서 약간 힘을 빼며 다시 한 번 전령으로 보내려고 스키아에게 명령을 내린 그때였다.

"……뭐야? 너도?"

새로운 스키아가 돌아왔다. 역시 별동대에 보냈던 전령 스키아였다.

아인족을 최대한 놓치지 않기 위해 소대를 셋으로 나눠 각 방면으로 보냈는데 그중 두 부대와 연락이 끊기다니…….

"……만일을 위해 증원을 보낼까?"

설마 전령을 알아차리지 못할 만큼 여유가 없으리라고는 생각할 수 없었다.

아인족 사냥에 너무 열중해 전령을 보지 못했을 뿐이지 않을까?

이럴 때 마물과 의사소통을 할 수 있다면 편할 텐데. 셀레카는 허탈하게 웃으며 피리를 불었다. 인간의 가청 능력을 벗어난 그 소리는 본부대 후방에 예비 병력으로 대기하는 마물들에게 내리는 집합 명령이었다.

페어베르겐 주변을 에워싸듯 전개한 예비 병력은 현재 안개에 가려 보이지 않았다. 하지만 얼마 지나지 않아 안개를 뚫고 그들이 나타나겠지……

"……."

분명히 나타났다. 상상하던 마물의 3분의 1 정도가.

셀레카는 다시 한 번 집합을 위한 피리를 불었다.

마물은…… 오지 않았다.

섬뜩한 무언가가 셀레카의 가슴속을 스쳤다.

"어떻게, 된 거지? 왜 마물이 안 와?! 제어에서 벗어났나? 설마……. 프리드 님께서 만드신 마물이 그럴 리가 없어!"

셀레카는 본대에 남긴 부하 한 명에게 상황을 보고 오라고 명령하려고 했다.

"피들러! 마물이 반응하지 않는다! 상황을—."

말은 도중에 멈췄다.

"피들러? 어이, 어디 있어?! 피들러!"

아까까지만 해도 문 주변에 진을 치고 아인들을 상대하고 있었던 부하가 없었다. 주위를 돌아본 셀레카는 그제야 겨우 주변의 변화를 알아차렸다.

"결계 범위가…… 좁아졌어?"

그랬다. 원래 【페어베르겐】 주변은 페어드렌 수정의 결계로 안개가 어느 정도 옅은 장소였다. 그 범위가 명백히 좁아졌다.

그때, 안개 너머에서 퍼뜩 지나치는 그림자가 보였다.

"피들러! 너냐?! 제기랄, 대답해!"

대답은 없었다.

"스키아, 가서 피들러를 엄호해!"

아직 정예인 부하에게 무슨 일이 생겼다고는 생각하지 않았다.

승패는 정해졌다. 버티는 전사들을 소탕한 후 다발로스가 장로들과 대장 격 인물들을 해치우면 더러운 짐승의 학살극이 시작될 것이다.

명령을 받은 마물 약 열 마리가 그림자가 보인 안개 속으로 돌격했다.

이러면 아무 문제도 없다. 없을 것이다. 셀레카는 왠지 모르게 흘러내리는 식은땀을 애써 외면했다.

그런데 갑자기, 살기가 등을 찔렀다.

"흡?! —《풍인》!"

몸을 돌리며 마법을 날리는 실력은 과연 일류라 할 수 있었다.

하지만 바람의 칼날은 새하얀 안개를 휘저었을 뿐 의미 없는 일격이 되었다.

"뭐야? 무슨 일이……."

겨우 좋지 않은 일이 일어났다고 인정한 셀레카의 발밑에 툭 하고 뭔가 무거운 물건이 떨어지는 소리가 났다. 반사적으로 시선이 바닥을 향했다.

그곳에 있는 것은―.

"으윽!"

셀레카는 저도 모르게 뒤로 훌쩍 물러났다. 땅에 떨어진 것은 『피들러의 일부』였다.

"대장님! 습격입니다! 적의 정체는 불명!"

문 안쪽으로 들어가 격전을 펼치던 다발로스가 그 비명에 가까운 경고를 듣고 우뚝 멈췄다.

우연히도 그것은 땅에 쓰러진 알프레릭에게 《비창》을 꽂기 직전이었다. 이미 젤을 필두로 한 장로들은 모두 쓰러졌고 대장들은 무릎을 꿇은 상태였다.

딴에는 『진정한 대미궁』에 관한 정보를 얻기 위해서 급소를 피한다고 피했나 보지만 거의 결판이 나기 일보 직전이었다.

"뭐라고? 습격? 무슨 뜻이지?"

다발로스는 어깨 너머로 시선을 던지며 표정을 찌푸렸다.

"안개 속에 『뭔가』가 있습니다! 피들러가 전사! 2개 부대와 연락 두절! 투입한 마물도 전멸한 듯합니다!"

"뭐라고?! 도시 내부로 침입한 마물을 다시 불러 모아라! 남은 한 부대는 어디냐?!"

"발렌 부대입니다!"

"당장 불러들여!"

예측하지 못한 사태였다. 다발로스의 핏발 선 눈이 발치에서 무릎을 꿇고 몸을 일으킨 알프레릭을 향했다. 불길이 이글거리는 창끝이 그의 얼굴 앞으로 다가왔다.

"무엇을 숨기고 있지? 이 타이밍에 비장의 수를 꺼내 들다니, 제대로 한 방 먹었군."

소중한 동포를 잃고 경애하는 장군에게 받은 마물을 다수 잃었다.

격정을 억누르는 다발로스의 목소리는 떨리고 있었다.

그러나 알프레릭에게는 당최 알 수 없는 노릇이었다. 비장의 수가 있다면 문이 돌파되기 전에 진작 썼을 것이다. 오히려 당혹스러운 것은 알프레릭 쪽이었다.

솔직하게 자신도 모른다고 말할 뻔한 알프레릭의 시선이 문 위로 옮겨 간 순간, 그는 경직했다.

질문에 대답하지 않은 채 눈을 크게 뜨고 경악하는 그를 보고 다발로스도 그 시선을 더듬어 올라갔다.

그곳에는…… 사람이 있었다. 토끼 귀를 휘날리는 토인족이었다.

하지만 이상했다.

마인족도 아인족의 종족별 특성은 어느 정도 알고 있었다. 이번 수해 습격을 통해 토인족이 싸움과는 연이 없는 겁쟁이라는 것도 알았다.

하지만 그 토인족에게는 여유가 흘러넘쳤다. 누군가의 피로 토끼 귀를 적시고 살의로 물든 안광으로 전장을 내려다보고 있었다. 한 손에는 칼집에서 뽑힌 소도, 그리고 또 한 손에는……

"이, 자식들!"

마인족의 머리가 있었다. 연락이 끊긴 부대를 이끌던 부하의 머리였다.

"캄…… 하우리아……."

알프레릭이 멍하게 중얼거렸다. 한때 추방한 일족 족장의 이름을……

족장들과 전사들이 똑같이 멍하게 문 위를 올려다봤다. 모두 경악으로 눈이 커져 있었다.

그런 가운데 캄은 대수롭지 않게, 그야말로 쓰레기라도 버리듯 마인족 머리를 던졌다.

그리고 다발로스를 빤히 바라보고는―.

"훗."

누구라도 알 수 있었다. 의심의 여지가 없었다.

그것은 분명한 『비웃음』이었다.

캄은 몸을 천천히 흔들며 나무 사이, 안개 속으로 모습을 감췄다.

페어드렌 수정을 뿌렸는지 사라진 길을 보여주듯 안개가 길을 텄다.

이 또한 보란 듯한 『도발』이었다.

"셸레카 부대장. 전 병력을 모아라. 토끼 사냥에 나선다."

억양이 사라진 목소리였다. 언제 그랬냐는 듯 표정마저 사라졌다.

임계점을 넘은 분노는 사람에게서 겉으로 보이는 감정을 앗아가는 듯했다.

"옛!"

반대로 셀레카가 격정을 채 추스르지 못한 목소리로 대답했다.

다발로스는 장로들을 한 번도 보지 않고 똑바로 캄이 사라진 길로 걸어갔다.

피폐해진 몸으로 마음대로 움직이지도 못하는 그들은 무시해도 상관없다고 판단했으리라. 혹은 가치를 인정하지 않는 아인, 아니면 가장 약한 종족의 비웃음에 냉정함을 잃었거나······.

이유가 무엇이건 마인족과 마물이 사라진 【페어베르겐】에서 알프레릭은 털썩 쓰러지며 중얼거렸다.

"설마 그들이 우릴 살릴 줄이야······."

장로들과 전사들도 그저 말없이 고개를 끄덕일 따름이었다.

다발로스의 부대가 선행하는 마물을 따라 짙은 안개 속을 진군했다.

도중에 남은 한 부대와 합류했지만 역시 두 부대는 각개 격파당한 것 같았다.

살아남은 마인족은 다발로스와 셀레카를 포함해 불과 여섯 명에 불과했고 마물은 무려 50퍼센트 이상을 잃었다. 눈 뜨고 못 볼 참상이었다.

무엇보다 굴욕인 것은 이 지경이 될 때까지 그 사실을 눈치 채지 못했다는 점이었다.

자신들이 【페어베르겐】을 공격하는 동안 끝에서부터 야금 야금 병력을 잡아먹었을 거라고 생각하자, 그리고 그것이 작전이었다고 생각하자 보기 좋게 속아 넘어갔다는 사실에 속이 뒤집혔다.

정이 강하기로 유명한 아인족이 설마 수도를 미끼로 쓸 줄은 생각지도 못했다.

어떻게 보면 어쩔 수 없는 오산이었다.

설마 그들도 이미 【페어베르겐】에서 추방당한 일족이, 같은 아인족(토인족 제외)의 목숨을 전혀 돌보지 않으며 유격을 펼칠 줄은 생각하지 못했을 테니까.

"이런 굴욕은 지금까지 느낀 적이 없다. 씨를 말려 놓지 않으면 조국에 돌아가서 얼굴을 들지 못할 거다."

"지당하신 말씀입니다. 전쟁에 비겁하다는 말은 없다지만, 동포를 희생양으로 삼는 그 방식에 구역질이 납니다! 놈들은 살려둬선 안 됩니다!"

다발로스와 셀레카의 말에 다른 네 사람도 격하게 동의했다.

그러던 그때, 시야 끝에서 사람 그림자가 지나갔다.

사전에 명령해 놓은 대로 스키아 몇 마리가 번개같이 날아갔다.

그리고…… 아무것도 없는 곳에서 두 동강 난 뒤 추락했다.

"응?!"

"뭐야?! 어디서 공격해 왔지?!"

다발로스가 눈을 번쩍 떴고 셀레카는 주위를 경계하며 두리번거렸다.

그림자가 다시 안개 안쪽에서 달려갔다.

명령은 철회하지 않았다. 다음 스키아들이 날아갔다.

그리고 똑같이 나무 사이에서 두 동강 나서 추락했다.

"아니다, 부대장! 나무 사이를 봐라! 실이야. 아주 가는 실이 쳐져 있어! 트랩이다! 스키아의 돌격을 중지시켜라!"

다발로스는 스키아 대신 나무까지 날려 버리는 갑충 마물—드래이거를 돌격시켰다.

"어디서 잔꾀를! 몽땅 쳐 죽여 버려라!"

와이어가 설치된 나무들이 박살 났다. 그리고 드래이거는……지면에 추락했다.

"이번엔 뭐야?!"

박살 난 나무들에 고정된 와이어가 땅으로 당겨지며 발사된 화살이 드래이거의 약점, 마력 분출 시 노출되는 등에 쇄도한 결과였다.

그리고 말 그대로 땅에 내리꽂힌 드래이거는 바닥을 미끄러져 그 앞에 있는 구멍으로 쏙 떨어졌다. 그 순간 어디선가 날아든 불씨가 구멍 아래에 찬 가연성 물질에 인화하여 표적을 불태웠다.

돌격한 여러 마리의 드래이거는 모두 똑같은 말로를 맞이했다.

"원형으로 모여라! 전방위에 범위 마법! 큐벨리아도 공격시켜!"

무수한 광선을 뿜는 나비 마물— 큐벨리아가 광선으로 전방위를 훑었다.

마인족들은 그동안 범위 공격 마법을 준비했다. 마법 능력이 뛰어난 마인족 여섯 명이 범위 마법으로 일제히 공격한다면 주변 일대가 초토화되는 것은 불 보듯 뻔한 일.

하지만 시간 벌기에 큐벨리아의 광선을 난발한 것은 악수(惡手)였다.

광선으로 훑고 지나가 양단된 나무가 쓰러짐과 동시에 무언가가 툭 끊어지는 소리가 났다.

다음 순간, 부웅 바람을 가르며 육박한 것은 진자처럼 매달린 큼지막한 통나무였다.

거대한 추가 된 그것이 마물 몇 마리와 함께 마인족 한 명을 쳐서 날려 버렸다.

"커억?!"

날아간 마인족은 안개 속으로 사라졌다. 그리고 곧바로 안개 너머에서 끔찍한 외마디 단말마가 새어 나왔다.

"크레이마! —악?!"

아마 각별히 친한 사이였겠지. 한 마인족이 사망하며 지른 비명에 그만 주문을 중단하고 그쪽을 돌아보고 말았다.

그 순간을 노리던 것처럼 화살 하나가 그의 목 뒤 뇌간에 꽂혔다.

마인족이 드래이거의 등에서 휘청 기울어 떨어졌다.

순식간에 여섯 명 중 두 명이 사망했다.

그래도 주문을 끊지 않은 보람은 있었다. 주변 일대를 쓸어버릴 폭풍 마법이 발동했다.

"""《천인람제(千刃嵐帝)》!"""

—바람 속성 최상급 마법 『천인람제』.

충격마저 동반한 돌풍에 무수한 바람의 칼날을 섞은 전방위 마법.

주위의 귀찮은 나무들과 안개째로 적을 날려 난도질하겠다는 의도는 전황을 바꾼다는 시점에서 분명히 옳았다. 하지만 그들은 여러 가지 트랩이 설치되었단 사실을 조금 더 고려해야만 했다.

그렇다. 이곳은 그들의 손아귀 속. 당연히 보이지 않는 트랩에 인내심이 바닥난 적이 무슨 짓을 할지는 다 예상한 바였다. 따라서 긴급 회피를 위한 수단도 마련해 뒀다.

단순한 해결법. 바로 참호였다. 참호를 깊이 파고, 심지어 거기서 파낸 암반으로 참호를 보강하고, 한술 더 떠서 충격에 강한 단단한 판자로 뚜껑까지 만들었다. 그들이 가진 소도가 아잔티움으로 만들어 범상치 않은 예리함을 자랑하기에 가능한 방어법이었다.

하다못해 방금 《염각추》처럼 크레이터를 만드는 폭발 계열 마법이었다면 결과는 달랐겠지만……

"흥, 조금은 시야가 트였—"

"대장님!"

다발로스 옆에서 달려온 셀레카의 어깨에 화살이 꽂혔다.

이어서 전방위에서 받은 만큼 되돌려주겠다는 양 화살이 쇄도했다.

"부대장! 쳇, 땅속으로 도망쳤었나!"

각도로 위치를 파악하지만 어마어마한 수의 화살과 투석, 게다가 투석에 섞여 주머니에 든 정체불명의 가루가 날리는 탓에 장벽을 펼칠 수밖에 없었다.

사실 무해한 식물 가루라고는 생각하지도 못했다.

이것은 단순한 시간벌기였다. 흩어진 안개가 다시 그들을 뒤덮을 때까지 기다리기 위한…….

화살과 투석이 멈추고 정체불명의 가루가 안개를 대신하는 가운데, 마인족들은 바람 마법을 준비했다.

"마물들! 가라! 처치해라!"

안개가 돌아와도 마물들이라면 적을 포착할 수 있다.

하지만 마물들은 혼란에 빠진 듯 우왕좌왕할 뿐 돌격하지 않았다.

"……? 뭐야? 왜 적을 쫓지 않지……?"

문득 깨달았다. 그러고 보니 그 토인족을 쫓기 시작했을 때부터 발견하는 족족 공격하도록 마물들에게 명령을 내렸다.

하지만 마물들은 안개 너머로 그림자를 발견했을 때밖에 돌격하지 않았다.

자신들과 달리 눈으로 보지 않아도 위치를 파악할 수 있는 마물이!

즉, 적은 기척조차 은폐하는 기술을 가졌다는 뜻이며—.

"아차, 온다! 대비해라!"

다발로스의 경고와 동시에 그림자들이 땅을 기다시피 몰래 접근해 왔다.

"안타깝군. 한발 늦었어."

누가 한 말일까.

마인족들은 다발로스의 장벽에 보호받고 있었지만 그 범위 밖에 있던 마물들은 일제히 피를 뿜으며 단말마의 비명을 질렀다.

사방팔방에서 나타나 마물 사이를 지그재그로 스쳐 지나가며 한 번도 멈추지 않고 급소에 한 번씩.

적이지만 절로 감탄이 나오는 일격 필살의 히트 앤 런.

다시 사방으로 사라지는 토인족을 이제야 발견하고 마물들이 달려들었지만 당연히 방향은 사방으로 분산됐다.

"대장님! 이곳은 놈들의 진지입니다. 일단 페어베르겐까지 후퇴해야 합니다! 치욕스럽지만, 마물까지 기척을 감지할 수 없다면 너무 불리합니다!"

"이게 무슨 추태냐! 짐승 따위에게!"

다발로스의 불끈 쥔 주먹에서 피가 뚝뚝 떨어졌지만 셀레카의 진언은 옳았다.

태세를 정비하기 위해 다발로스는 일시적 후퇴를 결단했다.

"단숨에 돌파한다!"

마인족들은 왔던 길을 되돌아가고자 드래이거에 올라탔다.

하지만 그것은 다시 나무가 군생하는 지대로 들어가야 한다는 말이기도 했다.

"으아아아아아아아악?!"

"헤더!"

헤더라고 불린 마인족이 공중에 늘어진 밧줄에 목이 매달려 끌려 올라갔다.

돌아본 직후, 안개로 덮인 머리 위에서 피가 비처럼 쏟아졌다.

큐벨리아가 광선을 난사했지만 정확하게 날아든 화살이 그것들을 차례대로 관통했다. 땅을 달리는 마물은 구멍에 떨어지거나 점성 강한 수액 같은 것에 붙잡혀 움직임을 봉쇄당했다. 그들을 두고 온 뒤쪽에서 단말마 비명이 터졌다.

그 와중에도 도발하는 양 때때로 그림자가 지나쳤다.

"까불지 마아아아!"

마인족 한 명이 공황에 빠진 듯 진로를 틀어 돌진하며 마법을 난사했다.

그림자가 튕겨 날아갔다.

"하핫, 봤느냐! 이것이—."

"발렌! 대열을 흐트러뜨리지 마라!"

다발로스가 버럭 소리쳤지만 너무 늦은 충고였다.

폭발로 인해 일시적으로 흩어진 안개 속에서 보인 것은 나무로 만든 판자였다.

"어?"

발렌의 얼굴에 의문이 떠오른 순간, 머리 위에서 내려온 토끼 귀 누님이 그의 목을 쓰다듬듯 베었다.

착지하는 순간을 노려 다발로스와 셀레카가 마법을 날리려 했다. 하지만 함께 급제동을 건 드래이거가 갑자기 비명을 지르며 날뛰기 시작했다. 그 탓에 마법은 중단되고 두 사람은 동시에 떨어져 나갔다.

"이놈들, 대체 함정을 얼마나 설치한 거냐!"

드래이거의 다리에 박힌 것은, 쪼개면 예리한 단면을 보이는 광석으로 만든 집게덫이었다.

"대, 대장님……."

고통에 찬 목소리에 시선을 돌리자 네 발로 엎어진 셀레카의 등에 입체적 모양의 가시가 수도 없이 박혀 있었다.

마름쇠였다. 집게덫에 걸려 굴러떨어지면 찔리도록 깔아 놓았지 싶었다. 다발로스가 찔리지 않은 이유는 순전히 요행이었다.

하지만 그런 행운은 좀처럼 흔치 않은 법이었다.

눈에 보이는 곳에서만 해도 마물들이 잇달아 함정에 빠지고 있었다.

발을 디딘 순간, 숨겨 놓은 주머니를 밟아 분출한 독성 꽃가루를 뒤집어쓰고 괴로워하는 방울벌레 마물— 린발.

지렛대의 원리로 튀어 오른 창에 배를 관통당한 드래이거.

유자철선 같은 식물 넝쿨로 만든 그물에 붙잡히고, 동시에 돌이 떨어지며 그물이 죄어 만신창이가 된 대벌레 마물— 오좀스.

신출귀몰하게 발생하는 기척에 농락당해 거미줄처럼 펼쳐진 와이어 트랩에 양단되는 스키아.

방금 사방으로 분산되어 적을 쫓은 마물들도 현재 진행형으로 부비트랩의 먹잇감이 되고 있었다.

물론 함정만이 아니었다.

이것은 어디까지나 하우리아 족의 수적, 능력적 열세를 뒤집기 위한 한 가지 수단에 불과했다.

나비 마물인 큐벨리아에 이르러서는 팔을 필두로 한 하우리아 족 저격 부대에게 정확히 격추당하고 있었다. 기척을 극한까지 지우고 한 발마다 자리를 바꾸며 안개 속에서 저격에 적합한 무기, 크로스보우를 쏜 것이었다.

그리고 함정으로 치명상을 입지 않아도 정신을 판 순간 쥐도 새도 모르게 다가온 하우리아 족이 소도로 참살했다.

"악랄한 것들! 수해에 사는 짐승놈들은 정녕 악마인가!"

잇달아 함정에 빠지는 마물을 본 다발로스가 무심결에 외쳤다.

【페어베르겐】의 전사가 들으면 극구 부정할 것이 틀림없었다.

부비트랩을 사랑하는 것처럼 애용하는 종족, 아니, 부족은 하우리아 족뿐이라고, 똑같이 취급하지 말라고 하리라.

이게 다 모 나락의 괴물이 행한 해병대식…… 정확히는 하오먼 상사식 훈련의 산물이라고는 누가 생각이나 하겠는가. 그프리드에게조차 고배를 마시게 한 이레귤러의 영향력은 악랄무쌍한 토끼가 되어 수해에 뚜렷한 자취를 남기고 있었다!

"페어베르겐까지 물러나면 장로를 인질로 삼을 수……."

『의미 없지 않을까?』

다발로스의 혼잣말에 메아리처럼 울리는 목소리가 답했다. 위치가 판명되지 않는 흐릿한 소리였다.

"의미가 없어?"

『그렇다. 장로들을 죽이고 싶다면 마음대로 하라는 말이다. 딱히 신경 쓰지 않으니까.』

"……네놈들의 통솔자가 아니었나?"

『우리를 통솔할 수 있는 사람은 세계에 단 한 명밖에 없다. 그리고 그것은 지금부터 죽을 네가 알 필요 없는 사실이지.』

"짐승 주제에 나를 죽이겠다고? 그렇다면 증명해주마. 이 목숨이 그리 호락호락 끊어지진 않으리란 걸."

『그 전에 그쪽 청년은 놔둬도 되는 건가?』

"뭐?"

그러고 보니 조금 전부터 셀레카가 이상하게 조용했다. 등에 가시가 박히긴 했지만 치명상이 될 정도로 심한 부상은 아니었는데…….

"으, 아, 대, 장님…… 도망, 치십……시……."

"셀레카 부대장?! 왜 그러─ 이 낯빛은, 독인가!"

살의로 뭉친 하우리아 족이 적을 유인할 장소에 평범한 마름쇠를 깔았을 리 없었다.

그때 토인족 한 명이 안개 속에서 아물거리며 모습을 드러냈다.

"……믿어지지 않는군. 정말로 토인족이었나? 가장 약한 종족이라던 이야기는 낭설이었나?"

"틀린 말은 아니야. 모두 정신상태의 문제지. 싸우지 않고 도망칠 뿐이라면 분명히 최약체라는 비난에서 벗어날 수 없지만 바꿔 말하면 싸우지 않고도 이 수해에서 살아남았다는 뜻이다. 즉, 그만한 잠재력을 품었다는 말이지."

캄은 한 박자 쉬고 겁 없이 씩 웃었다.

"이곳 수해에 한정한다면 토인족만큼 잘 싸울 수 있는 종족도 없을 거다. 그래, 싸우겠다는 의지만 가지면 하르치나 수해 최강의 종족은— 우리 토인족이다."

"잘도 큰소리치는군. 스스로 최강을 칭하는가?"

코웃음 치는 다발로스에게 캄은 가당치도 않다며 어깨를 으쓱했다.

"최강은 우리의 보스에게 어울리는 칭호지만…… 뭐, 너에게 설명해 봤자 소용없지. 그런데 마물들은 우리 일족이 각개격파했고 남은 병력이 정리되는 건 시간문제다. 적어도 이곳으로 구원 병력은 오지 않을 거고 자랑하던 부하도 다 죽어가는 놈이 하나 있을 뿐이군. 묻겠다— 하우리아 족 족장인 나와 1대 1 결투를 원하는가?"

그 물음에 다발로스는 눈을 크게 떴다.

그리고 자신만만하게 웃는 캄을 보며 유리한 상황에 교만을 부린다고 판단했다.

'이 녀석을 인질로 잡으면 다른 토인족을 막을 수 있을까?

조국의 이름에 먹칠을 하는 추태지만 하다못해 이 녀석들의 정보만은 전하고 싶다.'

한순간에 그렇게 판단한 다발로스는 일어나서 한 발을 뒤로 빼고 비스듬히 섰다.

"짐승 중에서도 기개 있는 자가 있었군. 1대 1 결투를 신청한다! 정정당당히 자웅을 겨루자!"

"흠, 그러냐? 그럼 싸워 보자."

캄이 소도를 뽑고 허리를 낮췄다. 당장에라도 뛰어들 듯한 임전 태세였다.

'초급 마법이면 돼. 속도 중시. 영창을 생략하고 마법명만으로. 우선 다리를 노린다!'

초장 기선 제압을 목적으로 최속의 마법을 날린다. 캄이 다리를 내디딘 순간, 그 다리를 노리는 것이다.

마치 서부극의 속사 대결처럼 긴장감이 조금 강해졌다.

그리고 캄의 다리에…… 힘이 들어갔다!

"《풍격》!"

바람 탄환이 캄이 내민 다리를 꿰뚫—.

"아니?!"

—지 않았다.

캄이 그대로 뒤로 뛰어 안개 속으로 사라졌기 때문이었다.

다발로스조차 긴장할 정도의 살기를 내뿜으며 전속력으로 도망치는 그 모습에는 제아무리 역전의 군인이라도 한순간 아연실색할 수밖에 없었다.

그리고 방금 대화가 오가는 사이 주위를 완전히 포위한 하우리아 족 저격 팀이 그 틈을 놓칠 리 없었다.

"크악?!"

작전과는 정반대로 다발로스는 다리를 화살 몇 개에 꿰뚫려 무릎 꿇었다.

이어서 그 안면에 새총으로 날린 작은 주머니가 명중했다.

수해 한쪽에 군생하는, 극도로 매운 조미료가 되는 식물의 씨앗을 갈아 만든 하우리아 특제 최루탄이었다. 호흡 곤란은 마법사에게는 치명상이었다.

쿨럭쿨럭 요란하게 기침하는 다발로스의 등으로 흉수가 날아들었다.

"큭!"

순간적으로 돌아서며 피했지만 기척을 알아차린 시점에서 그것은 함정이었다. 푹! 다발로스의 가슴을 뚫고 소도의 칼끝이 튀어나왔다.

"이, 자시익, 결투라고……!"

호흡도 제대로 못 하면서 다발로스는 악에 받쳐 소리쳤다.

소도를 쥔 캄이 고개를 갸웃거리며 말했다.

"나는 『결투를 원하는가?』라고 물었을 뿐이다만?"

즉, 「너는 결투를 하고 싶은가 보군. 잘 알았다. 근데 난 안 할 거다」라는 뜻이었나 보다.

"이, 비겁한 자식!"

"보스가 아닌 사람이 칭찬해도 기쁘지 않군."

그 말을 마지막으로 두 번째 소도가 다발로스의 목을 쳤다.

의식이 어둠 속으로 가라앉는 가운데, 다발로스는 마음속으로 신에게 기도하며 폐하와 장군에게 외쳤다. 수해에는 악마 같은 이레귤러 짐승이 있다고⋯⋯.

"그런 식으로 마인족들을 해치웠지만 공교롭게도 페어베르겐의 피해는— 응? 보스, 왜 그러십니까? 왠지 벌레를 만 마리 정도 씹은 것처럼 무지하게 거북해 보이는 게⋯⋯ 교육하던 동물이 상상 이상으로 성장해서 이젠 나도 모르겠다, 같은 얼굴입니다."

"너 알면서 하는 소리는 아니겠지?"

정확히 팔이 말한 것 같은 표정을 하고 있던 하지메가 의심스러운 눈초리로 말했다.

하지만 팔은 정말로 모르겠는지 고개를 갸웃거렸다. 다른 하우리아 족도 마찬가지였다. 「보스가 왜 저러지?」라고 말하고 싶은 듯 어리둥절한 표정들이었다.

팔이 이야기를 시작한 당초, 함교에서는 누구나 아인족의 처지를 생각하며 안타까운 표정을 짓고 있었거늘 지금은 그 감정이 마인족에게 옮겨 갔고 분위기는 흡사 초상집 같았다.

설마 숙적인 마인족의 명복을 비는 날이 올 줄이야⋯⋯ 릴리아나를 필두로 한 왕국 사람들의 표정은 침통 그 자체였다.

그리고 코우키 일행은 일찍이 【오르크스 대미궁】에서 마인족 여성을 상대로 「마지막으로 남길 말은⋯⋯ 있어도 안 듣는

다, 죽어」라며 투팡하거나, 왕도 침공 때 프리드에게 「왕도 주민? 학우? 몰라, 죽어」라며 대군을 투쾅하거나 한 하지메를 떠올리며 말로는 하지 않았지만 표정과 눈빛으로 그 스승에 그 제자라고 말하고 있었다.

더불어 이야기를 듣던 도중부터 머리를 감싸 쥔 시아가 원망스러운 눈초리로 하지메에게 말했다.

"하지메 씨, 이거 어떻게 하실 거예요? 제 가족이 성장해도 너무 성장했어요. 그것도 기상천외한 방향으로. 수해를 떠날 때 그렇게 부채질을 하니까 이렇게 됐잖아요오."

"……남 말할 처지냐? 너도 그 나물에 그 밥이야."

"우리 가족이랑 똑같이 취급하지 마세요!"

하지메의 가슴을 툭탁툭탁 두드리는 시아가 가족에게 제법 신랄한 말을 하며 화를 냈다.

하지메는 시아의 툭탁툭탁 펀치를 굳이 막지도 않고 받아주면서 다시 이야기할 자세를 취했다. 그리고 감탄한 것처럼 탄식했다.

"그나저나 너희들, 정말로 잘했어. 자신들이 능력 면으로 강해지지 않았다는 것을 이해하고 철저한 정보 수집과 종족 특성을 최대한 활용한 교란, 기습, 게릴라, 기만전술…… 심지어 비겁한 허풍과 거짓말 같은 잔꾀도 주저 없이 사용하고…… 그때 이성을 잃고 날뛰던 게 믿어지지 않을 정도로 멋지게 전략으로 승리했어. 정말로 상상 이상이야."

"보보보보보, 보스가, 보스가 우리를, 칭찬하셨다……!"

팔의 눈에서 눈물이 왈칵 쏟아지고 토끼 귀가 띠용 늘어났다.

"아앗, 이런 영광이⋯⋯!"

"지옥 훈련을 버틴 보람이 있었어!"

"보스으, 저는, 저느은, 이제 죽어도 여한이 없어요오!"

"라나인페리나! 무슨 소리야! 이제부터 시작이야! 그러려고 힘낸 거잖아! 홀쩍."

"훗, 미나스테리아. 네가 감동해 우는 건 처음 봤어. 크으, 나도 왠지 눈물이⋯⋯!"

총 열두 개의 토끼 귀가 미친 듯이 춤추며 환희했다.

누구 한 명 예외 없이 조금 전처럼 참지 못하고 폭포 같은 눈물을 쏟았다.

"⋯⋯하지메. 섣불리 칭찬하면 안 돼."

"그래 보이네⋯⋯."

"우리 가족이 항상 시끄럽게 굴어서 죄송해요!"

"이렇게 완벽한 조교를 보았나⋯⋯."

유에가 귀찮은 사람들이라는 눈치로 하지메에게 충고했다. 그 옆에서는 시아가 토끼 귀를 찰싹 접으며 머리를 숙였다.

또 그 옆에서는 티오가 부러운 눈초리로 하지메를 돌아봤고 카오리가 그런 티오에게서 한 걸음 멀어졌다.

하지메는 헛기침으로 분위기를 바꾸고 이야기를 진행했다.

"그래서 여기에 있는 이유는 뭐야? 지금 이야기는 이렇게 되기 전이잖아?"

하우리아들이 눈에 한껏 힘을 주며 눈물을 멈췄다. 왕국 사람들도 아이들도 한 걸음씩 뒷걸음질했다.

"그렇습니다. 마인족을 격퇴했으나, 대량의 마물을 잡느라 거의 모든 부비트랩과 소모형 무기를 소진한 저희는 부락의 방비를 다지고 페어베르겐의 번거로운 요청을 피하기 위해 부락에 틀어박혀 있었습니다."

당연히 【페어베르겐】의 병력은 거의 괴멸 상태였고, 부상자 치료나 탈출한 동족 다시 불러오기, 부서진 문을 포함한 방어선 재구축 등으로 정신없이 바빴다.

그런 와중이었다.

마인족 습격으로부터 불과 사흘 만에 그 사건이 터졌다.

"산 넘어 산이라고 이번에는 제국놈들이 침공해 왔습니다. 게다가 놈들은 수해의 특성을 해결할 수 없어서 기가 찰 정도로 단순 무식한 방법을 사용했습니다."

"단순 무식한 방법?"

의아해하는 하지메에게 맞춰 방금 질문한 릴리아나가 몸을 내밀고 귀를 기울였다.

"네. 놈들은 수해가 감각에 혼란을 준다면 페어베르겐이 보이는 곳까지 수해를 불사르면 된다는 발상에 도달한 모양입니다."

"네?! 수해에 불을 놨다고요?!"

릴리아나가 무심결에 소리쳤다.

팔은 릴리아나를 힐끔 보며 고개를 끄덕였다.

"지금까지 제국은 수해의 주민을 납치할 때 노예에게 안내를 강요했기에 이런 사태는 예상하지 못했습니다."

당연히 노예 아인은 틈만 있으면 공격하려고 한다. 자기가 안내한 탓에 동포가 같은 처지로 전락할지 모르니까 당연한 일이다.

그래서 노예를 강제할 방법이 있어도 수해 침입은 그만큼 위험이 따르는 행위였고, 그다지 빈번하게 이루어지지는 않았다.

설마 마인족 침공 직후에 제국이 그런 어처구니없는 방법으로 쳐들어오리라고는 아무도 예상하지 못했다.

"목적은 정복이 아닌 납치였습니다."

"납치? 그런 짓까지 벌여 놓고 정복이 아니라 지금까지 하던 아인족 납치가 목적이었다고?"

"그렇습니다. 저희도 알아차리는 게 늦어 달려갔을 때는 이미⋯⋯. 페어베르겐은 저항다운 저항도 하지 못했다고 합니다."

"⋯⋯제국에 무슨 일이 있었나?"

팔은 고개를 끄덕였다.

"후미 부대에서 제국병을 몇 명 납치해 심문한 결과, 제국에서도 강력한 미지의 악마가 크게 날뛰었다고 합니다. 제도에 상당한 피해가 있었다는 모양입니다. 그 녀석들, 『소모된 노동력을 보충해야 한다』는 말 같지도 않은 소리를 지껄였습니다."

팔이 가증스럽다는 듯 내뱉은 말에 모두 말을 삼켰다.

특히 릴리아나의 동요가 심했다. 지금부터 지원 요청과 협의를 위해 가려는 곳이 자신들과 마찬가지로 습격당해 무리를 해서라도 노동력을 확보하려는 상황이라고 하니까 당연하다면 당연했다.

대략적인 사정을 파악한 하지메는 한숨을 한 번 내쉬었다.

"그렇군……. 노동력 확보라고 말하지만 비열한 욕망이 그대로 보이는군. 너희가 움직이고 있는 것을 보면 대단한 노동력은 되지 않을 토인족까지 상당수 데리고 갔나 보지?"

"네. 생각만 해도 뱃속이 뒤틀립니다."

애완동물로 취급받는 토인족이 제국에서 어떤 말로를 걸을지는 뻔했다.

【페어베르겐】이 어떻게 되건 별 관심이 없는 하우리아 족이라도 동족의 비참한 미래는 못 본 체할 수 없었다.

캄은 부하 대부분을 수해 경계를 위해 남겨 두고 스스로 소수 정예 부대를 선발해 제도로 향했다.

하지만 제도에 도착해 내부로 침입한 뒤, 캄에게서 연락이 두절됐다. 전령과 만나기로 한 장소에는 아무도 나타나지 않았다.

캄 부대에 무슨 일이 생겼다.

그렇게 생각한 하우리아 족은 가만히 있을 수 없다며 한 번 더 부대를 편성해 제도로 보냈다.

그 부대가 바로 팔이 이끄는 발트펠드 소대였다.

"무턱대고 침입했다가 2차 피해로 이어지면 되돌리기 어렵습니다. 그래서 제도의 경비나 출입자 관련 정보를 수집하는 데 전념하던 중, 다수의 노예를 실은 수송 마차가 다른 마을로 출발했다는 말을 듣고 내부 정보도 얻을 겸 탈환을 시도

한 것입죠."

그리고 우연히 제국으로 향하던 하지메 일행이 그곳을 지나갔다.

그 후로는 방금도 봤다시피 살육 토끼의 축제가 개시된 것이었다.

"그나저나 마인들은 열심히도 일하는군. 주목적은 분명히 왕국이었겠지만…… 아, 귀찮아."

가는 곳마다 마인족이 일으킨 사건에 부딪치는 하지메가 지긋지긋하다며 머리를 긁었다. 하마터면 죽을 뻔한 학생들, 멸망의 위기를 맛본 왕국 사람들도 머리가 아픈 것처럼 인상을 찌푸렸다.

팔이 토끼 귀를 기울이고 물었다.

"반응을 보아하니, 다른 곳에서도 마인족이 나타났습니까?"

"그래. 동에 번쩍 서에 번쩍 암약 중이야. 운 나쁘게 내가 있던 탓에 다 실패했지만."

새삼스럽게 생각하니 마인족에게 하지메는 그야말로 눈엣가시일 듯했다. 종족 전체에 명확한 적대감을 가진 것도 아니면서 그들이 노리는 곳마다 기막힌 타이밍에 나타나서는 그저 방해된다는 별 시답잖은 이유로 그들을 격퇴하니까 말이다.

심지어 【하르치나 수해】에서는 본인이 없는데도 남기고 간 영향력만으로 호된 꼴을 당했다. 팔은 산 넘어 산이라고 했지만 오히려 그렇게 생각하는 것은 마인족 쪽일지도 몰랐다.

"사정은 대강 알았어. 그럼 너희는 계속해서 제도에서 사라진 사람들의 정보를 모으는 거지?"

"그렇습니다. 그리고 보스께는 죄송하지만……."

"알아. 어차피 가는 길이야. 잡힌 녀석들은 수해까지 보내 주겠어."

"감사합니다!"

하우리아 족이 일제히 머리를 숙였다.

그런 그들을 보고 시아는 뭔가 하고 싶은 말이 있는 듯 우물쭈물했지만 결국 토끼 귀를 축 늘어뜨리고 아무 말도 하지 않았다.

하지메는 그것을 알고 있었고 시아가 무슨 말을 하고 싶은지도 예상했지만, 일단 시아가 스스로 말하길 기다리기로 하고 역시 아무 말도 하지 않았다.

마지막으로 팔 부대한테서 수해에 남은 하우리아 족에게 전언을 부탁받은 하지메는, 제도에서 조금 떨어진 곳에 릴리아나와 팔 일행을 내려줬다.

그리고 하지메는 【하르치나 수해】를 향해 고속 비행에 들어갔다.

멀리 【하르치나 수해】가 보이기 시작했을 무렵, 그곳에 남은 상처 자국을 본 시아는 자기도 모르게 숨을 헉 들이켰다.

제국에서 일직선인 최단 거리로 날아왔기 때문에 제국군이 수해로 진군한 경로와 겹친 것 같았다. 그들이 무식하기 짝이 없는 방식으로 밀고 나간 흔적이 생생하게 남아 있었다.

"……너무해."

"자연을 경시하는 사고방식에는 조금 화가 치미는구먼."

불에 타 새까맣게 물든 길. 폭 100미터를 넘는 검은 길이 수해가 입은 상처처럼 안쪽으로 이어져 있었다.

일단 불이 번지지 않도록 신경은 쓴 모양이지만 그곳에 있던 동식물이 송두리째 잿더미로 변한 광경은 참혹했다. 카오리와 티오의 표정이 일그러졌다.

좋은 추억만 있지는 않았지만 그래도 시아에게는 태어난 고향이었다. 시아의 토끼 귀는 힘없이 늘어지고 말았다. 옆에 선 유에가 살며시 시아의 손을 잡았다.

"페어베르겐이 노출되진 않았군. 숲 안쪽은 나무들이 불타도 여전히 안개로 자욱한 모양이야."

하지메가 수정 디스플레이에 확대 영상을 비췄다.

슬슬 수해에 도착한다는 말을 듣고 함교에 와 있던 알테나가 답해줬다.

"아무리 피폐해졌다고는 하나, 페어베르겐이 직접 공격당할 때까지 눈치채지 못한 것은 아니었어요. 소수의 전사가 반격에 나선 시점에서 그들은 방화를 멈췄죠. 아마 납치해야 할 우리가 불길에 휘말려 죽으면 안 되기 때문이었을 거예요."

"그렇군. 하지만 팔에게 들은 이야기로는 페어베르겐까지 진군했다지? 거리가 어느 정도인지는 모르겠지만 놈들이 용케 도착했군."

"며칠 전 싸움의 흔적이 페어베르겐까지 이어져 있었으니까요. 그것을 따라가면 길을 잘못 들려고 해도 그럴 수 없죠. 그들도 오는 도중에 눈치챘나 봐요. 페어베르겐이 어떤 상황인지……."

"정말로 엎친 데 덮친 격이었네."

아무래도 【페어베르겐】 주변까지 태워 버리지는 않았나 보다.

하지메는 안개가 깔린 바로 앞, 불탄 자국이 남은 곳에 착륙했다. 무성한 나무들 때문에 하늘에서는 도시의 위치를 정확하게 알 수 없거니와 감으로 아무 데나 하강했다가 아인들에게 괜한 경계심을 주면 일이 더 귀찮아지리라 생각했기 때문이었다. 분별없는 행동으로 긁어 부스럼을 만들 필요는 없었다.

탑승용 계단이 내려가고 하지메 일행을 따라 나온 아인들이 쭈뼛쭈뼛 내려왔다.

고향으로 돌아왔다는 기쁨에 들뜨면서도 그들은 수해에 새겨진 상처에 슬픈 눈빛을 떨궜다.

그 모습을 보고 코우키가 제국의 행태에 분노를 내비쳤다. 류타로와 시즈쿠, 스즈도 동조했다.

하지만 화를 낸들 이미 어찌할 수 없는 일이었다.

다만…… 아이들과 달리 분노하면서도 어찌할 방도를 가진 인물이 한 명 이곳에 있었다.

"잠깐, 하지메. 나랑 얘기 좀 해."

"응? 뭐야? 카오리."

신이 조형한 미모에 충만한 의욕을 담은 카오리가 콧김을

흥 내뿜으며 말을 걸었다.

뒤에서 시즈쿠가 「아, 돌격 모드다……」라고 중얼거렸지만 하지메는 듣지 못했다. 이때 알았더라면 말릴 수 있었으련만…….

"재생 마법을 사용하려고 해. 마력이라면 괜찮아! 지금이라면 이 정도 범위는 파바박 해치울 수 있을 거 같아!"

"뭐? 재생 마법? 이 불탄 수해에? 뭐, 노인트에 빙의한 다음부터 마력과 마법 효과도 어마어마하게 강화됐으니까 가능할지도 모르지만……."

"응. 금방 끝낼 테니까 잠깐 기다려줘."

"뭐? 지금 바로? 아, 야, 잠깐, 이 바보!"

말리기에는 이미 늦었다. 『치유사』의 천직을 가진 카오리는 상처 난 것을 보면 돌격해서 치료하지 않으면 못 배기는 성격이다!

"《절상(絶象)》!!"

―재생 마법 《절상》.

만물을 재생하는 신대 마법이 발동했다.

은빛이 섞여 반짝이는 연보라색 마력이 무수한 파문을 낳으며 퍼져 나갔다. 상처 입은 대지에 스며드는 마력의 빛, 인광(燐光)이 아른아른 피어오르는 광경은 숨을 멎게 할 정도로 신비하고도 아름다웠다.

대지가 검정에서 녹색으로 바뀌고 쓰러진 나무들이 본래 모습을 되찾아 갔다.

아인족뿐 아니라 학생들까지 눈을 크게 뜨고 굳어 있는 가운데, 신대의 힘과 신의 사도가 가진 힘을 보란 듯이 행사한 카오리는 후우, 하며 뿌듯한 웃음과 함께 땀을 닦았다.

"……카오리 이 멍청이."

그리고 유에의 발차기를 얻어맞았다. 쇼트 부츠의 앞코가 정확하게 정강이를 가격했다.

"아얏. 무슨 짓이야, 유에!"

"……돌아봐. 바보 카오리."

"……돌아보라니 뭘—."

카오리는 주위를 돌아봤다. 신록이 무성하고 순백색 안개가 짙게 깔려 한 치 앞도 보이지 않는 수해의 본디 모습을…….

"……."

"전투 흔적을 따라가면 비교적 쉽게 길을 찾을 수 있으니까 이곳에 착륙한 건데…… 말짱 도루묵이군. 시아, 다시 길 안내 부탁해."

"저만 믿으세요~."

카오리는 양손으로 얼굴을 가리고 쥐구멍이라도 있으면 숨고 싶다는 양 주저앉아 버렸다.

자신들의 고향을 원상 복구해줘 경계심이 사라졌는지, 아니면 보다 못해 안쓰러워 그러는지 아인족 아이 몇 명이 다가와 카오리에게 말을 건넸다.

"누, 누나, 멋졌어!"

"걱정하지 마! 우리가 길 잃지 않게 옆에 있을게!"

"괜찮아, 누나!"

하지만 카오리는 오히려 더 민망해 보였다.

"카오리, 기운 내. 좋은 일 한 거니까."

시즈쿠가 옆에 와서 쭈그려 앉아 카오리의 머리를 톡톡 다독였다.

"다만 『사도의 힘이 있으니까 이제 유에만 활약하게 두진 않아! 이거 봐 봐, 하지메! 나 이런 것도 할 수 있어! 나도 도움이 돼!』라고 생각해도 행동하기 전에 한 번 생각은 해야겠지?"

"……응."

시즈쿠 선생님이 순순히 고개를 끄덕이는 카오리를 자애로운 눈빛으로 바라봤다.

류타로가 어이없는 표정으로 말했다.

"쟨 독심술사냐? 이쪽 세계로 오고부터 시즈쿠의 카오리 이해력이 조금 무서운데."

"류타로. 나 있지, 가끔 엄청 소외감 느껴……."

살짝 외로워 보이는 스즈의 작은 어깨에 의외의 인물이 손을 얹었다.

스즈가 돌아보자 아주 멋진 웃음을 지으며 엄지를 척 든 미녀가―.

"스즈, 그대도 그런가. 나도 유에와 시아가 친하게 지낼 때는 자주 소외감을 느끼곤 하지. 허나 안심하거라. 조만간 그것도 쾌감으로―."

"티오 씨. 제 파티 멤버를 그쪽 길로 끌어들이지 말아주시죠."

이 혼란스러운 상황에 하지메는 한숨을 푹 쉬었다.

"카오리, 됐으니까 출발하자. 마법 자체는 대단했으니까 기운 내."

그 한마디에 카오리가 얼굴을 반짝반짝 빛내며 부활하는 것을 보면, 사람 마음이란 참 간사한 것 같다.

이어서 하지메는 티오에게 눈길을 보냈다.

"때와 장소를 가리지 않고 변태 티 내는 잡룡. 너도 수해에 영향을 안 받지? 다른 애들을 안내해줘. 그리고 그대로 아마노가와한테 시집가라."

"……?! 나를 팔겠다는 게냐?! 이 주인님놈! 날 너무 잘 알아!"

하지메는 소리치는 잡룡을 사뿐히 무시하고 떠났다. 그 뒷모습에 잡룡은 더욱 흥분하여 몸을 꼬았다.

"기, 기다려, 나구모! 나한테 떠넘기지 마!"

코우키치고는 드물게 신랄한 말이었다.

티오는 그런 코우키에게 말했다.

"……미안하구나, 코우키. 나는 너에게 매도당해도 아무 느낌이 없구나. 오히려 조금 짜증 나니까 다른 사람을 알아보거라."

참 곤란한 사람이라는 눈으로 고개를 살짝 꾸벅인 티오는 아무 일도 없었다는 양 걸어가 버렸다.

"……왜 내가 고백해서 차인 것 같지?"

"코우키. 그냥 개한테 물렸다고 생각해. 가자."

코우키는 납득하지 못하겠다는 표정을 숨기지도 않았고, 류타로는 피식 웃으며 그 어깨를 탁 쳤다.

일행은 미묘한 분위기 속에서 안개에 덮인 수해로 진입했다.

하지메와 유에가 전에 들렀던 것은 약 2개월 전이었다. 그 때보다 더욱 강해졌다는 확신이 있었고 습득한 신대 마법도 대수 아래 석판이 제시한 수를 넘었다.

하지만 그럼에도 역시 감각에는 혼란이 생겼다.

일전에도 경험한 안개 속 세계였다. 하지메와 유에는 여전히 귀찮은 곳이라며 얼굴을 마주 보면서 씁쓸하게 웃었다.

줄줄 따라 걷는 아인들은 하지메 일행이 자신들에게 악의나 편견을 가지지 않음을 이해했는지 제법 마음을 허락한 분위기였다. 하지메 일행이 서로를 놓치지 않게끔 주위를 감싸고 길을 안내해줬다.

특히 카오리에게 호의적이었다. 재생 마법을 쓴 후부터 아이들이 촐랑대며 그녀 주위를 맴돌았고 카오리가 생긋이 웃을라치면 얼굴이 새빨개졌다. 여자애 몇 명은 이미 카오리의 손이나 옷자락을 꼭 잡고 있었다.

왠지 앞장선 시아에게 대항하는 것처럼 알테나가 앞으로 나가 있었다. 그리고 힐끔힐끔 하지메를 신경 쓰며 돌아봤지만 하지메 옆에 붙어 있는 유에가 무기질적인 눈빛을 보내자 흠칫하고 눈길을 도로 돌렸다.

그렇게 약 한 시간을 걸었을 때였다.

표정은 평소와 다를 바 없는데 어딘지 모르게 기운이 없어 보이는 시아의 토끼 귀가 움찔거리며 반응했다.

깜짝 놀라며 토끼 귀를 세운 시아는 안개 속을 들여다보듯 빤히 눈에 힘을 주기 시작했다.

"하지메 씨, 정면에서 무장한 집단이 와요."

시아의 말을 듣고 주위 아인족이 놀라서 시아를 돌아봤다.

그중에는 납치된 토인족도 포함되어 있었다. 보아하니 자신들은 전혀 느낄 수 없는 기척을 포착해 내는 시아에게 놀라는 눈치였다.

시아의 말이 옳았음을 증명하듯 안개를 헤치고 낯익은 호인족 무장 집단이 나타났다.

모두 그야말로 임전 태세라는 분위기로 표정을 사납게 하고 무기를 손에 들었다.

그러나 그들도 다수의 아인족이 있는 것을 느꼈는지 다짜고짜 공격해 오지는 않았다.

그들 중 대장으로 보이는 호인족의 눈이 하지메 일행에게 고정됐다.

그 직후, 경악으로 눈이 동그랗게 됐다.

"너희는 그때 그……."

그 호인족의 태도를 보고 하지메도 그를 떠올렸다.

한때 수해에 발을 들인 하지메와 대치한 경비대의 대장. 바로 호인족 길이었다. 그도 습격에서 살아남은 모양이었다.

"대체 이번에는 무슨…… 아, 알테나 님?! 무사하셨습니까?!"

"아, 네. 그들과 하우리아 족 분들이 구해주셨어요."

길은 하지메에게 내방 목적을 물으려다가 옆에 있는 알테나를 알아보고 희한한 목소리를 냈다.

그리고 구해줬다는 알테나의 말에 가슴을 쓸어내리는 한편

기가 막힌다는 한숨을 깊게 내쉬었다.

"다행입니다. 알프레릭 님께서 심로가 많으셨습니다. 어서 건강한 모습을 보여드리십시오. ……소년, 너는 여기에 올 때 우선 우리 동포를 구하겠다고 정해 놓기라도 한 거냐? 오만불손한 네겐 전혀 어울리지 않지만…… 그래도 일단 감사하마."

"그럴 리가 있냐? 우연이야, 우연."

면식이 있는 분위기라서 학생들이 의아해하자 시아가 슬쩍 무슨 일이 있었는지 간결하게 설명했다. 그러자 시아가 하지메에게 반한 이유도 자연스럽게 알게 된 아이들이 궁금증이 하나 해결됐다며 고개를 주억거렸다.

"그보다 페어베르겐에 하우리아 족 녀석은 있어? 그게 아니면 지금 부락 위치를 아는 녀석이라도."

"음? 하우리아 족이라면 페어베르겐에 몇 명 머무르고 있어. 들었을지도 모르지만 습격이 있었거든. 제국이 떠난 후 몇 명 상주하게 됐지."

"그거 다행이네. 찾아다닐 수고를 덜었어. 그럼 바로 페어베르겐으로 가자. 설마 저번처럼 또 장로 중 누가 올 때까지 대기하라고는 안 하겠지?"

그렇게 말한 하지메는 길을 재촉했다.

여전히 거만하다며 다시 기막힌 표정을 지은 길은 부하들에게 무기를 거두게 하고 앞장서서 길을 안내했다.

인간족의 습격이 있은 지 얼마 되지 않았는데도 모르는 인간이 섞인 하지메 일행에 대한 적개심은 예전처럼 심하지 않앉다. 하지메가 훈련한 하우리아 족에게 도움을 받았기 때문일까, 아니면 장로들에게 무슨 말을 들은 것일까…….

좌우지간 싸우지 않아도 돼서 다행이라고 생각하며 일행은 얌전히 안내를 받았다.

그렇게 도착한 【페어베르겐】은 예상대로 크게 변해 있었다.

이야기는 들었지만 위용을 뽐내던 거대한 정문은 산산이 부서졌고, 그 잔해는 아직 다 처리하지 못해 방치되고 있었다. 문 안쪽에는 거대한 구덩이가 생겼고 그 중심에 바위가 묻혀 있었다.

그리고 하지메마저 매료시킨 환상적이고 아름다운 자연으로 가득한 나무와 물의 도시에는 여기저기 파괴의 흉터가 남았다. 나무줄기로 만든 공중 회랑과 수로도 드문드문 끊어져 제 역할을 수행하지 못하는 상태였다.

"비참해……."

누가 중얼거린 말이었을까.

하지메 일행도 전적으로 동감했다. 【페어베르겐】도 어딘지 모르게 암울한 분위기에 잠겼고 바람마저 스산하게 느껴졌다.

지나가던 【페어베르겐】 사람들이 알테나와 아인족들을 발견하고 믿어지지 않는다는 표정으로 굳어 버렸다.

그러나 다음 순간에는 기쁨의 감정이 폭발한 것처럼 달려왔다.

옆에 인간족이 있다는 것을 깨닫고 순간 긴장하는 기색이 역력했지만, 구출받은 아인족들이 입을 모아 해명하자 경계심을 조금 남긴 채 서로를 얼싸안고 기뻐했다.

잡혀간 아이들 중에는 하지메 일행에게 감사하다는 말만 남기고 쏜살같이 집으로 달려가 버리는 자도 있었다.

차츰 일행을 에워싸는 사람이 불어났다. 어느새 주위는 【페어베르겐】 사람들로 발 디딜 틈도 없는 인산인해였다.

잠시 그런 상태가 이어진 후, 문득 인파가 갈라졌다. 그 끝에는 【페어베르겐】 장로들 중 한 명— 알프레릭 하이피스트가 있었다.

"할아버지!"

"오오, 오오! 알테나! 네가 무사했구나……."

눈가에 눈물이 고인 알테나는 단걸음에 할아버지인 알프레릭에게 달려가 힘껏 품에 뛰어들었다.

전에 알프레릭이 말한 적이 있었다. 수해 밖으로 끌려간 자는 죽은 사람으로 취급한다고. 뒤를 쫓아 피해가 확대되는 것을 막기 위해서였다.

그래서 두 번 다시 만날 수 없다고 생각했으리라.

주변 사람들도 눈물을 머금고 할아버지와 손녀의 재회를 지켜봤다.

잠시 후 알프레릭은 손녀에게서 몸을 떼며 부드러운 손길로 머리를 어루만지고는 하지메에게 눈길을 옮겼다. 그 표정에는 쓴웃음이 떠올라 있었다.

"……재회부터 사람을 놀라게 하는군, 나구모 하지메. 설마 손녀를 구해주리라고는 생각지도 못했어. 사람의 인연이란 어떻게 될지 모르는 거군. ……진심으로 감사하네."

"나는 그냥 데리고 왔을 뿐이야. 감사하려면 하우리아 족에게 해. 난 여기에 하우리아 족이 있다는 얘기를 듣고 왔을 뿐이니까."

"그 하우리아 족을 그토록 변하게 한 사람도 너였을 텐데? 네가 한 일이 돌고 돌아 손녀뿐 아니라 우리까지 구했어. 그것은 엄연한 사실이야. 이 크나큰 은혜를 어찌 갚아야 할지 아직 고민 중이니 하다못해 감사하다는 말 정도는 받아줘."

하지메는 알프레릭의 말에 약간 멋쩍은 듯 볼을 긁적이면서도 어쩔 수 없다는 양어깨를 으쓱 들었다.

유에와 시아, 티오, 카오리는 그런 하지메를 흐뭇하게, 그리고 자랑스럽게 바라봤다.

한편 인간을 구하기 위해 대미궁에 들어가 훈련을 거듭했던 자신보다도 세계를 돌며 의도치 않게 사람들을 구한 하지메에게, 코우키는 한층 더 복잡한 표정을 보였다.

알프레릭이 면식이 없는 코우키와 아이들을 힐끔 보고 하지메에게 말했다.

"하우리아 족 말인데, 타이밍이 좋지 않았군. 마침 도시 밖으로 나가 있어. 금방 돌아올 거라고는 생각하지만……."

"그렇다면 잠깐 기다려도 될까? 한창 바쁘겠지만 우리네 치료 담당이 아까부터 엉덩이가 근질근질한 모양이거든. 괜히 생색내는 것 같아서 뭣하지만 제법 좋은 일이 있을걸?"

"……? 잘은 모르겠지만 기다리게 하는 정도로 무슨 대가를 바라겠나. 우리 집으로 초대하지. 하우리아 족이 돌아오는 대로 연락하도록 문지기에게도 말해 두겠어.”

알프레릭은 그렇게 말하고 흔쾌히 일행을 자택으로 초대했다.

알테나가 안내할 생각인지 하지메의 손을 잡으려다가 시아가 손등을 찰싹 때려 차단당했다. 눈빛으로 불똥을 튀기는 삼인족 공주님과 버그 토끼를 무시하고 하지메는 카오리에게 고개를 돌렸다.

자신의 마음을 알아준 사실에 카오리가 기쁘게 웃었다. 그리고 기쁨에 겨워 하지메에게 안기려고 했지만 유에에게 차단당했다. 신의 사도에게 빙의한 돌격 소녀와 치트 흡혈 공주 사이에서 불똥이 튀었다.

“이거다! 이 소외감! 어떠냐, 스즈. 익숙해지면 나쁘지 않지?”

“저기, 티오 씨. 절 동족 취급하지 말아줄래요? 그쪽 방면은 조금…….”

“소질은 있다고 생각하는데…….”

티오가 퍼뜩 시즈쿠의 등 뒤로 숨어 버린 스즈를 아쉽다는 눈으로 쳐다봤다.

하지메는 또 시작이라며 머리를 절레절레 흔들고 알프레릭을 따라갔다.

알프레릭의 집에 초대받은 일행은 하우리아 족이 돌아오길 기다리는 동안 알테나가 손수 끓인 차를 대접받았다.

묘하게 뺨을 붉게 물들이고 하지메 주변을 이리저리 맴돌면서 시중들려고 하는 손녀를 보고 알프레릭이 뭐라고 표현하기 힘든 표정을 짓고 있었다.

하지메는 모르는 척했다. 그뿐 아니라 평소보다 더 시아의 토끼 귀를 쓰다듬었다. 그럴 생각은 전혀 없다는 의사 표명과 시아를 위로하기 위해서였다.

이윽고 차를 다 마신 뒤 알프레릭과 어느 정도 근황을 주고 받았을 무렵, 카오리가 은빛 날개를 퍼덕퍼덕 펄럭이며 창문으로 들어왔다. 알프레릭이 초대한 방은 지상 10미터 높이에 있었다.

"휴식이야?"

하지메가 묻자 카오리는 고개를 저었다.

"아니. 외상이 있는 사람은 모두 고쳤어. 그리고 문도 포함해서 도시 중심부는 연습도 할 겸 전부 복원했어. 날아다니면서 다른 장소도 전부 고칠까 했는데……."

카오리는 곤란한 표정으로 말을 흐렸다.

귀를 기울이자 「카오리 님!」이라는 주민들의 열렬한 러브콜이 들렸다.

알프레릭과 하지메가 창문으로 몸을 내밀어 아래를 보자 수많은 아인족이 얼굴을 붉히고 흥분하여 카오리를 찬양하고 있었다.

"전에 본 기억이 있는데, 저 녀석들 장로 아니야?"

"……젤과 구제군. 저 녀석들 저기서 뭐 하는 거야……."

아무래도 카오리는 아인족 사이에서 새로운 종교가 창설될 것 같은 열기에 못 이겨 도망쳐 온 듯했다.

알프레릭이 두통을 참듯 미간을 문질렀다.

하지메가 손을 내밀어 카오리를 창으로 들어오도록 돕는데 두두두두두 하는 발소리가 들렸다.

모두 무슨 일인가 싶어 문 쪽을 돌아봄과 동시에 그 문이 세차게 열렸다. 충격으로 문에 금이 가자 알프레릭이 슬픈 표정을 지었다.

"보스!! 오랜만에 뵙습니닷!"

"기다리고 있었습니다! 보스!!"

"마, 만나 뵙게 되어 영광입니다! Sir!!"

"어이, 신벼어엉! 보스가 귀환하셨다! 다른 녀석들에게 알리고 와라! 30초 준다!"

"아, 알겠습니닷!!"

뛰어 들어온 것은 하우리아 족 남녀였다.

팔을 만나고 하우리아들의 반응을 예상했을 아이들도 그 격한 흥분에 입에 머금은 차를 푸우웁 내뿜었다.

하우리아들은 그러거나 말거나 절도 있게 거수경례했다.

하지메에게도 낯선 사람이 몇 명 있었다. 방금 발언으로 보아, 하우리아 족은 다른 토인족 부족을 끌어들이고 훈련해 세력을 확대한 모양이었다.

"아~, 응. 오랜만이야. 다른 녀석들이 이상하게 보니까 일단 경례는 그만두자고."

"""""""""Sir, yes, sir!!""""""""""

수해가 떠나갈 듯한 대답 소리였다.

오랜만에 보스 앞에서 내지른 함성에 몹시 만족한 하우리아 족과 처음으로 경험한 진짜 함성에 「우리도 드디어……」라며 감동하는 하우리아 아닌 토인족들.

분명 하지메가 수해를 떠난 후로도 하트ㅇ 상사의 고함 소리는 끊임없이 울리고 있었으리라.

"여기로 오는 동안 팔과 만나서 대략적인 사정은 들었어. 제법 활약했다지? 놈들을 물리치다니, 대단한 업적이야."

""""""""무, 무한한 영광입니다, Sir!!""""""""

가슴 먹먹함에 말끝이 흐려진 것은 애교였다.

하지메는 벅찬 감동을 느끼는 하우리아들에게 팔로부터 들은 이야기를 전했다.

자신들도 제도에 침입할 생각이라는 것과 증원 요청이었다.

"그렇군요. ……『필멸의 발트펠드』의 전언은 잘 들었습니다. 전해주셔서 감사합니다, 보스."

"……그런데 너도…… 혹시 이명이 있어?"

"저 말씀입니까? ……홋, 물론입니다. 낙뢰와 같이 예측 불가능하며 신속한 참격을 사용한다! 그 이름도! 『뇌인(雷刃)의 이오르닉스』!"

"……어, 그래…….."

역시 하우리아 족은 이미 손쓰기에는 늦은 듯했다. 완전히 감염되어 버렸다. 필멸의 발트펠드에게서 발병한 판데믹을 봉인하지 못한 것이 정말로 한스러웠다.

하지메는 간신히 정신을 부여잡고 뇌인의 이오르닉스에게

물었다.

"하우리아 족 외에도 훈련시키나 본데, 지금 인원은 몇 명 정도지?"

"……그게…… 하우리아 족과 친선 관계였던 일족과 반톤 족을 쓰러뜨렸다는 소문이 퍼져 훈련병으로 지원한 기특한 젊은이들이 참가하여…… 실전 능력을 갖춘 인원은 총 122명입니다."

제법 많이 늘었다. 하지메뿐 아니라 시아와 유에도 놀란 기색을 보였다.

하지메는 질문의 의도를 몰라 어리둥절한 뇌인의 이오르닉스— 이오에게서 시선을 떼고 고개를 한 번 끄덕였다.

"그 정도 인원이면 한 번에 옮길 수 있겠어. ……이오, 르닉스. 제도에 갈 인원을 신속하게 모아. 내가 전부 한 번에 옮겨 줄 테니까."

"예? 옛! 알겠습니다! 바로 시행하겠습니다!"

이오는 순간 무슨 말을 들었는지 이해하지 못한 것처럼 얼빠진 얼굴로 반문했지만 곧 하지메가 제도까지 동행한다는 뜻을 깨달았다. 그는 경례와 함께 다른 하우리아 족을 부르기 위해 동료를 이끌고 신속히 방을 나갔다.

이오는 하지메가 대미궁 공략을 위해 돌아왔다고 생각했다. 그래서 자신들을 도와주리라고는 생각하지 못했다. 너무나도 의외라서 그렇게나 동요한 것이었다.

그리고 놀란 것은 비단 이오만이 아니었다. 오히려 가장 놀란 사람은 하지메 곁에 있던 시아였다. 시아는 그 커다란 눈을 휘둥그렇게 뜨고 토끼 귀를 빳빳이 세워 하지메를 응시했다.

"하, 하지메 씨? 대미궁에 가는 거 아니었나요……?"

"너, 제도로 간 사람들이 걱정되잖아?"

"그…… 그건…… 그렇지만요……."

하지메에게 정곡을 찔린 시아는 말을 우물거렸다.

하지메의 목적이 대미궁인 이상 캄 일행의 사정은 관계없는 일이었다. 시아로서는 일부러 귀찮은 일이 기다리고 있을 제도에 들어가면서까지 그들의 행방을 수색해 달라고는 차마 말할 수 없었다. 심지어 그들은 잡혀간 것이 아니라 제 발로 들어갔다. 무슨 일이 있다고 해도 그건 본인들의 책임이었다.

시아 자신도 하지메에게 따라가기로 마음을 정했었다. 그렇다면 가족들은 가족들의 길을, 자신은 자신의 길을 걸어야 한다고, 그렇게 생각해서 아무 말도 하지 않았다.

하지만 머리로는 그렇게 생각해도 가족의 행방을 알 수 없다면 걱정되는 것이 자연스러운 이치며, 생각만으로 감정을 무시하기란 말처럼 쉽지 않다.

본인은 숨긴다고 숨겼겠지만 그녀의 근심은 얼굴과 토끼 귀로 훤히 드러나고 있었다. 다른 사람은 몰라도 하지메와 유에는 시아의 심정을 제 손바닥 들여다보듯 빤히 알 수 있었다.

하지메는 자기 때문에 괜한 수고를 끼치는 게 아닌가 싶어 입을 열지 못하는 시아 곁으로 다가가 다정한 손길로 볼을 꼬집었다.

"으에?"

하지메의 느닷없는 행동에 시아가 어벙하게 입을 헤 벌렸다.

하지메는 그런 시아에게 별스럽다는 양 웃어 보였다.

그리고 똑바로 눈을 맞추고 타이르듯 말했다.

"이렇게 토끼 귀가 풀 죽어 있는데 억지로 웃기나 하고…… 무슨 얼굴이 그래? 걱정되면 걱정된다고 말하면 되잖아?"

"그, 그래도……."

"그래도는 무슨 그래도야? 이제 와서 무슨 눈치를 봐? 평소처럼 생각을 그대로 말해. 처음 만났을 때 본 그 뻔뻔함은 다 어디 갔어? 애초에 네가 제대로 웃지 않으면 내…… 우리가 불편하잖아."

"하지메 씨……."

무뚝뚝했지만 틀림없이 시아를 배려하는 말, 시아를 생각하여 건넨 말이었다.

그것을 이해한 시아는 뺨에 닿은 하지메의 손에 자신의 손을 포갰다. 눈망울은 기쁨과 애정으로 촉촉이 젖어 들고 있었다.

"그다지 실감 나지 않을지도 모르지만…… 이래 봬도, 그 뭐냐, 나름대로 소중하게 생각한다고. 그러니까 네 근심을 풀 수 있다면…… 난 망설이지 않고 내가 가진 모든 힘을 다할 거야."

"하지메 씨, 전……."

"자, 하고 싶은 말이 있으면 해. 제대로 들어줄 테니까."

뺨으로 전해지는 다정하면서도 뜨거운 감촉과 하지메의 올곧은 시선에 시아는 말문이 막혔지만 벅차오르는 마음을 숨김없이 말로 표현했다.

"……전 아버지와 가족들이 걱정돼요……. 한 번이라도 좋으니까 무사한 모습을 보고 싶어요."

"나 참, 처음부터 그렇게 말하면 됐다고. 이제 와서 눈치를 살피길래 무슨 일인가 했네."

"저, 저 그렇게 뻔뻔하지 않다구요! 어우! 하지메 씨는 정말! 어우!"

토라진 것처럼 뺨을 부풀렸지만 그 눈동자는 별빛처럼 반짝거렸고 볼은 장밋빛으로 물들어, 사랑에 빠진 소녀를 넘어 완전히 사랑하는 남자를 보는 여인의 얼굴이었다. 자신을 위한 말에 행복해서 어쩔 줄 모르겠다는 마음이 온몸으로 방출되었다.

시아 본인은 그렇게까지 하지메의 눈치를 본다고 생각하지 않았지만 연적이 늘어남에 따라 무의식중에 좋은 모습을 보이려고 애썼던 것 같다.

그것이 『소중히 생각한다』는 하지메의 한마디에 단숨에 무너져 버렸다.

"……응. 기운 차려서 다행이야."

유에는 미소 지으며 시아를 지켜봤다. 영락없이 동생을 바라보는 언니였다.

"흠, 가끔은 매도 말고 다른 것도 좋을지 모르겠구먼."

티오가 변태라고는 생각하기 힘든 정상적인 감상을 품었다. 중증을 고칠 기회일지도 모르겠다.

"우, 부러워~."

"반한 남자에게 저런 말을 들으면 그야 기쁠 만도 하지……."

"나, 나구모…… 너무 직설적이야. 그런 면도 변한 거구나. 나 깜짝 놀랐어."

"시아 씨…… 부러워, 샘나……."

카오리, 시즈쿠, 스즈, 그리고 왠지 알테나가 순서대로 말했다.

그제야 주위에 사람이 많다는 것을 인식한 시아가 양손으로 홍당무처럼 익은 얼굴을 가렸다.

하지만 창피함을 넘어선 기쁨을 감추지 못하고 토끼 귀가 실룩실룩, 토끼 꼬리가 살랑살랑 움직이며 시아의 기분을 더없이 적나라하게 대변했다.

한편 하지메에게 빤히 시선을 보내던 코우키는 작게 중얼거렸다.

"……역시 동료를 위해서라면 싸운다 이건가……."

어떤 감정을 꾹 참는 것 같은, 혹은 짜증이 난 것 같은 말투였다. 친구의 그런 모습을 보는 류타로는 답답함에 머리를 긁었다.

그때 마침 이오가 돌아왔다. 아무래도 하우리아 족이 준비를 마친 모양이었다. 대단히 신속한 대응이었다.

하지메 일행은 알프레릭과 알테나, 다른 아이들에게 배웅받으며 하우리아 족과 함께 수해를 나왔다. 그리고 다시 제도를 향해 폴니르의 기수를 틀었다.

잡다하다.

【헤르샤 제국】 수도가 어떤 곳이냐고 묻는다면 이 한마디로 대답할 수 있었다.

철저하게 실용성을 추구해 밋밋하고 투박한 건물이 늘어선 한편, 증축을 거듭한 기괴한 건물이 늘어선 곳이기도 했다.

거리는 「구획 정리? 그게 뭐죠? 먹는 건가요?」라고 말하는 듯 크고 작은 길이 난잡하게 꼬여 있었고 여기저기에 뒷골목으로 이어진 샛길이 가지 쳤다.

분위기도 【오르크스 대미궁】에 도전하는 자들이 있는 【여관 마을 호르아드】처럼 팽팽한 긴장감이 있었으며 노점을 낸 가게 주인들도 손님을 손님으로 보지 않는 것처럼 접객 태도가 불량했다.

하지만 결코 어둡게 가라앉지도 않았거니와 무법 지대도 아니었다. 누구나 제각기 하고 싶은 일을 하고 싶은 대로 하는 자유로움으로 가득하다고 할까, 활기가 있었다. 무슨 일이 있어도 본인 책임. 책임질 수 있는 범위 내에서 자유를 만끽해라! 그런 사고방식이 제도 주민의 신조인지도 모르겠다.

【헤르샤 제국】은 수백 년 전 전쟁에서 활약한 용병단이 세운 신흥 국가며, 능력 지상주의의 기치를 내건 군사 국가였다.

제도에 사는 대부분의 사람도 싸움을 생업으로 삼아, 좋게 말하면 호기롭고 나쁘게 말하면 난폭한 기질을 지녔다. 제도 내에는 대륙 최대 규모의 투기장도 있어서 한 해에 몇 번이나 다른 종류의 행사가 열려 큰 성황을 이루곤 했다.

"어이, 너— 그헥?!"

그런 제도에 들어가면 당연히 미녀, 미소녀를 줄줄이 달고 다니는 하지메가 눈에 띄지 않을 리 없었고, 시비를 걸어오는 자가 있으면 말없이 때려눕히는 짓을 이미 몇 번이나 반복했다.

지금도 이죽거리며 다가온 남자에게 강제로 트리플 액셀 & 땅바닥에 진한 키스를 시킨 참이었다.

하지만 주변 사람들은 그런 폭력 사태에도 별다른 반응을 보이지 않고 극히 자연스럽게 무시했다. 이 정도 『쌈박질』은 일상다반사인 모양이었다.

"우우, 이야기는 들었지만…… 역시 제국은 마음에 안 들어요오."

"응, 나도 이 분위기는 별로야. 왕도에 소환돼서 다행이야."

"군사 국가인데 별수 있겠는가? 군비가 충실하다는 정도를 넘어서 주민도 대부분 싸움꾼이야. 이 정도 난폭한 분위기는 어찌 보면 당연해. 나도 살고 싶다는 생각은 전혀 들지 않는구나."

시아, 카오리, 티오는 제도가 썩 마음에 들지 않는 눈치였다. 말은 없지만 유에도 동의하는 것처럼 고개를 끄덕끄덕했다.

코우키와 류타로는 그렇게 싫어하는 느낌은 아니었지만 시즈쿠는 경계심이 부쩍 강해졌고 스즈는 조금 겁먹은 듯 시즈쿠 옆에서 떨어지려고 하지 않았다.

역시 여성에게는 그다지 좋은 인상을 주지 못하는 나라 같았다.

그렇다고 남자들이 좋아하느냐면 그렇지도 않았다. 일본인에게는 너무 자극이 강한 특이한 광경에 다들 안색이 차츰 안 좋아졌다.

왕국에서는 결코 볼 일 없는 광경. 특히 시아의 마음을 후벼 파는— 노예들이었다.

"시아, 보려고 하지 마. ……본다고 어떻게 되는 일도 아니야."

"……네, 그렇죠."

동족들의 참상이 자꾸만 눈에 밟혔다. 가격표가 붙은 우리에 들어간 아인족 아이의 모습은 그냥 보고 지나치기 힘든 것이었다.

쓸 수 있는 것은 뭐든 쓴다는 사상을 가진 제국에서는 노예 매매가 크게 번성했다. 보지 않으려고 해도 도처에 노예 상인이 있었고 노예를 데리고 다니는 사람 또한 많았다.

"……시아, 괜찮아?"

유에가 걱정스럽게 시아의 손을 잡았다. 하지메도 시아의 볼을 조물조물 만지며 서툴게나마 마음을 달래려고 해 보았다.

두 사람의 온기가 손과 뺨으로 전해지자 시아의 토끼 귀가 기쁨을 드러내듯 팔랑팔랑 움직였다.

"……용납할 수 없어. 다 같은 사람인데…… 노예로 부리다니."

하지메 뒤를 따라 걷던 코우키가 어금니를 빠득 갈았다.

【하일리히 왕국】은 성교 교회의 위세가 강해 아인족에 대한 차별 의식도 강했다. 그만큼 아인족 노예를 곁에 두겠다는 생각 자체를 기피하는 풍토였기에 아이들이 왕도에서 아인 노예를 볼 기회는 없었다. 그렇기에 충격도 더 심한 법이었다.

그렇다고 정말로 행동을 일으키면 곤란했다.

만약 그렇게 된다면 그 자리에서 남인 척하겠다고 하지메는 속으로 맹세했다.

물론 믿을 수 있는 억제제, 귀찮은 일 담당 시즈쿠가 있으니까 그럴 걱정은 없다.

없을…… 것이다.

하지메는 시즈쿠에게 시선을 줬다. 바로 눈치챈 시즈쿠가 눈을 맞췄다. 하지메는 주위에 들키지 않도록 몰래 코우키를 가리켰다.

눈치 빠른 시즈쿠는 그것만으로 하지메의 의도를 이해한 듯했다.

살짝 입가를 실룩거리며 한숨 쉬고 살며시 고개를 끄덕였다. 그러고는 자연스럽게 코우키 옆에 나란히 서더니 무슨 이야기를 건넸다. 코우키는 착잡한 표정이었지만 시큰둥하게 고개를 끄덕였다.

가슴을 쓸어내리는 시즈쿠를 보고 하지메가 피식 웃자 싸늘한 눈총이 날아들었다. 하지메는 못 본 셈 치기로 했다.

카오리가 우울한 분위기를 바꿔 보려고 했는지, 왕국에서 있었던 사건을 떠올리고 말문을 열었다.

"그러고 보니 시즈쿠, 황제 폐하에게 프러포즈 받았지?"

"……듣고 보니 그런 일도 있었지."

생각하고 싶지 않은 일을 떠올린 시즈쿠가 인상을 찌푸렸다.

하지메에게 날아든 눈총이 친구에게로 돌아갔다. 왜 지금 그 이야기를 꺼내느냐는 눈초리였다. 카오리가 허둥지둥 눈빛으로 사과했다.

유에를 비롯한 여성 멤버들이 재미있는 이야기를 들었다는 양 심술궂은 표정으로 시즈쿠를 봤다. 코우키의 표정이 못마땅하게 변했고 시즈쿠의 표정도 그에 못지않았다. 평범하게 생각하면 신데렐라 스토리라고도 할 수 있겠지만 여성으로서 기쁘다는 감정은 털끝만큼도 없어 보였다.

아무래도 나라뿐 아니라 가할드 황제 폐하 자체도 미운털이 박혀 버린 모양이었다.

"그보다 나구모, 우리 지금 구체적으로 어디에 가는 거야?"

지금 당장 자세한 이야기를 듣고 싶어 하는 여자들을 피하기 위해 시즈쿠는 하지메에게 말을 걸었다.

시아의 가족들이 무사한지 확인한다는 이야기는 들었지만 그러기 위한 구체적인 방안을 듣지 못한 상황이었다.

"일단은 모험가 길드부터 가야지. 『금』랭크의 지위를 이용하면 어지간한 정보는 들을 수 있을 테니까."

"……나구모는 그 사람들이 잡혔을 거라고 생각해?"

"그건 몰라. 잡혀서 감옥에 처박혔을지도 모르고 노예로 전락했을지도 모르지. 여전히 어딘가에 잠복해 있을 가능성도

있어. 비상경계 태세까지는 아니지만 제도의 경비가 이상하리
만큼 삼엄하잖아? 들어온 것까지는 좋지만 나가지 못하고 있
을 수도 있겠지……."

하지메의 말대로 제도의 경비는 과도하다고 해도 좋은 수
준이었다.

도시의 정문에서는 한 사람씩 꼼꼼히 신체검사를 했으며,
외성벽 위에서는 제국병이 순찰하지 않고 항시 자리를 지키면
서 눈을 번득였다.

제도 내에서도 최소 3인 1조를 이룬 제국병이 날카로운 눈빛
으로 큰길뿐 아니라 골목길까지 샅샅이 감시하며 돌아다녔다.

아마 마인족과 마물 습격 때문에 아직도 삼엄한 경계 태세
가 깔린 것이지 싶었다.

제도가 이 모양이니까 팔도 침입이 힘든지 아직 호시탐탐
기회를 엿보는 상태였다.

노예도 아닌 토인족이 제도에 들어올 수 있을 리 만무하고
하지메 일행의 노예인 척하는 데도 한계가 있었다. 그래서 하지
메가 데리고 온 하우리아 족 증원 부대도 지금은 눈에 띄지 않
도록 제도에서 조금 거리가 있는 암석 지대에 잠복 중이었다.

오히려 이 상황에서 캄 부대가 어떻게 침입했는지가 더 신
기할 정도였다.

다만 하지메는 입으로는 『모른다』고 했지만 십중팔구 캄 부
대가 붙잡혔다고 생각하고 있었다.

토인족은 기척을 조작하는 점에서는 아인족 중 최고며 하

우리아 족은 그 능력을 계속해서 단련해 왔다. 직접 빠져나오기는 힘들어도 모종의 방법으로 외부에 전언을 보내는 정도는 가능했을 것이다. 그런데도 불구하고 깜깜무소식인 것을 보면 붙잡혀서 꼼짝도 할 수 없는 상태라고 생각하는 것이 자연스러웠다.

물론 모험가 길드에 그들의 정보가 전달되었다고는 생각하지 않았다. 그래도 그와 관련된 사건이나 소문 정도는 있지 않을까?

하지메는 옆에서 불안한 표정을 짓는 시아에게 살며시 손을 뻗어 또 볼을 꾹꾹 주물렀다. 그리고 기뻐하면서도 일말의 불안을 떨치지 못하는 시아에게 농담조로 말했다.

"잡혔어도 그런 특이한 레어 토끼들을 금방 처단하지는 않아. 안심해. 여차하면 우리가 제도를 잿더미로 만들어서라도 되찾아줄 테니까."

"……응. 믿어 봐, 시아. 티끌 하나 안 남겨."

"하지메 씨, 유에 씨……."

나락에서 나온 직후부터 함께 한 시아와 하지메, 유에의 인연은 여행을 거치며 대단히 단단하게 다져졌다. 그렇게 세 사람이 서로를 생각하는 모습은 보는 이로 하여금 무척 마음 따스해지는—.

"아니, 잠깐만. 잿더미로 만들긴 뭘 잿더미로 만들어? 눈빛은 진지해도 장난으로 한 소리지? 부탁이니까 제발 그렇다고 해줘!"

마음 고생이 끊이질 않는 시즈쿠가 하얗게 질린 얼굴로 걸고넘어졌다. 동료애는 아름답지만 눈앞에서 1만 명이 넘는 주민을 학살하겠다고 선언하는데 어떻게 그냥 넘어갈 수 있으랴.

카오리가 시즈쿠의 어깨에 살며시 손을 얹었다. 그리고 침통하기 짝이 없는 표정으로 고개를 흔들었다.

"시즈쿠, 제도는 이미……."

"포기했어?! 카오리, 너 치유사잖아! 내버려 둘 수 없다면서 페어베르겐 사람들을 고쳐주고 다녔잖아! 그런 애가 왜 이렇게 빨리 포기해!"

그렇게 제도가 마음에 들지 않나…….

친구가 가끔 보이는 병적인 부분은 좋아하는 남자애와 관련해서만 발동한다고 생각했는데……. 희대의 치유술사는 우선 자신의 마음부터 고쳐야 할지도 모르겠다.

그렇게 썩 농담처럼 들리지 않는 농담을 주고받으며 모험가 길드를 향해 메인 스트리트를 걷길 몇 분. 문득 전방에 보이는 거리 풍경이 일변했다.

여기저기에 건물이 붕괴하거나 그 잔해가 산재해 있었다.

오는 길에 들린 이야기에 의하면 콜로세움에서 결투용으로 관리하던 마물이 갑자기 난생처음 보는 강력하고 거대한 마물로 변이해 날뛰었다는 것 같았다.

도시 중심부에 느닷없이 출현한 거대 마물(키가 30미터는 됐다고 한다)을 뒤늦게 수습한 제국은 값비싼 대가를 치러야 했다.

설상가상으로 마인족이 그 기회에 편승해 단숨에 가할드에게 덤벼들었다.

제국에서 황제란 곧 『제국 최강자』를 의미한다. 그렇기 때문이겠지. 마인족들은 결국 가할드를 처치하지 못하고 패했다.

마물도 황제 스스로 출진하여 진두지휘에 나서서 토벌에 성공했지만…… 콜로세움을 기점으로 반경 수백 미터가 붕괴한 도시를 보아 피해는 클 것 같았다.

잔해더미로 산을 이룬 그 폐허에는 복구 작업을 위한 아인 노예가 대거 동원되어 있었다.

모험가 길드는 피해가 심한 장소보다 더 안쪽에 있으므로 어쩔 수 없이 그곳을 통과해야만 했고, 자연스럽게 그들의 모습을 시야에 담아야만 했다.

무장한 제국병의 엄중한 감시와 지독한 욕설 가운데 암울한 표정으로 잔해를 옮기는 모습에는 비참하다는 표현밖에 떠오르지 않았다.

제도에 발생한 인적, 물적 피해의 여파는 누구보다도 아인족에게 영향을 주고 있었다.

이렇게 복구를 위해 혹사당하면 아무리 육체적 잠재력이 뛰어난 아인족이라 할지라도 쓰러지는 자가 속출할 것이다.

수해를 습격한 이유는 쓰러진 노예를 회복시키는 것보다 새로 조달하는 쪽이 합리적이라는, 그야말로 아인족을 인간으로 여기지 않는 가치관의 발로라 할 수 있었다. 혹은 단순히 『약자』를 인정하지 않는 능력 지상주의 가치관에서 비롯된 것일지도 모르겠다.

그런 생각을 하던 도중, 하지메 일행과 조금 떨어진 곳에서 개 모양 귀와 꼬리를 가진 열 살가량의 소년이 잔해에 걸려 세차게 넘어지며 손수레에 실린 잔해를 왕창 쏟아 버렸다.

발을 찧었는지 몸을 웅크리고 고통을 참는 견인족 소년에게 노역을 감시하던 제국병의 험악한 시선이 쏠렸다. 그들은 한 손에 몽둥이를 들고 소년에게 다가갔다. 무슨 짓을 하려는 것인지는 누가 봐도 알 수 있었다.

그리고 그것을 보고 가만히 있을 리 없는 정의의 용사가 한 명 있었으니……

"이봐! 그만—."

코우키가 제국병을 제지하려고 버럭 고함을 지르면서 달려가려고 했다.

하지만 그 행동은 직후 일어난 어떤 사건으로 중단되고 말았다.

푸쉭! 공기가 빠지는 듯한 소리가 약하게 들리고 제국병이 힘차게 고꾸라지며 잔해에 안면을 내리꽂았다.

듣는 사람이 아플 정도로 끔찍한 소리가 나고 제국병은 미동조차 하지 않게 됐다. 아무래도 기절한 모양이었다.

동료 제국병이 부랴부랴 달려와서 용태를 살핀 뒤 혀를 차고 고개를 절레절레 저었다. 그리고 코피를 질질 흘리는 동료를 보며 귀찮고 더럽다는 태도를 보이면서도 그를 어깨에 걸쳐 업고 어딘가로 떠났다. 견인족 소년은 그대로 방치되었다.

소년은 무슨 일이 일어났는지 몰라 잠시 넋을 놓고 있었지만 금세 아차 싶은 표정으로 일어서더니 자신이 엎지른 잔해를 허둥지둥 긁어모아 아무 일도 없었다는 양 운반을 재개했다.

넋을 놓고 있는 것은 달려가려다가 목적을 잃은 코우키도 마찬가지였다.

그곳으로 하지메가 말을 던졌다.

"오지랖이 넓은 건 좋다 이거야. 그래도 최소한 들키지 않게 하거나 우리에게 피해를 주지 않도록 생각을 하고 움직여줬으면 하는데?"

"윽…… 지금 그건 나구모 네가……?"

하지메는 코우키의 확인에 말 대신 고갯짓으로 답했다.

정확히 말하면 의수에서 단침총의 바늘을 발사해 제국병을 쓰러뜨린 것이었다.

자기보다 먼저 소년을 구했다는 사실은 둘째 치더라도, 코우키는 『피해를 주지 않게 하라』는 하지메의 발언에 미간을 찌푸렸다. 코우키의 마음속에 있는 정의감에 불이 붙은 모양이었다.

"누가 피해를 준다고 그래? ……사람을 구하는 게 잘못됐어? 너도 도와줬잖아?"

"군이 말하자면 네가 귀찮은 일을 일으킬까 봐 사전에 막았다고 하는 게 옳겠지. 이런 곳에서 제국병에게 달려들면 패거리가 우르르 몰려와서 시끄러워지는 거 몰라? 우리는 사람을 찾으러 왔다고. 제발 부탁이니까 괜한 소란 일으키지 마."

그 후에도 하지메는 도우려거든 숨어서 돕거나 자신들과의 관계를 의심받지 않도록 하라고 다시 한 번 당부했다. 그리고 이 이야기는 끝났다고 손을 휘휘 저으며 떠났다.

코우키는 본래 목적이 시아의 가족 찾기라는 사실도 망각한 채 단단히 열에 받쳐 윤리나 정의의 가치관을 내세우며 따졌다.

"넌 그 아인족 사람들을 보고 아무런 생각도 안 들어?! 봐! 지금 이 순간에도 그들은 고통받고 있다고!"

"……야~, 야에가시. 목적을 잊고 방황하는 이 바보를 빨리 어떻게 해 봐. 네 담당이잖아?"

하지메도 한때 뮤를 구했다. 아이가 눈앞에서 괴로워하는데 아무 감정도 느끼지 않을 리 없었다. 어른은…… 알아서 어떻게든 하라는 심정이었지만.

어쨌거나 본래 목적을 제쳐 놓고 지금 여기서 노예 해방 운동이나 할 수는 없는 노릇이었고 코우키를 상대하는 것도 귀찮으니까 만능 해결사 야에가시 씨에게 죄다 떠넘겼다.

시즈쿠가 관자놀이를 비벼대면서도 코우키를 달래려고 했으나…… 그 전에 코우키가 먼저 고함을 질렀다. 이번에는 하지메가 시즈쿠에게 기대는 것이 마음에 들지 않았나 보다.

"시즈쿠는 관계없잖아! 난 지금 너랑 얘기하고 있다고! 시아 씨는 소중하게 여기면서 저렇게 괴로워하는 아이들은 못 본 척하겠다는 거야?!"

코우키의 언성이 높아지자 점차 무슨 일인가 싶어 주위 눈길이 쏠렸다. 조금 거리가 있는 곳에서 노예를 감시하던 제국병 몇 명도 일행 쪽으로 눈을 흘기기 시작했다.

하지메 일행이 찾는 하우리아 족이 제국 측에 붙잡혀 있을 가능성이 큰 현재, 소란을 일으켜 관료나 군 관계자와 다투는 사태는 피해야 했다.

시아 가족의 안위가 걸린 문제였다.

그래서 하지메는 죽자고 덤벼드는 코우키를 향해 눈을 쓱 가늘게 떴다.

약간의 분노와 반론을 용납하지 않는 위압감이 코우키 한 사람을 저격하듯 쏟아졌다.

"……아마노가와. 전에도 말했지만 난 네 고상한 뜻을 들을 생각도 없고 윤리관이나 정의감을 논의할 생각도 없어. 동료가 된 기억도 없거니와 함께할 생각도 없고, 가치관을 공유할 마음도, 보조를 맞출 생각도 없어. 네가 『따라오는』 걸 『허락』했을 뿐이야. 그러니까 일일이 따지고 들지 마. 때와 장소도 못 가리고 설친다면…… 팔다리를 분질러서 왕국으로 돌려보낼 줄 알아."

"―큭."

하지메는 위압감을 거두고 한숨을 푹 쉬며 말을 이었다.

"반대로 나도 네 가치관에는 간섭하지 않아. 그러니까 우리에게 피해를 주지 않는 범위 안에서는 하고 싶은 대로 해. 물론 캄이 위험해질 만한 행동은 간과하지 못하지만. ……그리고 당연한 걸 뭘 물어? 시아를 다른 아인과 똑같이 생각할 리 없잖아?"

하지메는 고개를 절레절레 저으며 이를 악문 코우키에게서 몸을 돌렸다.

노예 제도는 이 세계에서 당연한 것이었다. 확실히 대우는 가혹하지만 이곳에서는 노예가 된 아인족을 구하는 쪽이 일반적으로 『잘못』이었다. 타인의 『소유물』을 훔치는 것과 다를 바 없으니까.

그래도 인정할 수 없다면 합당한 각오가 필요하다. 제국과 적대해 싸울 각오와 두 번 다시 아인족을 노예로 만들지 않을 방법을 확립하겠다는 정도의 각오가…….

그렇지 않으면 지금 노예들을 억지로 구해 봤자 머지않은 미래에 제국에게 보복당하거나 아인족 포획 활동이 격화될 가능성이 크다. 그렇게 되면 더욱 비참한 지옥이 펼쳐질 것이다.

그 점을 이해하는지, 못하는지…… 코우키는 하지메의 등을 노려보며 그 자리에서 움직이지 않았다.

"……화딱지는 나지만 지금은 가자. 코우키."

"지금은 시아 씨 가족을 우선하자."

류타로와 스즈에게 그런 말을 듣고 코우키는 친구에게 마음을 쓰게 했다며 한숨을 내쉬었다.

시즈쿠가 말을 걸었다.

"코우키."

"……나도 알아."

코우키는 이제야 마지못해 고개를 끄덕였다.

그럴 마음만 있으면 하지메는 틀림없이 자신들을 쫓아 버릴 수 있었다. 지금은 힘이 필요했다. 마음을 관철하기 위해서는 하지메 일행 이상의 힘이…….

그러기 위해서는 반드시 신대 마법을 습득해야만 했다.

그렇다. 아무리 불쾌하더라도 그들을 따라가야만 했다.

그것이 힘을 얻는 가장 확실한 방법이니까.

코우키는 그렇게 되뇌고 가슴속에서 치미는 울화를 꾹 참으며 말없이 하지메를 뒤따라갔다.

"참 복잡하구먼……."

어느샌가 시즈쿠 옆에 와 있던 티오가 살짝 난감하게 웃으며 말했다.

"……단순한 사람이 세상에 얼마나 있겠어요."

"옳은 말이구나. 남보다 눈치가 빠른 너도 복잡하긴 매한가지지. 곤란한 사람을 가만히 두지 못하는 그 성격도 포함해서."

평소의 변태성은 어디로 갔을까? 깊이 있는 눈빛에 시즈쿠는 말문이 막혔다.

"연장자의 군소리라고 생각한다면 흘려들어도 좋다만…… 그대는 조금 기대는 편이 좋겠구나. 남을 받쳐주기만 한다면 네가 길을 잃게 될 거야. 일단…… 그렇지, 기댈 수 있는 사람이 저기 있지 않으냐?"

"네?"

시즈쿠의 시선이 앞으로 옮겨갔다.

"시즈쿠. 아까부터 표정이 안 좋은데, 괜찮아?"

옆에 있는 카오리가 걱정스럽게 말을 걸었다.

시즈쿠는 당황스럽게 시선을 돌렸고 카오리의 손이 시즈쿠의 손을 살며시 잡았다.

"……후후. 고마워, 카오리. 괜찮아. 그냥 코우키 때문에 조금……. 그래도 지금은 신의 사도인 친구가 있으니까 위험할 때는 도와줘야 해?"

"응! 나만 믿어, 시즈쿠!"

친구의 배려와 티오의 신의에서 나온 조언에 감사하며, 시즈쿠는 어깨에서 힘을 조금 빼고 앞서가는 하지메를 뒤쫓았다.

코우키와 아이들 사이에서 미묘한 기류가 흐르는 가운데 도착한 제도 모험가 길드는 거의 술집이나 다름없었다.

넓은 공간에 테이블이 무질서하게 놓였고 카운터는 두 개였다.

하나는 접수처. 여성이지만 거친 느낌이 배어 나오는 접수원이 맡고 있었다. 그리고 다른 하나는 완전히 바 카운터였다. 여기저기서 아저씨들이 대낮부터 술을 마시고 있어서, 그렇게 한가하면 복구공사나 도우라고 한마디 해주고 싶어졌다.

하지메 일행이 안으로 발을 들이자 벌써 몇 번째인지 모를, 이제는 익숙해진 그 반응이 돌아왔다.

쉽게 말해 여자들을 바라보는 무례하고 천박한 시선이었다. 하지메도 귀찮은 듯 처음부터 『위압』을 발동하며 카운터로 향했다.

제아무리 낮술에 취해 있어도 군사 국가의 모험가답게【여관 마을 호르아드)의 모험가처럼 기절하는 자는 없었고 대신 일제히 경계심을 드러냈다.

카운터에 선 접수원에게서는 다른 마을 접수원 같은 서글서글함은 찾을 수 없었다. 일할 마음이 없는지 나른한 표정으로 하지메를 마주 볼 뿐이었다. 볼일이 있으면 얼른 말하라는 태도였다.

"정보를 얻고 싶어. 혹시 최근 제도에서 아인이 소동을 일으킨 적 없었어?"

하지메의 질문에 접수원은 미심쩍은 눈빛을 보냈다. 질문 내용이 기묘한 탓이리라. 아인 노예의 정보를 원한다면 상인 길드나 근처 상회라도 찾으면 될 것이고, 애초에 제도에서 소동을 일으키는 노예는 존재하지 않았다. 노예 목걸이가 어지간한 반항을 막기 때문이었다.

그리고 제도에 노예가 아닌 아인족은 없기 때문에 하지메는 있을 리 없는 사건이 있지 않았느냐고 물은 셈이었다.

그 결과 접수원은 상대하기 귀찮아졌는지, 아니면 그것이 정식적인 절차인지 모르겠으나 바 카운터 쪽을 가리켰다.

"……그런 정보는 저쪽에서 알아봐."

하지메가 그쪽을 보자 백발성성한 초로의 남자가 글라스를 닦고 있었다. 정보 수집은 술집이라는 미풍양속이 지켜지는 모양이었다. 접수원은 그 말만 하고 자기 일은 끝났다는 것처럼 눈을 엉뚱한 방향으로 휙 돌려 버렸다.

하지메는 뭘 바라겠냐는 식으로 웃어넘기고 바 카운터로

향했다.

그러는 동안 일행을 평가하는 듯한 모험가들의 험악한 시선이 날아와 꽂혔고 호전적인 류타로는 일일이 반응하며 눈빛을 되쐈다. 스즈는 이런 분위기가 무서운지 시즈쿠에게 붙어 작은 몸을 교묘히 숨기고 있었다. 시즈쿠의 옷자락을 꼭 잡는 모습이 조금 귀여웠다.

하지메는 바 카운터 앞에 자리를 잡고, 마스터로 보이는 추로의 남자에게 방금 접수원에게 한 것과 똑같은 질문을 했다.

하지만 마스터는 말을 무시하고 글라스만 계속 닦을 뿐이었다.

하지메의 눈이 살며시 가늘어졌다.

그러자—.

"여긴 술집이야. 어린애가 소풍으로 올 곳이 아니지. 술도 마시지 않는 인간을 상대할 생각은 없으니까 썩 꺼져."

그런 판에 박힌 대답이 돌아왔다.

이런 정석적인 마스터를 보았나! 하지메가 살짝 흥분했다. 이미 번쩍번쩍한 글라스밖에 없는데 이유도 없이 계속 닦는 점도 높이 평가할 만했다. 이 언동으로 추측하건대 술을 왕창 마시면 생각을 달리할 것이 틀림없었다.

하지메는 판타지의 주인공이 된 기분을 맛보며 내심 히죽거렸으나, 겉으로 드러내지는 않은 채 이해했다는 표정을 지었다. 그리고 카운터에 돈을 턱 올려놓았다.

마음 한쪽 구석에 있는 어둠 속에서 중2병 티셔츠를 입은 미니 하지메가 날 불렀냐며 얼굴을 내밀었지만 하지메는 깨닫지 못했다. 옆에 선 유에가 조금 어이없는 듯, 혹은 못 말린다는 눈으로 보는 것도 깨닫지 못했다.

하지메는 이런 흔해빠진 설정을 사랑한다!

"맞는 말이야, 마스터. 이 가게에서 제일 독하고 안 좋은 술을 병으로 줘."

"……토하면 밖으로 던져 버린다."

마스터는 하지메의 주문에 순간 눈썹을 실룩거렸지만 딱히 거절하지 않고 등 뒤 선반에서 됫병을 하나 꺼내 카운터에 놓았다.

꼬마라고 하면서도 순순히 꺼내는 것은 하지메가 내뿜는 위압감과 주변 모험가들이 경계하는 분위기를 통해 평범한 인물이 아님을 짐작했기 때문이리라.

하지메는 병을 손에 들고 손가락 끝으로 쓰다듬어 입구를 절단했다. 그 행위와 매끄러운 절단면에 사람들이 숨을 멈췄다. 마스터도 눈을 살짝 크게 떴다.

개봉된 병에서는 코를 찌르는 알코올 냄새가 올라왔다. 옆에 있던 시아와 카오리가 자기도 모르게 코를 막고 콜록거렸다. 코우키와 다른 아이들도 욱 소리를 내며 뒷걸음질 쳤다.

"나, 나구모? 그걸 마시게? 절대로 안 마시는 게 나을 거 같은데?"

"마, 맞아. 무조건 토한다니까. 난 벌써 토할 거 같아."

"그보다도 하지메, 기왕 마실 거면 더 좋은 술을 시키자, 응?"

"카오리 씨 말이 맞아요. 왜 굳이 안 좋은 술을……."

시즈쿠, 스즈, 카오리, 시아가 저마다 한마디씩 하며 말렸다.

옆에 있는 유에도 술 냄새에 눈살을 찌푸리고 하지메의 옷자락을 쭉쭉 당겼다.

"아니, 맛을 즐길 생각도 없이 좋은 술을 벌컥벌컥 들이켜면…… 술에 대한 모독이잖아?"

걱정하는 그녀들의 조언을 무시하고 하지메는 그렇게 말했다. 그리고 마스터를 힐끔 훔쳐봤다.

마스터가 재미있다는 듯 입가에 희미한 미소를 짓고 있었다!

하지메의 기대대로 이 마스터는 정석이 무엇인지 보여주는 정석 마스터였다!

하지메는 비판적인 목소리를 내는 여자들을 무시하고 거의 악취라고 해도 과언이 아닌 냄새를 뿜는 술을 마셨다. 아니, 위장으로 흘려보내다시피 들이부었다.

지금 하지메의 마음은 오로지 마스터를 향해 있었다. 「보고 있냐, 정석 마스터? 정석적인 반응을 기대하겠어」라며……. 마음속 미니 하지메의 왼팔에서 뭔가가 날뛰기 시작했다.

쥐 죽은 듯 조용한 가게 안에서 목이 꿀렁꿀렁 움직이는 소리만 울려 퍼졌다. 그리고 한 번도 멈추지 않고 단 몇 초 만에 병 하나가 비어 버렸다.

하지메는 손에 든 병을 부술 기세로 카운터에 탕! 놓고 입가에 웃음을 머금어 마스터를 봤다. 그 눈이 「불만 있냐?」라고 말하고 있었다.

"……알았다, 알았어. 넌 손님이다."

마스터는 양팔을 들어 항복 의사를 밝히더니 피식 웃었다. 꽤나 쿨하고 멋있었다.

"……하지메. 만족했어?"

"응."

묘하게 측은한 눈빛으로 질문하는 유에에게 하지메는 씩 웃으며 대답했다. 고전적이지만 마음을 끄는『정보통 마스터와의 대결』을 체험할 수 있어서 크게 만족스러웠다.

참고로 하지메는 아무리 마셔도 취하지 않는 체질이었다. 그 원인은『독 내성』에 있었다. 원래 일본에 있을 때도 아버지에게 술을 맛있게 마시는 법을 철저히 배웠기에 나름대로 좋아하는 편이긴 했으나,『독 내성』덕분에 전혀 취하지 않게 되어 못내 아쉽게 생각하기도 했다.

"……그래서? 방금 질문에 관한 정보는 있어? 물론 정보료는 내겠어."

"아니, 정보료라면 방금 술값으로 됐어. ……네가 듣고 싶은 건 토인족에 관한 건가?"

"……! 정보가 있나 보군. 자세히 들려줘."

아무래도 마스터는 제법 정보를 쥐고 있는 듯했다.

그가 말하길, 며칠 전 대대적인 체포 작전이 있었고 그때 토인족이면서 제국병을 뚫고 도망치려고 한 어처구니없는 집단이 있었다고 한다.

그러나 제도 내에서 백 명이 넘는 제국병에게 완전 포위당하자 십수 명의 인원으로는 도망칠 수 없었고, 모두 붙잡혀 성으로 연행되었다는 것 같았다.

그래도 토인족의 상식을 뒤집는 실력이 제법 화제가 되어 거리에서 묻고 다녀도 정보는 모였을 것이라고 했다.

"성이라……."

하지메가 중얼거리며 옆에 있는 시아를 보자 역시 시아의 낯빛은 어두웠다.

과연 제도에 불법 침입한 아인이 어떤 취급을 받는지……. 적어도 밝은 미래는 기대할 수 없었다.

다만 연행되었다는 점은 분명히 희망적이었다.

남자 토인족도 애완 노예로 수요가 없지는 않지만 캄 같은 초로의 남자까지 수요가 높진 않았다. 게다가 제국병에게 대적한 이들이었다. 그 자리에서 즉결 처분당했어도 이상하지 않았고 오히려 그게 더 자연스러웠다.

즉, 제국 측은 그들에게 어떤 가치가 있다고 보고 살려 두기로 했다는 뜻이리라. 그렇다면 캄 일행은 아직 살아 있을 가능성이 대단히 높았다.

하지메는 그런 마음을 담아 카운터 아래로 시아의 손을 잡았다. 눈을 돌리니 반대쪽 손은 유에가 쥐고 있었다. 시아도 하지메와 유에의 마음이 전해졌는지 힘 있는 눈으로 고개를 끄덕였다.

마스터가 특이한 머리색을 가진 토인족, 시아를 의미심장한 눈으로 쳐다봤다. 잡혀간 토인족들과의 관계라도 추측하는 거겠지.

하지메는 그런 마스터에게 어처구니없는 질문을 불쑥 던졌다.

"마스터. 돈을 부르는 대로 주겠다면, 제도의 정보를 어디까지 팔 수 있지?"

"……! 농담으로 해도 될 소리가 아니지만…… 보아하니 농담은 아닌 것 같군……."

하지메가 웃음을 지으면서도 웃음기가 전혀 없는 눈으로 마스터를 직시했다.

조금 전까지 자신과 대화를 즐기던 소년의 모습은 온데간데 없었다. 마스터는 식은땀을 흘렸다. 마치 야생 육식동물이 코앞에서 이빨을 드러내고 있는 느낌이었다.

질문 자체만 해도 까딱 잘못하면 국가 반역을 꾀한다고 의심받을 만한 내용이었다.

이곳은 모험가 길드며 국가에서 독립된 기관이기에 제국에 대한 『반역』이란 개념이 없지만 비록 그렇다고 해도 자국, 그것도 본거지의 내부 정보를 팔아넘겼다는 사실이 알려지면 제국 측에서도 가만히 두지는 않을 것이다.

서로의 깊은 부분에 관해선 『보지도 말고 듣지도 말고 말하지도 말라』가 암묵적 규칙이다. 안이하게 정보를 발설하고 싶지는 않았다.

그것이 마스터의 본심이었지만…… 눈앞에서 시시각각 압박감을 더해 가는 괴물 같은 소년을 상대로 대답을 피해 봤자 좋은 미래는 상상하기 어려웠다.

그래서 마스터는 고육지책을 선택했다. 하지메가 원하는 정보를 아는 사람을 대신 팔아넘기— 알려주기로 한 것이었다.

"……제4 경비대에 네디르라는 사내가 있어. 옥지기 출신이지."

"네디르…… 찾아가 보지. 정보 고마워."

하지메도 마스터가 제국 내부, 특히 포로가 있는 장소를 쉽게 알려주리라고는 생각하지 않았고 모를 가능성도 고려하고 있었다. 그래서 정보를 알 만한 인물을 알려준 것만으로도 충분하다며 깨끗하게 물러났다.

안도의 숨을 내쉬는 마스터와 식은땀을 흘리면서도 하지메에게서 눈을 떼지 않는 모험가들의 시선을 뒤로 한 채, 하지메 일행은 곧바로 모험가 길드를 나왔다.

다시 메인 스트리트를 걸으며 시아는 하지메에게 방금 대화에 관해 물었다.

"저기요, 하지메 씨. 방금 옥지기 출신이라는 사람을 소개받은 이유는 설마……."

"그래. 자세한 위치를 묻고 당장 오늘 밤에라도 침입할 생각이야. 지금부터 나와 유에가 정보를 얻어 올 테니까 너희는 어디 근처에서 밥이라도 먹고 있어. 두세 시간이면 돌아올 거야."

하지메의 지시에 다른 이들이 의아해했다.

"……? 왜 두 사람만 가나요? 다 같이 가면…… 헉?! 설마 유에 씨랑 뜨겁고 끈적한 시간을 보낼 생각이죠?! 평소처럼! 평소에 하는 것처럼!!"

"뭐?! 하지메, 그런 거야?! 안 돼, 절대로 안 돼! 이 상황에 그런 생각이 들어?!"

"음? 유에만 치사하지 않느냐. 주인님. 나도 참전해도 되겠나?"

"그럴 리가 있냐! 길 한복판에서 못 하는 소리가 없어. 날 얼마나 상황 파악 못 하는 놈으로 생각하냐고."

시아의 엉뚱한 추측과 거기에 민감하게 반응한 카오리, 그리고 자기도 끼워 달라고 엉덩이에 손을 대고 몸을 배배 꼬며 단체전을 요구하는 티오에게 하지메가 참지 못하고 소리쳤다.

그런데 누가 하지메의 소매를 쭉쭉 당겼다. 그곳을 보자 뺨을 물들인 유에가 하지메를 올려다보고 있었다.

"……밖에서 해?"

"아니, 안 한다고."

"……그럼 어디 들어가서?"

"아니, 장소의 문제가 아니니까 그 생각부터 고쳐."

"……우, 알았어. 야전에 대비할게."

"그 야전은 제성(帝城)으로 침입한다는 말이지? 응? 그런 뜻 맞지?"

유에가 오늘따라 농담이 심하다. ……농담일 것이다. 설령 고혹적인 분위기로 입맛을 다시고 있어도, 그 눈동자가 먹잇감을 노리는 야생 늑대처럼 날카로운 눈빛을 쏘아 대고 있어도 연기가 틀림없다.

한편, 그들의 대화를 듣던 학생들은 당혹스러움을 감추지 못했다.

"시, 시즈시즈, 어떡해! 바로 옆에서 엄청난 얘기를 하고 있어! 내 머리가 단번에 펑크 났어!"

"……역시 그런 짓도 하고 있었구나. ……그래도 카오리는 아직이야? 어쩌지. 지금은 친구로서 응원해야 할까? 아니면 아직 이르다고 말려야 하나? ……모르겠어. 나한테는 대화 수준이 너무 높아!"

뱃속에 엉큼한 아저씨가 든 주제에 얼굴을 새빨갛게 물들이고 시즈쿠 뒤로 휙 숨은 스즈와, 네가 카오리 엄마냐고 묻고 싶어지는 고민을 주절거리는 시즈쿠.

그리고 하지메를 노려보며 「젠장! 뭔진 몰라도 젠장!」이라고 툴툴거리는 류타로와 자기는 모르는 일이라며 엉뚱한 방향을 보는 코우키. 그뿐 아니라 유에의 요염한 분위기에 홀려 뺨을 물들이는 통행인 A, B, C…… Z.

길거리에서 이게 무슨 망신인가.

하지메는 이마에 핏줄을 세우면서도 냉정하게 오해를 풀었다.

"너희, 작작 좀 해. 유에와 둘이서 가는 건 네디르란 녀석이 협조적으로 나오지 않으면 더 정성스러운 『대화』가 필요해지니까 익숙한 유에가 좋다는 소리야. 게다가 재생 마법도 쓸 수 있고."

"재생 마법이라면 나도……."

카오리가 반론하려고 했지만 하지메는 고개를 저었다.

네디르란 자가 제국병인 이상 제도의 구조를 알려준다고 해도 곧이곧대로 믿을 수는 없었다. 즉, 『강압적으로』 캐낼 수밖에 없다는 것이었다.

그리고 재생 마법이 유용하다는 말은 얼마든지 강압적으로 행동할 수 있다는 뜻이며, 그런 수법을 카오리에게 기대하기는 조금 어려웠다. 그 의도를 짐작한 시즈쿠가 카오리를 달랬다.

"카오리, 이번에는 유에게 맡기는 게 나아."

"시즈쿠……."

카오리도 막연히 눈치를 챈 모양이었다.

마음 같아서는 「그런 일을 유에게 떠넘기는 건 이기적이다」라며 물고 늘어지고 싶었다. 재생 마법에 가장 적성이 뛰어난 사람은 다름 아닌 카오리니까. 신념을 관철하기보다 유에게만 더러운 일을 맡기고 싶지 않다는 마음에 카오리의 표정은 밝지 않았다.

하지만 이번에는 시아 가족의 안위가 걸렸다. 지금은 의논할 시간이 없었다.

그렇게 생각한 카오리는 유에게 미안한 표정을 지으며 물러났다.

유에는 그런 카오리에게 어깨를 으쓱해 마음 쓸 필요가 없다는 의사를 전달했다.

모두의 동의를 얻고 인파 속으로 사라지려는 하지메와 유에게 시아가 말을 걸었다.

"하지메 씨! 유에 씨! 저기, 그게……."

하고 싶은 말이 있지만 어떻게 표현해야 할지 모르는 시아에게 하지메는 쓴웃음을 지었다. 눈치 볼 필요가 없다고 해도 시아 입장에서는 대미궁을 앞두고 귀찮은 사건에 말려들게 했다는 불편한 마음이 적잖게 남아 있으리라.

시아는 결국 적당한 말을 찾지 못하겠는지, 하지메와 똑같이 쓴웃음을 지으며 그저 한마디만 건넸다.

"……야한 짓은 적당히 하세요!"

"꼭 그렇게 분위기 망쳐야겠냐! 유감 토끼!"

하지메는 버럭 소리치고는 왠지 옆에서 진지한 표정으로 엄지를 척 치켜든 유에의 손을 잡아끌고 이번에는 정말로 인파 속으로 사라졌다.

그리고 수 시간 후.

제도 한쪽에 있는 어느 식당에 어쩐지 냉랭한 공기가 흐르고 있었다.

그 냉기의 발생지인 테이블에는 물론 하지메 일행이 있었다.

하지메와 유에가 정보 수집에서 돌아온 후부터 여성 멤버들이 하지메를 보는 눈초리가 차가웠다.

특히 시아와 카오리의 눈은 광채가 사라져 무기물 같았다. 솔직히 하지메조차 공포를 느낄 정도였다. 카오리 뒤에서 평소처럼 한냐 씨가 희미하게 보이기 시작했다.

"아주 재밌으셨나 봐요?"

"유에, 피부가 반들반들하네? 하지메가 뭐 해줬어? 응? 뭐 했어? 응? 응?"

두 사람의 억양 없는 목소리에 결국 견디지 못했는지 옆 테이블에 앉은 손님이 몰래 빠져나갔다. 류타로와 코우키가 은근슬쩍 함께 나가려고 했지만 스즈가 어딜 가냐며 신속하게

간이 결계를 펼친 탓에 두 사람은 다시 얌전히 자리에 앉아야 했다.

"못 말리는 주인님일세."

티오는 약간 어이없는 표정을 보일 뿐이었지만 시즈쿠까지 냉랭한 시선을 보내며 분위기를 냉각시키고 있으니 두 남자가 도망치고 싶어지는 것도 당연지사였다.

참고로 이렇게 된 원인은 돌아온 유에가 이상하게 반들반들했고 하지메가 이상하게 지쳐 보였기 때문이었다.

즉, 『정보를 수집하러 나갔으면서 둘만 남자 그새를 못 참고 일을 저질렀다!』며 분노를 흩뿌리고 있는 것이었다.

"……이상한 착각하지 마. 유에가 반들반들한 건 내 피를 빨아서 그런 거라고."

""엥?""

그녀들의 착각을 짐작한 하지메가 기가 막힌다며 사실을 전했다. 그것을 들은 시아와 카오리가 동시에 얼빠진 얼굴이 되었다.

"설마 정말로 유에랑 잤다고 생각한 건 아니겠지? 누굴 발정 난 개로 아나……. 내가 그런 식으로 보인단 말이지? 어?"

"아하, 아하하하하, 설마요~. 전 알고 있었어요. 그럴 거라고 생각했죠. 그, 그죠? 카오리 씨."

"그, 그럼! 물론이지. 재생 마법은 워낙 마력 소비가 심하니까. 처음부터 그런 거라고 생각했어."

하지메가 불신의 눈길을 보내면서 비꼬자 시아와 카오리는 눈을 엉뚱한 곳으로 돌리고 필사적으로 변명했다.

하지메는 다른 아이들에게 눈을 돌렸다. 그 순간 시즈쿠와 아이들은 움찔하며 얼굴을 붉히고 고개를 돌렸다. 아무래도 그녀들도 단단히 오해했던 모양이다.

"후, 됐어, 넘어가자. 아무튼 원하던 정보는 얻었어. 오늘 밤 캄이 있을 가능성이 농후한 곳으로 잠입할 거야. 경비는 엄중하다고 하지만 큰 문제는 없겠지. 잠입하는 인원은 나와 유에와 시아뿐이야. 만에 하나를 대비해서 기척 치단이나 전이를 쓸 수 있는 편이 나으니까. 남은 인원은 제도 밖에 있는 팔에게로 가. 바로 전이해 줄 테니까."

"그건 알겠지만…… 애초에 정확한 정보야? 네디르라는 사람이 거짓말을 했을 가능성은……."

시즈쿠의 의견은 당연한 걱정이었다.

하지만 하지메는 고개를 저어 부정했다.

"그럴 리가 있으려고. 가랑이 사이를 눈앞에서 으깨고, 통증으로 기절하기 전에 재생해서 다시 으깨고…… 그걸 몇 번이나 반복했어. 남자가 견딜 수 있는 고통이 아냐. ……정보를 죄다 불고 나서 가랑이를 붙잡고 눈물을 뚝뚝 흘리는 네디르 군을 보니까 나도 좀 불쌍하더라."

네가 했잖아! 라고는 아무도 말하지 않았다.

하지만 눈앞에서 일부러 과장되게 침통한 표정을 지어 보이는 하지메에게는 무슨 말을 해도 소용없으리라 생각하고 그저 한숨만 쉬었다. 한편, 시즈쿠는 어머니의 마음으로 내심 카오리를 보내지 않아 다행이었다며 가슴을 쓸어내렸다.

동시에 코우키와 류타로는 남자의 가랑이 사이를 몇 번이나 으깨고도 아무렇지 않게 생각하는 유에를 보며 왕도에서 들은 『가랑이 스매셔』라는 별명이 괜히 붙은 것이 아니라고 전율했다. 그리고 유에에게만은 거스르지 말자고 굳게 다짐했다. 테이블 아래로 다리를 살짝 오므리면서…….

"그런데 나구모…… 새삼스러운 질문이지만 시아 씨네 가족이 제성에 잡혀 있다면 그냥 돌려 달라고 부탁하면 되지 않아? 지금이라면 릴리도 있고, 게다가 나도 용사고…… 말로 하면 알아줄 거라고 생각하는데……."

코우키가 정말로 새삼스러운 질문을 했다.

분명히 코우키 말대로 용사인 코우키의 발언을 쉽게 무시할 수는 없으며, 부탁하면 릴리아나도 거들어줄 것이었다. 하지메가 힘을 과시해 억지로 교섭을 이끌어내는 방법도 있었다.

하지만—.

"대가로 뭘 낼 건데?"

"뭐?"

"그들은 불법 입국자인 데다가 제국병을 죽였어. 심지어 토인족이면서 제국병과 맞붙을 수 있는 이질적인 존재야. 덧붙여 『신의 사도』라는 입장이라도 이미 무리한 부탁은 할 수 없겠지. 황제는 공주님한테 진실을 들었을 테니까. 이 상황에서 설마 부탁하면 포로를 무상으로 양도해 줄 거라고 생각해?"

"그건……."

"대가를 요구할 게 뻔해. 그것도 작정하고 약점을 잡아 한 껏 뜯어내려고 하겠지. 제국에도 체면이 있어. 그냥 넘어갈 수는 없을 거야. 어쩌면 공주님의 교섭에도 영향을 미칠지 모르는데, 넌 그래도 괜찮아?"

충분히 가능성 있는 이야기였다. 그것을 이해하기에 코우키 는 입을 다물었다.

물론 하지메는 릴리아나의 교섭에는 관심도 없었고 대가를 요구하면 기꺼이 탄환과 미사일을 만 단위로 지불할 생각이었다.

즉, 처음부터 물리력을 행사해 대화할 가능성이 농후하므 로 얼굴을 맞대기보다 빨리 탈환해서 내빼는 편이 훨씬 편하 다는 이야기였다.

"대가는 둘째로 치더라도 릴리에게 폐가 되는 건…… 안 좋 지. 안 좋지만……."

코우키로서는 힘들게 따라왔으니까 자기도 뭔가 하고 싶다 는 욕심이 있었다. 아까 본 아인 노예도 마음에 밟혀, 가만히 있기 힘든지 뭔가를 고민하기 시작했다.

모~옵시 불길한 예감을 느끼고 하지메는 시즈쿠를 힐끗 봤 다. 시즈쿠도 하지메에게 시선을 주더니 남들 몰래 고개를 저 었다. 아무래도 코우키가 폭주할 조짐이 있어 보였다.

하지메는 행여 자신들이 제성에 침입했을 때 코우키가 『넓 은 오지랖』을 발휘하지나 않을까 불안해, 어쩔 수 없이 미리 손을 쓰기로 했다.

"아마노가와. 너한테 하나 부탁이 있는데……."

"응?! 지금…… 뭐라고 했어? 나구모가 나에게 부탁? 세상에 이런……."

하지메가 느닷없이 부탁이라는 말을 꺼내자 코우키는 어안이 벙벙한 표정으로 굳었다. 그것은 옆자리에 앉은 류타로와 스즈도 마찬가지였다. 마치 동네 길거리에서 괴생물체와 맞닥뜨린 듯한 모양새였다.

지금까지의 언동을 생각하면 하지메 입에서 나온 『부탁』이라는 말은 그만큼이나 말도 안 되는 것이었다.

하지만 하지메도 그 정도 반응은 예상했다. 조금 울컥했지만 겉으로 드러내지는 않고 말을 이었다.

"아~, 아니야. 됐어. 이런 위험한 일을 너한테 부탁할 순 없지. 미안, 못 들은 걸로 해줘."

"자, 잠깐, 잠깐만 기다려! 무슨 부탁을 하고 싶은지 우선 말이나 들려줘."

하지메가 마치 괜한 말을 꺼냈다는 분위기로 얼른 말을 물리려고 하자 오히려 코우키가 매달렸다.

"별 건 아니고, 제성에 침입하려고 해도 경비가 철통같다잖아? 조금이라도 성공 확률을 높이기 위해 양동을 펼쳐줬으면 했거든. ……예를 들면 방금 그 견인족 소년 같은 아이를 구한다는 명목으로 한바탕 소동을 일으켜 제국병을 유인하는 식으로. 아, 그런데 생각해 보니까 너무 위험해. 잊어줘."

물론 경비는 철통같겠지만 하지메가 침입하지 못할 이유는 되지 않았다. 양동도 도움이 안 되진 않겠지만 딱히 필요하지 않았다. 단순히 그럴싸한 이유가 이것 말고 떠오르지 않았을 뿐이었다.

코우키가 할 일이 없어서 엉뚱한 짓을 하게 둘 바에야 일거리를 만들어주자고 생각한 결과였다. 최소한 우리도 돕겠다며 제성에 잠입하는 일이 없도록…….

"양동…… 그 아이들…… 할래. 내가 할게! 나구모! 양동은 맡겨줘!"

"어, 그, 그래? 맡아주겠다고? 역시 용사는, 용사구나……."

눈치 빠른 시즈쿠 씨는 전부 알아차린 모양이었다. 하지메에게 못마땅한 눈길을 보내고 있었다. 소꿉친구를 속여 행동을 유도했기 때문일까, 아니면 필연적으로 자신도 말려들기 때문일까.

하지메는 눈치채지 못한 척하며 『보물고』를 빛냈다.

"좋아, 그렇다면 협력해주는 대가를 줘야지. 정의감 넘치는 멋진 용사 팀에게는 이것을 증정하겠다."

그렇게 말한 하지메는 『보물고』에서 광석을 몇 개 꺼내어 네 개의 가면을 뚝딱 연성했다.

그 가면은 각각 빨간색, 파란색, 노란색, 분홍색으로 나누어져 있었고 무슨 파워 레인저처럼 얼굴을 완전히 가리는 타입이었다. 세세한 장식이 들어갔고 시야나 호흡을 방해하지 않도록 디자인에도 신경 썼다. 평범한 연성사는 도저히 따라 할 수 없는 기술력이었다. 쓸데없이 연마되어 쓸데없이 퀄리티가 높은 것이 그야말로 재능 낭비였다.

"……나구모…… 뭐야, 이건?"

"보다시피 가면이야."

"…………왜?"

"왜긴? 용사가 제도에서 맥락도 없이 날뛰면 안 되잖아? 정체는 숨겨야지. 그리고 정체를 숨기려면 가면이지. 고금동서 히어로는 가면을 쓰는 법이야. 히어로는 가면에서 시작해서 가면으로 끝나. 제대로 구분할 수 있게 색도 나눴어."

"어? 아니, 갑자기 그렇게 역설해도……. 뭐, 정체는 숨기는 편이 좋다는 건 이해했어. 릴리에게도 피해가 갈지 모르니까……. 그래도 이건……."

코우키는 뺨을 실룩거리며 눈앞에 있는 파워 레인저 마스크를 봤다.

"……걱정하지 마, 용사(웃음). 너한테는 제대로 리더의 색깔 『레드』를 주마."

"……저기, 지금 용사 뒤에 무슨 말 붙지 않았어?"

"사카가미, 너는 파랑이야. 냉정하고 침착한 블루. 블랙으로 할까도 고민했지만 널 위해서도 파란색이 좋다고 판단했어. 내가 한 일이지만 용감한 판단이었다고 생각해."

"그, 그러냐? 뭔지 잘 모르겠지만 준다면 받을게."

"그리고 타니구치, 넌……."

"피, 핑크야? 좀 창피한데……."

"옐로다. 있어도 없는 것 같은 옐로. 까불대는 옐로. 뭔가 이도 저도 아닌 것의 대명사— 옐로다."

"……나구모는 혹시 나 싫어해?"

"그리고 마지막…… 야에가시는……."

"잠깐만 나구모. 이제 하나밖에 남지 않았는데…… 설마 아니지?"

"야에가시, 물론 남은 핑크가 네 컬러야."

"싫어! 그리고 가면이 아니더라도 정체를 숨길 방법은 많잖아! 나구모, 나 확신했어. 너 지금 장난치는 거지!"

시즈쿠의 항의에 하지메는 그게 웬 말이냐며 어깨를 으쓱했다. 마치 투정부리는 아이를 보며 못 말린다고 말하는 태도였다. 시즈쿠의 뺨이 실룩실룩 경련했다.

"잘 들어. 정체를 숨기려면 철저히 숨겨야 해. 그 가면은 잠금장치도 있어서 어지간해선 벗겨지지 않고 충격도 완화해줘. 게다가 무게도 느껴지지 않을 만큼 가볍고 웬만한 검으로는 흠집도 안 나는 내구력까지 갖췄지."

"그, 그 짧은 순간에 그런 물건을……. 기술 하나는 쓸데없이 좋아……."

"그리고 야에가시, 너처럼 평소에 당당하고 쿨한 타입은 사실 귀여운 걸 좋아한다는 게 정석이야. 그리고 카오리한테 들었어. 실제로도 귀여운 걸 좋아한다고. 그래서 일부러 마음 써서 핑크로 해준 거야. 고마운 줄 알아."

"쓰, 쓸데없이 거만해……. 나, 나는 딱히 귀여운 걸 좋아하는 게 아니라……. 카오리! 너 대체 무슨 소릴 한 거야!"

"에헤헤, 시즈쿠의 귀여운 점. 방이 인형으로 가득하다거나……."

설마설마하던 친구의 배신이었다. 시즈쿠의 머리 위로 『?!』 마크가 튀어나왔다.

굳이 비밀로 하진 않았지만 왜 나구모에게 그런 얘기를 하냐며 얼굴을 붉힌 시즈쿠가 카오리를 매섭게 째려봤다. 그런데 거기서 용사 소꿉친구에게서 추가타가 들어오는데…….

"……그리고 보니 옛날부터 동물도 좋아했지. 특히 토끼라거나 고양이 같은…… 작고 귀여운 동물들."

"?!"

"아, 시즈시즈 휴대폰 바탕화면도 토끼였지~."

"?!"

"오락실에 들르면 꼭 인형 뽑기를 하더라고. 심지어 신기하게 실력도 좋아."

"?!"

"아, 그래서 항상 제 토끼 귀를 힐끔힐끔 봤던 거군요?"

"!!!"

"……야에가시. 자, 받아. 핑크는…… 네 거야."

하지메는 평소에는 보이지 않는 상냥한 눈빛으로 조용히 핑크 가면을 건넸다.

왠지 다른 이들도 묘하게 따뜻한 눈초리로 증정식을 지켜봤다.

어느샌가 『가면을 받지 않는다』는 선택지가 사라졌다는 것은 아무도 눈치채지 못했다.

"······이 분위기 대체 뭐야······. 미리 말해 두겠는데 나 정말로 핑크색 안 좋아해. 어쩔 수 없이 받는 거뿐이야. 그리고 동물을 싫어하는 사람은 거의 없잖아? 그러니까 내가 특별히 그런 걸 좋아하는 것도 아니라고······. 그러니까 그런 따뜻한 눈빛으로 보지 마!"

귀까지 빨개진 시즈쿠는 순순히 가면을 받아들었다.

수치심 때문에 필사적으로 부정했지만—.

"시즈쿠 씨라면 조금은 만져 봐도 괜찮아요, 제 토끼 귀."

시아가 다가와 속삭이자 홀랑 넘어가 버렸다. 결국은 헛된 저항이었다.

참고로 하지메가 이토록 파워 레인저를 밀어붙인 것은 단순히 앙심을 품어서였다.

제도에 가면 히어로가 나타나서 한바탕 소란을 피우면 하우리아가 붙이려고 한 소름 돋는 별명을 불식하는 다른 별명이 이들에게 붙지 않을까, 하는 계산이 있어서였다.

사실 팔과 만났을 때 아이들이 웃었던 것을 마음에 담아 두고 있었나 보다.

물론 정체가 탄로 나지 않을 테니까 직접 별명으로 불리진 않을 것이다. 그저 어디선가 들려오는 말에 괴로워하는 정도가 고작이겠지······.

코우키의 폭주를 제어하는 겸 옹졸한 복수를 꾸미는 하지메의 의도를 알아차리고 유에가 약간 어이없는 눈빛으로 쳐다보고 있었다.

심야.

광원 하나 존재하지 않는 어둠 속에 창살 달린 좁은 방이 주르륵 늘어섰다.

특수한 금속으로 만든 특제 쇠창살은 바닥에 새겨진 마법진과 함께 견고한 장벽이 되어 방에 있는 자를 절대 놓치지 않겠다고 무언의 의사 표명을 하고 있었다.

아무것도 보이지 않아도 오물이나 피가 뿜어내는 악취로 인해 대단히 불결한 공간이라는 사실을 알 수 있었다.

그 끔찍한 장소는 죄인을 구속하고 정신적으로 지치게 하는 것이 목적인 감옥, 그것도 【헤르샤 제국】 제성에 있는 지하 감옥이었다.

과연 제성의 감옥답게 지하 감옥을 구성한 금속의 질도 좋았지만 죄인을 놓치지 않으려고 곳곳에 새겨 놓은 마법진이 참으로 뛰어났다.

탈옥을 꾀하는 자, 혹은 지하 감옥에 숨어드는 자를 즉사하지 않을 정도로, 하지만 지극히 악질적인 고통을 주는 함정이 눈에 보이는 곳뿐 아니라 벽 안까지 존재했다. 함정을 해제하는 주문을 정확히 외지 않는 한, 허튼 행동은 불가능하다고 봐야 할 것이다.

탈옥은 꿈도 꿀 수 없으며 옅은 빛 한 줄기 새어들지 않는 쪽방에 홀로 갇혀 흉악한 악취에 시달리면, 보통 사람은 하루도 채 견디지 못하고 발광할지 모른다.

간수도 보통은 유일한 입구 바로 밖에 있는 대기실을 지키고 정해진 시간에 순찰할 뿐, 지하 감옥의 암흑 속에 장시간 머물지 않았다.

하지만 그런 끔찍한 공간인데도 불구하고 현재는 왠지 여유조차 느껴지는 대화가 들리고 있었다.

"어이, 오늘은 몇 개 부러졌지?"

"손가락 전부랑 갈비뼈 두 대…… 넌?"

"헤헤, 내가 이겼군. 손가락 전부랑 갈비뼈 세 대라고."

"하, 겨우 그거야? 난 갈비뼈 일곱 대와 광대뼈…… 거기다 토끼 귀 하나다."

"진짜? 너 대체 뭐라고 한 거야? 그놈들, 우리가 쓸모 있을지도 모른다고 토끼 귀에는 손을 대지 않았는데……."

"뭘, 계속 「네 배후에 있는 건 누구냐?」라면서 엉뚱한 질문만 해 대길래 이렇게 말해줬지. 「네 엄마다. 난 아들을 보러온 네 새 아빠지」라고."

"크아, 화낼 만하네."

"그래도 녀석들, 아마 토끼 귀는 없애지 말라고 명령받았을 텐데? 그걸 어겼다면……."

"그래, 분명히 처벌받을 거다. 케케케, 한번 당해 보라지!"

서로 누가 가장 심한 상처를 입었는지 과시하는 내용이었다. 이런 여유로운 대화를 하고 있지만 필요 최소한의 회복 마법을 걸어 죽지 않을 뿐 목소리의 주인들은 말 그대로 만신창이였다.

그래도 오기를 부리며 낄낄거리는 그들의 정체는 제국에 붙잡힌 하우리아 족이었다.

그들이 부상 정도로 경쟁하는 것은 딱히 미쳤기 때문이 아니었다. 이미 각오를 다졌기 때문이었다.

제성 지하 감옥에 갇힌 이상에야 살아서 돌아가긴 틀렸다. 처형당하거나 노예로 전락하겠지…….

후자의 경우는 어차피 모든 힘을 쥐어짜서 자해할 생각이므로 죽은 목숨이란 것에 변함은 없었다. 노예 목걸이를 차고 강제로 동족과 싸워야 하는 악몽을 경험할 바에야 차라리 죽겠다고 사전에 정해 놓았었다.

그리고 어차피 죽은 목숨, 마지막에 한 방 먹이겠다는 생각으로 살아 있었다.

제국 측은 하우리아 족의 실력이 너무나도 상식에서 동떨어진 점을 들어 그들 배후에 어떤 음모 세력이라도 있는 것은 아닐까 의심하고 있었다.

또한, 그렇지 않아도 보고를 받은 가할드 황제가 하우리아 족을 마음에 들어 하여 제국군의 병력으로 쓸 수 없을지 획책하는 듯했다.

전투 방법, 소지한 무기, 그 정신, 온화한 토인족을 바꾼 육성 방법…….

강자를 좋아하는 가할드 황제에게 하우리아 족은 실로 보물 상자와 같은 존재였다.

그런 제국의 생각을 알아차린 하우리아들은 목숨이 끊기는 그 순간까지 제국을 깔보며 반항할 작정이었다. 죽음을 각오했기에 심심풀이로 누가 크게 다쳤는지 겨루는 멍청한 짓도 가능한 것이었다.

만신창이로 지하 감옥에 들어오고, 심문이라는 이름의 고문을 위해 감옥을 나서면서도 싱글벙글 웃는 하우리아 족은 이미 관계자 대부분에게 공포의 대상이었다.

"지금쯤 족장님도 실컷 도발하고 계시겠지……."

"그러게 말이야. ……야, 심심한데 족장님이 얼마나 다칠지 내기할까?"

"오? 재밌겠는데. 그럼 난 토끼 귀 전부."

"야, 그건 너무 확률이 낮잖아?"

"아니, 최근 족장님의 언동이 점점 보스와 비슷해지고 있어. ……특히 신병을 훈련할 때라든지……."

"그래, 꼭 보스가 빙의한 것 같아. 그런 욕지거리를 퍼부어 대면…… 가능할지도 몰라……."

"뭐, 보스라면 애초에 잡히지도 않고, 잡혀도 안쪽부터 죄다 파괴해서 당당히 걸어 나가겠지만!"

"오히려 제도가 불쌍하지. 분명 지도에서 사라질 거다."

"보스는 가차 없으니까!"

"악랄하니까!"

"아니, 악마겠지."

"그렇게 따지면 마왕이 더 어울려."

"야, 그럼 마인족네 마왕과 같은 수준 같잖아? 보스에게 비하면 그 동네 마왕 따위는 벌레야, 벌레."

"그럼…… 악마 같고 신들렸다는 의미로 마신은 어때?"

"""""""""""그거다!"""""""""""

"기운이 아주 넘치시는군? 이『삐—』놈들. 오랜만에 왔더니 말본새가 아주 공손해지셨구만. 엉?"

""""""""""""……"""""""""""

암흑 속에서 신나게 떠들던 만신창이 하우리아들의 토끼 귀에 노기를 품은 목소리가 들렸다.

제법 귀에 익은 목소리를 듣고 하우리아들이 얼어붙은 것처럼 입을 다물었다. 흡사 암흑 속에서 육식동물을 지나치려는 소형 동물처럼 숨을 멎었다.

"야 인마, 대답 안 해? 누가 악귀고 악마고 마왕조차 명함을 못 내미는 마신이라고? 엉?"

"하하하, 애들아, 미안하다. 난 슬슬 갈 때가 됐나 보다. ……기어코 환청이 들리네……."

"안심해. 가는 건 너 혼자가 아니야. ……나도 틀렸나 보다."

"그래…… 너희도……. 하지만 마지막으로 들리는 소리가 보스의 불호령이라니……."

"하다못해 마지막엔 귀여운 여자애 목소리가 듣고 싶었어……."

있을 리 없는 사람의 목소리가 들리자 하우리아들은 그것을 환청 취급했다. 현실 도피라고도 한다.

그런 그들에게 목소리의 주인인 하지메는 현실을 일깨워줬다. 옆에 있는 유에가 빛의 구슬을 만들어 지하 감옥의 어둠을 걸었다. 그 순간 제성 지하 감옥에 하지메의 모습이 떠올랐다.

"""""""""""에엑! 보스으으으으으?!"""""""""""

"조용히 해, 멍청이들아."

"……의외로 건강해."

"겉으로 보기에는 상당히 심각해 보이는데…… 걱정할 마음이 가셨어요."

하우리아들은 척 보기에도 참혹한 상처를 입었는데도 불구하고 삼국지의 무신이라도 만난 것 같은 우스꽝스러운 소리[1]를 냈다.

하지메, 유에, 시아는 그런 하우리아들을 보며 어이가 없다는 얼굴이었다.

"왜, 왜 이런 곳에 보스가……."

"이야기는 나중에 해. 도우러 왔어. ……나 참, 몸은 엉망이면서 뭐가 그리 신이 났는지. 얼마나 튼튼해진 거야?"

"하, 하하. 그야 보스에게 훈련받았으니까요."

"보스의 훈련에 비하면 제국병의 고문 따위는 장난입니다."

"살기가 너무 부족하지? 너무 약해서 간호라도 받는 줄 알았어."

"뭐, 보스의 살기는 죽음이 환각으로 보이는 수준이니까 비교해도 소용없지."

#1 삼국지의 무신이라도 만난 것 같은 우스꽝스러운 소리 요코야마 미츠테루의 만화 『삼국지』에 등장하는 조조의 대사 「에엑! 관위」의 패러디.

쿨럭쿨럭 피를 쏟으면서도 실없는 소리를 하는 하우리아들과 그 내용에, 유에와 시아가 뭐라고 말로 하기 힘든 눈초리로 하지메를 봤다.

마음 착한 토끼들을 이 꼴로 만든 건 누구냐?

경찰 아저씨, 이 마신이에요.

하지메는 얼버무리듯 헛기침을 한 번 하고 마안석으로 지하 감옥에 있는 함정을 확인한 후 바로 해제에 착수했다.

마법진으로 이루어진 함정은 동상 올비른 주문으로만 해제할 수 있다. 그것은 마법진에 담긴 마력을 주문으로 조작해 분산시켜 무력화할 필요가 있기 때문이다.

마법진을 부수는 방법도 있지만 대개 부서진 순간 함정이 발동하거나 적어도 부서진 사실을 타인에게 알리는 기능이 있었다.

따라서 은밀성을 유지하고 싶다면 주문으로 해제하는 것이 바람직하다. 원래라면 열쇠가 되는 주문을 아는 사람밖에 해제할 수 없지만……

그것은 『주문으로 마력을 조작』할 수밖에 없을 경우의 이야기다. 달리 말해 『마력을 직접 조작』할 수 있다면 문제가 없다.

제국이 자랑하는 제성 지하 감옥의 철통 보안을 무력화한 하지메는 계속해서 연성을 사용해 쇠창살을 하나하나 열었다. 그리고 유에는 재생 마법으로 하우리아 족을 모두 그 자리에서 완치시켰다.

"허어, 여전히 상식과는 거리가 멀군요. 그럼 일단, 보스……"

""""""""""""구해주셔서 감사합니닷!"""""""""""

"아, 시아를 위한 일이니까 신경 쓰지 마. 그보다 캄이 안 보이는데…… 어디 있는지 알아?"

"족장님이라면……."

하우리아 족 한 명이 이 시간은 캄이 심문을 받는다며 심문실 위치를 상세히 알려줬다.

그들은 자신들도 캄 구출에 데려가 달라고 말했지만 굳이 도움을 받을 것도 없었다. 여기까지 아무 문제 없이 침입한 하지메에게 맡기는 것이 최선임을 그들도 알기에 하지메의 말에 고분고분 물러났다.

다만 하지메의 『명령』에 왠지 몸을 움찔움찔 떠는 것이 심히 기분 나빴다.

하지메는 『보물고』에서 손바닥 크기의 금속판을 꺼냈다. 그것은 광택 있는 회색에 마법진이 새겨졌으며 끄트머리에 여러 요철이 있었다. 쉽게 말해 열쇠 같은 형태였다.

이게 뭔가 싶어 눈을 동그랗게 뜨는 하우리아들 앞에서 하지메는 열쇠 모양 금속판에 마력을 부여해 천천히 앞쪽 공간에 내밀었다.

그러자 금속판 끝부분이 공간에 쑥 꽂혀 들어갔고 파문이 일었다. 그 파문이 점차 넓게 퍼지며 성인 인간 크기가 되었을 때, 하지메는 금속판을 말 그대로 열쇠처럼 빙글 돌렸다.

그 직후, 금속판을 중심으로 『구멍』이 넓어지더니 눈을 동그랗게 뜬 하우리아들이 보는 앞에서 인간 크기로 넓어졌고,

그 안쪽으로 어딘지 모를 암석 지대가 펼쳐졌다.

—공간 전이용 아티팩트『게이트 키』.

설치형 열쇠 구멍 아티팩트, 게이트 홀과 함께 한 세트를 이루며, 게이트 홀을 설치한 장소에 공간을 연결하는 구멍— 게이트를 만들 수 있는 아티팩트였다.

"좋아. 너희는 여기로 들어가. 건너편은 제도에서 조금 떨어진 곳에 있는 암석 지대야. 팔이 대기하고 있어."

"Yes, sir! 보스, 족장님을 부탁합니다."

하우리아들은 눈앞에서 일어난 비상식적 사태에 어안이 벙벙했지만 하지메의 말에 퍼뜩 정신을 차리고「뭐, 보스니까!」라며 바로 납득했다. 그리고 그림 같은 경례를 한 뒤 망설임 없이 게이트로 들어갔다. 잘 훈련된 토끼들이었다.

하우리아들이 게이트 너머로 건너간 것을 확인한 하지메는 공간의 구멍을 닫고 캄이 있는 곳으로 향했다.

스킬과 마법으로 엄중한 경비를 돌파하자 목적지에 도착하는 것은 간단했다. 바깥에 있는 보초를 소리도 없이 단숨에 처리한 뒤 문 앞에 도착하니 안에서 고함 소리가 들렸다.

시아의 안색이 딱딱해졌다.

안에 있을 캄이 가혹한 행위를 당하고 있지는 않을까. 입은 가벼웠지만 몸은 엉망이었던 가족들이 떠올라 불쑥 걱정이 치솟았다.

그것을 보고 바로 뛰어들려고 손잡이를 잡은 하지메의 손이 문 너머로 희미하게 흘러나오는 익숙한 고함 때문에 무심코 멈췄다.

"뭐냐, 그 물주먹은!『삐―』놈들! 아주『삐―』한『삐―』같군! 갓 태어난 새끼고양이가 너희보단 잘 때리겠다! 뭐 해? 화나면 적어도 뼈 한 대라도 부숴 보시지! 못 한다면 너흰 기껏 해야『삐―』일 뿐이다!"

"그, 그만 좀 떠들어! 왜 너한테 그딴 소리를 들어야 하냐고!"

"입을 움직일 여유가 있으면 손을 움직여! 네놈의 그 손은『삐―』밖에 못하는 애인이냐? 아, 실제 애인도 어차피『삐―』겠지?『삐―』한 네 수준에 맞는 환상적인『삐―』로군!"

"이, 이 자식이! 나타샤는 그런 여자가 아니야!"

"과, 관둬, 요한! 그건 안 돼! 이 자식 죽는다고!"

"흥, 거기 너도 역시『삐―』냐? 제국병은 전부『삐―』뿐이군! 아예 이름도『삐―』라고 고치지 그러냐! 이『삐―』놈들! 말로만 떠들지 말고 살의라도 한번 보여 봐라!"

"왜 이래! 이 녀석 진짜 왜 이러냐고! 이런 토인족이 세상에 어딨어! 누가 심문 역할 좀 바꿔줘!"

"못 해 먹겠어! 이 녀석들이랑 얘기하다 보면 내가 먼저 미칠 것 같아!"

그런 절규가 방에서 흘러나오고 있었다.

하지메 일행은 모두 말이 없었다.

붙잡혀서 심문받는 캄보다 심문하는 제국병이 더 고통스러워하는 아이러니한 상황이었다. 하지메는 손잡이를 잡은 채 유에, 시아와 얼굴을 마주 봤다.

"이거 구해줄 필요 있을까?"

"……그냥 갈래?"

"……아뇨, 죄송하지만 일단 구해주세요. 자력으로는 탈출하지 못할 것 같으니까요……."

시아가 추억 속 상냥한 아버지를 생각하며 아련한 눈빛으로 하지메에게 부탁했다.

실제로는 기세등등해도 캄이 자력으로 탈출할 가능성은 없으니까 구출할 필요는 있겠지만—.

"흥, 입만 살았군! 이 심연준동의 어둠 사냥귀— 캄반티스 엘파라이트 로델리아 하우리아를 상대하기에는 아직 일렀나 보군!"

문 안쪽에서 안 좋은 의미로 엄청난 것이 튀어나왔다.

"……시아. 너희 아버지, 상태가 심각한데?"

"……응. 하고 싶은 게 너무 많아서 수습이 안 되는 느낌."

"으으…… 아버지는 저한테 무슨 원한이라도 있는 걸까요? 딸을 수치심으로 죽이려고 해요오."

시아가 얼굴을 양손으로 가리고 주저앉아 버렸다. 대미지가 심각한 모양이었다.

그리고 대미지가 심각하긴 심문관들도 마찬가지였다.

"그러니까 무슨 말인지 모르겠다고! 젠장, 더는 안 해! 이런 미치광이가 있는 곳에 더는 못 있겠어! 난 돌아갈 거야!"

"기다려, 요한! 이것도 일이라고! 그리고 그 대사 왠지 불길하니까 하지 마!"

문으로 다가오는 신경질적인 발소리가 들렸다.

하지메는 「역시 내가 너무했나……」라고 생각하며 문 앞에서 주먹을 뒤로 뺐다. 그리고 문이 세게 열리는 순간, 주먹을 뻗었다.

요한이라고 불린 심문관 한 명이 한순간 놀라움과 당혹감으로 가득한 표정을 지었지만 그 직후 안면에 철권이 꽂히고 방 안으로 밀려 날아갔다.

하지메는 그대로 방에 들어가 재빠르게 다른 한 사람의 심문관에게 접근했고, 마침 경악으로 경직해 있던 터라 똑같이 얼굴을 갈겨 기절시켰다.

그리고 기절한 심문관 두 명을 대충 방구석에 던졌다.

"설마…… 보스……십니까?"

"그래. 너도 참, 이런 몸 상태로 용케 뻗댔어. 듬직해졌구나, 겉으로든 속으로든……."

일단 방금 들은 여러모로 정신이 멍해지는 별명과 이름에 관해서는 무시했다.

"하, 하하하. 아무래도 꿈은 아닌 모양이군요……. 오오, 유에 님과 시아까지."

캄은 한순간 꿈이라도 꾸는 건가 의심했지만 감옥에 있던 하우리아들 이상으로 다쳤으면서 그 대답에는 힘이 있었다.

사고력도 둔해지지 않았는지, 하지메가 자신을 구하러 왔다는 사실을 곧바로 이해한 모양이었다.

"오랜만에 뵈었는데 한심한 꼴을 보여드렸습니다. 심지어 겁쟁이 제국놈들을 욕하는 데 정신이 팔려 기척도 느끼지 못하다니…… 정말로 부끄럽습니다."

"……아버지, 이미 그런 문제가 아니에요. 당장 치료소에 가야 해요. 물론 머리를 치료하러…… 그런데 그렇게 다쳤으면서 왜 팔팔하신 거죠?"

구속에서 풀려난 캄은 정말로 부끄럽다는 듯이, 이상한 방향으로 부러진 손가락으로 머리를 벅벅 긁었다. 그리고 시아의 신랄한 말에도 태연히 비상식적인 대답을 돌려줬다.

"정신력이다만?"

"……하지메의 정신 개조…… 무서워."

재생 마법을 거는 유에가 오히려 캄이 아니라 하지메를 무시무시하게 쳐다봤다.

하지메는 생각했다. 정말로 무서운 것은 자신이 아니라 하트O 상사식 훈련법과 『중2병』 병원체라고…….

완치된 자신의 몸을 확인하려고 폴짝폴짝 뛰는 캄 옆에서 하지메는 다시 게이트 키를 꺼냈다.

"다른 녀석들은 먼저 보냈어. 빨리 가자."

"하지만 보스, 장비를 빼앗겼습니다만……."

"어? 그냥 버려. 연성 연습 삼아 만든 더 좋은 물건이 대량으로 쌓여 있으니까 그걸 줄게."

"새 장비를 보급해 주시는 겁니까? 생각만 해도 설레는군요, 크크크."

꺼림칙하게 웃는 캄과 어딘지 모르게 달관한 듯한 시아를 게이트에 밀어 넣고 하지메와 유에도 게이트로 들어갔다.

한편, 조금 시간을 거슬러 올라가 하지메가 제성에 침입할 무렵…….

경종이 울리는 제도의 밤거리에 난데없는 빛이 터졌다. 격류가 된 빛은 야음을 찢고 직진해 아인 노예들이 자는 허름한 판잣집 밀집 구역— 그곳에 있는 제국병 대기소에 직격했다.

누가 보나 마법 공격임을 알 수 있는 빛이었지만 최대한 힘을 억제했는지 대기소 외벽이 날아갔을 뿐 내부에 있던 제국병은 무사했다. 물론 태반은 충격으로 기절했지만…….

그 일을 저지른 것은 건물 지붕 위에 여유롭게 선 네 개의 그림자—.

"네 이놈들, 정체를 밝혀라! 제국을 공격하고도 무사할 줄 아느냐!"

그 그림자를 향해 달려온 제국병 한 명이 소리쳤다.

"게다가, 게다가…… 그딴 해괴한 가면까지 뒤집어쓰다니! 우리를 놀리는 거냐!"

"어? 아니, 놀리는 게 아니라……."

"어떻게 봐도 놀리는 거잖아! 특히 거기 너! 핑크!"

"……?!"

"귀엽다고 어필이라도 하는 거냐?! 가면을 쓴 시점에서 심하게 기분 나쁘다고! 이 변태 자식들!"

"……?! ……그런 어필 한 적 없어. 딱히 좋아하지도 않고…… 억지로 쓴 건데……. 내 탓 아닌데……."

가면 핑크는 왠지 피곤해서 대답할 힘도 없는 것처럼 무겁게 어깨를 늘어뜨렸다. 그녀를 감싸려고 다른 가면들이 제국병에게 반론했다.

"잠깐, 못생긴 아저씨 주제에 시즈…… 핑크한테 무슨 소리야! 스즈…… 옐로 진짜 화낸다!"

"그래! 시즈…… 핑크가 귀여운 걸 좋아하는 게 무슨 잘못이지?! 더 이상 핑크의 마음을 상처 입히면 나…… 가면 레드가 용서하지 않겠다!"

"아…… 그럼 가면 블루도 용서하지 않겠다~."

그들의 목적은 제도에서 소란을 일으켜 하지메의 제성 침입을 돕는 것이었지만…… 시즈쿠는 하지메의 의도를 정확히 꿰뚫어 보고 있었다.

코우키의 폭주를 억제하기 위해 불가피한 일이었다고는 하나, 그래도 이건 너무해도 너무한 처사였다. 시즈쿠는 하지메가 돌아오면 반드시 복수하겠노라 맹세했다.

가면 핑크가 고개를 떨어뜨린 동안에도 점점 흥분한 제국병들은 마침내 저 웃기지도 않은 가면 변태들을 잡으라고 소리치며 달려들기 시작했다.

하지만 상대는 표층이지만 【오르크스 대미궁】의 전인미답 영역을 돌파한 이세계 치터들이었다. 보통 병사는 대적하지 못하고 차례차례 나가떨어졌다.

"제기랄! 가면 주제에 뭐가 이리 강해!"

"이 핑크 자식!"

"그런데 레드가 가진 검을 어디서 본 기억이……."

제국병이 땅을 기면서 욕설과 함께 신음했다. 이미 3개 소대가 전투 능력을 상실했다. 참다못한 지휘관이 무심결에 소리쳤다.

"젠장! 네놈들, 대체 목적이 뭐냐!"

그 질문에 순간 가면 레드의 움직임이 멈췄다.

그리고 쌓이고 쌓인 울분을 폭발시키는 것처럼 요구를 외쳤다.

"아인 노예의 해방, 최소한 대우 개선을 요구한다!"

"……뭐?"

"너희가 아인족을 대하는 태도는 묵과할 수 없다! 이유 없는 폭력을 멈춰라!"

제국병들은 예상하지도 못한 요구에 저게 지금 무슨 소리냐는 표정으로 서로의 얼굴을 봤다.

그야 그럴 수밖에. 가면 히어로들이 낮에 본 아인 노예에 대한 대응은 이 세계에선 상식적 행동이었다.

그것을 묵과할 수 없다고 해도 무슨 말을 하고 싶은지 잘 이해되지 않았다.

"큭. 그 태도는 뭐야? 사람을 그런 식으로 대해 놓고……."

"코우…… 레드. 아쉽지만 상식에서 벗어난 건 우리야. 우리 목적은 양동이란 걸 잊지 마."

"알아! 하지만 하다못해 어린아이만이라도……."

"수가 너무 많아. 아이들이 보는 앞에서 구할 아이를 고를 거야? 게다가 슬슬 시간이 됐어. ……나도 분하긴 하지만 지금은 목적에 충실하자."

"……그래."

가면 레드는 가면 너머로도 알 수 있을 만큼 떨떠름하게 물러났다.

가면 핑크는 그것을 인식하고 가면 옆면을 손가락으로 톡톡 두드렸다. 가면 제작자에게 세국병이 목적을 묻거나 용사 파티임을 의심할 경우 그렇게 하라고 들었기 때문이었다.

가면 안쪽, 눈이 있는 부분에 마력으로 빛나는 문자가 떠올랐다. 깜짝 놀라면서도 곧 첫 글자가 사라진 뒤 다음 글자가 떠오르는 터라 가면 핑크는 무심코 따라 읽었다.

"들어, 제국병. 우리 목적은 제도의 현재 상황을 확인하는 거야. 황제를 처치하진 못했지만 피해가 제법 막심한 모양인걸!"

제국병들이 흠칫했다. 동료인 가면들도 흠칫했다.

"설마, 설마 네놈들은 마인족?! 옳거니, 제국의 피해 상황을 확인하러 온 거군!"

"정예 중의 정예 부대. 가면 레인저야!"

가면 핑크, 약간 될 대로 되라는 식이었다. 눈짓으로 동료에게 포즈라도 잡으라고 재촉 중이었다. 다른 가면들이 핑크의 험악한 분위기에 밀려 쭈뼛쭈뼛 포즈를 잡았다.

이것으로 마인족에게는 가면을 쓴 정예 부대가 있다는 소문이 퍼질 것이다.

가면 핑크는 마음속으로 마인족에게 사과했다. 곤란할 때는 대개 마인족 탓으로 돌리면 된다는, 어디 사는 백발 안대 소년의 악랄한 발상에 가벼운 현기증이 일었다.

더불어 가면 레드가 아인 노예 해방 이야기를 꺼냈으므로 만약을 위해 그들에게 피해가 가지 않도록 변명하기로 했다.

마인족이 왜? 라는 의문이 들 것 같지만 그런 것까지는 가면 핑크가 알 바 아니다! 아무튼 알 바 아니다!

"이번 일로 아인 노예에게 괜한 화풀이는 하지 마. 만약 그랬다간……."

"그, 그랬다간 뭐……?"

기묘한 분위기에 움츠러드는 제국병들에게 가면 핑크가 고했다.

"밤에 샤워할 때 등 뒤에서, 잠을 설치다가 눈을 뜨면 배 위에서, 아무도 없을 복도 끝에서, 책상 아래에서, 커튼 사이에서, 거울 끝에서, 꿈속에서…… 가면을 보게 될 거야."

억양 없는 담담한 대사는 꺼림칙하다는 말로밖에 설명되지 않았다. 제국병들은 일제히 마른침을 삼키며 생각했다. 「무서워……」라고. 호러가 따로 없었다.

가면들은 그것으로 목적을 달성했다는 것처럼 화려하게 건물에서 뒷골목으로 뛰어내렸다. 제국병들이 허둥지둥 달려왔을 때는 이미 허깨비처럼 사라진 뒤였다.

여담이지만 훗날 제국병 사이에서 「가면 핑크의 공포 ~놈은 언제나 너를 보고 있다~」라는 괴담이 퍼졌다는 이야기가……

그리고 가면 핑크 속 사람이 왜 나만 가지고 그러냐며 좌절했다나 뭐라나…….

이후 제국 내에서 홀연히 자취를 감춘 하우리아 족과 마인 족의 정예라는 가면 집단의 소동으로 제도가 발칵 뒤집혀 아침까지 소란이 이어진 것은 두말할 필요도 없었다.

캄을 데리고 게이트를 통과해 암석 지대로 전이한 하지메, 유에, 시아 세 사람은 하우리아들의 열광적인 환영을 받았다.

하우리아들도 어깨를 치거나 명치를 때리거나 크로스 카운터를 날리거나 욕설을 내뱉으며 서로의 무사함을 기뻐했다.

"훌쩍, 다행이에요오. 기쁨을 나누는 방식이 좀 이상하지만 다들 무사해서 다행이요오. 하지메 씨, 유에 씨, 고마워요오."

시아가 울음 섞인 목소리로 감사했다.

한 번이라도 가족이 무사한 모습을 보고 싶어 했던 시아의 소원은 분명히 이루어졌다.

"……응. 안 늦어서 다행이야."

유에가 까치발을 들어 시아의 머리를 다독이자 시아의 눈물샘은 순식간에 붕괴해 그대로 언니에게 매달리는 동생처럼 안겨 들었다.

"뭐, 예상과 다른 점이 꽤 있었지만 다행이야. 제국도 지도에서 사라지지 않았고."

하지메는 지나가는 투로 무시무시한 소리를 하면서도 상냥한 손길로 시아의 토끼 귀를 쓰다듬었다.

그런데 그때 하지메의 귀에 바람을 가르는 소리가 들렸다.

아주 자연스럽게 손이 올라갔다. 그리고 손가락 사이에는 검은 칼집에 들어간 익숙한 칼이 끼여 있었다.

"……무슨 짓이야? 야에가시."

칼집에 들어간 흑도를 하지메에게 내려친 습격범의 정체는 바로 야에가시 시즈쿠였다.

두 손가락에 잡혔을 뿐인데도 아무리 힘을 줘도 칼은 꿈쩍하지 않았다. 시즈쿠는 하지메의 힘에 혀를 차면서도 더더욱 힘을 넣었다.

"……스트레스 해소를 위해 나구모에게 기댔을 뿐이야. 괜찮아, 나는 나구모를 믿어. 그 마리아나 해구보다 깊은 아량으로 받아주리란 걸……. 그러니까 얌전히! 나한테! 얻어맞으라고!"

"……핑크가 그렇게 싫었어? 너 좋으라고 준비한 건데."

"입에 침이나 바르고 말해! 네 의도를 누가 모를 줄 알아! 장난친 거잖아! 나도 모르게 분위기에 휩쓸렸지만! 어떻게 보면 자업자득이지만! 한 방 때리지 않고는 풀리지 않을 이 마음! 남자라면 받아줘야지!"

"에이, 그건 억지지……."

아무래도 가면 핑크의 심적 대미지가 생각보다 깊었나 보다.

거절하면 그만이었기에 그 자리의 분위기에 휩쓸리고 가면의 우수성에 혹한 시즈쿠의 자업자득이었다.

하지만 그것을 알아도 다분히 장난이 섞인 하지메의 언동과 제국병의 비수 같은 말이 은근히 가슴에 박혀 있었다. 이 오갈 데 없는 분노를 풀지 않고서는 견딜 수 없었다.

물론 하지메와 시즈쿠의 실력 차이는 확연하며 실제로 흑도의 칼집은 달그락달그락 소리를 낼 뿐 전진할 기미는 전혀 없었다.

그래서 시즈쿠는 어쩔 수 없이 흑도의 능력을 하나 해방하기로 했다. 말 그대로 하시네라면 디소 아프더라도 받아들이리라는, 어떤 의미로 믿음을 담아서…….

"나가라—『뇌화(雷華)』!"

"오? 오오~."

하지메는 파직파직 방전하는 흑도를 잡고 아파하기는커녕 오히려 감탄했다. 시즈쿠가 하도 기가 막혀 한마디 했다.

"잠깐, 나구모. 전류가 흐르는데 왜 멀쩡해?"

"아니, 왜냐니? 너 내가 레일건을 쏘는 걸 몇 번이나 봤으면서 그러냐? 맨몸으로 전기를 다루는데 이 정도 뇌격이 통할 리 없잖아? 그보다 용케 그 기능을 발동했는걸."

"큭, 어쩔 수 없지……. 이번에는 물러나겠어. 하지만 언젠가 그 여유작작한 얼굴에 한 방 먹여줄 줄 알아. 그리고 기능은 왕국 연성사들이 일군 노력의 산물이야."

당연한 대답에 시즈쿠는 마지못해 칼을 거뒀다.

시즈쿠 뒤에는 눈을 동그랗게 뜬 코우키, 류타로, 스즈가 있었다. 아무래도 시즈쿠의 돌발적인 행동에 놀란 모양이었다.

카오리는 어쩐지 난감한 듯이, 유에는 반쯤 찌푸린 눈으로 시즈쿠를 바라봤다. 그리고 목소리를 낮춰 속삭였다.

"시즈쿠가 남한테 화풀이를…… 처음 봤어."

"……투정이라고도 해."

왠지 티오도 고개를 주억거리고 있었다.

"보스, 잠깐 괜찮겠습니까?"

겨우 육체 대화를 끝낸 하우리아들이 하지메 쪽으로 다가왔다.

진지한 표정이었다. 하지메도 단순히 재회 인사를 하려는 것은 아니라고 짐작했다. 연성으로 빠르게 의자를 만들어 둥글게 놓고 그중 하나에 앉아 눈빛으로 승낙의 뜻을 전했다.

"우선 무슨 일이 있었는지 보고하겠습니다. 간략히 설명하자면 저희가 조금 지나쳤던 것 같습니다."

그렇게 시작된 캄의 이야기를 요약하자면 이랬다.

하우리아 족은 수해에서 후미 부대의 제국병을 상당수 격파했다.

본대에 합류하지 못한 병사 수와 생존자의 증언으로 제국 측은 【페어베르겐】에 보통 전사들과는 차원이 다른 미지의 집단이 있다며 경계를 강화했다.

마인족에게 막대한 피해를 입은 직후였기 때문일까? 그들의 경계심은 대단히 강하여 『아인족은 수해에서 나오지 않는다』는 상식에서 벗어나 탈환하러 올 가능성을 염두에 두고 있었다.

캄이 제도에 도착했을 때, 납치된 수많은 아인족은 즉시 노역에 동원되지 않고 한곳에 모여 있었다.

아차 싶었을 때는 이미 늦은 일.

신중에 신중을 기해 구축한 감시망에 발각된 하우리아들은 일시적으로 후퇴할 수밖에 없었다.

제국병도 상당히 놀랐을 것이다.

그도 그럴 것이 감시망에 걸린 정체불명의 집단이 싸움과 무관하고 온화한 애완 노예, 토인족이었으니까. 심지어 수해 안도 아닌데 포위한 제국병을 상대로 탄탄한 연계를 자랑하며 대등하게, 아니, 그 이상의 힘으로 맞서 싸웠다. 당연히 그 상식을 벗어난 존재는 제국 상부의 흥미를 끌었다.

그 결과―

"저희는 생포당해 매일 심문을 받았습니다. 그쪽의 관심은 주로 하우리아 족이 변모한 이유와 소지한 장비의 출처, 그리고 페어베르겐의 의도였습니다. 아무래도 저희를 페어베르겐의 히든카드쯤으로 착각한 것 같더군요……. 하마터면 멸족당할 뻔하고 추방 처분을 받은 관계라고는 생각하지도 못하겠죠."

심문관에게 자신들은 【페어베르겐】과 오히려 적대 관계라고 몇 번이나 말했지만 되레 나라를 위해 선뜻 목숨을 내놓을 각오가 된 녀석들이라며 더 큰 관심을 샀다고 했다.

특히 몇 번인가 심문을 보러 온 가할드는 사나운 웃음을 띠고 새 장난감을 찾은 어린아이처럼 눈을 빛냈다.

"그래서? 포로가 된 이유를 변명하려는 게 아니지? 빨리 본론을 이야기해."

"죄송합니다, 보스. 그럼 본론으로 들어가겠습니다. 저희 하우리아 족과 새로운 가족으로 맞이한 자를 포함한 신생 하우리아 족은— 제국과 전쟁을 벌이려고 합니다."

캄이 눈빛을 날카롭게 세우며 한 선언에 그 자리의 시간이 정지했다.

그렇게 착각할 정도로, 하지메와 캄을 포함한 하우리아 족을 제외한 일체의 움직임이 멈추고 얼어붙었다. 아직 상황이 이해되지 않은 것일까, 아니면 너무 놀란 나머지 머리가 정지한 것일까?

주위는 정적에 싸여 벌레의 희미한 노랫소리가 야밤 암석 지대에 울려 퍼졌다.

그 정적을 처음으로 깬 사람은 시아였다.

"무슨, 무슨 소리예요? 제가 잘못 들었나요? 지금 제 가족이 제국과 전쟁을 하겠다고 한 것 같은데……."

"시아, 잘못 들은 게 아니다. 우리 하우리아 족은 제국과 전쟁을 벌이겠다고, 나는 확실히 그렇게 말했다."

시아는 희미하게 떨면서도 되도록 냉정해지려고 했으나, 캄의 흔들림 없는 말을 듣고 안색이 바뀌었다.

"터, 턱도 없는 소리 하지 마세요! 생각이 있으세요?! 확실히 강해지긴 했죠. 그래도 겨우 백여 명이라구요. 고작 그걸로 제국과 전쟁? 정신 나갔어요?! 동족을 앗아간 원한 때문에 정상적인 판단도 못 하시는 거죠, 그런 거죠?!"

"시아, 그게 아니다. 우리는 제정신이야. 이야기를 듣고—."

"그런 얘기 들으려고 있는 토끼 귀가 아니에요! 복수가 아니면 그냥 주제 파악을 못 하는 거네요? 그럼 지금 당장 무기를 들어요! 제국 전에 제가 상대하겠어요. 그 하늘 높은 줄 모르고 솟은 콧대를 부러뜨려 놓을 테니까!"

잔뜩 흥분한 시아는 『보물고』에서 드뤼켄을 꺼내 강풍을 일으키며 한 바퀴 돌린 후 캄의 코앞에 척 들이댔다. 그 표정은 무모함을 넘어 단순한 자살 행위나 다름없는 결단을 내린 가족을 향한 순수한 분노로 차 있었다.

연한 하늘색 마력이 폭풍 치며 물리적인 압력마저 동반한 압박감이 발산됐다. 코우키를 비롯한 이세계 치터들조차 무색해질 정도의 박력이었다.

사실 언제나 활기차게 웃고, 화를 내도 어쩐지 코믹하던 시아에게서는 상상도 할 수 없는 분노와 박력에 아이들은 숨을 죽이고 움직이지 못했다.

하지만 그런 용사들조차 겁먹게 하는 박력과 전투 망치 앞에서, 캄은 주눅 들지 않고 그저 차분한 눈빛으로 딸을 똑바로 바라봤다.

노려보는, 혹은 마주 보는 두 사람을 모두 마른침을 삼키며 지켜보는 가운데, 역시 움직이는 건 바로 이 남자, 하지메였다.

어느 틈엔가 시아 바로 뒤로 다가온 하지메는 시아의 털뭉치처럼 동글동글하고 복슬복슬한 꼬리를 움켜잡고 절묘한 힘 조절로 만지작거렸다.

"히아악?! 뜬금없이 뭐예요오?! 아우, 안 돼, 거긴 안 대여어~! 하지메 쉬, 그마하앙~."

꼬리를 절묘하게 주무르자 시아는 바람 빠진 풍선처럼 힘이 풀려 버렸다. 그리고 네 발로 엎드려 뜨거운 숨을 토하며 하지메를 원망스럽게 노려봤다. 스킨십은 기쁘지만 때와 장소를 생각해 달라고, 그 눈빛이 입을 대신해 말해주고 있었다.

하지메는 쓴웃음을 떠올리면서 이번에는 시아의 토끼 귀를 쓰다듬었다. 꼬리를 만지던 묘하게 음흉한 손길과는 달리 부드럽게 기운을 북돋는 손길이었다.

진지한 대화 도중 성희롱을 저지른 하지메를 원망스럽게 노려보던 시아가 허무하게 표정을 허물고 눈에서 힘을 뺐다.

"어때? 조금 진정됐어? 이야기는 아직 안 끝났어. 날려 버리는 건 전부 듣고 난 뒤에도 늦지 않아. 안 그래?"

"우…… 그러게요……. 죄송해요. 머리에 조금 열이 올랐나 봐요. 이제 괜찮아요. 아버지도 미안해요."

시아는 토끼 귀를 축 늘어뜨리며 반성했다.

캄은 눈을 상냥하게 뜨고 고개를 저었다.

"가족을 걱정하는 게 나쁠 리가 있나. 미안해할 필요 없다. 나야말로 더 말을 골라야 했어. ……최근에 자꾸만 그런 배려를 잊게 돼. 욕하는 편이 전해지기 쉽다고 해야 하나……. 그나저나, 크크큭."

"왜, 왜 그렇게 웃어요, 아버지……."

"아니, 네가 행복해 보여서 다행이라고 생각했을 뿐이다.

……잠깐 못 본 사이에 보스와 제법 거리가 줄어든 것 같구나. 보스가 너를 보는 눈빛이 수해를 나갈 때와는 천지 차이였어. 혹시 슬슬 손주 얼굴을 보게 되는 거냐?"

"소, 소, 손주라뇨?! 아버지, 무슨 말이에요! 그, 그런 건, 아직 전……."

캄이 놀리자 시아가 얼굴이 새빨개지며 힐끔힐끔 하지메를 곁눈질했다.

돌아보니 하우리아들이 모두 히죽거리고 있었다.

정말로 하나같이 끝내주는 성격으로 변했다. 하지메는 그렇게 생각하면서 시아의 시선을 무시하고 캄에게 물었다.

"캄, 설마 나에게 참전해 달라고 그 이야기를 꺼낸 건 아니겠지?"

"하핫, 그거야말로 가당치도 않은 이야기입니다. 그저 이런 결단을 할 수 있었던 것도 다 보스에게 단련받은 덕분이니 적어도 결의 표명만이라도 해야겠다고 생각했을 따름입니다."

캄은 웃으며 하지메의 추측을 부정했다. 아무래도 정말 자기들끼리 저지를 생각인가 보다. 그들의 눈에 깃든 결의는 확고했다. 복수심에 미치지도, 힘을 얻어 오만해지지도 않은 것을 잘 알 수 있었다.

하지만 그렇다면 정말로 무모하다고밖에 할 수 없는 결단이었다. 그 결단에 다다른 이유가 궁금했다.

"이유는?"

"의외군요. 들어주시는 겁니까? 관심을 가지시지 않으리라 생각했습니다만……."

"나에게 단련받고 결단할 수 있었단 말은 너희가 무모한 짓을 벌이려는 원인이 나에게도 있다는 뜻이야. 그것뿐이라면 내 알 바가 아니지만……."

하지메는 그렇게 말하고 힐끗 옆을 봤다. 그곳에는 가족의 미래를 걱정하며 토끼 귀를 늘어뜨린 시아가 있었다.

그 눈짓으로 생략된 말을 짐작한 캄은 기쁨에 눈을 부드럽게 뜨고 고개를 끄덕인 뒤 이유를 설명했다.

"방금도 말씀드렸다시피 저희 토인족은 황제의 관심을 사고 말았습니다. 그것도 몹시 강하게 말이죠. 제국은 능력 지상주의를 내건 탐욕스러운 자들의 나라며 황제도 예외는 아닙니다. 그리고 약자는 강자에게 따르는 것이 당연하다는 가치관이 깊게 뿌리 내린 곳입니다."

"간단히 말해 황제가 토인족 사냥이라도 시작한다는 소리야? 죽이지 않고 자기 것으로 만들기 위해?"

"그렇습니다. 심문받을 때, 황제 스스로 찾아와서 『길러주겠다』고 말했습니다. 물론 그 자리에서 침을 뱉어줬습니다만……."

황제의 얼굴에 침을 뱉었다는 캄의 말에 하우리아들은 「역시 족장님이야!」라며 들떴고, 코우키 일행은 「그 가할드 황제에게?!」라며 경악했다.

무리도 아닐 것이다. 황제 폐하의 얼굴에 침을 뱉은 자는 아인족뿐 아니라 모든 종족을 포함해서 캄이 사상최초가 아닐까?

하지메조차 무심결에 탄식할 정도였다.

"그러나 그 탓에 도리어 호감을 사 버렸습니다. 모든 토인족을 잡아서 조교하는 것도 재미있겠다며, 정말이지 탐욕스러운 얼굴로 웃었지요. 단언합니다. 그건 진심이었습니다. 다시 수해에 진격해 이번에는 더 많은 토인족을 습격하겠죠."

당연히 이번에는 애완용이 아니라 전투용으로…….

캄은 심란한 표정으로 한숨 쉬었다.

"또한, 아직 재정비되지 않은 페어베르겐은 다음 습격을 버티지 못합니다. 그런데 만약 제국이 침공하지 않는 대신 토인족을 넘기라고 요구한다면……."

"그렇군. 방어할 여력이 없어 말 그대로 동족을 모두 빼앗긴다는 건가."

"그렇습니다. 하우리아 족이 살아남는 것뿐이라면 그다지 어렵지 않습니다. 하지만 저희 탓에 다른 토인족의 미래를 빼앗는 것은…… 견디기 힘듭니다."

하우리아 족은 현재 생각 이상으로 절박한 상황에 놓인 듯했다.

캄의 말대로 하우리아 족은 수해를 이용해 도망가거나 게릴라전에 전념한다면 살아남기는 어렵지 않을 것이다.

하지만 그 대신 다른 토인족이 지옥을 맛보게 된다. 그들이 『강한 토인족』이라는 황제의 소망에 부응하지 못하면 여자와 아이는 애완 노예로, 그 외에는 처분될 것이 뻔하기 때문이었다.

"하지만 설마 정말로 백여 명의 병력으로 제국군과 싸울 수 있다고 생각하진 않겠지?"

"물론입니다. 평원에서 대치해 함성을 지르며 정면 돌파할 수는 없습니다. 저희는 토인족이죠. 기척을 다루는 점에서만은 어떤 종족에게도 지지 않습니다."

캄은 그렇게 말하고 씩 웃었다. 하지메도 캄의 의도를 파악했다.

"즉, 암살을 하겠다?"

"맞습니다. 저희에게 적대하면 마음을 놓는 순간 어둠 속에서 칼날이 날아와 목이 날아간다…… 그것을 실천하여 놈들에게 공포와 위기감을 심어줄 생각입니다. 언제 어디서 공격 당할지 모른다. 토인족은 그것이 가능한 종족이라고 힘을 과시하겠습니다. 약자라도 무조건 얕잡아볼 수는 없으며, 적이 되면 죽음을 각오해야 할 위협이 된다는 사실을 각인시키는 겁니다."

"황족이 암살자에 대한 대책을 하지 않았을 거라고 생각해?"

"물론 되어 있겠죠. 하지만 저희가 노리는 건 황족이 아니라 그들의 주변 인물입니다. 제아무리 황제라도 주변 모든 인물까지 엄중히 지킬 수는 없을 테죠. 하루하루 친한 사람, 혹은 부하가 한 사람 한 사람씩 사라진다……. 지금 저희가 할 수 있는 일은 이 정도뿐이지만 충분히 효과가 있으리라 생각합니다. 최종적으로 저희에 대한 불간섭 방침이 내려지면 충분하죠."

참으로 잔인한 방법이었다. 하지만 황족 암살보다는 훨씬 현실적이었다. 다만 그 방법으로는 제국 측에서 위험을 느끼려면 필연적으로 시간이 걸리므로 그 전에 대규모 보복 행위에 나설 가능성이 컸다.

제국 측이 토인족을 본격적으로 포획 혹은 섬멸하고자 나설지, 아니면 능력 지상주의에 따라 그들의 힘을 인정하고 교섭 테이블에 앉을지, 어느 쪽이 먼저일지는 순전히 도박이었다. 그것도 외줄타기에 가까운 도박.

그래도 행동하지 않으면 어차피 토인족의 징래는 어두웠다. 하우리아 족은 이미 모두 각오를 굳힌 얼굴이었다.

"……아버지…… 다른 사람들도……."

시아의 어깨가 힘없이 처졌다.

제국병을 상대로 맞서 싸우고 탈출 불가능하다는 제성 지하 감옥에서도 탈옥한 토인족을 황제는 사적인 흥미와 공적인 책무로 놓치지 않으리라.

하우리아 족에게 남은 길은 다른 종족을 버리고 자기들만 살아남거나, 모두 사이좋게 제국의 장난감이 되거나, 목숨 바쳐 싸우는 것 삼자 택일이었다.

"시아, 표정을 펴라. 옛날처럼 그저 두려움에 떨고 도망치고 멸시당하고, 결국 유린당하는 현실을 어쩔 수 없이 받아들이는 것이 얼마나 비참한 일이더냐. 지금 이렇게 싸우겠다는 의지를 가질 수 있다는 것이 우리는 더없이 기쁘다."

"그래도요……!"

"시아, 우리는 생존할 권리를 쟁취하기 위해 싸운단다. 그저 살아남기 위해서가 아니야. 하우리아의 긍지를 가지고 살아가기 위해서다. 아무리 강한 힘을 얻어도 여기서 물러서면 결국 우리는 전과 같은 패자가 돼. 그것만은 절대 용납할 수 없어."

"아버지……."

"앞을 봐라, 시아. 더 이상 우리를 돌아보지 마라. 너는 마음을 다졌을 거다. 보스와 함께 밖으로 나가 앞으로 나아가겠다고. 넌 그 결의를 간직하고 똑바로 전진해라."

캄이 족장으로서도, 전투 집단의 리더로서도 아닌 한 사람의 아버지로서 딸의 등을 밀어줬다. 자신들 때문에 더 이상 멈춰 서지 말라고, 함께 있고 싶다고 바란 사람과 앞으로 나아가라고…….

울음이 터질 것 같은 표정으로 고개를 숙인 시아에게 애정 어린 눈빛을 보낸 뒤, 캄은 하지메에게 시선을 돌려 목례했다. 딸을 부탁한다고 말하기라도 하듯이…….

말도 표정도 없는 하지메 대신 코우키가 마치 「내가 어떻게든 하겠어!」라는 분위기로 자리에서 일어나려고 했지만 시즈쿠의 흑도에 뒤통수를 얻어맞고 격침됐다. 스트레스가 쌓였는지 시즈쿠가 말리는 방식이 평소보다 거칠었다.

하지메가 반응을 보이지 않자 시아는 하지메를 돌아봤다.

그러나 시아가 입을 떼기 전에 무슨 말을 할지 짐작한 캄이 시아의 이름을 불렀다.

"시아!"

질책하듯 강한 어조였다. 시아의 몸이 흠칫 떨렸다.

캄과 하우리아들은 하지메에게 도움을 청할 생각은 없었다. 자신들의 실수로 감쪽같이 적의 함정에 빠지고 황제의 눈에 들었으니까 자업자득이라고 할 수 있는 사태였다. 이것을 하지메의 힘에 기대어 해결하려고 한다면 예전과 무슨 차이가 있단 말인가?

캄이 말했다시피 이 싸움은 토인족이 내세울 수 있게 된 긍지를 지키기 위한 싸움이었다.

그리고 시아도 그것은 이해했다. 그서 도망칠 수밖에 없었던 건 자기도 마찬가지였고, 지금은 하지메와 유에의 동료라는 긍지가 있었다.

하지만 너무나도 위태로운 도박에 나서려는 가족을 보고 가슴이 아픈 것은 어쩔 수가 없었다.

결국 시아는 아무 말도 하지 못하고 입을 다물었다.

하지메는 한숨을 내쉬며 머리를 긁고는 조금 생각하는 모습을 보인 후 유에를 힐끔 봤다.

그곳에는 예상대로 하지메를 바라보며 다 이해한다는 듯이 부드러운 눈으로 고개를 끄덕이는 유에가 있었다.

하지메는 거기에 살며시 웃음을 지어 보이고 고개 숙인 시아에게 말을 걸었다.

"시아."

"하지메 씨……."

시아의 눈동자에 일말의 기대감이 서렸다.

"이번 일에서 난 싸우지 않아."

"······그렇, 죠."

하지만 이어진 하지메의 말에 울음을 삼키려는 양 억지웃음을 지으며 다시 고개를 숙이고 말았다.

뒤에서 코우키가 뭐라고 소리를 질렀지만 옆구리에 닿은 흑도에서 전류가 흘러나와 기절했다. 하지메는 그쪽은 쳐다보지도 않은 채, 무엇을 오해하고 시무룩해진 시아의 볼을 주무르며 피식 웃었다.

"야, 오해하지 마. 싸우진 않지만 도와주지 않겠다는 말은 안 했잖아?"

"네?"

하지메의 말을 듣고 시아의 볼이 쭉 늘어지면서 얼빠진 소리를 냈다.

다른 하우리아들도 말뜻을 이해하지 못한 것처럼 당황한 표정으로 서로를 마주 보고 있었다.

"이번 일에서는 하우리아 족이 힘을 과시해야 해. 하우리아 족이 쉬운 상대가 아니란 걸 깨닫게 해야 하지. 이 세계에서 아인 차별이 상식처럼 존재하는 이상은 내가 싸워서 지켜 봤자 소용없어. 내가 없어진 뒤 똑같은 일이 벌어질 테니까. 무엇보다 너희 가족의 의지가 걸려 있어. 그러니까 내가 나서서 싸울 생각은 전혀 없어."

하지메는 잠깐 말은 끊고 캄에게 시선을 옮겼다.

"하지만 우리 팀의 분위기 메이커가 이런 얼굴을 하고 있는데 내가 가만히 물러날 거라고 생각한다면 오산이야."

"그, 그렇지만 보스⋯⋯ 그렇다면 대체⋯⋯."

당혹감이 짙어진 하우리아들에게 하지메는 이를 드러내어 웃으면서 선언했다.

"캄, 그리고 하우리아 족. 이 녀석을 울리는 같잖은 작전은 전부 파기한다. 직접 황제의 목에 칼날을 들이밀어라. 머리끄덩이를 잡고 끌어내려서 친족, 친구, 부하를 전부 놈이 보는 앞에서 때려눕혀라. 제성을 제압하고 구조 따위 오지 않는다고, 제국은 하룻밤 사이에 끝장났다고 알려줘라! 하우리아 족에게는 그럴 능력이 있음을 뼛속에 새겨주는 거다! 이 세상 어디에도 안전한 곳은 없다고, 하우리아 족을 적으로 돌리면 머리가 날아가는 살육극이 시작된다고, 제국 역사에 그 증거를 남겨줘라!"

일대에 적막이 흘렀다. 모두 하지메의 기세에 눌려 얼어붙었다. 꿀꺽 침을 삼키는 소리가 유난히 또렷했다.

하지메는 주위를 훑어보며 숨을 스읍 들이쉬더니 날벼락이라도 떨어진 것처럼 소리쳤다.

"대답 안 해?! 이『삐—』들아!!"

""""""""""""⋯⋯?! 써, Sir, yes, sir!!""""""""""""

"안 들린다! 그딴 정신머리로 전쟁 같은 소리를 잘도 지껄였군! 너흰 결국『삐—』의 집합인가?!"

""""""""""""Sir, no, sir!!""""""""""""

"그럼 증명해 봐라! 잔챙이가 아니라 킹을 쳐라!!"

""""""""""""경호!! 경호!! 경호!!""""""""""""

"새파랗게 벼린 칼날 같은 살의와 의지로 방해하는 놈들을 모조리 죽여 버려라!"

"""""""""비헤드!! 비헤드!! 비헤드!!"""""""""""

"주역은 너희다! 내가 밥상까지 차려주는 이상 어중간한 결과는 용서하지 않는다! 알고 있겠지?!"

"""""""""Aye, aye, sir!!"""""""""""

"좋다! 기합을 넣어라! 신생 하우리아 족 122명으로……."

"""""""""……."""""""""""

"제성을 함락한다!!"

"""""""""YAHAAAAAAAAAAAAAAAA!!"""""""""""

밥상을 차린다니, 무슨 짓을 할 생각인가? 제성을 함락하다니, 불가능하지 않은가?

그런 의문은 열광하는 하우리아들의 머리에서 깨끗이 사라져 있었다.

자신들이 보스라고 추앙하는 인물이 문을 열어준다고 하지 않는가?

그렇다면 그 앞에 있는 장애물 정도는 박살 내지 않으면 신생 하우리아 족이란 이름이 무색하다. 키워준 보스를 볼 면목도 없다.

그래서 하우리들의 마음은 하나가 되어 『제성 함락』에 투지를 불태웠다.

제도에서 떨어진 암석 지대에 투지와 살의로 들끓는 함성이 울려 퍼졌다.

"으으~. 시즈시즈, 저 사람들 무서워~."

"괜찮아, 스즈. 나도 무서우니까⋯⋯. 나구모의 발상과 열연도 충분히 무섭지만."

"나구모 저 녀석⋯⋯ 헤헤, 설마 하○면 선생님의 방식을 도입할 줄이야. 제법인데."

"류타로?! 왜 친밀감을 가지는 거야?! 아무리 봐도 이상한 분위기잖아?!"

아이들이 저마다 기막힌 표정으로 괴상한 열기에 싸인 하우리아들을 바라보았다. 하지메가 참고한 대상을 존경하는지 멋진 웃음을 떠올린 사람이 딱 한 명 있었지만⋯⋯.

"으음, 대단하구먼. 토인족이 이토록 변하다니. 제국 함락을 이렇게 쉽게 결정하는 것을 보면 역시 주인님이야. 아아~, 저렇게 매도당해 보고 싶구나."

"⋯⋯닥쳐, 변태 드래곤."

"우?! 하악, 하악."

"티오 씨는 조금만 자제하자, 알았지? 그보다 유에, 시아 표정 좀 봐. 엄청 황홀해 보여. 같은 여자인 내가 봐도 살짝 두근거릴 정도로 귀여워."

"⋯⋯응, 그러게. 하지메가 결단한 건 시아를 울리지 않기 위해서니까⋯⋯. 기쁜 게 당연해."

"그렇지~. 부럽다. 나한테도 저런 식으로 말해줬으면⋯⋯."

유에 쪽은 변태 한 명을 빼고 황홀한 표정으로 하지메를 바라보는 시아에 대해 이야기 나누고 있었다.

유에는 처음부터 이렇게 될 것을 알고 있었는지, 그늘이 사라진 시아를 보고 기쁘게 눈꼬리를 내렸고 카오리는 안심한 표정이면서도 시아를 부럽게 바라봤다.

그 후, 제성 함락에 관한 상세한 내용을 상담한 하지메 일행은 그때를 대비해 각자 휴식을 가지기로 했다.

시아는 당분간 하지메 곁에서 떨어지지 않으려고 했다. 평소의 활기는 자취를 감췄지만 결코 어둡게 가라앉지는 않았다. 볼을 장밋빛으로 물들이고 다소곳이 하지메의 옷자락을 잡은 채 몸을 기댔다.

이따금 토끼 귀가 하지메에게 톡톡 닿았다가 떨어지기를 반복했다.

그것은 그저 곁에서 하지메를 느끼고 싶다는 마음의 표출 같았다.

하룻밤이 지나고 동녘 하늘이 밝아오기 조금 전, 두 사람이 바위 위에 앉아 있었다.

조금 일찍 잠에서 깬 하지메와 유에였다.

바위에 앉은 사람은 하지메뿐이며 유에는 하지메의 다리 위에 앉아 있었다.

보초 외에는 모두 아직 잠들었고 장소도 사각이므로 하지메와 유에는 오랜만에 둘만의 조용한 시간을 만끽하고 있었다.

두 사람은 편안한 침묵 속에서 동이 트길 기다렸다.

하지메의 어깨에 머리를 기대고 있던 유에가 천천히 고개를 떼고 아무런 예고 없이 하지메의 목에 키스했다. 쪽, 하는 귀여운 소리가 아침의 정적을 살짝 흔들었다.

"······난데없이 뭐야?"

"······응. 그냥 어젯밤 일이 생각나서······."

유에가 말하는 어젯밤 일이란 제성 함락에 관한 이야기 같았다.

하지만 그것이 왜 키스로 이어지는지 의문이었다. 하지메는 자신을 부드럽게 바라보는 유에를 돌아보며 고개를 갸웃거렸다.

"······미궁보다 시아의 『소중한 것』을 우선했어. 시아를 소중히 여겨줘서 기뻤어. 하지메에게 『소중한 것』이 늘어나서 기뻤어. 그게 너무 기뻐서······."

그렇다고 한다. 유에는 그렇게 말하며 다시 입을 맞췄다.

"······시아도 『특별』해졌어?"

"거기까진······. 이 세계에서 1, 2위를 다툴 만큼 소중하게 생각하지만······ 『특별』한 건 역시 유에뿐이야."

"······음, 시아라면 괜찮은데. 그래도 기쁘니까 문제지만."

난처한 것 같기도, 기쁜 것 같기도 한 미묘한 표정이었다.

유에에게 시아는 나락에서 나와 처음으로 생긴 친구이자 동료이자 동생 같은 존재로, 하지메와는 다른 의미로 특별한 위치에 있었다.

다른 여자에게는 절대로 허용하지 않을 『특별함』을 공유해도 된다고 생각할 정도로. 그래서 하지메의 말에 마음속으로 환희하면서도 그 완고함에 난감해하는 것이었다.

그런 유에의 반응이 하지메는 조금 불만스러웠다. 다른 여자를 특별시 하지 않는 탓에 난처한 표정을 짓는 것이 마음에 들지 않았기 때문이었다. 그래서 일단 지금은 자기밖에 생각하지 못하도록 다짜고짜 유에의 입술을 빼앗았다.

"으응…… 응, 아음…… 하지…… 응."

동녘 하늘이 드디어 하얗게 밝아오며 두 사람 뒤로 그림자를 드리웠다. 하나로 겹쳐진 그림자는 때때로 떨어졌다가도 바로 다시 겹쳐졌고 그때마다 질척한 소리를 냈다.

유에의 눈동자가 열을 품어 젖었고 볼은 장밋빛, 입술은 광택으로 빛났다.

그대로 자연스럽게 다음 동작으로 넘어가려…… 한 찰나, 하지메와 유에가 있는 바위 뒤쪽에서 사람 목소리가 들렸다.

"야~, 나구모. 여기 있어?"

아무래도 코우키 같았다. 잠자리에 없는 하지메를 찾으러 온 것일까? 날도 밝아 다른 사람들도 슬슬 일어나나 보다.

"아, 저 자식은 하필 한창 좋을 때……. 노인트가 대거 몰려나왔을 때를 대비해서 신대 마법 하나라도 익히게 해둘 생각이었는데…… 점점 더 귀찮아지네."

하지메는 투덜거리면서도 어쩔 수 없이 유에를 안은 채 일어서려고 했지만 그러지 못했다.

"……하지메, 안 놔줄 거야. 으응."

"잠까, 읍."

유에가 밀어 넘어뜨렸기 때문이었다. 들었던 엉덩이를 다시

땅에 붙이고 반쯤 뒤로 쓰러진 하지메에게 올라타며 이번에는 유에가 하지메를 덮쳤다.

"코우키, 나구모 찾았어?"

"아, 여기서 기척이 느껴지니까 있을 거 같—?!"

코우키 뒤로 시즈쿠와 스즈, 류타로도 나타났다.

시즈쿠의 질문에 대답하면서 바위를 우회한 코우키가 그곳에서 목격한 광경에 그만 얼어붙었다. 굳은 코우키를 의아하게 쳐다보며 다른 아이들도 바위 뒤를 엿보았고…… 얼어붙었다.

이어서 그 뒤로 시아, 카오리, 티오가 찾아왔다.

그리고 얼어붙은 아이들을 의아하게 보며 바위를 우회했고—.

"으아아아앗! 아침 댓바람부터 뭐 하는 거예요오?!"

"……아, 시아도 낄래?"

"네? 괜찮아요? 그럼……."

"괜찮을 리가 없잖아?! 빨리 떨어져! 아침부터 덮치다니, 부럽……이 아니라 상식이 없어!"

"우, 나도 끼면 안 되겠느냐? 잠깐 엉덩이를 때려주기만 하면 되는데……."

하지메는 아침부터 펼쳐진 카오스 상태에 피곤함을 느끼면서 이번에는 정말로 유에를 끌어안고 일어났다.

유에의 권유에 따라 달려들려고 신체 강화를 시작한 시아를 밀치고, 「으으~, 으으~」하며 앓는 소리를 내는 카오리를 달래고, 희망대로 변태의 엉덩이를 강타해 「아항!」이라는 교성을 지르게 하여 사태를 수습했다.

조금 떨어져서 굳어 있던 아이들은 허둥지둥 돌아갔다.

스즈가 홍당무가 된 채 「와아, 어른이다, 어른~」이라고 중얼거리면서 여전히 굳어 있는 것을 시즈쿠가 옆구리에 끼고 데리고 갔다. 물론 시즈쿠도 귀까지 새빨개져 있었다.

동녘 하늘에 오른 아침 해는 신생 하우리아 족의 싸움을 알리는 봉화가 됐지만…… 참으로 분위기를 깨는 시작이었다.

　시간은 조금 과거로 되돌아간다.

　릴리아나와 시녀, 근위 기사들은 함께 제도 근교에 내린 후, 폴니르에 실린 마차와 말을 타고 제도로 들어갔다.

　먼저 보낸 왕국 사자와 대사를 가뿐히 추월해 버렸기에 제국은 왕국 왕녀가 방문하는 사실을 모를 터였다.

　제성의 사용인과 귀족들은 퍽이나 당황하리라. 릴리아나는 그것을 미안하게 생각하면서도 지금은 시간이 없다며 깜짝 방문을 감행했다.

　일단 이 소식을 알리도록 근위 기사를 먼저 보냈으니까 그걸로 봐줬으면 싶었다.

　"비상경계 태세군요."

　마차에 동승한 시녀— 헬리나가 작은 창으로 밖을 살피며 말했다.

　릴리아나가 애통한 표정으로 답했다.

　"마인족 습격 때문이겠죠. 하우리아 족에게 이야기는 들었지만 피해가 컸나 보네요."

　"정말로 그분이 계셔서 다행입니다. 주목적이 아닌 제국이 이 정도라면 왕국이 살아남을 방법은 없었을 겁니다."

　"그렇죠……."

　"그분을 왕국에 묶어 놓을 수 있다면 왕국의 미래도 보장

받을 텐데 말이죠……."

"그렇, 죠?"

왠지 헬리나가 릴리아나를 뚫어져라 바라보고 있었다.

"묶어 놓을 수 있다면 미래도 보장받을 텐데."

"왜 두 번 말하세요?! 그보다 그 눈빛은 뭐죠?!"

헬리나는 릴리아나의 몸을 더듬듯 시선으로 훑었고…… 희망을 잃은 것처럼 한숨 쉬었다.

"묶어 놓을 수 있다면 제 주인님이 될 수 있을 텐데……."

"글쎄, 왜 세 번…… 어라? 지금 마지막에 흘려들을 수 없는 말이…… 그것보다 왜 한숨을 쉬었는지 이유를 말해 봐요. 제 몸을 보고 「이래선 틀렸어」라고 말하고 싶은 것처럼 한숨을 쉰 이유를 말하라구요!"

릴리아나 전속 시녀 헬리나. 릴리아나를 유년기부터 음지와 양지를 막론하고 지탱해 온 우수한 시녀였다. 릴리아나에게는 마음을 허락할 수 있는 친구 같은 존재이기도 했다.

다만 가끔 간과할 수 없는 언동을 보이는 것이 옥에 티였다.

릴리아나가 헬리나를 추궁하는 사이 마차는 제성에 당도했다.

갑작스러운 방문에 한바탕 소동을 빚었지만 릴리아나 일행은 무사히 방으로 안내받았고 그날 저녁에는 가할드 황제와 알현할 기회를 얻었다.

릴리아나가 안내를 위해 찾아온 사람을 따라 알현실로 가자 그곳에는 이미 가할드가 실로 즐겁게 웃으며 기다리고 있었다.

가할드 D. 헤르샤. 이제 곧 50대를 앞둔 연령인데도 불구하고 외모는 40대 초반, 경우에 따라서는 30대 후반으로도 보이는 젊음과 사나운 패기를 가진 사내였다.

회색에 가까운 은발과 늑대를 연상하게 하는 날카로운 눈매, 옷을 입어도 전해지는 극도로 단련된 육체에서는 조금의 노쇠함도 느껴지지 않았다.

용사 일당의 실력을 확인하고자 가할드가 몰래 왕국을 찾은 이후로 처음 만났지만 수개월 정도로는 역시 변함이 없어 보였다.

마인족에게 습격당했다고 들어 어쩌면 상처 하나쯤 생기지 않았을까 했지만 그런 모습도 전혀 보이지 않았다.

"잘 왔다, 릴리아나 공주. 제법 급한 방문이었지만 그만큼 중요한 이야기를 들고 왔으리라 기대하지."

"기대에 부응할 수 있을지 자신이 없네요……."

릴리아나는 그렇게 운을 떼며 우선 왕국에서 일어난 사건을 대략 설명했다.

왕궁에서 만연한 무시무시한 침식과 거기에서 시작된 일련의 사건. 대군을 이끈 마인족의 침공, 『진정한 신의 사도』의 암약과 신의 진의, 성교 교회 총본산 붕괴, 나카무라 에리의 배신과 에리히드 국왕 붕어.

끼어들지 않고 묵묵히 이야기를 듣던 가할드는 릴리아나가 말을 끝냄과 동시에 크게 숨을 내뱉었다. 그리고 의자에 깊숙이 몸을 기대고는 한 손으로 얼굴을 가린 채 천장을 올려다봤다.

호탕불기한 황제조차 릴리아나가 전한 현실과 감당하기 어려운 진실에는 동요를 감추지 못하는 듯 보였다.

릴리아나가 마음은 이해한다며 차를 들면서 잠시 기다렸다.

"그래…… 에리히드 국왕도, 로긴스 그 녀석도, 게다가 죽여도 죽지 않을 것 같던 교황 영감까지…… 전부 떠났나……."

딱히 감정은 실리지 않았다. 하지만 어딘지 모를 쓸쓸함이 느껴지는 목소리였다.

가할드는 자세를 고치고 릴리아나와 눈을 맞췄다.

"끔찍한 상황이었나 보군. 위대한 국왕과 전사들의 죽음에 진심으로 애도를 표하마. 사실을 전해주러 와주어 고맙다, 릴리아나 공주."

"아니에요. 이쪽도 상황은 좋지 않았나 보니까요."

가할드가 보인 뜻밖의 태도에 릴리아나는 조금 놀라면서도 그렇게 답례했다.

"그나저나…… 교회와 신이 말이지……. 공표라도 했다간 세계가 발칵 뒤집히겠군."

"말씀에 비해 폐하께선 그다지 충격을 받지 않은 듯 보이시는걸요."

"아니, 제법 충격이야. 태어난 후로 믿어 왔던 신앙의 대상이 쓰레기 자식이었으니까. 하지만 뭐, 제국은 애초에 능력 지상주의를 표방하는 나라지. 적이라면 죽인다, 원하는 건 빼앗는다, 약자는 강자에게 따르라는 것이 신조다. 신의 세력이

깨졌다면 깨진 쪽이 잘못이지. 그런 상대를 언제까지고 받들어 모실 생각은 없어."

"그, 그렇게 생각하시는군요……."

제국의 능력 지상주의는 유난스러운 부분이 있었다. 왕위 계승 문제조차 대외적으로 알리기 쉬운 결투라는 방법으로 해결할 정도니까 말이다. 그래도 지금까지 신앙하던 신에게까지 그 이념을 적용시키겠다니…….

정말로 이 나라 사람들이란……. 그렇게 생각하며 릴리아나는 표정을 굳혔다.

가할드는 신경 쓰는 기색도 없었다. 벌써 마음 정리를 끝냈나 보다.

"그나저나 왕국 국민에게 발표한 내용이 참 잘 짜여 있군. 진실의 충격을 교묘하게 완화…… 아니, 이용해 버렸어. 공주가 생각한 건가?"

"네. 최종적으로는 그런 셈이에요."

애매한 대답에 가할드가 눈살을 찌푸렸다.

"최종적으로는……. 그렇다면 귀띔해 준 브레인이 있단 소리로군?"

"제 브레인은 아니지만요."

"답답하게 이러지 마. 이야기가 진행되지 않잖아? 어차피 황제로서 들어야 할 내용과 관계가 있을 텐데. 그게 아니라면 릴리아나 공주, 나는 그런 고약한 스토리를 생각해 내는 공주를 손에 넣고자 움직일 거야."

"상상하시는 대로 초안은 어떤 인물이 작성했어요."

릴리아나는 망설임 없이 하지메를 팔아넘겼다.

제국에 교회와 신에 관한 이야기, 마인족이 가진 힘의 비밀을 공유하려면 하지메의 이야기는 빠뜨릴 수 없으므로 사전에 하지메에게도 허가를 받았다.

그래도 가능하다면 숨길 생각이었다.

능력 있는 자를 좋아하는 제국이 하지메에게 괜한 수작을 부릴까 봐 염려했기 때문이었다.

하지메 일행이 잘못되거나 제국에 빼앗기기 때문이 아니었다. 동맹국인 제국이 지도에서 사라지지 않게 하기 위함이었다.

다만 하지메 일행은 지금쯤 수해 깊숙한 곳에 있을 시각이었다. 제국에는 손을 쓰려야 쓸 수 없었다. 그렇다면 이야기해 봤자 지장은 없으리라.

릴리아나에게 하지메에 관한 자세한 정보를 들은 가할드는 당황했다.

"……잠깐만 있어 봐, 릴리아나 공주."

"네. 그 마음 이해해요. 생각이 정리될 때까지 기다릴게요."

가할드는 눈 사이를 손가락으로 문지르며 지금 들은 내용을 이해하려고 필사적으로 노력했다.

"농담하지 말라고 웃어넘기고 싶지만……."

"사실이에요. 그는 십만 대군을 격퇴하고 왕국과 제국을 하루 한나절 만에 주파하는 아티팩트를 만든― 희대의 연성사예요."

릴리아나는 말하는 본인도 어이가 없다는 식으로 웃으며 단언했다.

가할드는 미간에 깊은 주름을 잡았다.

"전술급 수준이 아니군. 개인이 전략급 전력이라니 정말로 어처구니가 없군. 나구모 하지메가 그럴 마음만 있다면 혼자 전쟁을 벌일 수도 있을 거야. 어린애 같은 정신에 막대한 힘을 가진 용사와는 비교가 되지 않게 위험하군. 도저히 방치할 수 없어. 놈의 인격은 어떻지?"

가할드는 대가로 무리한 요구를 받지는 않았느냐고 에둘러 물었다.

릴리아나는 쓴웃음을 지으며 고개를 저었다.

"아뇨. 인격의 선악을 떠나 그는 이 세계 자체에 관심이 없어요. 쌍방 불간섭이 기본이죠. 아티팩트를 제공하지도 않아요. 그리고 그는 단지 고향으로 돌아가길 바라며 동료를 위해서라면 망설이지 않고 행동해요. 요컨대 『주의! 손대지 마시오!』라고 딱지라도 붙여야 할 사람이랍니다."

덧붙여 자신에 대한 태도가 너무하다고 약간의 푸념도 했다.

가할드는 실소하면서도 턱을 만지며 고민했다.

"건드리지 말란 소린가? 제국의 우두머리인 나에게 또 그런 무리한 부탁을 하는군."

기회만 있다면 수중에 넣어 관리하고 싶다. 더 욕심을 부리자면 그 힘을 이용하고 싶다. 제국의 황제로서는 당연한 사고방식이었다.

"그렇지만 정작 본인이 그런 상상을 초월한 탈것으로 세계를 누비고 있다면 이야기도 제대로 못 하겠군. 당분간은 상황을 지켜봐야겠어. 남은 건 독자적으로 나구모 하지메와 마인족이 보유한 힘의 원천, 『신대 마법』을 획득하기 위해 움직이는 정도인가?"

"그게 좋을 것 같아요. 그리고 동맹국이라고는 해도 우리 왕국의 은인에게 지나친 행동을 하면 그냥 보고만 있을 수는 없어요."

"흥. 제법 강하게 나오는데?"

가할드는 코웃음 쳤다.

대미궁 공략의 보상이 무엇인지 알게 된 것은 요행이었지만 자신들이 획득할 가능성이 현저히 낮다는 것 또한 알았다. 역시 이미 힘을 가진 자를 포섭하는 게 가장 현실적인 방안이었다. 하지만 그것도 그다지 가망은 없을 듯했다. 답답하기 짝이 없는 상황이었다.

"그나저나, 단순히 사정을 전하러 온 건 아닐 테지? 협의 내용을 들어 보지."

"네. 요점부터 말하자면 지원 요청과 향후 연계 방침을 결정하기 위해 왔어요."

그렇게 말한 릴리아나는 사전에 정리한 지원 내용 서류를 가할드에게 건넸다.

그 내용은 주로 병력을 빌려 달라는 것이었다. 멜드 로긴스라는 왕국 최강의 기사와 수많은 우수한 기사, 병사를 잃었다. 만약의 사태에 대비해 군사 국가인 제국에게 꼭 병력을 빌리고 싶었다.

"그렇군. 1개 사단 정도라면 상관없어. 우리도 왕국이 무너지면 서쪽으로 병력을 분산해야 하니까 말이야."

"감사합니다."

가장 원하던 지원이 별 탈 없이 수락되자 릴리아나는 조금 안심하며 가슴을 쓸어내렸다.

그 후로 세세한 지원 내용을 결정한 뒤, 마인족에 대한 방침을 의논했다.

두 사람이 즉석에서 결정해도 될 사안이 아니므로 지금은 개요와 각 방면의 구체적 협의 내용을 확인하는 정도에서 그쳤다.

"뭐, 이쯤 하면 됐겠지. 이제는 대외적으로 관계 강화를 어떻게 표명하느냐가 관건인데, 그것과 관련해서는 릴리아나 공주가 조금 도와줘야겠어."

"알아요. 약혼이라면 우리도 고려하던 일이에요. 이야기는 받아들이겠습니다. 다만……."

"그래, 그쪽 사정은 알아. 지금 릴리아나 공주가 왕국에서 빠질 순 없다는 거. 란델 왕자의 즉위조차 아직 멀었다고 했지? 우수한 문관도 많이 잃었고. 왕비가 과로로 쓰러지겠군."

가할드의 농담에 릴리아나는 씁쓸하게 웃으며 동의했다.

결국 황태자와의 약혼 이야기를 정리해 오늘내일 중으로 제도에 발표, 그 후 1개 사단 파견 준비가 되는 대로 릴리아나는 일시적으로 귀국. 왕국이 안정되면 다시 기회를 마련해 제도에서 혼사를 치른다.

왕국과 제국의 강고한 동맹 관계를 국민에게 보여주고 보조를 맞춰, 기세가 오른 마인족에게 대항하겠다고 표명한다.

대충 예상하던 대로 이야기가 진행되어 릴리아나는 만족스럽게 웃었다.

가슴속을 찌르는 작은 통증은 외면한 채…….

그로부터 이틀 후 밤.

협의를 거듭한 가할드와 릴리아나에게 어떤 소식이 찾아들었다.

"이상으로 보고를 마칩니다!"

"수고했다. 물러나라."

"옛!"

부하가 규칙적인 발소리를 내며 문으로 걸어 나갔다. 잠시 그 모습을 바라보던 가할드는 정면에서 담담한 표정을 지은 릴리아나에게로 시선을 돌렸다.

"큰일이네요."

릴리아나는 가할드의 시선을 알아차리고는 걱정스러운, 혹은 난처한 미소를 지어 보였다. 이웃 나라 왕녀로서 지금 보고받은 내용은 마음에 걸리지만 괜히 참견할 필요는 없다. 나에게도 그런 분별력은 있다는 표정이었다.

어떻게 보면 멋진 표정이라고, 가할드는 생각했다.

"이거 원, 못 살겠군. 웃기지도 않게 강한 마물과 마인족이 습격한 다음에는 웃기지도 않은 가면을 쓰고 웃기지도 않게 강한 4인조가 습격해 오다니……. 이 일을 어떻게 생각하지? 릴리아나 공주."

"……저는 모르는 일이에요. 보고에서는 마인족의 정예 부대라고……."

"그렇지. 그럴 가능성은 있어. 놈들이 그런 웃기지도 않은 가면을 쓸 리 없다는 건 알지만 뭐 가능성이 아예 없진 않지. 설사 그중 한 명이 빛 속성 마법을 자유자재로 다루고 눈부신 빛을 두른 아티팩트 검을 휘둘렀다고 해도. 안 그래?"

"……그러게요. 무섭네요."

"누가 아니래. 목적이 뭔지 물었더니 아인 노예들의 대우 개선이라고 지껄였다니까 당최 이해할 수 없으니 무서울 법도 해. 마치 이 세계 사람이 아닌 것 같아. 미지의 존재와 조우한 느낌이군그래."

"……그러네요."

릴리아나는 표정을 바꾸지 않았다.

가할드가 재밌다는 양 릴리아나를 관찰했지만 웃음이라는 이름의 가면은 철벽이었다. 얼굴에 덧씌운 듯한 억지웃음이 아니라 그 자리의 상황에 맞게 변화하는 자연스러운 웃음이었다.

외교를 하는 왕족에게는 필수 스킬이라고 할 수 있었다. 하지만 가할드는 희미하게 흐트러진 호흡을 놓치지 않았다.

"릴리아나 공주."

"네?"

"분명히 용사님은 그 나구모 하지메를 따라 수해로 갔다고 했지?"

"……맞아요."

"그래, 그렇단 말이지? 그러고 보니 사실 최근 재밌는 아인을 잡았지."

"……?"

가면들의 정체를 짐작하고 속으로 식은땀을 뻘뻘 흘리던 릴리아나는 맥락 없는 화제 전환에 눈을 깜빡였다. 가할드는 개의치 않고 말을 이었다.

"특수한, 너무나도 특수한— 토인족이야."

"……."

모공이 확 열리는 듯한 감각. 웃음 가면을 강화! 릴리아나는 다섯 명째 가면이 됐다.

"수해 밖인데도 제국 병사와 대등하게 싸우더군. 도저히 토인족이라고는 생각하기 어려운 살의와 패기를 가지고."

"어머! 온화함의 대명사인 토인족 중에 그런 부족도 있군요. 무서워라……."

"그게 다가 아니야. 놈들의 장비가 정말로 대단했지. 오르크스 대미궁에서만 얻을 수 있는 귀중한 광석으로 만든 것뿐이었거든."

"페어베르겐의 기술력도 얕볼 수 없겠네요."

"그래. 정말로 페어베르겐의 장인이 만들었다면 그렇겠지.

난 그런 걸출한 장비를 양산할 수 있는 건 『희대의 연성사』 정도밖에 없다고 생각하는데?"

"……"

속이 쓰렸다. 오늘 협의를 마치면 헬리나 특제, 속 달래는 홍차를 마시자. 두 잔 마시자. 릴리아나는 마음속으로 헬리나에게 빌었다.

그런데 그때, 다시 문에서 노크 소리가 들렸다.

"들어와라."

"실례합니다! 긴급한 사안이라 보고를 허락해주셨으면 합니다!"

"상관없다. 왜 그러지? 또 가면이라도 나타났나?"

"아, 아닙니다. 그게— 지하 감옥에 있던 하우리아 족이 모두 탈옥한 모양입니다!"

"……"

가할드의 시선이 릴리아나를 향했다.

웬일로 무표정이었다. 무기물 같은 눈이 빤히 릴리아나에게 쏟아졌다.

릴리아나는 「어머! 어쩜 좋아!」라고 말하고 싶은 듯한 표정을 멋지게 만들어 냈다!

동시에 속으로 절규했다.

'왔어! 확실해! 그 사람이 여기 와 있는 거야! 제성 지하 감옥에서 들키지 않고 탈옥시킬 사람이 그 사람 말고 누가 있어! 그나저나 코우키 씨도 뭐 하는 거야?! 그럴 거면 가면을 왜 썼

어! 얼굴 가리고 성검을 꺼내면 그게 무슨 소용이냐고요!'

가할드가 무표정을 유지한 채 감정 없는 목소리로 물었다.

"그러고 보니, 릴리아나 공주."

"네, 폐하. 무슨 일이시죠?"

"나구모 하지메에겐 이상하리만큼 강한 동료가 있다고 했었지? 그리고 그중 한 명이 토인족이라고?"

"네. 토인족이 한 분 계셨죠."

릴리아나는 그게 왜요? 라고 묻는 것처럼 귀엽게 고개를 갸우뚱 기울였다.

웃음 가면에서 어리둥절 가면으로 체인지. 누가 봐도 궁금해하는 표정이었다.

왕국의 신동이라고 불린 왕녀는 108개의 가면을 가졌다! 사각은 없다!

하지만 동시에 속으로는 절규했다!

'들켰어! 확실하게 들켰어! 혹시 나도 관여했다고 의심하나? 아아, 내가 왜 이런 꼴을! 황제 폐하가 난생처음 보는 희한한 눈으로 날 보고 있어! 이것도 다 나구모 씨 때문이야! 맞아, 코우키 씨가 가면 같은 괴상한 꼴로 날뛴 것도 분명히 나구모 씨의 계획…… 아니, 장난이야! 이건 그냥 장난이라고! 그 사람이라면 나한테 피해가 올 건 뻔히 알 텐데 이런 악질적인 장난을! 흑, 그 사람의 무심한 처사가 항상 날 괴롭혀. 나 왕녀인데……'

릴리아나는 무표정한 가할드에게 난 아무것도 모른다는 새침한 얼굴을 지어 보이며 속으로 푸념과 비난을 줄줄이 읊었다.

그리고 이튿날.

이날은 릴리아나와 황태자의 약혼 발표를 겸한 환영 파티를 개최할 예정이었고, 릴리아나는 아침부터 그 준비로 정신이 없었다.

그런 그녀의 귀에 한 보고가 들어왔다.

"릴리아나 님. 저기, 성문 앞에 릴리아나 님을 뵈러온 분이 계시다고 합니다……."

문지기 병사에게 전언을 부탁받은 사용인이 당황한 태도로 말을 전했다.

예정에 없는 방문객이었다. 릴리아나도 조금 당황하면서 고개를 살짝 꼬며 물었다.

"누구죠?"

"그게, 듣기로는 용사라고 이름을 밝혔다고……."

"왜 정면으로 찾아오는 거예요?!"

릴리아나가 절규했다. 사용인이 소스라치게 놀라며 펄쩍 뛰어올랐다.

하지만 릴리아나에게 평정을 가장할 여유는 없었다. 정체가 뻔히 드러난 용의자가 제 발로 정문으로 찾아온 셈이었다. 용사 곁에는 주모자도 있을 것이 틀림없었다.

"당장 사람을 보내세요! 반드시 제 방 응접실로 데리고 오세요! 일직선으로! 상대방 의사는 무시하세요! 부탁드렸어요!"

"네, 네에에!"

왕녀에게 두 어깨를 붙잡히고 약간 충혈된 눈으로 『부탁』받은 사용인은 눈물을 머금고 방을 나갔다.

"헬리나아아아~! 코우키 씨가 가할드 폐하와 알현하기 전에 무슨 일이 있어도 가로챌 거예요! 준비하세요!"

"맡겨만 주시죠!"

헬리나를 필두로 대동해 온 시녀들이 일제히 움직였다.

릴리아나도 거친 콧김을 뿜으며 준비를 진행했다.

'이번에는 대체 무슨 짓을 저지르려고!'

【헤르샤 제국】을 상징하는 제성은 제도 안에 위치하면서 주변에 폭 20미터가량의 깊은 수로와 마법 방어 장치가 설치된 견고한 성벽으로 둘러싸였다.

수로 안에는 수생 마물을 풀어놨고 성벽 위에서도 항상 보초가 순찰하며, 입구는 거대한 도개교로 이어진 정문 단 하나뿐이었다.

그리고 제성에 들어갈 수 있는 사람도 한정되어 있어서 원칙적으로 마법을 병용한 입성 허가증을 제시해야만 했다.

또 도개교 앞에는 프랑스의 개선문과 흡사한 거대한 검문소가 있고 이곳에서 입성 검사를 하지 않으면 도개교를 건널 수조차 없었다.

불순한 생각으로 침입하려고 한다면 즉각 마물이 활개 치는 수로에 내던져진다는 말도 있었다.

검문소의 검사도 철두철미했다. 설령 입성 허가증을 가지고 출입하는 상인이라 할지라도 사소한 상품 하나에 이르기까지 철저한 검사를 거쳤다. 그래서 짐 속에 숨어 침입하는 것도 당연히 불가능했다.

즉, 무슨 말이 하고 싶으냐면 제성에 불법 침입하기는 불가능에 가깝다는 것이다.

그런 새삼스러운 사실을, 개선문 앞에서 입성 검사를 기다리며 생각하던 코우키는 슬쩍 고개만 돌려 뒤쪽을 봤다.

그곳에 있는 사람은 평소와 다를 바 없는 파티 멤버이자 소꿉친구인 시즈쿠와 류타로, 그리고 스즈, 거기에 더해 하지메 일행이었다.

하지메 일행은 당당히 정면으로 제성에 들어가기 위해 다시 제도를 찾았다.

제성의 위용과 엄격한 검사를 보고 코우키는 생각했다.

자신들이 양동 작전을 펼쳤다지만 용케 아무런 소동도 일으키지 않고 하우리아 족을 탈옥시켰다고⋯⋯.

물론 하지메에게는 공간 전이 마법이 있으므로 침입, 탈출은 그다지 어려운 일도 아니었지만 들어가는 데만도 이렇게 엄중한 경비가 깔렸다면 제성 내부 경비는 말할 것도 없었다.

미리 지하 감옥의 위치를 캐내긴 했지만 정확한 위치를 모르면 특정 위치로 공간 전이할 수 없었다.

그러므로 침입 후에는 두 발로 탐색해야 할 것이다. 그래도 전혀 발견당하지 않고 일을 처리했다니까 놀라울 따름이었다.

코우키는 자신과 하지메의 『차이』를 다시금 느끼며 무심결에 한숨 쉬었다.

참고로 가면 히어로들의 양동은 외부 부대가 담당했고 굳이 제성 내부 부대가 출동할 리 없기에 거의 아무런 도움이 되지 않았다. 무슨 일이 생겼나, 하고 동요를 조금 일으켰을지도 모른다는 수준이었다.

"다음…… 못 보던 얼굴인데. 허가증 꺼내 봐."

문을 지키는 병사가 일행을 수상하게 바라봤다.

제성 안으로 들어가는 인원은 정해져 있으므로 문지기에게는 대개 낯익은 이들이었다.

그리고 설령 처음 보는 상대라도 제성에 초대받는 인물은 보통 행색이 몹시 번듯하기 마련이었다. 그래서 이들처럼 거리의 모험가 같은 복장을 한 방문객은 드물었다. 바로 이렇게 의심의 눈길을 받을 만큼…….

"아니, 허가증은 없는데 대신 이걸……."

"뭐? ……스테이터스 플레이트? 이건 왜?"

당연히 그들 중 누구도 제성에 들어갈 허가증은 가지지 않았다.

하지만 여기서 코우키의 입장이 빛을 발한다.

누가 뭐래도 그는 『용사』였다. 세간에서는 일반적으로 마인족과의 전쟁을 위해 신이 보낸 인간족의 비밀 병기, 『신의 사도』를 대표하는 리더였다.

허가증을 가지지 않은 시점에서 눈초리가 험악해진 문지기도 스테이터스 플레이트에 표시된 천직 『용사』라는 글자에 눈을 깜빡이고 몇 번이나 코우키의 얼굴과 스테이터스 플레이트를 번갈아 봤다.

그 문지기의 반응에 주위 동료들이 무슨 일인가 하고 주목했다.

"저기…… 용사……님, 이십니까? 왕국에 소환됐다는 그 신의 사도?"

"아, 네. 맞아요. 그 용사입니다. 이곳에 있는 릴리아나 공주님과 도중까지 함께 왔었는데…… 조금 사정이 생겨서요."

"그, 그렇습니까……."

코우키의 정체를 안 문지기들이 조금 술렁거리기 시작했다.

그 표정은 당연하게도 「왜 릴리아나 공주와 따로 왔지?」, 「왜 사전에 연락하지 않았지?」 등의 의문으로 가득했다.

그러나 상대는 자신들이 신앙하는 신의 『사도님 대표』였다. 시시콜콜 따지면 실례가 되진 않을까 망설여졌다. 그래서 비밀스러운 사명이라도 띠고 온 것이겠거니, 라고 자의적으로 해석한 뒤 일단 상부에 연락하기로 했다.

고귀한 이들이라는 인식 때문에 기다리게 하는 것도 실례가 되지 않을까 전전긍긍하며 문지기 몇 명이 부리나케 제성으로 사라져 버렸다.

일행은 검문소에 있는 대기실 같은 곳으로 안내받았다.

그곳에서 기다리길 15분.

이제는 아무도 걸고넘어지지 않을 만큼 자연스러운 광경이 된 『하지메와 다리 위에 앉은 유에』 옆에서 시아, 카오리, 티오가 누가 반대쪽 다리에 앉을지를 정하기 위해 한 손씩 다른 상대의 손을 붙잡고 아득바득 힘겨루기를 벌이는데, 도개교 쪽에서 허둥지둥 달려오는 발소리가 들렸다.

"이곳에 용사님 일행이 계신다고 들었는데…… 여러분입니까?"

"아, 네. 맞아요. 저희입니다."

그렇게 말하며 나타난 사람은 남들보다 덩치가 큰 제국병이었다. 주위 병사들의 태도로 보아 제법 지위가 높은 인물로 보였다.

그는 사양하는 기색도 없이 코우키를 뜯어보고는 코우키의 스테이터스 플레이트를 확인했다. 그리고 다른 멤버에게도 같은 눈길을 보냈다.

그 과정에서 사각지대에 있던 시아를 발견하고 놀란 것처럼 눈을 휘둥그렇게 떴지만, 그 직후 무엇이 그리도 재미있는지 히죽히죽 징그럽게 웃기 시작했다.

갑자기 불쾌한 시선을 보내오는 터라 시아가 살짝 몸을 뺐다.

"확인했습니다. 저는 제3 연대장 그리드 하프라고 합니다. 잘 부탁드립니다. 용사님의 내방은 이미 릴리아나 왕녀 전하에게도 보고되었습니다. 방에서 기다리고 계시니 안내하죠. ……그런데 용사님, 저쪽 토인족은 뭐죠? 저건 노예 목걸이가 아니지 않습니까?"

"네? 아뇨, 저 사람은……."

그리드 하프라고 자신을 소개한 남자는 스테이터스 플레이트를 돌려주면서 어째선지 시아에 관해 물었다.

그러나 코우키에게 물어도 대답이 궁했다.

노예가 아니란 사실은 시아가 목에 매단 초커가 이미 노예 목걸이가 아니란 시점에서 일목요연하며, 하지메의 연인이라고 단언해도 될지 또한 애매했다. 솔직히 그걸 왜 나한테 묻냐고 반문하고 싶은 심정이었다.

우물쭈물하는 코우키에게 대답을 듣기 힘들다고 판단한 걸까? 그리드는 시아에게 눈길을 돌렸다. 그리고 그가 왜 시아에게 주목했는지, 그 이유를 짐작하게 하는 질문을 던졌다.

"안녕, 토끼 아가씨. 좀 묻고 싶은 게 있는데…… 내 부하는 어떻게 됐지?"

"부하? 대체 무슨 얘기— 아, 설마……."

그리드가 던진 갑작스러운 질문에 시아는 순간 무슨 말인지 이해하지 못했으나, 곧 알아차린 듯 경악으로 눈이 벌어졌다.

시아와 직접 관련된 제국병이라면 하나밖에 없었다.

그것은 당연히 수해에서 막 나왔을 무렵, 하우리아 족을 끈질기게 쫓아다닌 인간들이었다.

많은 가족을 죽이고 납치하고 노예로 만들었으며, 그들을 【라이센 대협곡】으로 내몬 적.

"이상하지 않아? 내 부하는 아무도 돌아오지 않았는데 왜 넌 살아서 여기 있지? 응?"

"아, 아……."

그리드가 시아를 몰아붙이듯 한 발 한 발 다가왔다.

그렇다. 그는 한때 수해에서 나온 하우리아 족을 습격한 부대의 대장이었다.

연대장인 그리드는 전체 지휘를 맡았을 뿐, 직접 하우리아 족 포획에 나서지 않았었다. 그래서 시아에게는 그리드에 관한 기억이 없었지만⋯⋯.

그리드 쪽은 푸른빛을 띤 백발 토인족이라는 희귀한 용모를 똑똑히 기억하고 있었던 모양이다.

시아의 뇌리에 가학심을 만끽하듯 달려오는 제국병의 표정과 가족이 한 명 한 명 사라지는 당시의 절망감이 플래시백처럼 지나갔다.

무의식중에 신음하며 굳은 안색으로 한 발 뒷걸음쳤고⋯⋯ 볼에 닿는 따뜻한 감촉에 퍼뜩 정신을 차렸다.

돌아보니 평소처럼 하지메가 시아의 볼을 꼬집고 있었다. 곧 한쪽 손에서도 온기가 느껴졌다. 유에였다.

올려다보는 눈동자에서 걱정은 느껴지지 않았다. 굳이 따지면 어이없어하는, 조금 질책하는 감정이 담겼다.

말로 하진 않지만 「이런 잔챙이한테 겁먹지 마. 너 그거밖에 안 돼?」라고 말하는 것 같았다.

시아는 씁쓸하게 웃었다.

아무리 트라우마라지만 지금 시아는 대미궁의 괴물들까지 으깨 버리는 힘과 기개를 가진, 틀림없는 강자였다. 겨우 제국 장교 한 명을 상대로 기 싸움에 밀릴 이유는 하등 없었다.

시아는 하지메와 유에에게 이제 괜찮다고 눈짓한 뒤 토끼귀를 꼿꼿이 세우고 슬금슬금 다가오는 그리드를 향해 아름답게 미소를 머금었다.

그리고 무심코 발걸음을 멈춘 그리드에게 말했다.

"당신 부하 따위 제가 알 게 뭐예요? 멍청해 보이는 사람들이었으니까 마물에게 잡아먹히기라도 한 것 아닐까요? 그리고 저에 관해서 당신한테 대답할 건 하나도 없어요."

"……제법 강하게 나오는데? 엉? 용사님 일행과 함께 있다고 아주 기가 살았어. 노예도 아니라면 보나 마나 몸으로 유혹했겠지? 매춘부 주제에 입을 함부로 놀리지 마라."

그리드가 흉악하게 눈을 찌푸리며 그렇게 말했지만 시아는 이미 그리드에게 눈길조차 주지 않고 안중에도 없다는 태도를 보였다.

오히려 그리드의 막말에 다른 여성들이 더 분노를 드러냈다.

시아의 태도에 인상을 찌푸리면서도 분위기를 파악했는지, 그리드는 억지웃음을 짓고 코우키에게 제안했다.

"죄송하지만 용사님. 이 토인족이 2개월 전에 행방불명된 제 부하들에 관해 알고 있는 것 같은데 넘겨주실 수 없겠습니까? 토인족 여자가 필요하다면 따로 준비시키겠습니다. 그러니 부탁합—."

"어이, 똘마니."

하지만 그리드가 말을 끝내기도 전에 목소리가 끼어들었다.

그 타이밍과 말투에 그리드가 분노로 입가를 실룩거리며 눈을 돌렸다. 그곳에는 귀찮다는 눈빛을 보내는 하지메가 있었다.

"무슨—."

"입 벌리지 마, 똘마니. 네 역할은 이제 끝났을 텐데? 부하 목숨이니 뭐니 **그깟 시시한 이유**로 시간 끌지 마. 시끄럽게 떠들지 말고 빨리 안내나 해."

"너 이—."

"닥치라는 말뜻도 이해 못 해? 우리에게 너를 위해 써줄 시간은 1초도 없어. 분수를 알아야지."

하지메가 마치 거리에서 시비를 건 불량배를 상대하는 것 같은 태도를 보이자 그리드의 얼굴이 붉으락푸르락했다. 너무 분개한 나머지 눈까지 충혈될 정도였다.

그래도 연대장답게 자제심은 있는지, 『신의 사도』 일행에게 칼을 뽑아 들 수는 없다고 마음을 추스르며 뒤에 대기한 부하에게 안내하라고 눈짓했다.

핏발 선 눈으로 하지메를 노려보는 그리드를 무시한 채 일행은 아무 일도 없었다는 양 검문소를 나왔다.

하지메의 말투에 코우키와 류타로가 약간 기겁했지만 여성들은 속이 다 후련하다는 표정이었다.

정작 하지메는 비꼰다는 생각조차 없이 한 말이었지만…….

그것을 알면 그리드의 혈관에서 피가 뿜어져 나올지도 몰랐다.

그저 말로 해서 안 되면 가차 없이 『가랑이 스매시』를 할 생각이었으므로 그리드는 자신의 자제심에 감사해야 할 것이다.

하지메 일행은 등으로 흉악한 시선이 꽂히거나 말거나, 안색이 새파란 병사를 따라서 거대한 도개교를 건넜다.

　"말해 봐요."

　하지메 일행을 기다리던 릴리아나가 처음으로 꺼낸 말이 그 것이었다.

　활짝 웃고 있었지만 눈에는 웃음기가 없었고 목소리는 싸늘했다. 「야, 설명해 봐!」라는 말이 들리는 듯했다.

　척 보기에도 스트레스가 쌓였다. 표정으로 속마음이 보이는 것은 어찌 보면 마음을 허락했다는 증거라고 할 수 있겠지만 지금까지 한 번도 본 적 없는 친구의 험악한 분위기에 시즈쿠와 카오리는 눈만 이리저리 굴릴 뿐이었다.

　"제도에서 벌인 가면극도 그렇고, 정말로 대체 왜 여러분이 여기 있죠? 제가 이해할 수 있게 설명해 봐요. 어디 한 번 들어나 보자구요. 얼렁뚱땅 넘어가려고 하지 말아요! 특히 나구모 씨! 장담할 수 있어요. 배후에서 이 일을 주도한 사람은 당신이겠죠! 자기는 관계없다는 듯이 시아 씨 귀만 만지고 있지 마세요! 유에 씨도 왜 시아 씨 볼만 만지고 계신 거예요!"

　릴리아나가 하지메를 잡아먹을 듯이 쏘아봤다. 비상식=하지메라는 공식이 머릿속에 박힌 릴리아나에게 『범인은 대개 하지메 설』은 확고부동한 이론이었다.

　한편, 비난의 화살이 향한 하지메는 릴리아나 말대로 웬일로 시아를 다리 위에 앉히고 토끼 귀를 상냥하게 만지작거리고 있었다. 시아와 반대쪽 다리에 앉은 유에는 정면에서 양손으로 시아의 볼을 주물렀다.

"응? 뭐라고 했어?"

제성에 들어온 후로 하지메는 시아를 귀여워하며 무슨 생각을 하는지 당최 갈피를 잡을 수 없었다.

희한한 일이지만 정말 듣지 못한 것처럼 고개를 갸웃거렸다.

릴리아나는 눈물을 머금었다. 왕녀인데 제대로 이야기도 들어주지 않다니…….

흥분한 릴리아나가 언성을 높이고 다시금 설명을 요구했다.

"공주님, 코앞에 있으면서 웬 고함이야? 그렇게 소리 안 질러도 다 들려."

"들리지 않았으니까 이러는 거 아니에요!"

"차, 참아, 릴리! 시즈쿠, 어쩌지? 이렇게 분기탱천한 릴리는 처음 봐!"

"진짜 공주님을 울리고 진심으로 화나게 하는 사람은 나구모뿐일 거야. 릴리, 진정해. 지금 설명할 테니까. 알았지?"

카오리와 시즈쿠가 함께 헉헉 거친 숨을 몰아쉬는 릴리아나를 달랬다.

하지만 하지메는 미안한 기색도 없이 말했다.

"그냥 관대하게 봐줘, 공주님. 사정이 있어서 지금 시아의 정신이 조금 불안정해."

"정신이 불안정해요? 어디 몸이라도……."

갑자기 걱정스러운 표정으로 변하는 것을 보면 릴리아나도 천성이 고왔다.

주목받은 시아는 뭔가를 참듯이 입술을 질끈 깨물었지만 좀 전부터 귀와 볼을 만지는 손길에 점점 표정을 풀었다. 그리고 숙였던 고개를 들고 괜찮다며 평소처럼 웃어 보였다.

시아의 정서가 불안한 것은 두말할 것도 없이 그리드 때문이었다.

하지만 딱히 그에게 공포를 느껴 불안정한 것은 아니었다.

오히려 반대로 끓어오르는 살의를 억누르기 때문이었다.

그리드는 다름 아닌 시아의 가족을 대량으로 앗아간 원수였다. 트라우마를 극복하니 다음으로 찾아오는 것은 강렬한 살의뿐이었다.

하지만 여기에 온 목적을 생각하면 그 자리에서 죽일 수는 없는 노릇이었다.

그래서 필사적으로 참았다. 그리고 그것을 깨달은 하지메와 유에가 시아를 귀여워하며 달래는 것이었다.

사정을 모르는 사람들을 위해 그리드와 시아의 관계를 대략 설명하자 모두 하나같이 비통한 표정으로 변했다. 이어서 코우키 일행은 당연히 분개했고 릴리아나는 착잡한 표정으로 고개를 숙이고 말았다.

릴리아나는 아인족 노예화를 이 세계의 상식으로 용인해 왔기에 자신은 화를 낼 자격이 없다고 생각했다.

그래도 교회와 신의 진의를 안 지금은 그들에 대한 편견이 급속도로 흐려지고 있었다.

『아인은 신에게 버려진 종족』─ 그 신이야말로 인류의 적인

데 아인족을 차별한다니, 이 얼마나 어처구니없는 일인가. 릴리아나뿐 아니라 진실을 아는 자는 모두 같은 생각을 품고 있었다.

그래도 차별해 온 과거가 청산되는 않는다. 지금 자기가 무슨 말을 건넬 자격은 없다.

릴리아나는 평소처럼 웃음을 흩뿌리는 시아를 눈부시게 바라보며 하지메의 이야기를 계속 듣기로 했다.

"그래서 왜 이곳에 오셨죠? 수해 쪽 대미궁 공략은요? 그리고 어젯밤 가면 소동은 또 뭐였죠? 이제 슬슬 가할드 폐하께서 알현실로 부르실 거예요. 말을 맞추기 위해 무리하게 먼저 만날 시간을 만들었으니까 최소한의 정보는 알려주세요."

"그렇게 서두르지 마, 공주님. 밤이 되면 어련히 다 알게 될 거야. 우리는…… 볼일이 빨리 해결돼서 멀리 가기 전에 얼굴 보러 들렀다…… 그 정도로만 말해 두면 돼."

"그, 그렇게 건성으로……. 밤이 되면 알게 된다뇨? 설마 또 가면이라도 쓰고 날뛸 생각인가요? 저 다 알아요! 사람들을 그런 창피한 꼴로 만든 건 나구모 씨란 거!"

"그렇게 열 내지 마, 공주님. 머리 빠진다?"

"안 빠져요! 여성에게 무슨 망언이에요!"

"……대머리 공주."

"유에 씨?!"

하지메 일행이 말해줄 생각이 없단 걸 깨달은 릴리아나는 또 홀대받고 「왕녀인데……」라며 시무룩해졌다. 그 옆에서는 시즈쿠가 「창피한 꼴……」이라고 중얼거리며 자신의 흑역사에 가라앉았다.

"……어젯밤, 가면 소동과는 별도로 제성 지하 감옥에서 탈옥 소동이 있었어요. 범인은 나구모 씨라 치고―."

"당연하게 사람을 범인 취급하고…… 너무하네."

"무슨 염치로 그런 말을 하세요? ……자세히는 듣지 못했지만 잡혀 있던 토인족은 하우리아 족 분들이죠? 시아 씨를 위해서 구했다는 건 이해해요. 이해할 수 없는 건 이제 와서 왜 이곳에 왔느냐, 예요. 무슨 생각이세요?"

필요하다면 말도 맞추고 협력도 할 것이다. 릴리아나의 눈은 그렇게 말하고 있었다.

아직 열네 살이라는 어린 나이에 나라의 앞날을 결정하는 중압감은 상당히 무거울 것이다.

그런데 망설이지 않고 하지메 일행을 위해 행동하려고 하는 릴리아나를 보고, 다른 아이들뿐 아니라 유에나 티오도 「이 왕녀님은 정말로 사람이 좋다」라며 훈훈한 표정을 보였다.

생각해 보면 그녀는 처음부터 그랬다. 주위 사람들이 소환된 학생들을 『신의 사도』라고 마냥 칭송하기 바쁜 가운데, 이 세계 사정에 말려들게 했다는 이유로 그들이 좌절하지 않도록 자신이 할 수 있는 최선을 다했다.

그런 진지한 눈빛을 보내오는 릴리아나이기에 하지메는 미소 지으며―.

"무슨 말인지 모르겠는데?"

"제발 알아들으세요!"

릴리아나가 폭발했다. 당장 하지메의 멱살이라도 잡을 분위기였다.

카오리와 시즈쿠가 헐레벌떡 그녀를 뒤에서 붙잡아 달랬다.

그 후 몇 번을 물어도, 정신을 다른 곳에 둔 듯한 하지메는 능청맞게 대답을 피했다. 다른 이들도 하지메가 말하지 않는다면 이유가 있으리라 보고 만약을 위해 입을 다물었다. 결국 릴리아나는 「이제 그냥 될 대로 되라지~」라며 약간 정신줄을 놓은 것처럼 백기를 들었다.

참고로 하지메가 이야기하지 않은 이유는 그냥 귀찮았기 때문이고, 다른 멤버가 굳이 참견하지 않은 이유는 하지메가 현재 얼마나 바쁜지 알기 때문이었다.

카오리와 시즈쿠가 릴리아나를 달래던 중, 드디어 알현 시간이 왔다.

일행은 방을 찾아온 안내인을 따라 가할드를 찾아갔다.

안내받은 곳은 30명은 앉을 수 있는 긴 테이블이 놓인, 장식이 거의 없는 간소한 방이었다.

그 테이블 상석에 얼굴을 괴고 당당하게 웃는 가할드가 있었다.

그의 등 뒤에는 두 사람이 대기하고 있었다. 한눈에도 실력자임을 알 수 있는, 날이 선 분위기를 띤 남자들이었다.

그리고 방 안에는 모습이 보이지 않았지만 벽 뒤에 두 명 더, 천장 위에 네 명, 그리고 닫힌 문 밖에 소리도 없이 두 명

이 대기한 것을 하지메는 놓치지 않고 파악했다. 가할드 뒤에
선 남자 두 명 정도는 아니지만 상당한 실력자들이었다.

알현은 이 완전 포위망 속에서 이루어질 모양이었다.

"네가 나구모 하지메인가?"

하지메 일행이 방으로 들어오자마자 가할드는 릴리아나의
소개도, 용사인 코우키에 대한 인사도 싹 다 건너뛰고 물었다.

눈을 날카롭게 찌푸리고 똑바로 하지메를 응시하고 있었다.
발산되는 위압감은 당장에라도 전투가 시작될 것처럼 강했다.

수십만 야생마들을 힘의 논리로 지배하는 남자의 위압이란
결코 만만하지 않았다.

아이들은 무심코 뒤로 물러나 경계했고 싸움과 거리가 먼
릴리아나는 숨이 막히는 것처럼 작게 신음했다.

하지만 그런 강렬한 위압감 속에서도 하지메, 유에, 시아,
티오, 카오리 다섯 명은 태연했다.

가장 경험이 적은 카오리조차 【메르지네 해저 유적】에서 어
마어마하다는 말로도 부족한 광기에 버티고 태고부터 살아온
불사신 괴물과 대치해 살아남았다.

황제의 위압이라고 해 봤자 대미궁 공략자에게는 산들바람
이나 매한가지였다.

가할드는 그런 다섯 명을 보고 더더욱 재밌다는 듯 입꼬리
를 끌어올렸다. 하지메는 대답했다.

"네, 제가 나구모 하지메입니다. 배알할 기회를 얻게 되어
영광입니다, 황제 폐하."

“"""""……?!"""""

하지메가 가슴에 손을 대고 가볍게 머리를 숙이며 그런 말을 했다.

코우키가 아연실색했고 류타로가 자기 볼을 꼬집었고 스즈가 몸을 떨었으며 시즈쿠는 무슨 병에 걸렸나 의심했다.

“카오리! 나구모한테 회복 마법을 걸어줘!”

“응? 시, 시즈쿠?”

당황하는 카오리 옆에서는 릴리아나가 심하게 동요했다. 눈을 크게 뜨고 눈빛으로 「당신 누구예요?!」라고 묻고 있었다. 자신과 가할드에 대한 태도 차이에 충격을 감추지 못하는 눈치였다.

“……너희, 그 반응은 뭐냐?”

하지메는 눈가를 실룩거렸다. 하지메도 매너 정도는 알고 있었다. 평소에는 일부러 무시할 뿐이지.

하지만 이번에는 제성에서 쫓겨나면 안 되는 이유가 있었다. 황제의 심기를 거슬러서 좋을 게 없었다. 그래서 최소한의 예의를 표한 것이었는데…… 아군의 동요가 격했다. 적어도 유에나 시아는 아무렇지 않았지만…….

가할드는 웃음을 흘리며 빈정거렸다.

“크크…… 과연 국민을 기만하는 시나리오를 태연히 짜내는 인간이야. 가식 정도는 일도 아니겠지. 하지만 지금은 평소처럼 행동해도 돼. 용사님의 반응을 봐도 알지만 그 이전에 릴리아나 공주에게 네 방약무인함은 들었으니까. 태도 차이에 공주님이 울면 어쩌려고?"

하지메는 릴리아나에게 의심의 눈길을 보냈다. 「공주, 어디서 괜한 소리를 떠들고 다녀?」라는 눈빛이었다. 릴리아나는 고개를 팽 돌려 버렸다.

"난 있는 그대로의 너에게 관심이 있다. 어울리지 않은 짓일랑 관둬."

"……아, 그러서? 그럼 평소대로 하지 뭐."

"좋아."

가할드의 권유에 일행은 순서대로 자리에 앉았다.

그것을 보고 겨우 하지메에게서 눈을 뗀 가할드가 하지메 옆에 앉은 여자들을 흥미롭게 관찰했다. 특히 시아에게 큰 관심이 쏟아졌다.

이어서 학생들에게 눈길을 돌려…… 코우키를 무시하고 옆자리의 시즈쿠를 보며 즐거운 듯이 씩 웃었다.

"시즈쿠, 오랜만이군. 내 아내가 될 결심은 섰나?"

"폐하! 시즈쿠는 이미 거절했잖아요!"

시즈쿠가 뭐라고 되받아치기도 전에 코우키가 반발했다.

가할드는 코우키를 힐끔 봤지만 피식 코웃음 치고는 다시 시즈쿠를 똑바로 바라봤다. 명백히 『안중에 없다』는 태도를 보이자 코우키의 이마에 푸른 혈관이 떠올랐다.

시즈쿠는 그런 두 사람에게 탄식하며 새침한 얼굴로 대답했다.

"제 발언을 철회할 생각은 전혀 없어요. 폐하의 제의는 거절하겠습니다."

"쌀쌀맞군. 하지만 그러지 않으면 재미가 없지. 원래 세계보다 내가 좋다고 말하게 해주마. 그 새침한 얼굴이 나에 대한 연정으로 붉게 물들 날이 기대되는군."

"그런 날은 영원히 안 와요. ……그리고 황후님이 계시잖아요?"

"그게 뭐 어쨌다고? 후궁은 마음에 차지 않나? 흠, 정실로 삼으려면 귀찮은 문제가 있는데……."

"그런 뜻이 아니에요! 황후님이 계시는데 다른 여자에게 손을 댄다니……."

"무슨 소리지? 나는 황제다. 후궁이 열 명, 스무 명 정도는 있어도 당연한 것 아닌가?"

"윽…… 그랬죠. 어, 어쨌든 전 폐하의 여자가 될 생각은 없습니다. 포기하시죠."

"뭐, 신이 귀환시켜주지 않는다면 아직 이 세계에 머물러야 할 테니까 시간을 들여 무너뜨리도록 하지. 크크, 각오하라고, 시즈쿠."

가할드는 정말로 시즈쿠가 마음에 들었나 보다. 탐욕스러운 황제답게 거절당한 정도로는 포기하지 않을 성싶었다. 그 날카로운 안광이 완전히 시즈쿠에게 고정되어 있었다.

시즈쿠는 정말 싫은 표정으로 시선을 외면했지만 가할드는 눈도 깜빡하지 않았다.

그리고 그때, 고개를 돌린 시즈쿠의 눈길이 우연히 하지메와 맞았다.

역시 평소의 날카로움이 없고 어딘지 모르게 멍해 보였지만 이야기는 듣고 있는 모양이었다. 그 하지메의 눈빛에는 「어딜 가나 고생이네」라며 재미있어하는 기색이 역력했다.

울컥한 시즈쿠는 그만 홍차에 딸려온 각설탕을 손가락으로 튕겼다.

하지메의 힘에는 훨씬 못 미치지만 제법 빠르게 날아간 각설탕 총알은 정확히 하지메의 밉살스러운 얼굴을 노렸다.

그리고 직격하는 일 없이 하지메의 입에 캐치당했다.

하지메는 여봐란듯 입을 우물우물하면서 각설탕의 달콤함을 음미하고 꿀꺽 삼켰다.

그것을 본 시즈쿠는 분해했지만 하지메는 이미 멍한 표정으로 돌아간 뒤였다.

그런 모습을 보던 가할드는 다시 하지메에게 날카로운 시선을 쏘았다.

다양한 방면으로 평가하는 눈빛이었다.

"흥, 재미없는 상황이군. ……나구모 하지메. 너에게 묻고 싶은 것이 산처럼 쌓여 있지만 우선 이것만 말해 봐라."

"엉? 뭐야?"

"넌 나의 시즈쿠를 이미 안았는가?"

""""푸읍—?!""""

진지한 표정으로 뜬금없이 어이없는 질문을 던지자 시즈쿠를 포함한 아이들이 기침을 뿜었다.

가할드 뒤에 대기하는 호위병들마저 「폐하…… 첫 질문이 그겁니까……」라며 머리가 아프다는 표정이었다. 그들도 평소 고생이 이만저만이 아닐 듯했다.

시즈쿠가 거품을 물고 가할드에게 버럭 소리쳤다.

"아니, 폐하! 갑자기 무슨 소릴—!"

"시즈쿠, 넌 가만히 있어라. 난 나구모 하지메에게 물었어."

가할드는 시즈쿠를 제지하고 하지메에게서 눈을 떼지 않았다. 그에 비해 하지메는 기가 찬다는 얼굴이었다.

"대체 어떻게 하면 그런 발상이 나와?"

"보아하니 시즈쿠는 너에게 마음을 허락하고 있는 모양인데……. 태도로 보아 그럴 리는 없다고 생각하지만 혹시나 해서 묻는 거다."

"후우, 했을 리가 없잖아?"

"……흠, 거짓말은 아니군. 그럼 시즈쿠를 어떻게 생각하지?"

그 질문에 방 안의 시선이 하지메에게 집중됐다.

코우키의 시선이 매서웠다. 류타로와 스즈는 어쩐지 조마조마한 눈치였다.

동료들에게서도 다양한 의미가 담긴 시선이 날아와 꽂혔다.

하지메는 왜 황제와 알현하고 처음으로 듣는 질문이 시즈쿠와의 관계냐며 한숨 쉬었다. 그리고 별생각 없이 시즈쿠를 돌아봤다.

시즈쿠의 표정이 대단히 재미있게 변해 있었다.

하지메는 고개를 기울여 시즈쿠를 바라봤다.

시즈쿠의 귀가 약간 빨갛게 달아오른 기분이 드는데……

일단 하지메가 밝힌 본심은 이랬다.

"……애 엄마 같아."

"OK, 싸우자. 나구모, 너 잠깐 따라와."

열일곱 꽃다운 처녀를 두고 하필『애 엄마 같다』가 웬 말인가? 시즈쿠가 착 가라앉은 눈으로 하지메를 바라보며 천천히 자리에서 일어나려고 했다.

이미 조금 전의 미묘한 분위기는 조금도 남아 있지 않았다.

이럴 줄 알았다면서 옆자리의 스즈와 류타로가 황급히 말렸다.

"……예상도 하지 못한 대답이지만…… 좋아, 넘어가지. 시즈쿠, 실수로라도 반하지 마라. 넌 내 여자니까."

"그러니까 전 폐하의 여자가 아니고 나구모에게 반하지도 않아요! 제발 이 이야기 좀 끝내요!"

"알았다, 알았어. 그렇게 흥분하지 마. 강한 부정은 긍정으로 간주하는 수가 있어."

"끄으응……."

가할드의 말에 시즈쿠는 무심코 이를 갈고 거칠게 자리에 앉았다.

스즈가 어색하게 웃으며 달랬고 코우키는 어째선지 하지메를 노려봤다.

"나구모 하지메. 너도 시즈쿠에겐 손대지 마라. 알겠지?"

"쥐뿔만큼도 관심 없으니까 안심해. 그보다 정말 이런 쓸데없는 이야기만 할 거라면 이제 그만 나가 보고 싶은데?"

"쓸데없다니 너무하군. 새로운 후궁, 혹은 황후가 탄생할지도 모른다고. 제국의 미래에 관련된 이야기거늘……. 그래도 분명히 시즈쿠에 관한 이야기를 하려고 모인 건 아니지. 알고 있겠지? 네 특이성에 대해서."

시즈쿠를 들먹여 하지메를 관찰할 시간을 번 가할드는 슬슬 때가 됐다고 판단한 뒤 분위기를 일신했다. 패기와 장난스러운 분위기가 섞인 지금까지와는 달리 잘 벼린 칼날 같은 날카로움을 발하기 시작했다.

가할드는 하지메 일행과 알현할 시간을 가진 가장 큰 이유를 꺼냈다.

"릴리아나 공주에게 어느 정도는 들었다. 네가 대미궁 공략자며 거기서 얻은 힘으로 아티팩트…… 마인족 군대를 일축하고 2개월은 걸릴 거리를 불과 이틀도 안 돼서 주파하는, 그런 아티팩트를 만들어 낸다고. 정말인가?"

"맞아."

"그리고 그 아티팩트를 왕국과 제국에 제공할 의지가 없다는 것도?"

"맞아."

"흥. 한낱 개인이 그만한 힘을 독점한다…… 그게 용납받을 일이라고 생각하나?"

"누구의 용납이 필요하지? 용납하지 않으면 뭘 어떻게 할 건데?"

하지메의 간결한 대답에 가할드가 눈을 찌푸렸다. 패기가 더욱 강해졌다.

뒤에 있는 호위병들이 가할드에게 맞춰 살기를 내뿜기 시작했다. 그에 비해 방 주위에 숨어 있는 자들의 기척은 더욱 옅어졌다. 그야말로 일촉즉발의 상황이었다.

"가, 가할드 폐하! 무슨 생각을……!"

이렇게 되지 않도록 사전에 경고했거늘 왜 용의 엉덩이를 걷어차냐며 릴리아나가 사색이 되어 논책하려 들었다.

하지만 가할드의 시선은 하지메에게 고정된 채 움직이지 않았다. 대답도 없었다.

긴박한 분위기에 아이들은 얼굴을 굳힌 채 당장에라도 일어서려고 엉덩이를 들었다.

그런 가운데 정작 하지메는 무겁게 쏟아지는 살의에 전혀 아랑곳하지 않고 태평하게 홍차로 손을 뻗었다. 그사이 몇 군데를 눈으로 흘겼다. 너희가 거기 있으면 모를 줄 아느냐는 듯이…….

그 뜻이 전해졌는지, 희미하게 동요하는 기척이 전해졌다.

"하하핫, 관두자, 관둬. 다 들켰잖아. 확실히 괴물은 괴물이군. 지금 붙으면 전멸하겠어!"

가할드가 호쾌하게 웃고 패기를 거뒀다. 거기에 맞춰 주위 사람들도 험악한 분위기를 거둬들였다. 백문이 불여일견. 황제로서 하지메의 실력을 직접 알아보고 싶었나 보다.

하지메가 어이없어하며 가할드에게 말했다.

"뭐가 그렇게 즐거워?"

"몰라서 묻나? 난 『제국』의 수장이다. 강한 인간을 보고 마음이 들뜨지 않으면 난 이 자리에 있지도 않았겠지."

가할드의 대답은 실로 능력 지상주의 국가의 사람다웠다.

아이들이 크게 숨을 토하고 도로 의자에 앉았다. 릴리아나는 배를 문질렀다. 위가 쿡쿡 쑤시는 것 같았다.

"그나저나 네가 거느린 여자들도 괴물 같군. 어디서 찾아냈지? 이런 여자들이 있단 걸 알았으면 내가 직접 꼬시러 갔을 텐데……. 한 명 정도는 넘겨라."

"헛소리하지 마. 머리통 깨 버리는 수가 있어. ……아니지, 티오라면 상관없나."

"뭬, 뭬야?! 주, 주인님놈, 또 은근슬쩍 나를 다른 남자에게 팔아넘겼어! 하아하아, 이런 잔인한 처사를…… 좋구나! 하아하아."

"조금 하자는 있지만 괜찮지? 외모는……."

"미안하지만 황제에게도 한계는 있다. 그 침 흘리는 변태는 나라도 수용하기 어렵군."

"이, 이 녀석들, 본인 면전에서 못 하는 말이 없구나! 크으으으, 응, 으흥, 분명히 이 다음에 황제에게 끌려가서 주인님이 보는 앞에서 저항하는 날 억지로…… 하아, 하아, 하응―. ……속옷을 갈아입어야겠구먼."

묘하게 후련한 표정인 티오를 보고 황제 폐하가 식겁했다!

가할드는 헛기침으로 분위기를 바꿨다. 못 본 셈 치기로 한 모양이었다.

"나는 그쪽 토인족이 신경 쓰이는군. 그런 머리색을 가진 토인족은 본 적이 없는 데다가 내 위압에도 전혀 동요하지 않아. 그 기개가 최근 잡은 장난감을 떠올리게 하는데, 실제로 관계가 있나?"

가할드의 『장난감』 발언에 시아의 눈매가 순간 움찔했다. 옆에 앉은 유에가 테이블 아래에서 시아의 손을 살며시 잡았다.

"장난감이라고 해도 무슨 소리인지……."

"모르겠다고? 정 그러면 이따가 구경할 텐가? 사실 아직 몇 마리 남았거든. 여자와 어린애지만 이게 제법—."

가할드의 말은 허풍이었다. 캄을 통해 붙잡힌 자를 전원 구출했음을 확인했다. 떠보는 것이리라.

거기에 하지메는 짧게 대답했다.

"관심 없는데……."

"오, 그래? 그 녀석들은 엄청나게 우수한 쇼트 소드나 장비도 가지고 있었는데, 그래도 관심이 없나? **희대의 연성사**?"

"난 검 같은 거 안 써서……."

"……그래? 그나저나 어제 지하 감옥에서 탈출한 녀석들이 있는데, 이 제성에 간단히 침입해서 탈출할 수 있는 아티팩트나 특수한 마법에 관해선 모르나?"

"모르겠는데……. 있으면 편하겠네."

"……이게 마지막 질문이다. 무엇을 준다면 제국 편에 붙겠나?"

"원래 세계로 돌아갈 방법. 돌아간 뒤 그쪽 세계에서 제국을 응원해줄게."

건들~, 건들~.

"쳇. 정말로 듣던 그대로군. 상대하기 껄끄러운 꼬맹이일세."

가할드가 머리를 박박 긁으며 투덜거렸다.

하지만 그 얼굴은 역시나 즐겁게 웃고 있었다. 자신에게 저항하는 자를 정말로 좋아하는 듯했다.

동시에 지금 대화로 사전에 릴리아나에게 들은 하지메의 정보에 어느 정도 확신을 가진 것 같았다. 인물 평가도 끝난 모양이었다.

확실히 말해서 하지메의 태도는 황제에 대한 심각한 모독이었다. 신의 진실을 알고 가할드 본인이 허가했다고는 하나, 보통은 문제시될 언사였다. 예의를 차릴 필요가 없다고 하여 정말로 무례한 짓을 하면 안 되는 것과 같다.

하지만 가할드는 허용했다. 그건 하지메와 대립하면 어떻게 되는지 확신했기 때문이었고, 하나 더 더하자면 능력 지상주의의 이념에 따랐기 때문이었다.

결론부터 말하자면 가할드는 하지메를 포섭하거나, 너무 위험하다며 제거하려 들지 않기로 결심한 듯했다.

그러던 중 드디어 시간이 됐나 보다. 뒤에 대기하던 남자 중한 명이 넌지시 가할드에게 귀띔했다. 가할드는 고개를 끄덕이고 자리에서 일어났다.

"최소한 확인할 정보는 확인했어. ……지금은 이 선에서 만족하지. 제국도 왕국도 정신없이 바쁜 시기니까. 아, 그래. 오늘 밤 릴리아나 공주 환영 파티가 열려. 공주와 아들의 약혼 파티도 겸한 자리니까 너희도 참석해 달라고. 진실과는 다르지만 그것을 모르는 이들에게 『용사』나 『신의 사도』의 축복은 좋은 선전 효과가 될 테니까. 그럼 부탁하지."

갑작스러운 폭탄 발언에 말문이 막힌 아이들을 본체만체, 가할드는 의미심장한 눈으로 하지메를 봤다. 그러고는 바로 방을 빠져나갔다.

문이 탕 닫히는 소리에 정신을 차린 아이들이 릴리아나에게 따지며 물었다.

"릴리, 약혼이 무슨 소리야! 대체 무슨 일이 있었던 거야!"

"그게…… 설령 미친 신의 장난이라도 마인족이 침공해 오면 우리는 싸워야만 해요. 우리 나라는 왕을 잃었고 후계자는 아직 열 살이라는 어린 나이예요. 나라를 이끌 사람이 마땅치 않은 이상, 동맹국과 관계를 강화할 필요가 있어요."

아무렇지 않게 말하는 릴리아나를 보며 코우키는 할 말을 잃었다.

대신 시즈쿠가 엄한 표정으로 물었다.

"그게 릴리와 황자의 결혼이란 거지?"

"네. 상대는 황태자님이에요. 예전부터 약혼 이야기는 있었죠. 사실상 약혼자였지만 이번 파티에서 정식으로 발표할 예정이에요. 마인족 침공으로 나라가 흔들린 지금이니까 필요한 결정이에요."

"왕국에는? 논의해야 하지 않아?"

"사후 승인이긴 하지만 반대 의견은 없을 거예요. 원래 그렇게 하기로 되어 있었으니까요. 게다가 지금 왕국의 실질적 지도자는 저예요. 란넬은 아직 형식상 일인자고 어머니도 직접 사람들 앞에 나서진 않으시니까요. 그러니까 문제없어요. 지금은 뭐든 신속함이 요구되는 시기예요."

릴리아나는 지극히 냉정했다. 비극의 주인공 같은 분위기는 조금도 없었다. 단지 자신의 역할을 수행하고자 전력을 다한다는 태도였다.

코우키는 벌레 씹은 표정으로 입을 뗐다.

"⋯⋯릴리는 그 사람을 좋아해?"

그 질문에는 릴리아나도 난처할 수밖에 없었다.

"⋯⋯좋다, 싫다의 문제가 아니에요. 나라 간의 연결고리를 만들기 위한 결혼이니까요. 그저 차기 황제 후보라면 후궁도 많이 들여야 하니까 현재 애인 중에서도 선택받는 분이 있을지도 모르지만⋯⋯ 후후후, 저는 입장상 그분들을 제쳐놓고 정실이 되는 거예요. 대단하지 않나요? 뭐, 가장 어린 제가 그녀들과의 관계를 조정해 나갈 생각을 하면 벌써부터 위가 쓰리지만요."

릴리아나는 농담을 하면서 빼기거나 과장스럽게 배를 문지르며 분위기를 밝게 하려고 애썼다.

아이들에게 마음을 쓰는 그 태도에 코우키가 오히려 역정을 냈다.

"왜, 왜 그렇게 담담한 거야! 좋아하지도 않는데 그런 인간과 결혼한다는 게 말이 돼?!"

"여러분이 보시기에는 그럴지도 모르지만 저는 왕족이고 왕녀예요. 태어났을 때부터 이게 당연한 거였어요."

"당연하다니……. 릴리도 여자잖아? 좋아하는 사람과 결혼하고 싶지 않은 거야?"

코우키는 받아들이지 못하고 거듭 따졌지만 릴리아나는 뭐라고 해야 할지 몰라 웃을 뿐이었다.

릴리아나라고 로맨틱한 연애를 꿈꾸지 않겠는가? 특히 친구가 된 이세계의 여자애들, 카오리나 시즈쿠와 이야기를 나누다 보면 더더욱 그랬다.

하지만 꿈은 꿈일 뿐이었다. 릴리아나에겐 왕족으로서 짊어질 책무가 있었다.

그래서 적어도 스스로 자신의 꿈을 부정하는 말은 하고 싶지 않다고 눈으로 호소해 봤지만…… 코우키는 납득하지 못한 채 감정대로만 물고 늘어지려고 했다.

그 직전에 하지메가 자리에서 일어났다.

코우키가 얼떨결에 말을 하려다 말았다. 하지메에게 이목이 모였다.

하지만 딱히 무슨 말을 하진 않았다. 하지메는 여전히 맹한 표정으로 아무 일도 없었던 것처럼 방을 나가려고 했다. 단순히 나가려고 일어선 모양이었다.

그 행동에 코우키가 갈 곳 없는 감정을 토해 내며 트집을 잡았다.

"야! 나구모! 넌 아무 생각도 안 들어?!"

"······음? ······무슨 생각? 이건 혼인을 통한 정치잖아? 정치의 정도 모르는 인간이 참견할 일이 아냐."

"윽, 그, 그래도······."

하지메는 코우키를 보고 하우리아 족을 구출하기 전의 코우키를 떠올렸다.

시즈쿠와 다른 아이들이 있는 이상 목적을 잊고 날뛰지는 않으리라 생각하지만 만약을 위해 당부해 뒀다.

"······지금 우리에겐 해야 할 일이 있어. 허튼짓은 하지 마. 방해하면 입도 못 놀리게 때려눕힐 테니까."

하지메는 그 말만 하고 바로 나가 버렸다.

본래 왕족이기도 한 탓인지 유에와 티오는 릴리아나를 동정하면서도 그녀의 결의를 응원하는 눈빛을 보내고 하지메를 뒤따랐다. 시아는 복잡한 표정이긴 했지만 걱정하면서도 유에의 재촉을 받고 퇴실했다.

"젠장. 저 녀석은 항상 저렇게 쉽게······!"

"코우키, 진정해. 그리고 그렇게까지 심각하게 생각할 필요는 없을지도 몰라."

코우키가 믿어지지 않는다는 표정으로 시즈쿠를 돌아봤다. 걱정되지 않느냐며 비난하는 눈초리였다.

하지만 이어서 카오리, 스즈, 류타로가 애매하게 웃으면서 하는 말에 제정신으로 돌아왔다.

"으, 응. 그렇지. 그럴 겨를이 없을지도 모르고······."

"환영 파티 하는구나······. 나 왠지 속이 쓰린데."

"어떻게 보면 파티는 파티지. 환영은 하고 싶지 않지만."

코우키는 말이 없어지고 매우 기묘한 표정이 됐다.

이제부터 일어날 일의 결과에 따라서는 어차피······.

"어? 응? 저기요, 여러분? 이 분위기는 뭔가요? 엄청 불안한데요?!"

그런 그들을 보고 릴리아나가 덜덜 떨며 질문했지만 역시 대답은 돌아오지 않았다. 속 쓰림이 심해진 것은 말할 것도 없었다.

그렇게 불안만 남기고 간 학생들과 헤어진 후, 릴리아나도 파티 준비를 계속하기 위해 방으로 돌아왔다. 헬리나를 필두로 한 제국 시녀들은 드레스 선별에 여념이 없었다.

"어머나. 근사해요, 릴리아나 님!"

"정말····· 꼭 꽃의 요정 같아요."

"분명 전하도 기뻐하실 거예요!"

제국 측 시녀들이 입을 모아 칭찬을 늘어놓았다.

빈말이 아닌 순수한 찬사임은 그녀들의 황홀한 표정이 증명했다.

열네 살, 소녀와 여인 사이에 있는 절묘한 매력이 옅은 분홍색 드레스와 어우러져 더없이 돋보였다. 그야말로 꽃의 정령이라는 표현이 어울리는 사랑스러움이었다.

"훗, 당연하죠."

"왜 헬리나가 가슴을 펴요?"

왠지 우쭐한 헬리나를 보며 살포시 웃었다. 릴리아나도 드레스를 차려입은 자기 모습이 마음에 들었는지 고개를 끄덕였다.

이것이 아무리 정략결혼이고, 황태자가 아버지를 닮아 극도로 여자를 밝히고, 자신을 보는 눈이 무섭고, 왕국에 왔을 때도 하급 기사를 『대련』이란 이름으로 괴롭히는 등 자신의 힘을 과시하는 불쾌한 인간이라도 남편이 될 사람이란 사실엔 변함이 없었다.

그렇다면 파트너로서 창피를 줄 수는 없었다. 그리고 자신의 약혼 파티이기도 하니 릴리아나도 최대한 꾸미려고 했다.

자꾸만 머릿속에서 고개를 드는 「좋아하는 사람과 결혼하고 싶지 않냐」는 코우키의 말을 떨쳐내려는 것처럼…….

그래도 『꿈』이 불쑥불쑥 뇌리를 스치는 것은, 아무리 표면상으로는 감추려고 해도 이 결혼에 대한 지울 수 없는 불안 때문일까?

절체절명에 빠진 공주를 바람처럼 나타나 구해주는 옛날 영웅담. 우연한 만남에 이끌려 신분 차이에도 많은 난관을 뛰어넘어 이어지는 러브 스토리.

유치한 망상. 있을 수 없는 미래였다.

머리를 흔들어 머릿속에서 잡념을 쫓아냈다.

릴리아나는 총명하기에 어릴 적부터 자신이 짊어진 삶을 사명으로 받아들였다.

그래서 마음속으로 혐오감을 품은 상대라도 훌륭한 처가

되겠다고 마음먹고 있었다.

그런데 이런 망상에 마음이 흔들려서야 왕녀라고 할 수 있겠는가.

릴리아나는 자신을 질타하듯 속으로 되뇌었다.

그런데 그때 갑자기 방 밖이 소란스러워졌다. 그런가 싶더니 이번에는 노크도 없이 문이 열리고 덩치 큰 남자가 눈곱만큼의 거리낌도 없이 성큼성큼 안으로 들어왔다.

릴리아나를 따라온 근위 기사들이 다급한 표정으로 제지에 나섰지만 그 남자는 전혀 개의치 않았다.

"오호, 오늘 밤 입을 드레스인가……. 그저 그렇군."

"……바이어스 님. 허락도 없이 숙녀의 방에 들어오는 건 예의가 아니랍니다."

"뭐? 난 네 남편이 될 남자라고. 어디서 말대답이야?"

릴리아나의 주의를 상스럽고 난폭한 말로 되받아친 이 자가 바로 이 나라의 황태자, 바이어스 D. 헤르샤였다. 외모는 아버지인 가할드와 쏙 빼닮았으며 나이는 올해로 스물여섯이었다.

왕족 간의 교류를 통해 약 1년 전에도 얼굴을 마주한 적이 있지만 여전히 정도가 지나친 난폭함이었다. 타인을 깔보는 태도도, 가학적인 분위기도, 릴리아나를 마치 장난감처럼 바라보는 그 눈도, 무엇 하나 변하지 않았다.

머리에서 발끝으로 훑고 내려가는 바이어스의 끈적한 시선에 릴리아나는 오한을 느끼고 몸을 부르르 떨었다.

"어이, 너희 전부 나가."

바이어스는 갑자기 입가를 씩 비틀고는 시녀와 근위 기사들에게 명령했다.

제국 측 시녀들은 허겁지겁 방을 나갔지만 당연히 근위 기사들은 주저했다. 헬리나는 노골적으로 의심과 분노의 감정을 눈으로 드러냈다.

그것을 보고 바이어스의 눈초리가 흉악하게 일그러지는 것을 본 릴리아나는, 덜컥 이자가 무슨 짓을 저지를지 모른다고 생각해 허둥지둥 그들을 물러나게 했다.

"무슨 일이 있으면 반드시 큰 소리로 외쳐주세요."

헬리나가 떠나면서 속삭이는 목소리로 귀띔했다. 릴리아나도 티가 나지 않게 고개를 끄덕였다.

마지막까지 걱정하면서도 모든 사람이 방을 나갔고, 문이 닫혔다.

"흥. 개의 교육은 똑바로 시켜."

"……개가 아니에요. 소중한 신하죠."

"여전히 반항적이군? 크큭, 아직 열 살도 안 되는 꼬맹이 주제에 두 눈 시퍼렇게 뜨고 날 노려보던 녀석다워. 그때부터 언젠가 내 것으로 만들어주겠다고 생각했었지."

얼굴은 굳었지만 똑바로 자신을 쳐다보는 릴리아나에게 바이어스는 진심으로 즐거운 듯 징그러운 웃음을 지었다. 그리고 갑자기 그녀의 가슴을 움켜잡았다.

"꺄?! 놔요! 아파!"

"그럭저럭 자랐군. 아직 한참 부족하지만 나름대로 맛있겠어."

"그, 그만……!"

난폭한 행동에 릴리아나의 표정이 고통으로 구겨졌다. 그 표정을 보고 더더욱 흥분한 것처럼 웃은 바이어스는 그대로 릴리아나를 바닥에 밀어 쓰러뜨렸다.

릴리아나가 비명을 질렀지만 밖으로 나간 근위 기사들은 반응하지 않았다.

"실컷 울고 소리쳐도 돼. 이 방은 특수한 장치가 되어서 밖으로는 소리가 하나도 새지 않아. 뭐, 가령 그 개들이 들어와도 황태자인 내겐 손가락 하나 못 대겠지만. 아니면 처녀를 잃는 모습을 녀석들에게 보여줄까? 크하하하!"

"왜…… 이런 짓을……."

릴리아나가 지금부터 당할 일에 얼굴이 새파래지면서도 꼿꼿하게 바이어스를 노려봤다.

"그 눈이야. 반항적인 그 눈을 고통으로, 절망으로, 쾌락으로 물들여주고 싶은 거라고."

바이어스는 『추하다』는 말로밖에 표현할 수 없는 표정을 지으며 말했다.

"나는 말이다. 나에게 반항하는 녀석을 괴롭히고 굴복시키는 게 세상에서 가장 좋아. 필사적으로 발버둥 치던 녀석이 결국 아무것도 할 수 없었다며 고개 숙이고 무릎 꿇는 모습을 보는 것보다 기분 좋은 일은 없지. 이 쾌감을 한 번이라도 맛보면 이젠 빠져나갈 수 없어. 릴리아나. 처음 만났을 때, 널 평가하는 나를 꼿꼿이 마주 노려보던 때부터 언젠가 엉망으로 만들어주겠다고 생각했었어."

"당신이란 사람은……."

"야, 릴리아나. 결혼은커녕 약혼 파티 전에 순결을 잃은 넌 어떤 얼굴로 파티에 참석할 거지? 아아, 빨리 보고 싶어서 미치겠군."

설령 혐오감마저 품은 상대라도, 처가 되어 지탱하고 충고하다 보면 언젠가 분명 훌륭한 황제가 된다. 아니, 자신이 그렇게 만들겠다고 결의한 릴리아나의 마음에 벌써부터 금이 갔다.

릴리아나는 깨달았다.

눈앞에 있는 남자, 금방이라도 흘러내릴 것 같은 눈물을 힘겹게 참는 릴리아나를 보며 비웃는 이 남자는 어떤 의미로 올바른 『제국 황태자』임을…….

원하는 것은 빼앗는다. 약자는 강자에게 따르라! 그 이념이 낳은 총아임을…….

바이어스에게 창피를 주지 않겠다고 고른 드레스가 그의 손에 의해 찢어졌다.

티 한 점 없는 백옥 같은 피부를 드러낸 릴리아나는 치욕감으로 얼굴을 새빨갛게 물들였다.

입술을 빼앗으려는 생각인지 바이어스가 얼굴을 느리게 가져왔다. 릴리아나의 공포심을 부추기려는 양 두 눈은 크게 뜬 채로.

릴리아나는 턱을 붙잡혀 얼굴을 돌릴 수도 없었다. 공포와 수치심에 못 이겨 끝내 눈물이 흘러내렸지만 그마저도 눈치챌 겨를이 없었다. 그런 와중 문득 생각했다.

결혼 생활이 뜻대로 되진 않을 거라고 진작 각오했다지만 이건 너무하지 않은가?

그건 왕녀라는 갑옷을 두른 마음에서 새어 나온 순수한 여자아이의 마음이었다.

그리고 카오리와 시즈쿠에게 들은 이야기를 떠올렸다.

위기의 순간 바람처럼 나타나 불합리한 힘을 더욱 불합리한 힘으로 뭉개 버리고 위기의 늪에서 구해준다는, 마치 동화 같은 이야기.

만약 내가 바란다면 그 구원의 손길은 나에게도 내밀어질까?

왕녀로서의 자신이 허황된 생각이라며 비웃는 목소리를 들으면서도 릴리아나는 참지 못하고 마음속으로 중얼거렸다.

─구해줘요.

그때였다.

릴리아나는 얼굴을 가져오는 바이어스의 어깨 위에 천장에서 내려온 작은 거미 같은 것이 착지하는 것을 목격했다. 놀라서 눈을 크게 뜬 릴리아나의 눈앞에서 거미는 다리 하나를 들더니 바이어스의 목을 푹 찔렀다.

"악?! 뭐야? 지금 목에……."

갑작스러운 통증에 바이어스는 목에 손을 댔다. 아슬아슬하게 릴리아나에게 닿을 것 같던 입술이 멀어져 갔다.

거미는 이미 천장에서 늘어뜨린 실을 타고 스르륵 철수하고 있었다.

릴리아나가 멍하게 그 광경을 바라보고 있자—.

"워야? 눈이, 횡횡 도라—."

바이어스는 혀 꼬인 소리를 내더니 곧바로 정신을 잃고 릴리아나 위로 풀썩 쓰러졌다.

"어? 에?"

혼란에 빠진 릴리아나 앞에서 다시 거미가 실을 타고 바이어스 위로 내려왔다.

바이어스가 릴리아나를 깔아뭉갠 상태라서 그의 어깨에 올라탄 거미가 딱 릴리아나의 눈앞에 와 있었다.

그렇게 가까운 거리에서 응시하고서야 릴리아나는 비로소 그 거미의 기이함을 깨달았다.

"……금속…… 거미?"

그렇다. 바이어스의 어깨에 올라탄 거미는 금속으로 되어 있었다.

놀란 토끼 눈이 된 릴리아나 앞에서 금속 거미는 끝장을 내겠다는 듯이 아까와는 다른 다리를 들어 바이어스의 목에 푹 꽂았다.

의식을 잃었는데도 불구하고 바이어스의 몸이 크게 경련했다. 호흡은 하고 있으니 정말로 끝장을 내진 않은 모양이었다.

릴리아나는 제정신으로 돌아와 낑낑거리며 바이어스 아래에서 몸을 뺐다. 그리고 다리를 W자로 하고 주저앉은 채 빤히 거미를 바라봤다.

금속 거미는 잠시 릴리아나를 수정 같이 광택이 나는 눈으로 보다가 곧 실을 감으며 천장으로 올라갔다.

"아, 잠깐, 잠깐만요! 혹시 당신은……."

릴리아나가 급히 제지했지만 금속 거미는 말을 듣지 않고 여덟 개의 다리로 천장에 붙어 외벽이 있는 쪽을 향해 기어갔다.

그리고 작게 붉은빛을 뿜더니, 어느샌가 밖으로 구멍이 뚫려 있던 벽을 막으며 방에서 나갔다.

찢어진 드레스 앞을 여며 속살을 가린 채 릴리아나는 그제야 사태를 파악하고 무심코 미소 지었다.

"고마워요…… 나구모 씨."

감사의 말이 작게 흘러나왔다.

릴리아나가 바이어스의 약혼자인 이상 지금 한 번의 도움이 미봉책에 불과하단 건 알고 있었다. 하지만 지금 이 순간 도움을 바라는 마음속 외침에 응해준 사실이 너무나도 기뻤다.

가슴팍이 찢어진 옷을 꽉 움켜쥔 릴리아나의 양손은 어쩌면 다른 무언가를 잡고 있었는지도 모른다.

하지메 일행은 가할드와 알현을 마친 뒤 방으로 안내받았다.

하지메는 소파에 앉자마자 눈을 감고 더는 움직이지 않게 됐다.

가끔 수분 보급을 하는 것 외에는 말 한마디 없이 미동조차 하지 않았다. 다른 이들도 그런 하지메에게 말을 걸지 않았다.

하지메가 본격적으로 집중하고 있음을 알기 때문이었다.

얼마나 그러고 있었을까? 해가 기울어 태양이 불타는 것 같은 색으로 변할 무렵, 하지메가 조용히 눈을 떴다.

그것을 깨달은 유에가 옆에 살며시 앉으며 물었다.

"……어때? 하지메."

"음~, 잘 됐어. 도중에 조금 귀찮은 일이 있었지만 뭐 예정 중 70퍼센트는 완료했어."

긴 집중 때문인지 조금 피로에 잠긴 목소리였다.

말이 끝나기가 무섭게 카오리가 피로를 덜고자 마법을 썼다.

"수고했어. 역시 함정이 많아?"

"누가 제성 아니랄까 봐 많긴 하더라. 하지만 전부 해제할 필요는 없지."

"흠, 오늘 밤이 파티라서 다행이야. 사람이 모이면 그만큼 움직이기 쉬워질 테니까."

"……잘 풀릴까요?"

시아가 하지메의 어깨를 주물러 노고를 위로하면서도 조금 불안한 표정이 되었다.

그도 그럴 것이 이제부터 자기 가족의 미래가 결정되는 일생 일대의 승부가 펼쳐진다. 긴장하지 않으면 그게 더 이상하다.

하지메가 그런 시아의 토끼 귀를 만지고, 유에가 볼을 주무르고, 티오가 머리를 쓰다듬고, 카오리가 손을 꽉 잡았다.

훈훈한 동료애에 시아는 속에서 밀려 올라오는 감정을 느꼈다.

하지만 눈물은 흘리지 않았다. 설사 그것이 기쁨의 눈물이라도 아직은 일렀다.

대신 평소처럼 방긋 웃었다. 나는 혼자가 아니다. 가족도 있다. 오히려 행복한 수준이다. 그 생각을 숨기지 않고 드러내는 눈부신 웃음.

하지메 일행이 좋아하는 시아의 매력이었다.

코우키와 류타로는 말할 것도 없고 시즈쿠와 스즈까지 눈길을 빼앗겼다.

평소의 웃음을 확인한 하지메는 장난을 치기 직전인 아이처럼 씩 웃으며 말했다.

"사전 준비는 양호해. 그럼 슬슬 파티를 시작해야지. 주역들을 위해 우리도 멋지게 빼입어 보자고."

그 말에 하지메 일행은 자신 있게 미소 지었고 학생들은 긴장하며 힘차게 고개를 끄덕였다.

해가 완전히 떨어져 주변이 암흑에 둘러싸인 제성 어느 곳.

두 제국병이 경비를 위해 정해진 경로로 순찰을 하고 있었다.

그 손에는 마법으로 타오르는 횃불 같은 것을 들었고 꽤씸한 침입자를 펀드는 어둠을 부지런히 몰아냈다.

"에휴, 지금쯤 높으신 분들은 파티나 하고 있겠지……. 맛있는 거 먹으면서 말이야."

"야, 쓸데없는 소리 하지 마. 들키면 연대 책임이라고."

한 병사가 먼 곳에서 빛나는 불빛을 바라보며 한숨 섞어 투덜거렸다.

짝을 이룬 병사가 인상을 찡그리고 주의했지만 그 표정의 원인은 말한 내용과는 달라 보였다.

굳이 비유하자면 「더울 때 덥다고 하면 더 더워지니까 하지 마」 같은 느낌의 짜증스러운 분위기였다. 속으로는 똑같이 푸념을 늘어놓고 있는 듯했다.

"솔직히 너도 어서 출세해서 저런 곳에 가고 싶잖아?"

"……그야 그렇지. 저기에 참석할 수 있을 정도면 돈도 여자도 부족하지 않을 테니까……."

"그렇지……. 파티에서 실컷 먹고 마신 뒤에는 부잣집 아가씨들과 아침까지 코스잖아? 천국이 따로 없네. 아~, 이런 데서 의미도 없는 순찰이나 하지 말고 여자랑 자고 싶다. 토인족 여자가 좋은데."

"너 토인족 여자 엄청 좋아한다? 아인족 여자가 몸매가 좋긴 하지만 넌 창관에 가서도 토인족만 찾더라?"

"그야 그것들이 제일 괴롭히는 맛이 있으니까. 우는 소리가 끝내주지."

"거 취향 참……."

"내가 뭐? 토인족을 봐, 막 괴롭혀 달라는 분위기를 풀풀 풍기잖아? 난 그걸 이뤄주고 있을 뿐이야. 너도 몇 명이나 페인으로 만들었으면서."

"그게 내 잘못이냐? 우는 소리가 끝내줘서 그렇지."

두 순찰병은 얼굴을 마주 보고 뭐가 그리 재미있는지 천박하게 킬킬댔다.

제국에서 아인은 기껏해야 도구에 불과했다. 스트레스와 성욕을 발산하기 위한, 얼마든지 대체품이 있는 도구. 이 두 사람이 특별히 가학적인 성격인 것이 아니라 아인에 대한 학대는 제국병 전체에 만연해 있었다.

그때, 한 병사가 돌연 시선을 돌렸다. 건물 사이에서 뭔가를 본 것 같았다.

"야, 지금 뭔가……."

"응? 왜 그래?"

경계하며 건물로 다가간 병사는 어둠을 걷어내려고 했다. 의아해하면서도 다른 한 명도 뒤따랐다.

"누구냐?"

앞서간 병사는 그렇게 말하며 한 사람이 아슬아슬하게 지나갈 건물과 건물 사이로 확 횃불을 내밀었다.

"잘못 봤나……"

하지만 그곳에 사람은 없었다. 그는 중얼거린 뒤 안도의 한숨을 쉬었다. 그리고 머쓱하게 웃으며 짝을 돌아봤지만―.

"미안, 착각이었……? 야, 마울? 어딨어? 마울?"

짝은 온데간데없고 바닥에 그가 들고 있던 횃불만 떨어져 있었다. 어디로 갔냐고 주위를 두리번거렸지만 사람의 흔적은 보이지 않았다.

등으로 차가운 것이 흘러내렸다.

치미는 공포심을 얼버무리려는 것처럼 병사는 짜증 섞인 목소리로 다시 동료의 이름을 불렀다.

"야, 마울. 얼른 나와! 장난치는 거면― 으읍?!"

그 순간 분명 아무도 없었던 건물 사이에서 두 개의 팔이 소리도 없이 뻗어 나왔다.

어둠 속에서 직접 자란 것 같은 팔 하나는 빛을 흡수하도록 무광 처리한 검은 나이프를 쥐었다. 한 손이 병사의 입을 틀어막음과 동시에 뇌간에 깊숙이 박혔다.

한순간 움찔 경련한 뒤 힘이 빠져 늘어진 병사는 그대로 두 팔에 의해 어둠 속으로 끌려가 사라졌다.

어느 틈엔가 그들의 횃불도 사라지고 그저 뜨뜻미지근한 밤바람만이 약하게 불었다.

어둠 속 바람에 지워질 정도로 작은 속삭임이 들렸다.

"사령부, 여기는 알파. C 포인트 제압 완료."

『알파, 여기는 HQ. 수신 양호. E2 포인트로 이동하라. 보초 네 명. 동쪽으로 우회하라.』

"HQ, 여기는 알파. 수신 양호."

그런 속삭임 뒤에 검정 일색의 옷으로 전신을 감싼 그림자들이 발소리 하나 내지 않고 이동을 개시했다.

얼굴까지 검은 천으로 가렸지만 눈 부분만은 시야 확보를 위해 뚫어 놓아 날카로운 안광이 엿보였고 등에는 소도 두 자루를 매었다.

일본인이 그 모습을 본다면 틀림없이 「앗, 닌자다!」라고 말할 법한 차림새였다.

하지만 누구인지는 알 수 없어도 정체까지는 전혀 숨기지 못했다.

왜냐면 복면 위로 토끼 귀가 솟아 있었으니까. 누가 어떻게 보나 토인족이었고 하우리아 족이었다.

그들은 어둠을 틈타 건물 그림자에 몸을 숨겼다.

그곳에서 살며시 얼굴을 내밀자 보고대로 네 명의 보초가 2개 조로 나뉘어 서로를 눈으로 확인할 수 있는 위치에 서 있었다.

하우리아 족 한 명이 뒤에 대기한 세 명에게 수신호를 보냈다.

고개를 끄덕인 세 명이 조심스럽게 뒤로 물러나자 마치 밤의 어둠 속으로 녹아 사라지듯 모습을 감췄다.

그리고 몇 초의 기다림 후—

지시한 장소에서 보초의 시선이 떨어진 찰나 빛이 번쩍했다.

마찬가지로 보초의 시야에 들어가지 않도록 하우리아 족 한 명이 라이터 사이즈의 용기 뚜껑을 순간 열었다가 닫았다. 안에 녹광석이 들어간 간이 회중전등 같은 물건이었다.

신호를 보낸 하우리아 족은 뒤에 있는 두 명을 돌아보고 수신호로 지시를 내리며 움직였다.

보초 2개 조가 서로의 모습을 시야에서 뗀 순간, 한 사람이 기척을 극한까지 죽이고 단숨에 접근해 병사의 입과 코를 한 손으로 막으며 뒷목을 찔렀다.

"―읍?!"

다른 한 명도 똑같이 한 손으로 구속한 뒤 다른 병사의 콩팥을 찌르고 넘어뜨렸다.

마지막 한 명은 보초가 떨어뜨린 횃불이 땅에 닿기 전에 잡아 불을 끄고 다른 흔적이 남지 않았나 확인했다. 그리고 순식간에 건물 뒤로 끌고 갔다.

"응?"

하지만 그 과정에서 소리가 전혀 나지 않을 수는 없었다. 다른 조 보초가 시선을 돌렸다.

그 시선이 향한 곳에는 조금 전까지 있던 동료의 모습이 없었다. 횃불의 빛도 없이 암흑이 존재할 뿐이었다.

"그 녀석들 어디 갔어?"

의심스럽게 눈을 비빈 보초는 어둠 속에서 어렴풋이 움직이는 그림자를 발견했다. 뭔가 커다란 물체를 끄는 모습이었다.

등줄기에 오싹하고 위기감이 퍼졌다. 보초는 반사적으로 목에 건 경적을 불려고 손을 가져갔지만…… 다음 순간, 그 보초의 목에 나이프가 박혔다.

보초는 비명조차 지르지 못한 채 정신이 영원한 어둠으로 가라앉았다.

경적을 쥔 보초 옆에서는 역시 동료 보초가 똑같이 나이프에 찔려 숨통이 끊겼다. 동시에 횃불이 꺼지고 건물 뒤로 끌려갔다.

현재 제성 곳곳에서 이와 같은 살육이 벌어지고 있었다.

이미 여러 대기소에 있던 병사들이 머리와 몸이 영원한 이별을 마친 뒤였고, 막사에서 취침 중이던 병사들은 수해 특제 수면제로 평소와는 비교도 할 수 없이 깊은 잠에 빠져 있었다.

경보가 울려도 아침까지 푹 잠들어 평소 쌓인 피로를 말끔히 씻어줄 것이다.

오늘 밤하늘에 뜬 달은 섬월(纖月).

초하룻날 다음에 떠오르는, 보일 듯 말 듯한 가느다란 초승달이다.

그건 마치 악마가 떠올린 미소 같았다.

능력 지상주의를 내건 자들이 누구보다도 약하다고 멸시하던 상대에게 유린당하는, 이 달 아래의 희극을 비웃는 것처럼 보였다.

제성 안 파티장은 명성에 밀리지 않는 호화찬란함을 자랑

했다.

입식 파티를 위한 테이블 위에는 순백색 식탁보가 깔렸고 몇백 종류에 달하는 각양각색의 요리와 디저트가 놓였다.

장식과 집기도 근사해 얼떨결에 눈길을 빼앗기는 화려함을 뽐냈다.

—HQ, 여기는 알파. H4 포인트 제압 완료.

—HQ, 여기는 브라보. J 포인트 전 지역 제압 완료.

—HQ, 여기는 찰리. 모든 막사에 수면제 살포 완료.

—HQ, 여기는 에코. 황자 2명, 황손 및 황녀 각 2명 확보.

그런 호화로운 파티장에서 하지메는 평소에는 생각도 못 할 싱글벙글한 웃음을 띠고, 말을 걸어오는 제국 귀족을 상대하고 있었다.

그러는 동안 귀에 단 귀고리 모양 통신 아티팩트에서 연이어 불온한 정보가 들려왔지만 그런 티는 조금도 내지 않았다.

하지메 외에도 『용사 일행』은 주목의 중심에 서 있었다. 조금이라도 면식을 가져 보려는 제국 귀족들이 끊임없이 말을 걸어왔다.

누가 뭐래도 『신의 사도』며 『용사 일행』인 그들은 세간에서 【오르크스 대미궁】 공략 계층을 파죽지세로 갱신한 강자로 여겨졌다. 『힘』이 기준인 그들에게는 실로 흥미를 유발하는 존재일 것이다. 물론 운이 좋으면 개인적인 친분을 얻고 싶다는 흑심도 가득했다.

하지만 하지메에게 말을 거는 자들은 다른 의미의 흑심으로 가득해 보였다.

그들의 목적이야 뻔한 것이었다.

바로 파티가 시작되었을 때부터 한시도 하지메 곁을 떨어지지 않는 미모의 여성들이었다.

하지메에게 말을 걸면서도 힐끔힐끔 뒤에 있는 여자들에게 시선을 보내고 있으니 의심의 여지가 없었다.

하지만 그것도 무리는 아니었다.

릴리아나의 내방 환영과 약혼 축하를 겸한 이 파티에서 그녀들의 존재는 이곳을 장식하는 화사한 꽃이 아니었다. 오히려 자신들이야말로 주역이라고 주장하는 것 같은 강렬한 존재감을 뽐내고 있었다.

"우와아~. 세상에 이런 곳이 다 있네요. 수해에서는 생각도 못 했어요."

호화로운 회장을 둘러보며 입을 다물지 못하는 시아는 라이트블루 미니 드레스 차림이었다.

군살 없이 뻗은 각선미가 아낌없이 드러났지만 절대 상스럽지는 않았다. 하늘하늘하게 퍼진 스커트와 웬일로 청초한 분위기가 그녀의 귀여움을 더없이 돋보이게 해줬다.

평소에는 곧게 내려오는 아름다운 머리를 어깨높이로 묶어 앞으로 넘긴 모습도 그녀에게 기품과 귀여움을 부여하는 요인이었다.

"요리도 술도 일류구먼. 이 기회에 만끽해 둬야지."

그 옆에서 우아하게 와인 잔을 기울이는 티오는 평소 옷과 같은 색인 검은 롱 드레스 차림이었다.

하지만 바디 라인이 드러나는 옷이라서 굴곡이 또렷한 그녀의 몸매가 고스란히 보였다. 게다가 등과 가슴이 크게 파여 아름다운 가슴이 당장에라도 옷에서 흘러나올 것처럼 드러났다.

움직일 때마다 일일이 격하게 출렁이는 흉기가 파티장 남자들의 시선을 빨아들였고, 파트너 여성이 그들을 쏘아붙이는 광경이 속출했다.

"으으. 우리 엄청 주목받고 있지 않아?"

창피한 듯 뺨을 물들인 카오리는 어깨가 완전히 노출되는 슬렌더 라인 드레스를 입었다.

티오만큼 굴곡 심한 몸매는 아니었지만 그 밸런스는 정말로 신의 조형이었다. 치파오 같은 깊은 옆트임이 들어간 치마에서 언뜻언뜻 엿보이는 아름다운 다리, 위로 질끈 묶은 은발의 찬란함, 요염함을 느끼게 하는 목선에 남성들은 무심코 시선을 빼앗겼다.

"······응."

그리고 하지메의 가장 큰 사랑을 받는 특별한 그녀, 흡혈 공주로 말할 것 같으면— 순백색 웨딩드레스(비슷한 것)를 입고 있었다.

광택 나는 옷감에 어깨가 노출되었고 끝자락에는 프릴이 몇 단으로 겹쳐져 크게 펼쳐져 있었다. 머리는 포니테일로 틀고 기품 있는 흰색 꽃을 모방한 머리 장식으로 묶었다.

노출은 가장 적었지만 희고 요염한 목이나 유독 눈길을 끄는 붉은 립스틱이 발린 입술, 그리고 열기에 은은히 젖은 눈동자가 이성을 마비시키며 남자의 욕정을 불러일으켰다.

평소 앳된 외모에서 나오는 요염한 분위기의 격차가 유에의 매력을 몇십 배나 끌어 올렸다.

그녀들이 옷을 갈아입을 때까지 방에서 기다린 하지메, 코우키, 류타로 세 명이 그녀들이 들어온 순간 그 흘러넘치는 매력에 넋을 잃고 얼어붙은 것도 불가항력이었다.

특히 하지메의 눈은 유에에게 고정되어 누가 봐도 마음을 빼앗겼다는 것을 알 수 있었다. 유에도 그것을 눈치챘는지 기쁘게 미소 지으며 똑바로 하지메를 바라봤다.

하지메의 눈길이 한 점에서 떨어지지 않는 것이 못마땅한 나머지 세 여성은 하지메에게 불평하려고 했지만 그보다 먼저 움직인 하지메가 다짜고짜 유에를 끌어안아 그대로 진한 키스를 시작하는 바람에 이번에는 다른 이유로 모두 얼어 버렸다.

그 후 언제까지고 이어지던 하지메와 유에를 억지로 떼어놓는 『하지메 이성 증발 사건』에 한바탕 야단법석이 일어나기도 했지만…….

아무튼 「이게 누구 약혼 파티인지 알고 있어요?」라고 따지고 싶을 정도로 그녀들은 매력적이었다.

그런 고로 제국 귀족이 몰려드는 것도, 그들이 하지메의 철벽을 앞에 두고 웃는 얼굴 뒤로 이를 가는 것도 다 어쩔 수 없는 일이었다.

참고로 시즈쿠와 스즈도 충분히 예쁘게 치장했고 제국 영애들에게 지지 않을 만큼 화사했지만…… 역시 그 네 명의 원동력이 하지메의 마음을 사로잡기 위한 것인 이상, 그보다 강한 동기가 없는 두 사람이 따라잡기에는 한참 부족했다. 아무래도 네 명에 비하면 수수한 인상이라서 그다지 눈에 띄지 않았다.

시즈쿠의 응대도 쌀쌀맞아서 제국 귀족 영애에게 둘러싸여 모습이 코빼기도 보이지 않는 코우키와 달리 안심하고 놔둘 수 있었다.

한편 류타로는 맛있다고 노래를 부르며 요리를 먹어치웠고, 스즈가 따라다니면서 「잠깐만 류타로! 창피하다니깐!」이라고 소리치며 말리고 다녔다. 물론 말리는 와중에도 「아, 이 케이크 맛있겠다」라면서 제법 집어먹고 있으니 유유상종이었다.

"그나저나 나구모 님의 동행은 정말로 아름다운 분뿐이로군요."

"그러게 말이오. 잠시 후 댄스에서 꼭 한 곡 부탁드리고 싶소."

"기회가 있다면요."

—HQ, 여기는 델타. 모든 포인트 폭파 준비 완료.

—HQ, 여기는 인디아. M 포인트 제압 완료.

제국 귀족들이 하지메의 의미심장한 웃음에 응? 하고 고개를 갸웃거렸다.

하지만 그 의미를 묻기 전에 파티장 입구가 조금 소란스러워졌다. 아무래도 주역인 릴리아나 공주와 바이어스 황태자가 납신 모양이었다. 문관 풍모의 남성이 특색 있는 악센트로 우렁차게 두 사람의 등장을 알렸다.

거창하게 열린 문에서 나타난 릴리아나를 보고 파티 참석 자들이 당혹감과 놀라움이 뒤섞인 목소리를 흘렸다.

릴리아나가 모든 빛을 빨아들일 것 같은 칠흑색 드레스를 입고 나타난 탓이었다.

릴리아나의 용모와 환영, 약혼 축하라는 파티의 본래 취지 를 생각하면 더 밝은 색상의 드레스가 어울렸다.

척 보기에도 의무감으로 이 자리에 있다고 주상하는 양 무 뚝뚝한 얼굴과 함께 그 칠흑색 드레스는 릴리아나가 쳐 놓은 방어막처럼 보였다.

파트너인 바이어스도 어쩐지 못마땅하게 인상을 찌푸리고 있었다. 누가 봐도 앞으로 부부가 될 남녀로는 보이지 않았다.

릴리아나가 입장하자마자 눈총이라도 쏴주겠다고 벼르던 바이어스의 애인들도 이런 사태는 예상하지 못했다는 것처럼 얼떨떨한 눈치였다.

파티장은 일단 박수로 두 사람을 맞이했지만 분위기는 이 루 말할 수 없게 찜찜했다.

그대로 두 사람은 단상에 올랐다.

사회를 맡은 남자는 당혹감을 남긴 채 파티를 진행했다.

릴리아나와 바이어스를 보고 당장에라도 웃음을 터뜨릴 것 같은 가할드의 인사가 끝나자 파티장에 음악이 흐르기 시작 했다. 릴리아나와 바이어스의 인사와 댄스 타임이었다.

미묘한 분위기를 불식하려는 아름다운 음악이 파티장에 울려 퍼졌다.

파티장 중앙에서 저마다 파티의 꽃을 대동한 남성들이 춤을 추기 시작했다. 릴리아나와 바이어스도 춤췄지만 영 기계적이었다. 주로 릴리아나의 표정과 분위기가 원인이었다. 바이어스가 강제로 끌어당겨도 선율에 맞춰 어느 틈엔가 어정쩡한 거리가 벌어져 있었다.

그러는 사이 한 곡이 끝났고 릴리아나는 냉큼 인사를 돌려가 버렸다.

바이어스도 짜증 난 표정이었지만 인사는 해야 한다는 생각으로 뒤따랐다. 그런데 은근히 자기 가랑이를 신경 쓰는 눈치였다. 실은 기절했다가 방금 깨어났는데 그때부터 왠지 가랑이에 달린 분신에 감각이 없었다.

그리고 무슨 일이 있었는지 릴리아나에게 추궁하려고 해도 분신의 부활(정확히는 부활시킬 수 있을 인물 소개)을 인질로 삼는 바람에 릴리아나에게 따를 수밖에 없었다. 바이어스는 이 상황에 초조함과 짜증을 느끼고 있었다.

원인은 물론 금속 거미가 마지막으로 목에 찌른 바늘이었다. 가랑이를 스매시하지 않고 죽이는 바늘이었다.

—HQ, 여기는 로미오. P 포인트 제압 완료.

—HQ, 여기는 탱고. R 포인트 제압 완료.

"뭔가 릴리답지 않지? 평소라면 속내를 겉으로 드러내지 않는데……."

카오리가 딱히 웃지도 않고 담담하게 인사를 나누는 릴리아나를 보며 작게 중얼거렸다.

"뭐, 그런 일이 있었으니까. 공주님도 생각이 복잡하겠지."

"……그런 일?"

하지메의 말에 유에가 고개를 갸웃하면서 하지메를 봤다.

"나구모, 릴리한테 무슨 짓 했어?"

"야에가시. 너 그거 무슨 뜻이냐? 어?"

와인레드 색 롱드레스를 입은 시즈쿠가 하지메에게 의심의
눈초리를 보냈다.

"그야 릴리가 공적인 자리에서 저런 태도를 보일 리 없으니
까 그렇지. 뭔가 비상식적인 일이 일어나면 거의 나구모 탓이
잖아? 지금까지의 경험으로 보면 말이야. 실제로 뭔가 아는
것도 있는 모양이고."

"쳇, 반박하기 힘드네. 그렇지만 이번에는 정말로 아무 짓도
안 했어. 단지 황태자에게 폭행당할 뻔한 공주님을 지나가는
길에 구했을 뿐이야."

"그래, 릴리가 폭…… 뭐?"

"잠깐만 하지메?! 지금 뭐라고 했어?!"

시즈쿠와 카오리를 시작으로 일동은 경악한 눈으로 하지메
를 돌아봤다.

음악이 시작된 후로 유에나 시아, 티오, 카오리에게 댄스를
신청하려는 남자들이 대거 몰려왔지만 하지메의 『위압』으로
쫓아내어 지금 주위에는 그 네 명과 시즈쿠밖에 없었다.

코우키는 반쯤 강제로 숙녀들에게 끌려가서 익숙하지 않은

댄스를 추느라 정신이 없었고 류타로는 아직 음식을 먹어치우고 있었다. 스즈는 어어? 하는 사이 어떤 댄디한 아저씨에게 끌려가 분위기에 휩쓸린 채 춤췄다.

그래서 릴리아나가 바이어스에게 폭행당할 뻔했다는 발언은 그 자리에 있는 다섯 명에게밖에 전해지지 않았다. 그렇지만 카오리와 시즈쿠가 멱살이라도 잡을 기세로 하지메에게 설명을 요구하는 바람에 무슨 일인가 싶어 이목이 쏠렸다.

"아~, 응, 그러니까·········· 유에, 한 곡 출까?"

"응······ 좋아."

"아, 잠깐, 나구모! 귀찮다고 도망가지 마! 제대로 설명해줘!"

"마, 맞아! 큰일이잖아! 제대로 설명해!"

시즈쿠의 말대로 설명하기 귀찮아진 하지메는 유에의 손을 잡고 댄스 홀로 도주를 꾀했다.

어떤 의미로 주역인 릴리아나보다 눈에 띄는, 예술품 같은 미모의 소녀와 그 파트너인 백발 안대 소년(Ver.턱시도)에게 시선이 집중됐다.

원래 왕족이라서 기본 소양으로 댄스를 배운 유에의 리드에 맞춰 하지메는 『순광』까지 써 가며 춤췄다. 미리 춤을 관찰해 둔 덕분에 모양새는 제법 그럴싸했다.

"즐거워? 유에."

"······응."

즐겁고 행복해 보이는 유에의 표정과 그걸 보며 눈가를 누그러뜨리는 하지메, 그리고 서로의 의상 때문에 제삼자가 본다면 완전히 두 사람의 약혼 파티였다.

불편한 분위기를 불식하는 데 필사적이던 연주자들도 하지메와 유에의 분위기에 흥이 올랐는지 즐겁게 연주를 시작했다.

지금 파티장의 주역은 하지메와 유에였다. 누구나 행복하게 빙글빙글 춤추는 두 사람에게 주목하고 있었다.

릴리아나는 그런 두 사람을 미소로 바라보았다. 그곳에는 미미한 선망의 감정이 담겨 있는 듯했다.

한편 하지메에게 연정을 품은 여성들은 이제부터 일어날 일도, 릴리아나 사건도 일시적으로 머리 한쪽 구석으로 밀어 넣고 다음은 누구 차례냐며 두 번째 파트너 자리를 차지하기 위해 기를 쓰는 중이었다.

이윽고 연주가 끝나고 미소 지으며 가벼운 키스를 나눈 두 사람에게 제국 귀족들이 성대한 박수를 보냈다. 그들의 눈에는 그저 순수한 감동이 떠올라 있었다. 제국 귀족 영애들도 뜨거운 숨결을 토하며 황홀한 여운을 느끼고 있었다.

박수갈채에 우아하게 인사로 답한 하지메와 유에가 사이좋게 손을 잡고 동료들 곁으로 돌아왔다.

그러자 경쟁에 이겼는지 티오가 앞으로 나왔다. 그리고 눈동자를 기대감으로 빛내면서 살며시 손을 내밀었다. 하지만 이런 상황에서도 히로인이 되지 못하는 것이 티오.

"나구모 하지메 님. 한 곡 부탁드려도 될까요?"

아니나 다를까, 절묘한 타이밍에 방해꾼이 난입했다.

바로 릴리아나였다.

"공주님…… 주역이 파트너는 내팽개쳐 두고 뭐 해?"

"어머, 그 주역의 자리를 빼앗아 놓고 너무하시지 않나요?"

"그런 사무적인 표정이니까 그렇지. 그보다 황태자는 저대로 둬도 괜찮아?"

"인사는 대강 다 돌았고 지금은 파티를 즐기는 시간이에요. 그리고 원래 몇 곡은 다른 분과 추는 거랍니다. 보세요, 바이어스 님도 애인 한 명과 춤추고 계세요."

"애인이라니……? 멍청하게 서 있는데."

"후후. 그보다 슬슬 손을 잡아주셨으면 하는데…… 함께 춤을 추셔줄 수 없을까요?"

릴리아나는 단순히 춤을 추고 싶은 게 아니라 따로 하고 싶은 말이 있어 보였다. 릴리아나를 보고 그 내용을 대강 짐작한 하지메는 귀찮아서 단칼에 거절하려다가…… 유에게 떽! 하고 핀잔먹었다.

"……공식 석상에서 창피를 주면 안 돼."

그렇다고 한다. 유에치고는 제법 마음을 쓴다. 의외로 릴리아나가 마음에 들었던 걸까? 이어서 카오리와 시즈쿠에게서도 압력이 들어왔다.

하지메는 체념하듯 웃었다.

"알았어. ……기쁘게 받아들이겠습니다. 공주님."

"……네."

주목을 모으기도 한 탓인지 하지메가 평소에는 생각할 수 없을 만큼 정중하게 릴리아나의 손을 잡고 댄스 홀 중앙으로

리드해 갔다.

　방금 유에와의 댄스가 뇌리를 스친 탓이리라. 릴리아나가 쑥스러워하는 태도와 함께 주목도는 높았다.

　참고로 릴리아나와 대화가 오가는 내내 손을 내민 채 굳어 있던 티오에겐 아무도 눈길을 주지 않았다.

　"이, 이 타이밍에 그렇게 나오다니! 얼마나 날 잘 아는 게냐, 주인님! 허억, 허억…… 하웅."

　……이라고 지껄이며 볼을 붉혔지만 누구 하나 관심을 주지 않았다.

　느긋한 곡조의 선율이 흘러나왔다. 릴리아나와 하지메는 우아하게 몸을 움직이며 밀착했다.

　릴리아나가 하지메의 어깨에 얼굴을 붙이고 몰래 속삭였다.

　"……아까는 감사했어요."

　"역시 그거군……. 용케 알았는데?"

　"그런 비상식적인 걸 나구모 씨 말고 누가 하겠어요? 게다가 당신의 『붉은 빛』은 무척 아름다워요. ……어떻게 모를 수 있겠어요."

　"그래? 뭐, 제국 제1 황자가 그 모양이면 결국 일시적인 위안거리겠지만."

　"직설적이시네요. ……그래도, 그래도 기뻤어요. 카오리에게 나구모 씨가 구해줬을 때 이야기를 듣고 조금 부럽다고 느꼈었거든요."

　릴리아나는 그렇게 말하며 하지메의 어깨에서 얼굴을 조금 떼고 말 그대로 기쁘게 미소 지었다. 그 웃는 얼굴은 바이어스 곁에 있을 때와는 비교가 무색했고 릴리아나의 본디 매력으로 가득했다. 주목하던 제국 귀족들이 조금 술렁거렸다.

"그래서 마음을 바꿔 먹고 그런 태도와 드레스를?"

"안 어울리나요?"

"어울리긴 하지만…… 역시 그 분홍색 드레스가 나아. 정반대로 옷을 고른 건 일부러 보여주기 위해서야?"

"네. 약혼자를 폭행하려고 한 남편에게는 이 정도로 충분하니까요. 그보다…… 역시 그 거미를 통해 보였던 거군요. 창피한 제 모습이……. 어떡해, 이제 시집은 다 갔어요."

흑흑흑! 연기처럼 과장스럽게 우는 척하며 릴리아나는 다시 하지메의 어깨에 얼굴을 묻었다.

'못하는 말이 없군…….'

하지메는 기막힌 표정이었다.

"목소리는 작아도 이런 곳에서 그런 소리 하지 마. 그리고 아까부터 너무 밀착하는 거 아냐? 황태자가 죽일 듯이 쳐다보는데?"

"뭐, 어떤가요? 오늘 밤이 지나면 전 실질적인 황태자비예요. 지금 정도는 여자아이로 있게 해주세요. 아니면 가까운 시일 내에 폭행당하고 애인들에게 해코지당할 가엾은 공주의 소소한 바람도 들어주지 못하시는 건가요?"

"폭행과 해코지는 이미 확정이야?"

"확정이에요."

그러고 릴리아나는 하지메에게 한 번 꽉 안기더니 표정을 감추고 툭 흘리듯 중얼거렸다.

"……만약 ……만약『구해 달라』고 한다면 어떻게 하실 건가요?"

릴리아나도 이렇게 물을 생각은 없었다.

제국 황자와의 혼인 관계는 미래를 위해 꼭 필요했다.

마물과 마인족의 습격으로 타격을 입고 성교 교회 총본산이 소멸해 불안정진 북쪽 대륙 사람들을 안심시키기 위해서, 양국은 인간족의 결속 강화를 가시적으로 보여줄 수밖에 없었다.

왕족 일원으로서 이루어야만 하는 역할이었다. 설사 존엄마저 빼앗길지 모르는 괴로운 결혼 생활이 기다린다 하더라도…….

그래도 하지메에게 묻고 만 이유는 목소리도 닿지 않고 그 누구의 도움도 기대할 수 없는 상황에서 가슴속 공포에 떠는 자신을 구해준 것이 그였기 때문에. 하지메에게 안겨 행복한 표정을 짓는 유에를 봤기 때문에. 그리고 분명히 하지메라면 거절한다고 생각했기 때문이리라. 그러면 정말로 각오를 굳힐 수 있으니까. 일종의 응석일지도 몰랐다.

하지만 하지메의 대답은 릴리아나의 예상을 벗어난 것이었다.

"뭐, 내가 어떻게 하기 전에 결과적으로 해결되지 않을까? 경우에 따라선 오늘 밤 **현재의** 제국은 끝날지도 모르고…… 적어도 황태자는 글렀지."

"……네?"

—HQ, 여기는 빅터. S 포인트 제압 완료.

—HQ, 여기는 엑스레이. Y 포인트 제압 완료.

눈을 동그랗게 뜨고 무심결에 얼굴을 든 릴리아나를 향해 하지메는 입꼬리를 씨익 끌어올렸다.

그 표정을 보고 릴리아나의 가슴속에 엄청나게 불길한 예감이 몰아닥쳤다.

방금까지 숙연하던 분위기가 사라지고 릴리아나의 안색이 점차 딱딱해졌다. 뇌리를 스치는 건 하지메가 말하지 않은 제성 방문 목적. 그리고 오후에 본 아이들의 의미심장한 말들.

그런 릴리아나의 귓가에 하지메가 살며시 입을 가져갔다.

"그리고 말이지, 응석이라면 좀 더 알기 쉽게 부려. 난 눈치가 없어서 실수로 무슨 짓을 할지 모른다고."

"—아."

릴리아나의 몸이 흠칫 떨렸다. 그것은 귓가에 닿은 숨결과 목소리 때문이기도 했지만 하지메가 한 말의 속뜻을 알아차렸기 때문이었다.

『구해주겠다』는 뜻을…….

릴리아나의 마음이 격하게 요동쳤다. 그것은 안 된다고, 왕녀인 릴리아나가 외쳤다. 결혼은 이루어야만 하는 책무였다. 그렇기에 몽상을 품은 여자아이인 자신을 단호하게 내쳐주길 바랐는데…….

왜? 어떻게 보면 잔혹한 그 처사 때문인지, 아니면 기뻐서인지 릴리아나는 젖은 눈망울로 하지메를 봤다. 하지메는 아무것도 아니라는 양, 그러나 전혀 분위기를 고려하지 않은 최악의 대답을 돌려줬다.

"공주님이 불행하면 슬퍼하는 녀석들이 있으니까."

그렇게 말한 하지메가 눈길을 다른 쪽으로 돌렸다.

요컨대 릴리아나 본인을 위해서가 아니라 그녀가 불행하면 하지메의 『소중한 사람』이 상처받는다고 말하고 싶은 모양이었다.

그것을 깨달은 릴리아나가 못마땅한 눈으로 하지메를 봤다.

"입에 발린 말이라도 절 위해서라고 해야 할 부분 아닌가요? 저 분명 넘어갔을걸요?"

"넘어오게 해서 뭐하게? 뭐, 일단 공주님에게 최악의 사태만은 일어나지 않는다고 봐도 돼. 저 녀석들의 소중한 친구인 이상은 말이지."

"……나구모 씨는 한결같은 분이시네요. 정말로 유에 씨가 부러워요……."

릴리아나는 조금 얄밉다는 표정으로 하지메를 바라봤다.

그런 눈으로 봐도 하지메는 신경조차 쓰지 않았다.

곡은 드디어 후반부에 접어들었다. 하지메는 꿈쩍도 하지 않았다. 이윽고 체념한 릴리아나는 한숨을 푹 쉬고 하지메에게 몸을 맡겨 그저 지금 이 순간의 댄스를 즐기기로 했다.

그리고 사그라들지 않는 여운을 남긴 채 곡이 끝났다. 섭섭하게 몸을 뗀 릴리아나는 손을 놓지 않고 잠시 하지메를 빤히 바라보다가…… 나직이 「고마워요」라고 말했다.

만발한 꽃처럼 아름다운 미소와 함께…….

그것은 단순한 열네 살 소녀의 미소였다. 너무나 순수하고 티 없는 미소는 그것을 본 모든 이의 심금을 가볍게 울렸다. 도처에서 새어나오는 열띤 한숨 소리가 들렸다.

그리고 잠시 후, 유에와 댄스를 췄을 때에 뒤지지 않을 만큼 성대한 박수가 일었다.

릴리아나는 다른 고위 인사와 춤을 춰야 한다며 도중에 헤어졌다. 혼자 돌아온 하지메를 여성들의 차가운 눈초리가 및이했다.

"하지메, 이 카사노바……."

"……하지메 씨, 대체 어느새……. 눈을 떼기가 무서워요."

"주인님. 방치 플레이로 조금 젖어 버렸는데 속옷을 갈아입고 와도 되겠느냐?"

"방금 폭행 발언과 관계가 있어 보여. ……위험한 릴리를 구해줬다고 했고 지금 댄스로 마무리를 지은 건가? 대체 뭐라고 속삭였어? 나구모, 릴리는 곧 결혼할 몸이야. 알아? 응? 알고서 그러는 거야?"

"으아아, 나구모가 드디어 남의 여자까지……. 부도덕해! 너무 멀리 갔어! 내 머리 허용량을 넘었어!"

약간 변태 발언이 섞였지만 하나같이 릴리아나에게 손을 댔다는 식의 발언이었다. 하지메는 무슨 헛소리냐며 어이없는 표정이었다.

하지메가 한 일이라고는 지나가는 길에 잠깐 사람을 돕고 요청대로 댄스를 췄을 뿐이었다. 그 외에는 다른 멤버가 신경 쓸 테니까 필요 최소한의 조력 정도는 하겠다고 말한 것이 전부였다.

유혹할 생각 따위 추호도 없었다. 그것으로 만에 하나, 억에 하나 릴리아나가 하지메에게 호의를 가졌다고 해도 하지메로서는 알 바가 아니었다.

일단 만약을 위해 오해가 없도록 유에에게 시선을 돌렸다.

"……괜찮아. 알아."

유에는 그렇게 말하며 하지메의 손을 잡아 꾹꾹 주물렀다.

역시 유에는 다르다. 안 그래도 천원돌파한 유에를 향한 애정이 천정부지로 상승했다. 주무르는 손에 평소보다 힘이 들어간 것처럼 느껴지는 건 틀림없이 착각이다.

―HQ, 여기는 줄루. Z 포인트 제압 완료.

―전 부대에 알린다. 여기는 HQ. 모든 배치가 완료됐다. 카운트다운을 시작한다.

학생들뿐 아니라 하지메 일행에게도 약간의 긴장감이 흘렀다.

그런 가운데, 시아는 눈을 감으면서 한 차례 심호흡하고 잠시 후 천천히 눈을 떴다.

눈동자에 서린 전의에 모두 무심코 숨을 죽였다.

"하지메 씨, 유에 씨."

시선으로 주위를 훑었다. 카오리와 티오도 빠뜨리지 않고 돌아봤다.

하지메는 고개를 끄덕이고 당당하게 웃었다.

"지금부터 넌 『하우리아 족 족장의 딸』이다. 다녀와."

그 말에 시아도 당당하게 웃었다.

"네, 다녀올게요!"

그러고는 서서히 기척이 옅어지더니 누구에게도 들키지 않은 채 파티장을 나갔다.

그 뒷모습을 바라보는데 사회자가 목소리를 높였다.

가할드가 연설과 재차 건배를 한다는 것 같았다.

단상에 오른 가할드가 낭랑한 목소리로 운을 뗐다.

"릴리아나 공주의 내방과 아들과의 정식 약혼을 축하하는 파티에 모여준 점, 다시 한 번 감사한다. 여러 서프라이즈가 있어서 참으로 재미있는 행사가 되었군."

가할드는 그 말과 함께 의미심장하게 하지메에게 눈동자를 굴렸다. 하지메는 엉뚱한 방향을 보고 있었다. 그 태도에 가할드는 점점 더 재밌다는 표정을 지었다.

동시에 하지메의 귀고리에서 결연한 목소리가 들려왔다.

—전 부대에. 여기는 알파1. 지금부터 우리는 수백 년에 이르는 박해에 종지부를 찍고 이 세계의 역사에 이름을 새긴다. 공포의 대명사가 될 이름이다. 이곳은 운명의 교차로다. 지옥으로 떨어질지 미래로 나아갈지, 모든 것은 이 싸움에 달려 있다. 봐주지 마라. 자비는 필요 없다. 최약의 손톱과 어금니가 어떤 것인지 보여줘라!

"파티는 이제 막 시작됐을 뿐이다. 오늘 밤은 마음껏 먹고, 마음껏 마시고, 마음껏 춤추며 원 없이 즐기도록. 그게 아들과 며느리의 새 출발을 위한 무엇보다 큰 축복이 될 거다. 자, 잔을 들어라!"

토인족과 인간족. 두 종족의 우두머리가 동시에 말을 겹치듯 연설했다.

―10, 9, 8……

하지메 일행과 곳곳에 침투한 토끼들에게만 들리는 운명의 카운트다운.

―보스. 이 전장으로 이끌어주셔서 감사합니다.

제국 귀족들은 아무것도 몰랐다.

가할드는 참석자 전원이 잔을 든 것을 확인하자 자신도 와인이 넘칠 듯 찰랑거리는 잔을 들어 한 호흡 쉬었다.

그리고 숨을 크게 들이마시고 패기에 찬 목소리로 건배사를 외쳤다.

염화 너머에서도 그와 마찬가지로…….

―정신 바짝 차려라! 간다!!

―""""""""""옛!!"""""""""""

―4, 3, 2, 1……

그리고 카운트다운은 드디어―.

"이 혼인으로 인간족의 결속은 더욱 단단해졌다! 두려울 것은 아무것도 없다! 우리 인간족에게 영광을!"

""""""""""영광을!"""""""""""

―0. 행운을 빈다.

그 순간.

모든 빛이 사라지고 어둠이 파티장을 삼켰다.

"뭐야?! 무슨 일이야?!"

"꺄아악! 뭐야, 대체 뭐야?!"

한순간 오감 중 하나를 빼앗긴 제국 귀족들이 혼란과 동요에 떨며 고함쳤다.

"당황하지 마라! 마법으로 빛을 만들— 컥?!"

"왜 그래— 크악?!"

"무슨 일이 벌어— 어흑?!"

비교적 냉정하던 자들이 지시를 내리며 마법으로 빛의 구슬을 만들어 조명을 확보하려고 했다. 하지만 그 직후 비명과 함께 쓰러지는 소리가 들렸다. 냉정함을 잃은 귀족들이 잇따라 비명을 질렀다.

그 이상사태에 파티장은 다시 혼란에 빠졌다. 특히 귀족 영애들은 완전히 패닉에 빠져 무턱대고 뛰어다니는 바람에 여기저기서 넘어지거나 부딪치는 소리가 들렸다.

"진정해라! 네놈들이 그러고도 제국인이냐!"

암흑 속에서 가할드의 패기에 찬 목소리가 울려 퍼졌다.

밤의 장막을 걷어버릴 것만 같은 쩌렁쩌렁한 일갈은 야음과 비명의 연쇄로 공황에 빠질 뻔한 제국 귀족들의 정신을 강제로 각성시켰다.

가할드는 계속해서 지시를 내리려고 했지만…….

휙! 휙! 휙! 연속해서 바람을 가르는 소리가 가할드를 강습했다.

"음?! 쯧! 쥐새끼 같은 게!"

상식적으로 생각하기 힘들 만큼 짧으면서도 놀라운 속도와 위력을 가진 화살이 사방팔방에서 비래했다. 게다가 기막힌 엇박자로 정확하게 아픈 곳만 노리고 쉴 새 없이 날아들었다.

그 가할드가 일방적인 수세에 몰리고 말았다. 도저히 태세를 정비하기 위해 지시할 겨를이 없었다.

그래도 사방이 시커먼 암흑 속에서 바람 소리만 듣고 화살의 위치를 파악해 의례용 검만으로 쳐 내는 그 실력은 놀랍기 그지없었다.

캉! 캉! 캉! 캉! 고래고래 소리치는 가할드를 중심으로 금속과 금속이 충돌하는 소리가 연속으로 울렸다.

잇따라 들리는 비명과 물건이나 사람이 쓰러지는 소리가 나는 와중, 겨우 냉정함을 되찾은 몇 사람이 조명 삼아 불덩이를 만들어 내는 데 성공했다.

험악한 표정으로 주위를 돌아보며 경비병을 불러 대는 그들의 시야 한쪽에서 검은 그림자 같은 것이 바람을 가르고 휙 지나갔다.

"음?! 누구— 쿨럭?!"

제국 귀족 남성은 반사적으로 그 그림자를 향해 불덩이를 날리려고 했으나, 그 직전에 등 뒤 어둠에서 그림자가 튀어나왔다. 바로 뒤에 있었는데도 남자는 전혀 반응하지 못했다. 그리고 검은 도료를 칠한 소도가 그 무방비한 목덜미를 덮쳤다.

결과는 단순했다. 남자의 머리가 마치 장난감처럼 하늘로 튀어 올랐다.

빙글빙글 돌며 끔찍한 소리와 함께 땅에 떨어진 그것은 어리둥절한 표정을 짓고 있어 아직 죽음을 자각하지 못한 것처럼 보였다.

빛에 몰려드는 나방처럼 불덩이를 만들어 낸 자 곁으로 다가가던 제국 귀족과 영애들은 불이 소멸하기 직전 얼핏 보인 그림자와 순식간에 사람 머리가 날아가는 광경을 목격하고 다리에 힘이 풀려 꼴사납게 쓰러졌다.

어느새 주위를 비추던 불덩이는 모두 사라지고 파티장은 다시 암흑 일색으로 물들었다.

"헉, 괴, 괴물! 괴물이야!"

"주, 죽기 싫어! 살려줘요! 누가 나 좀 살려줘!"

주저앉은 자 대부분은 영애나 문관들이었지만 군인 장교도 적잖게 있었다. 전선에서 물러나 사치와 향락을 누리던 그들은 사신의 낫이나 다름없는 암흑과 습격범 때문에 제정신을 유지하지 못한 것 같았다.

그들은 단 한 명 예외 없이 아무 저항도 하지 못하고, 소리도 없이 육박한 흑의의 집단에게 팔다리 힘줄을 잘려 고통에 몸부림치며 쓰러졌다.

그런 한심한 자들도 있었지만 이곳은 명색이 능력 지상주의를 내건 군사 국가였다. 언제까지고 혼란에 기댈 수는 없었다.

가할드처럼 의례용 검은 가지지 않았어도 호신용 단도로 몇 차례 습격을 버틴 강자들이 동료의 기척을 찾아 집결했고 대형을 짜기 시작했다.

"젠장, 상당한 실력자다! 기척을 종잡을 수 없어!"

"투덜댄다고 뭐가 달라져?! 로그, 테드! 시야 확보를 우선한다! 나머진 방어에 전념해!"

서로 등을 보이지 않게끔 둥글게 모여서 중심에 있는 마법 사용자에게 주문을 맡겼다. 대단한 연계였다.

가할드에게서 비교적 가까이 있던 자들, 아마 근위병으로 추정되는 그들도 바로 대형을 갖춰 가할드의 등을 지켰다.

주의해야 할 범위가 단숨에 절반으로 줄어든 가할드에게 이미 화살은 위협이 되지 못했다. 여유가 생긴 가할드는 수십 개의 화살을 한 손으로 쳐 내며 주문을 외웠다.

엄청난 속도로 발동한 마법은 눈 깜짝할 사이에 약 열 개의 《염탄》을 만들어 냈다. 그것들은 순식간에 파티장으로 퍼져 나가 원시적 빛으로 어둠을 몰아냈다.

"더는 설치지 못하게 해라! 반격을 개시한다!"

가할드는 그렇게 으르렁댔지만 그 직후 눈앞으로 웬 쇳덩어리가 데굴데굴 굴러왔다.

"뭐야, 이건……."

가할드의 측근이 수상쩍어하면서도 정체를 확인하고자 접근했다. 그것은 다른 곳에서 시야를 확보한 이들도 마찬가지였다.

맹렬하게 불길한 예감이 엄습한 가할드는 바로 그들을 제지했다.

"멈춰! 다가가지 마!"

"우?!"

측근은 가할드의 명령에 반사적으로 따르며 뒤로 훌쩍 물러나려고 했지만 그 쇳덩어리의 효과에서 벗어나기에는 무의미한 행동이었다. 그것은 다음 순간 증명됐다.

키이이이이이잉!

빛이 폭발하고 귀를 찢는 폭발음이 주위를 무차별적으로 유린했다.

"끄아악?!"

"뭐야?!"

바로 눈을 감고 팔로 얼굴을 가렸으나 너무나도 기습적인 일에 완전히는 대처하지 못했고 일시적인 시력과 청력 상실에 빠졌다.

그리고 그 절호의 기회를 습격범인 하우리아 족이 놓칠 리 없었다.

절묘한 타이밍에 달려 나간 흑의의 하우리아들이 극한까지 기척을 죽여 표적에게로 접근했다. 그리고 칠흑의 소도로 일격, 이격.

앗 하는 사이 오감 중 두 가지를 빼앗겨 저항할 여유 따위 없던 근위병들의 팔다리 힘줄은 순식간에 끊어져 버렸다.

근위병들은 격렬한 고통에 비명을 쏟으며 쓰러졌다.

그 직후, 입에 나이프가 불쑥 들어와 혀가 찢겼다. 마법 주문을 막기 위함이었다.

다른 곳에서도 똑같이 반격하려던 자들이 차례차례 힘줄을 끊고 혀를 찢겼다. 대규모 마술을 구사하려던 자는 가차 없이 머리가 날아갔다.

그런 가운데 캉, 캉, 금속이 격돌하는 소리가 울렸다.

놀랍게도 가할드만은 눈도 귀도 망가진 상태에서 극한까지 기척을 죽인 하우리아 족 두 명의 칼을 막아 내고 있었다.

습격한 두 하우리아 족도 이건 예상하지 못했는지 복면 틈새로 엿보이는 눈을 커다랗게 벌려 놀라고 있었다.

그 한순간의 동요를 감지한 건지, 틈을 찔러 통한의 일격이 작렬했다.

가할드가 진각(震脚)처럼 발 구름으로 충격을 발생시켰다.

"읏!"

"큭!"

자세가 무너진 두 하우리아가 얼떨결에 신음했다.

눈도 귀도 쓸 수 없는데 가할드는 소름 끼치게 정확한 공격을 구사했다.

채찍처럼 휘었다는 착각마저 일으키는 특이한 참격이 두 하우리아에게 엄습했다. 두 명은 카운터를 날릴 여유도 없이 소도를 교차시켜 전력으로 방어했다.

최고 수준 내구력을 가진 소도는, 2연격이라곤 생각할 수 없는 파괴력을 가진 참격을 확실히 버텨 냈으나, 그걸 든 두 명은 엄청난 기세로 밀려 날아가 버렸다.

튕겨 날아간 두 사람이 채 땅에 떨어지기도 전에 화살이 쇄도했다. 억수같이 쏟아지는 크로스보우의 일제 사격이었다. 그러나—.

"흐트러뜨려라. —『풍벽』!"

단 두 마디로 발동한 강렬한 바람의 장벽으로 인해 화살의 궤도가 몽땅 비켜나갔다.

"꿰뚫어라. —『염탄』!"

그리고 다시 두 마디로 마법이 발동했다. 한 번에 열 개나 만들어진 『염탄』이 『풍벽』으로 느낀 화실의 사선을 좇아 일제히 발사됐다.

이미 이동했기에 망정이지, 여기저기서 폭염을 일으킨 《염탄》의 착탄 위치는 하우리아 족이 조금 전까지 숨어 있던 장소였다.

발동 속도도 위력도 범상치 않았다. 기척을 죽이고 다가와도 어째선지 들켰다. 채찍처럼 휘는 검은 방어하기만도 벅찰 지경이었다.

가할드에게 전율하는 기척이 무수히 일어났다. 기척을 죽이던 하우리아들이 동요해서 미약한 기척이 새어 나온 것이었다.

가할드의 닫혀 있던 눈이 어렴풋이 열렸다. 보이지 않을 텐데도 불구하고 그 눈동자에 야수처럼 위험한 빛이 깃들었다.

"거기 있었나……."

목이 빙글 돌아갔다. 그 시선이 어둠 속에 숨은 하우리아 족을 정확하게 포착했다. 그 한순간의 동요만으로 위치가 발각됐다!

"터져라. ─『염탄』!"

다시 《염탄》 폭풍이 발사됐다. 가할드가 염탄을 등지고 어둠 속 하우리아를 향해 일직선으로 돌진했다.

그 직후, 파티장 천장을 향해 날아가던 염탄이 한순간 수축한 뒤 굉음과 함께 대폭발을 일으켰다.

천장에서 크로스보우로 엄호하던 팔과 저격 팀이 바닥까지 날아가 버렸다.

《염탄》이 발사됨과 동시에 피난했기에 직격은 면했지만 압축 폭발로 인한 충격과 열파까지는 다 피하지 못했다.

피해는 별로 크지 않았다. 하지만 발판으로 쓰던 곳이 붕괴해 내려앉아 적어도 다음 저격 지점으로 이동하는 짧은 시간 동안 엄호가 끊기게 됐다.

"춤추는 바람이여! 나의 의지를 속히 나르라─『풍음(風音)』."

그 틈에 가할드는 다음 마법을 구사했다.

─바람 속성 보조 마법 『풍음』.

주위 공기에 간섭해 소리를 증폭하거나 작은 소리를 멀리 전달할 수 있는 마법이었다. 폭음으로 망가진 청각을 이 마법으로 보조해 조금이라도 기능을 되찾으려는 속셈이리라.

응용하면 분명히 마법 버전 『기척 탐지』 기능이라고도 할 수 있을 것이다. 그래도 결국은 청각을 통한 감지라서 정밀도가 떨어지고 집중력도 필요해 근접 전투에서 사용하기에는 적절하지 않은 마법이었다. 기본은 척후 및 첩보원이 사용하는 연락, 첩보용 마법이었다.

"으랴아아아앗!"

"큿—!"

"으윽!"

찢어질 듯한 기합 소리와 함께 굴절하는 검격이 자유자재로 휘놀았다.

하우리아들은 고통에 신음하면서도 기척에 완급을 줘 가할드의 감각을 어지럽힘으로써 상황을 모면하고 있었다. 하지만 그것도 빠듯했다.

『풍음』때문에 기척 조작 효과가 확연히 떨어졌다. 가할드는 하우리아 족이 움직일 때 발생하는 미세한 바람 소리까지 귀신같이 잡아내고 있었다.

시각을 빼앗겼으면서, 발동해도 『기척 감지』에는 한참 못 미치는 효과밖에 없는 연락, 첩보용 마법에 의지해 망설임 없이 파고드는 담력과 고양되는 살기는 그야말로 대단한 것이었다. 보이지 않아도 검을 놀리는 정확성은 초 단위로 높아졌다.

이것이 황제. 이것이 군사 국가의 수장. 힘이 전부라고 역설하는 싸움꾼들의 왕!

그것을 몸소 실감한 하우리아들은―.

"바라던 바다."

"회를 떠주마."

위축되기는커녕 모두 입가에 음산한 웃음을 떠올렸다. 복면 사이로 엿보이는 눈동자는 형형하고 사납게 빛났고 한 명 한 명으로부터 짙은 살기가 뿜어져 나왔다.

기척 조작 효과가 약해져도 연계로 처치해주겠다는 양 하우리아들은 흡사 한 마리 생물처럼 행동에 나섰다.

사방팔방에서 히트 앤 런을 기본으로 한, 묘기라고 해도 과언이 아닌 연계 공격이 쇄도했다.

"크크, 기분 좋은 살기를 내뿜는데그래! 엉? 하우리아아!"

가할드는 엄습하는 참격을 독특한 검술로 받아치고 즐거운 목소리로 외쳤다. 아무래도 진즉에 하우리아 족이라고 들킨 모양이었다.

하우리아들은 가할드의 고함을 들어도 더는 아무 말도 하지 않았다. 오로지 살의만을 키워 갔다.

"야, 쫄아서 말도 안 나오냐?!"

그 말로 보아 역시 마법 덕분에 청력만은 조금 회복된 듯했다.

가할드의 고함에 한층 강렬한 살기를 흩뿌리는 하우리아─캄이 소도 두 자루를 휘두르며 흘러넘치는 살의와는 반대되는 기계적인 말로 나직이 되받았다.

"싸움에 말은 필요 없다. 버텨 봐라."

"하! 좋다!"

암흑 속에 불꽃이 튀었고 더욱 격렬해지는 검합은 폭풍과 같았다.

개인의 전투력은 가할드가 압도적이었다. 하지만 하우리아는 캄을 기점으로 한 군체(群體) 전력.

양자의 힘은 비등했고 서로에게 결정타를 주지 못한 채 장군에 멍군 상태였다.

수십 초일까, 수 분일까…….

의식은 있지만 입도 팔다리도 찢겨 고통스럽게 표정을 일그러뜨린 자들은 왜 밖에서 아무도 오지 않느냐며 짜증을 느끼면서도 자신들의 왕이 승리하길 기원했다.

하지만 동시에 습격자가 토인족이라는 말도 안 되는 사태에, 그 미지에, 공포에 떨리는 몸을 멈추지 못했다.

그리고 그때, 그들의 기대를 배신하는 사태가 벌어졌다.

"윽! 뭐야? 몸이!"

가할드가 갑자기 휘청거리더니 급속도로 몸놀림이 둔해졌다. 이때만을 기다렸다는 것처럼 사방팔방에서 하우리아들이 뛰어들었다.

가할드는 간신히 공격을 튕겨 냈지만 처음부터 가할드의 이변은 예상한 일이었는지 기막힌 타이밍에 날아든 화살이 드디어 가할드에게 직격했다.

"크아!"

장딴지 깊숙이 화살이 박혀 무릎을 꿇은 가할드에게 캄이 소도를 휘둘렀다.

간발의 차로 받아 내긴 했지만 다른 한쪽 소도에 팔 힘줄을 끊겨 가할드는 끝내 검을 떨어뜨렸다.

가할드는 순식간에 마법을 발동하려고 했으나, 찰나의 타이밍을 노리고 서로 교차하듯 지나친 두 하우리아 족이 전투 중에 확인한 위치에서 소도를 휘둘러 숨겨 놓은 마법진과 아티팩트를 파괴하고 날려 버렸다. 동시에 남은 팔과 다리에도 화살이 꽂혔다.

"—읏!"

격통이 퍼졌다. 비명만 지르지 않았을 뿐이지 그 몸은 의지에 반해 천천히 기울었고…… 털썩 소리가 울렸다.

드디어 가할드가 쓰러졌다.

파티장이 고요해졌다. 아무도 말을 하지 않았다. 물리적인 이유도 있었지만 설사 말을 할 수 있었다고 해도 분명 누구도 말하지 않았으리라.

어둠에 시야가 가려져도 이해할 수 있었다. 그 사실은 제국인에게서 말을, 혹은 사고 그 자체를 빼앗고도 남는 충격이었다.

그렇다. 헤르샤 제국 황제의— 패배였다.

그것은 제국이라는 하나의 강국이 최약체 종족에게 함락되는 순간이었다.

시간을 조금 거슬러 오른다.

"서둘러! 파티에서 무슨 일이 생겼다! 한시라도 빨리 폐하에게로 간다!"

적막에 싸인 제성 내에 초조함이 묻어나는 노성이 울렸다.

언성을 높인 자는 제국군 제3 연대장 그리드 하프였다. 달리는 그의 뒤에는 부하 병사가 스무 명 정도 따르고 있었다.

파티장이 어둠에 싸인 것과 거의 같은 시각, 그들은 제성 내 보물고에서 경비 임무를 수행하고 있었다. 제성 지하 깊은 곳에 있는 보물고였다. 그래서 그들은 지상에서 일어난 이변에서 벗어날 수 있었지만…… 경비 도중 갑자기 이변을 알리는 마법 도구가 반응해 황급히 나온 것이었다.

이 마법 도구는 가할드가 직접 몸에 지닌 방비 중 하나였다. 기동한 순간 연동하는 다른 마법 도구의 색이 변하긴 하나, 구체적으로 무슨 일이 일어났는지까지는 알 수 없었다.

그래도 황제가 직접 경고 신호와 긴급 소집령을 내렸다.

무슨 비정상적이고 급박한 사태가 일어난 것은 확실했다.

그리고 그 편린은 제성 안의 기묘한 분위기가 보여줬다.

"연대장님! 어떻게 된 일입니까?! 다른 부대는요?! 왜 아무도 오지 않는 겁니까?!"

그 말대로 여기저기 있어야 할 순찰병도, 똑같이 긴급 소집을 받고 달려와야 할 대기소의 병사들도 아무도 합류하지 않았다.

불안을 숨기지 못하는 부하에게 그리드 또한 불길한 예감을 느끼고 대답했다.

"어쨌든 지금은 서둘러 폐하에게 가야 한다! 칙명이다!"

제성 부지가 유난히 조용했다. 도중에 일시적으로 부대에서 떨어져 화장실이나 식당, 자료실 등으로 갔던 자들이 우연히 합류했다. 그들은 하나같이 그리드 부대를 발견하자 안심한 표정을 보였다.

최종적으로 30명 정도가 된 그리드 부대는 제성 내부 연결로를 통해 파티장이 있는 건물로 진입했다.

그 직후—.

"안녕하세요, 제국병 여러분. 좋은 밤이라고 생각하지 않으세요?"

긴박한 상황에 어울리지 않은 귀여운 목소리가 들렸다.

"넌……."

그리드가 눈을 크게 떴다. 다른 병사들은 숨을 멈췄다.

본래 사용인이 바쁘게 오가야 할 현관은 괴괴한 정적에 잠겼고 장엄한 샹들리에와 중앙 계단 아래에는 단 한 사람, 몸을 치장한 미소녀가 있었으니까.

푹신푹신한 토끼 귀가 까딱까딱 움직이고 한 발 걸을 때마다 미니 드레스가 하늘하늘 춤췄다. 각선미는 예술적이라고도 할 수 있었다. 빙그레 미소 짓는 미모도 미모였지만 그 드레스와 같은 연하늘색 머리가 찰랑거리는 모습은 신비한 매력이 있었다.

애완용으로 인기 있는 토인족 중에서도 차원이 다른 미인. 찾아온 사람이 그리드란 것을 깨달은 직후부터 고개를 숙이고 떠는 모습도 가학심을 자극했다.

"쳇, 상대할 시간 없다. 가자."

하지만 그는 연대장이었다. 천을 넘는 부대를 이끌 권한이 주어진 자였다. 무엇을 우선해야 하는지 잘 알기에 토인족 소녀— 시아를 무시하고 파티장으로 가려고 했다.

하지만 그 발은 멈췄다. 멈춰야 했다.

"쿡, 후후훗, 아하하하하하."

떨던 이유가 공포가 아니라 웃음을 참기 위함임을 알았으니까.

"지금 웃어ー."

"이런, 이런 행운이 있나요! 설마 당신이 찾아오다니!"

"……무슨 뜻이냐?"

"기쁘다는 말이에요."

시아에게 만나서 기쁘다는 말을 듣고 기분 나빠할 남자는 없을 것이다.

하지만 이때만큼은, 그리드는 털끝만큼도 그렇게 생각하지 않았다. 오히려 소름이 돋았다.

"지금 제 가족이 황제님을 습격하고 있어요. 구하러 가고 싶으면 절 쓰러뜨릴 수밖에 없어요."

"연대장님! 언제까지 지체하실 겁니까! 이딴 토인족은 무시하고 가야 합니다!"

안달이 난 병사 한 명이 시아의 말을 미치광이의 헛소리쯤으로 치부했다. 그리고 바로 파티장으로 달려 나갔다. 충성심 강한 그는 한시라도 빨리 가할드에게 달려가고 싶었던 것이겠지.

"절 쓰러뜨릴 수밖에 없다. 그렇게 말씀드렸을 텐데요."

하지만 시아의 옆을 지나치려던 그는, 다음 순간 사라졌다. 그 직후 굉음이 울렸다.

그리드와 제국병들이 기름을 치지 않은 기계처럼 소리의 발생지로 뻣뻣하게 고개를 돌렸다.

그는 사방으로 튀어 있었다. 흡사 진흙 덩어리를 힘껏 벽에 던진 것처럼……

시선을 돌리자 그곳에는 주먹을 바로 옆으로 뻗은 시아가 있었다.

허리를 돌린 것처럼은 보이지 않았다. 하물며 상대는 무력한 토인족, 심지어 소녀였다.

그런데 옆으로 툭 뻗었을 뿐인 주먹으로 갑주로 무장한 성인 남성을, 인식도 할 수 없는 속도로 날려 버린다?

꿀꺽. 마른침을 삼키는 소리가 들렸다. 그리드는 그중 하나가 자신의 것임을 깨닫지 못했다. 기가 눌린 것이었다. 말이 안 되는 이 상황에……

시아는 미소 지은 채 담담하게 말을 이었다.

"왜 제가 혼자 이곳에 있다고 생각하세요? 파티장에 들어가기 위해서는 반드시 지나야 하는 이 현관에."

말하지 않아도 저 앞 복도를 보면 알 수 있었다. 달려올 제국병을 요격하기 위해서였다.

아무리 사전에 제압을 잘해도 반드시 놓치는 병력이 있었다. 가할드와 결전을 펼치는 중에는 설령 소대 규모라도 난입을 막고 싶었다.

그래서 하우리아 족은 개인 최강 전투력을 자랑하는 사람을 한 명, 이곳에 배치했다.

바로 족장의 딸이자 최강의 하우리아인 시아를…….

어렴풋이 시아의 반지가 빛을 뿜었다.

제국병이 퍼뜩 정신을 차리는 가운데 시아의 머리 위로 거대한 전투 망치, 드뤼켄이 출현했다.

보지도 않고 착 감기는 소리와 함께 자루를 쥐었다. 그리고 손목만 돌려 회전시켰다.

그것만으로 붕붕 거센 바람이 불었다. 그것은 거의 충격이었다.

"당신과 당신 부대가 상대라면 다시 제 이름을 말해 둘게요. 저는 시아. 시아 하우리아. 한때 당신들이 놓치고 만— 괴물이에요."

빙긋 웃고 자랑스럽게 이름을 밝힌 뒤 흉악한 전투 망치를 어깨에 걸쳤다. 그리고 한 손을 쓱 내밀어 나긋나긋한 손가락을 까딱거렸다.

오해의 여지가 없었다. 누가 봐도 명백했다. 즉…….

―상대해줄 테니까 덤벼라.

할 말을 잃은 그리드의 이마에 푸르죽죽한 핏줄이 선명하게 떠올랐다.

"괴물이라고? 토인족 따위가 분수도 모르고……."

확실히 보통 토인족과는 달랐다. 하지만 어차피 토인족이었다. 마법 하나 쓸 수 없는 불쌍한 종족 중에서도 가장 약하다고 평가받는 게 그들이었다.

그런 『토인족 따위』에게 기가 눌렸다는 사실에 그리드는 자존심이 크게 상해 소리쳤다.

"칙명을 받들기 전이다! 저 토인족은 죽이고 간다! 다소 힘이 강해 봤자 기껏해야 아인! 마법으로 처리해라!"

그리드의 부하가 즉시 반응해 주문을 개시했다. 부하 몇 명

이 이번에는 방심하지 않고 시아를 강습했다.

그런 그들에게 시아는 도발하던 손을 주먹 쥐고 뒤집어 엄지를 아래로 내렸다.

"토끼 박살 내주겠어요오!"

그리고 돌진했다. 광석으로 된 바닥이 폭발했다. 그 순간, 전위대가 튕겨 날아갔고 시아의 모습은 후위 부대 눈앞에—.

"윽?!"

두 병사가 경악으로 눈을 크게 떴다. 다음 순간 옆으로 부는 폭풍에 의해 그들의 **상반신만** 날아갔다. 전투 망치의 상식을 초월한 스윙 속도와 위력에 찢겨 날아가 버린 것이었다.

이어서 세차게 휘둘린 드뤼켄에서 충격이 터지고 그 여파만으로 세 명이 치명적인 내상을 입었다.

한 박자 늦게 피가 샤워처럼 쏟아졌지만 그때는 이미 시아가 방금 강습을 시도한 전위대 두 명 앞에 있었다.

"아차—."

"지금 그건 뭐—."

겨우 일어난 두 사람의 머리는 드뤼켄의 일격에 핀 볼이 되었다.

피가 비가 되어 쏟아지는 가운데, 그것을 머리부터 뒤집어 쓴 그리드가 뒤늦게 지시를 내렸다.

"산개해라! 산개!"

밀집해 있으면 한꺼번에 쓸려 나간다. 시아의 기이한 완력을 보고 그렇게 판단한 모양이었다.

병사들은 시아를 중심으로 주위로 퍼졌다.

"으랴!"

귀여운 기합과는 반대로 무서운 속도로 던진 드뤼켄은 그대로 제국병 한 명을 벽의 얼룩으로 만들었다.

무기를 놓았다며 제국병들에게 희색이 돌았지만 그건 착각이었다.

시아가 크게 팔을 휘두르자 제국병의 몸에 박힌 드뤼켄이 되감기듯 튀어나왔다.

자세히 보니 시아의 손은 마치 망치 자루 끝을 쥐고 있었고, 그 자루에서는 드뤼켄 쪽 자루로 쇠사슬이 이어져 있었다. 손에 쥔 자루를 분리해 특수한 플레일처럼 변형하는 구조였다.

"지금이다!"

"죽어라!"

완전히 되돌리기 전에 처리한다! 그런 생각으로 제국병 두 명이 덤벼들었다.

시아는 손에 쥔 자루에서 방아쇠를 당겼다. 그 순간 공중에 있는 드뤼켄에서 연속된 작렬음이 터졌다. 타격면에서 발사된 탄환이 다가오던 두 사람을 뒤에서 정확히 관통했다.

시아는 털썩 쓰러진 두 사람을 뛰어넘고, 반동으로 공중에 뜬 드뤼켄을 잡았다. 그리고 즉각 사격 모드로 연속 발포가 이루어졌다. 계속해서 다섯 명이 피바다로 가라앉았다.

"이 괴물 같으니라고! 받아라!"

동료의 죽음을 목격하면서도 완성한 마법은 《비창(緋槍)》 10

연발. 산개한 제국병들은 절묘한 연계로 포위 사격을 가했다.

엄습하는 불꽃 창 열 개를 앞에 두고 시아는—.

"성가셔요!"

한 번 크게 회전했다. 다릿심과 원심력을 최대한으로 살린 회전 타격에 충격과 폭풍이 회오리처럼 불어제치며 날아드는 《비창》을 모두 날려 버렸다!

"어떻게……."

"말도 안 돼!"

아인에 대한 절대적인 어드밴티지인 마법이 그야말로 개수 일촉으로 나가떨어졌다.

병사들은 무심코 절규했지만 다음 순간 말없는 시체가 되었다. 안면에 주먹만 한 쇠구슬이 박힌 탓에…….

시아가 『보물고』에서 허공으로 꺼낸 쇠구슬을 드뤼켄으로 쳐서 날린 것이었다.

앗 하는 사이, 연이어 두 명에게 접근한 시아가 구타로 그 몸을 찌부러뜨렸다.

"이런 일이, 가당키나 하단 말이냐!"

자신을 고무하듯 함성을 지른 그리드가 칼을 들고 달려들었다.

역시 연대장다운 실력이었다. 신체를 강화한 파고들기와 검술은 대단하다는 한마디로밖에 설명되지 않았다. 시아가 병사 한 명에게 공격을 가한 직후를 노리는 타이밍도 훌륭했다.

물론 그래 봤자 이 버그 토끼에게는 못 미치지만…….

"아니?!"

턱! 칼이 저지당했다. 드뤼켄을 내려친 반동으로 튀어 오른 한쪽 발, 힐과 밑창 사이에 끼도록 막아 낸 것이었다.

시아가 검을 낀 채로 몸을 한 바퀴 돌리자 그리드는 검과 함께 말려들어 몸이 뒤틀렸다. 그 찰나 퍽, 하고 배에 충격이 퍼졌다. 시아의 보디 블로였다.

"커헉!"

그리드는 몸이 90도로 꺾여 어기적어기적 뒷걸음쳤다. 그 배에 이번에는 하지메에게 전수받은 밀어차기가 작렬했다. 그리드가 피를 토하며 벽까지 날아갔다.

힘을 빼기라도 한 걸까? 즉사하진 않았다. 그리드는 의식을 간신히 붙잡으며 격통 속에서 부하가 한 명씩 튕겨 날아가는 광경을 목도했다.

……아무도 움직이지 않을 때까지는 30초도 걸리지 않았다.

따각따각, 힐이 바닥을 때리는 소리가 울렸다.

눈앞에 피 한 방울 튀지 않은 괴물 토끼가 있었다.

"자, 잠깐…… 잠깐만 기다려줘……."

피를 토하며 목숨을 구걸했다. 눈앞에 있는 존재가 이해되지 않았다. 공포로 몸이 떨렸다.

나는 그때 대체 뭘 놓쳐 버렸단 말인가? 무방비하게 수해 밖을 어슬렁거리던 토인족 무리를 이게 웬 횡재냐 싶어 쫓았다. 절망감을 심어주도록 남자나 노인은 그들이 보는 앞에서 참살했다. 그러면 누구보다 약한 종족인 토끼들은 좌절해서 굴복할 게 뻔했다.

【라이센 대협곡】에 도망쳐도 살아남을 가능성은 없고 도망치다 지쳐서 끝내는 부하에게 잡혀 끌려올 예정이었다.

보기 드문 머리색을 지닌 최상급 미인. 짓밟으면 어떤 소리를 내며 울까? 동료에게 보여주면서 자랑하겠다고 생각했는데…… 나는 이런 괴물에게 손을 대려고 했단 말인가?

가슴팍을 잡혔다. 경갑이긴 해도 쇠로 만든 그것이 마치 찰흙처럼 뭉그러져 즉석에서 손잡이 형태로 변했다.

"부, 부탁이야. 살려줘! 그, 그렇지. 그때 잡은 녀석들이 어디있는지 알려주지! 나를 죽이면 되돌릴 수―."

"더 할 말 없어요."

그리드의 목숨 구걸을 딱 잘라 거절한 시아는 그를 한 손으로 들어 올렸다.

어떻게 할 말이 없겠는가. 맺힌 한이 얼마인데…….

그래서 편하게 죽게 해줄 순 없다고 무의식중에 힘을 빼서 그를 마지막까지 남겨 놓고 말았다.

하지만 복수심에 불타 이성을 잃는 것은 하우리아로서, 무엇보다 하지메의 동료로서 시아 본인이 용서할 수 없었다.

그래서 이 일격. 이 일격으로 모든 것을 끝낸다!

시아 하우리아가, 수해에서 태어난 괴물이 또 한 걸음 앞으로 나아가기 위해!

그리드를 위로 던짐과 동시에 드뤼켄을 크게 뒤로 뺐다.

그리고 마치 사랑하는 그 사람처럼 대담하게 씩 웃은 시아는—.

"달까지 날아가! 예요오!"

"안 돼—."

꿍음. 핀 볼처럼 날아간 그리드는 그대로 현관 천장을 뚫고 밖으로 사라졌다.

창으로 보이는 건 오늘 밤의 달— 섬월이었다.

시아의 말대로 그리드는 입을 찢고 웃는 달을 향해 사라졌다.

부웅! 드뤼켄의 일격에 공기가 울었다.

"……다들…… 조금은 은혜를 갚은 걸까요?"

지금은 이미 없는 사라진 가족. 시아를 위해 고향조차 버린 소중한 사람들.

그들을 생각하며 시아는 잠시 눈을 감았다.

잠시 후 시아의 토끼 귀가 바쁘게 뛰어오는 여러 발소리를 잡아냈다.

아무래도 아직 놓친 병사가 조금 남았나 보다.

천천히 눈을 뜬 시아는 진지한 표정을 다시 대담하게 바꿨다.

제국병이 문을 열고 들어와 현관의 참상에 흠칫 놀랐다.

그런 그들에게 시아는 긍지를 가슴에 품고 선전포고했다.

"각오는 됐나요? 눈앞에 있는 토끼는…… 상상을 초월할 정도로 강할 거예요."

그리고 얼마 후, 염화로 연락이 올 때까지 수해에서 태어난 괴물 토끼의 일방적 학살극은 이어졌다.

"으, 독인가."

파티장에 가할드의 고통을 동반한 목소리가 울렸다.

누구나 불패의 상징인 황제의 패배에 아연실색한 가운데, 하우리아 족 한 명이 바닥에 쓰러진 가할드에게 다가왔다. 그리고 시력과 청력을 회복하는 약을 사용했다. 지금부터 이루어질 교섭에 필요하기 때문이었다.

『흥. 마물용 마비 독을 살포했는데 이 정도로 버티다니.』

"제기랄, 처음부터 그걸 노렸군……."

가할드는 의복에 갖춘 마법진과 아티팩트도 모두 제거당해 꼼짝도 할 수 없었다. 시력과 청력이 회복되어 예상이 적중하자 욕을 내뱉었다.

그런 가할드의 머리 위로 갑자기 빛이 쏟아졌다. 하우리아 족 장비 중 하나인 플래시 라이트였다. 그것이 마치 스포트라이트처럼 가할드를 비췄다.

어둠 속에서 드러난 광경을 보고 파티장 구석에서는 극심한 동요의 목소리가 일었다.

"어어어어어, 어떻게 된 건가요?! 이이이이, 이건?! 냐냐, 냐구모 씨! 대대대, 대체에!!"

"알겠으니까 좀 진정해, 공주님. 지금이 클라이맥스니까."

습격 순간 릴리아나는 바이어스 황태자 곁에 있었지만, 방해되지 않도록 미리 파티장 구석으로 피난한 하지메 일행에게로 유에가 공간 전이를 사용해 불러들여 놓았다.

예고도 없이 게이트에 말려들었다고 생각한 순간, 주위가 새카매지고 소란이 벌어지더니 황제가 땅바닥을 기었다. 왕녀라도 동요하지 않을 수 없었다.

다른 의미로 동요한 자도 있었다. 코우키와 아이들이었다.

코우키는 제국 귀족들의 시체를 보고 얼굴을 찌푸렸고 스즈와 시즈쿠, 류타로도 창백한 안색으로 입을 다물었다.

이것이 아인의 대우 개선을 위한 최대의 기회며 말 그대로 하우리아 족의 운명을 좌우하는 싸움임을 알기 때문에 가만히 있었지만, 역시 눈앞에서 벌어지는 참극을 쉽게 받아들일 수는 없었다.

물론 받아들이지 못한다고 해도 가만히 지켜볼 수밖에 없지만…….

만약 감정대로 이건 너무하다는 둥 소리치며 그들을 방해하려고 했다면……. 코우키에게 시선과 주의를 기울이는 하지메를 보면 결과는 안 봐도 뻔했다.

『가할드 D. 헤르샤. 왜 지금 살려 뒀는지, 이유는 알고 있겠지?』

"흥, 요구 사항이 있을 테지? 말해 봐라, 들어주마."

『……감점이다, 가할드. 상황 파악을 하고 입을 놀려라.』

모습은 보이지 않은 채 캄의 목소리만이 파티장 전체에 메아리쳤다.

가할드의 거만한 태도에 잠시 후 기계적인 음성이 충고했다.

가할드는 그 충고에 부하의 목숨이라는 대가를 지불해야 했다.

갑자기 가할드에게서 조금 떨어진 곳에 스포트라이트가 들어왔다. 그곳에는 가할드와 똑같이 팔다리 힘줄이 끊기고 마법 사용을 막기 위해 입이 찢어진 남자가 있었다.

스포트라이트 밖에서 그 남자에게로 손이 뻗어 나와 머리채를 붙잡고 무릎을 꿇렸다. 그리고 다음 순간 남자의 목이 두부처럼 잘려 나갔다.

"이 자식이!"

『감점.』

가할드가 울컥해 소리치자 살아남은 이들이 비명을 지르며 긴장했다.

하지만 돌아온 것은 기계처럼 담담한 목소리뿐이었다.

다시 다른 곳에 스포트라이트가 쏟아지고 같은 방식으로 다른 남자의 목이 잘려 나갔다.

"베스타! 이놈들이 건방지ㅡ."

『감점.』

측근이었을까? 가할드는 남자의 이름을 부르며 캄에게 욕을 퍼부으려고 했다.

그에 대한 대답은 역시 담담한 음성과 참수형이었다.

"……."

아드득 이를 갈면서도 입을 다문 가할드는 그것만으로도 사람을 죽일 수 있을 법한 안광으로 전방의 어둠을 노려봤다.

그런 가할드에게 역시나 캄은 담담히 말했다.

『그래, 자신이 땅을 기고 있다는 걸 이해해라. 판단은 신속하게, 말은 신중하게 골라라. 지금 이 홀에서 살아남은 자들의 목숨은 오로지 네 혀끝에 달렸다.』

그 말과 동시에 어느샌가 스포트라이트 밖에서 뻗은 손이 재빨리 가할드의 목에 목걸이를 채웠다. 가는 쇠사슬과 끝에 붉은 보석이 달린 물건이었다.

『그건 「계약의 목걸이」. 가할드, 네놈이 입으로 뱉은 계약을 목숨으로 지키게 하는 아티팩트다. 한 번 발동하면 네놈뿐 아니라 너와 관련된 영혼을 가진 자는 평생 몸에 지니지 않으면 죽는다. 계약을 어겨도 물론 죽는다.』

그리고 황족은 이미 확보했으며 같은 아티팩트를 채웠다고 전했다. 가할드는 벌레를 만 마리 정도 씹은 것 같은 표정이 되었다.

―아티팩트『계약의 목걸이』.

혼백 마법으로 입에 담은 계약을 영혼으로 지키게 하는 아티팩트.

구체적으로는 발동 상태에서 입에 담은 계약 내용이 직접 혼백에 새겨져 계약을 위배하거나 『계약의 목걸이』를 빼려고 하면 혼백 자체가 강제로 흩어져 버린다.

또한, 『관련된 영혼을 가진 자』― 가할드의 일족에게도 효과가 있어서 똑같이 『계약의 목걸이』를 차지 않으면 죽는다. 요컨대 황족의 대가 끊어질 때까지 계약을 지키게 하는 아티팩트인 셈이다. 다만 인척에게는 별도로 계약의 목걸이가 필요하다.

"계약이라고……?"

『계약 내용은 네 가지다. 하나, 현재 아인 노예를 해방할 것. 둘, 수해 불가침과 불간섭 확약. 셋, 아인족 노예화 및 박해 금지. 넷, 이상의 내용을 법제화하고 준수할 것. 이해했나? 이해했다면「헤르샤를 대표해서 여기에 맹세한다」라고 말해라. 그러면 발동한다.』

"받아들이지 않겠다면?"

『오늘부로 황실의 명맥은 끊기고 제국이 태세를 정돈할 때까지 끊임없이 장교의 목이 날아갈 것이다. 그리고 그 후에도 피로 피를 씻는 암살이 영원히 반복된다. 우리 하우리아 족이 전멸할 때까지 제국의 밤에서 안전이란 두 글자는 없어지겠지. 제국 장교들은 집으로 돌아갔을 때 처자식의 잘린 머리를 맞이하게 될 거다.』

"제국을 우습게 보지 마라. 우리가 죽는다고 그렇게 쉽게 와해될 것 같나? 만군을 이끌고 수해에 침공해 이번에야말로 페어베르겐을 멸망시키겠지. 알고 있을 텐데? 제국이 마음만 먹으면 그게 가능하다는 걸. 지금까지 페어베르겐을 함락하지 않은 이유는……."

『황금알을 낳는 거위의 배를 가르고 싶지 않아서, 인가?』

"잘 알잖아? 지금이라면 아직 늦지 않았어. 설령『놈』의 힘을 빌렸다고 해도 이 단기간에 제성을 공략한 수완, 그리고 방금 그 전투…… 역시 너희를 잃긴 아깝군. 어때? 지금이라면 내 직속 부대로 우대해주겠다."

『논할 가치도 없다. 네놈들이 지금까지 아인에게 자행해 온 행위를 생각하면 믿을 수 없다. 「계약」이라도 하지 않는다면 말이지.』

"그렇다면 전쟁이군. 나는 절대로 계약 따위 맺지 않아."

입가를 일그러뜨린 가할드에게 캄은 어디까지나 기계적으로 대응했다.

『그런가? ……감점이다, 가할드.』

다시 그 말이 나오고, 쏟아지는 스포트라이트가 비춘 것은—.

"이거 놔아! 내가 누군 줄 알고! 더러운 짐승 주제에! 다 죽었어! 너희 다 죽여 버리겠어! 모조리 죽여— 켁."

황태자 바이어스였다. 숨을 들이켜는 소리가 여기저기서 들렸다.

그 직후, 아무런 주저도 없이 칼이 목을 그었고 차기 황제의 머리가 허공을 날았다.

"……"

『저게 차기 황제, 네 후계자인가? 못 봐주겠고 못 들어주겠군. 정말이지 역겨워.』

가할드의 표정에 변화는 없었다. 속마음은 모르겠지만 적어도 표면상으로는 아무렇지도 않게 여기는 듯했다.

『황자가 죽어도 그런 태도인가? 뭐, 처음부터 네게 자식에 대한 애정 따위는 있지도 않았겠지.』

강한가, 약한가. 그것을 지고지순한 기준으로 두는 제국에서 황족은 딱히 혈연을 중시하지 않는지도 몰랐다. 조금 전

부하가 죽었을 때 오히려 크게 반응한 것을 보면 그런 생각이 들었다.

캄의 말에 가할드는 코웃음 쳤다.

"알았으면 쓸데없는 짓은 그만두시지?"

『서두르지 마라. 계약은 절대로 할 수 없다 이건가? 앞으로 도 계속 아인을 핍박할 건가? 우리 하우리아 족을 계속 쫓을 건가?』

"말이 많군."

『그래……. 안타깝군. —「델타1, 여기는 알파1. 시작해라」.』

캄은 갑자기 가할드가 이해할 수 없는 말을 꺼냈다.

가할드는 미심쩍게 표정을 구겼지만 그 직후 몸속까지 파고 드는 대폭발의 굉음이 울려 퍼지자 안색이 변했다.

"뭐냐, 지금 그건!"

『뭐, 별건 아니다. 노예 감시용 막사를 폭파했을 뿐이지.』

"폭파라고? 설마……."

『흠, 안에는 몇 명이나 있었을지……. 적어도 병사가 수백 명 단위로 죽었겠군. 가할드, 너 때문에 말이지.』

"네가 한 짓이잖아!"

『아니. 네가 자초한 거다, 가할드. 네 결단이 병사의 목숨을 빼앗았다. 그리고—「델타1, 여기는 알파1. 시작해라」.』

가할드는 순간적으로 그 말을 제지하려 들었다.

"어이! 하우리아!"

두 번째 굉음. 제성 안이 아니었다. 제도 어딘가에서 대폭발이 일었다.

감정을 죽인 음성으로 가할드가 물었다.

"······어딜 폭파했지?"

『치료원이다.』

"뭐? 이 자식들이!"

『안심해라. 폭파한 곳은 군부대 치료원이다. 죽은 건 병사와 군의관뿐이지. 물론 일반 치료원, 여관, 창관, 주택가, 저번 마인족 습격으로 주택을 잃은 자들의 임시 주택구에도 설치는 해 뒀지만 리퀘스트라도 있나?』

"일반인에게 손을 대?! 갈 데까지 간 거냐, 하우리아!"

『······네놈들은 아인이란 이유만으로 여자, 아이 할 것 없이 박해해 왔을 텐데? 처지가 달라지니까 말도 달라지는군. ······「델타, 시작해라」.』

"기다려!"

아인족을 제국 전체에서 박해해 놓고 이제 와서 관계없는 일반인이 어디 있는가? 캄은 조금 어이없어했다. 그리고 가차 없이 명령을 내렸다.

세 번째로 일어난 폭음에 가할드는 이번에야말로 제국 백성이 건물째 폭사했다고 생각해 이를 갈았다.

사실 폭파한 곳은 제성으로 이어진 도개교였다. 제도에서 폭파 사건이 일어나면 제성에 보고하러 올 것이 분명하므로 유일한 입성 루트를 파괴한 것이었다.

게다가 캄의 말은 반쯤 허세였다. 군대와 관계없는 곳에는 폭탄을 설치하지 않았다. 그것은 제국인과 같은 수준이 되지 않겠다는 하나의 긍지였다.

필요하다면 뭐든 하지만 그렇지 않다면 거짓말이든 허풍이든 사기든 쓸 수 있는 수단을 모두 동원해 상대를 타도한다. 그것이 지금의 하우리아였다.

『네놈이 계약하지 않겠다면 어쩔 수 없지. 제도를 날려 버리고 너희의 저승길 길동무로 삼아주마. 수천, 혹은 수만 명의 백성이 함께할 테니까 떠나는 길이 외롭진 않겠군. 나쁘시 않은 죽음 아닌가?』

그러나 사정을 모르는 사람이 보면 완전히 테러리스트였다. 악랄하기 그지없었다. 대체 누구한테 배웠는지…….

파티장 구석에서 한 소년에게 시선이 집중됐지만 본인은 그러거나 말거나였다.

가할드는 무자비한 요구에 바로 판단을 내리지 못하고 침묵했다. 그 머릿속에서는 어지럽게 상황 타개책을 강구하고 있겠지만 묘안은 전혀 떠오르지 않았다. 딱딱하게 굳은 얼굴을 타고 흐르는 식은땀이 그의 절박함을 여실히 보여줬다.

그리고 그런 상태에서도 캄은 전혀 자비를 보이지 않았다. 대답이 늦다며 명령을 내렸다.

『『델타1, 여기는 알파1, 시작―』』

"잠깐!"

가할드가 황급히 제지했다. 그리고 짜증과 분노를 발산하듯 머리를 몇 번 바닥에 찧은 후 후련해진 것처럼 고개를 들었다.

"으아아아, 빌어먹을 것들! 그래그래! 내가 졌다! 요구를 수용한다! 그러니까 더 이상 무차별 폭파는 그만둬!"

『그거 다행이군. 그럼 계약 내용을 읊어라.』

요구가 받아들여졌는데도 캄의 말투는 여전히 담담했다.

가할드는 아니꼬운 표정인 채로, 하지만 어깨에 힘을 쭉 빼고 파티장에 있는 생존자들에게 말했다.

"너희한텐 미안하다. 제대로 당했어. 제국에서는 힘이야말로 지고의 가치다. 이 토인족은 그것을 『제성 공략』으로 증명했다. 백성의 목숨도 쥐고 있다. 그런 고로—"

생존자들이 왕의 말을 듣고 분하여 몸을 떨었다.

그런 그들을 눈에 새긴 가할드는 목청을 높였다.

"—헤르샤를 대표해 이곳에서 맹세한다! 모든 아인 노예를 해방한다! 하르치나 수해에는 일절 간섭하지 않겠다! 지금 이 시간부로 아인 노예화와 박해를 금지한다! 이것을 어긴 자는 제국이 엄벌로 다스리겠다! 이러한 취지를 제국의 새로운 법으로 제정하겠다!"

계약은 체결되었다. 목걸이에 달린 보석이 빛을 발했다.

가할드는 마지막으로 황제로서 선언했다.

"이 결단에 불만이 있다면 날 찾아와라! 나한테 이기면 제국을 넘겨주마! 나머지는 알아서들 해!"

아인족을 지금까지 하던 대로 노예 취급하고 싶으면 헤르샤의 핏줄을 끊어라! 도전은 받아주겠다!

그것은 그런 선언이었다. 정말로 능력 지상주의의 화신 같은 남자였다.

『흠, 제대로 발동한 모양이군.』

그 말과 함께 파티장 구석에 스포트라이트가 들어왔다. 그곳에는 황족이 늘어서 있었다. 이미 모두 『계약의 목걸이』를 찼다.

『헤르샤의 혈통을 끊고 싶지 않다면 계약은 지키는 게 이로울 거다.』

"알았다고."

『내일 계약 내용을 공표하고 적어도 제도에 있는 노예는 내일 중으로 모두 해방해라.』

"내일 중이라고? 대체 제도에 노예가 얼마나 많은 줄 알고……."

『해라.』

"빌어먹을! 하면 되잖아, 하면!"

『해방한 노예는 수해로 보내라. 가할드. 네놈은 페어베르겐까지 동행해라. 그리고 장로들 앞에서 계약을 복창해라.』

"혼자서? 그냥 죽일 것 같은데?"

『우리가 무사히 보내주겠다. 네놈이 죽으면 귀찮은 일이 늘어나니까.』

"아이고, 알았어. 너희가 탈옥했을 때부터 왠지 안 좋은 예감은 들었어. 그렇다고 이렇게 된통 당할 줄은……. 이봐, 나한테, 아니면 제국에게 무슨 억하심정이라도 있었냐? ―나구모 하지메."

가할드가 어둠을 꿰뚫고 하지메가 있는 장소를 노려봤다.

하지만 하지메에게서 대답은 돌아오지 않았다. 벽에 기대어 하품이나 하고 있었다.

지금은 하우리아 족을 주역으로 한 무대가 개봉 중이었다. 그러므로 「전 모르는 일입니다」라는 입장을 관철하려는 생각 같았다.

빛이 없어서 그 모습이 가할드에게 보이진 않았지만 적어도 하지메에게 대답할 마음이 없다는 사실은 이해한 모양이었 다. 가할드는 들으란 듯이 혀를 찼다.

『가할드, 경고하겠다. 분명 우리는 우리를 바꿔준 은인에게 조력을 얻었다. 하지만 그 힘은 이미 우리 전용으로 양도되었 고 장악하고 있다. 마음만 먹으면 언제든지 제성으로 침입할 수 있고 원하는 정보를 얻을 수 있지. 자고 있는 사이 목을 가져가는 건 식은 죽 먹기다. 법망의 구멍으로 빠져나가려고 해 봤자 그분의 힘 없이도 우리의 칼날이 네놈들의 목을 베어 버릴 수 있단 걸 명심해라.』

"전용이냐? 거 되게 부럽네. 마력이 없는 아인에게 어떻게 그런 아티팩트를 쓰게 했는지 원……."

가할드가 얼굴을 찌푸릴 만도 했다.

왜냐면 아인족과 다른 종족 사이에 생긴 격차는 전투에서 마법을 쓸 수 있느냐 없느냐가 원인이기 때문이었다. 아인족의 아티팩트 사용은 그 전제를 뒤집는 간과할 수 없는 사태였다.

하지만 그렇다고 무슨 수가 있는 것도 아니므로 그냥 투덜거릴 수밖에 없었다. 가할드는 하지메에게 대체 이게 무슨 짓이냐고 따지고 싶은 심정이었다.

참고로 하지메는 이번에 아티팩트 장비 제공 외에는 제성 내부 함정 해제 정도밖에 하지 않았다.

―다목적 거미형 골렘『아라크네』.

릴리아나를 구한 그 금속 거미는 크로스 비트와 같은 원리로 여러 기를 동시에 원격 조종할 수 있다. 갖춘 기능은 연성, 철사 설치 및 조작, 마안석과『수정 디스플레이』를 통한 영상 전송, 각 다리에 달린 주삿바늘로 마비, 수면, 사내 기능 상실 등 각종 효과를 가진 독물 주입 등등으로 다채로웠다.

하지메가 제성에 들어온 후 살짝 정신을 놓고 있던 이유는, 무수한 아라크네를 제성 내부 곳곳에 침입시켜 닥치는 대로 함정을 무효화하느라 의식 대부분을 그쪽에 쏟고 있었기 때문이었다.

함정을 모두 무효화한 아라크네들은 그대로 제성 안에 숨어 감시 카메라 역할을 하며 제성 밖에 있는 하우리아 족 사령부에 영상을 송출하고, 개량판 염화석으로 통신하면서 제압전의 효율을 최대한으로 끌어올렸다.

그리고 가할드가 이를 가는, 아인족이라도 쓸 수 있는 아티팩트의 원리는 단순했다.

마력을 저장하는 성질을 가진 광석에『고속 마력 회복』과『마력 방사』를 동시에 부여해 상시 자연계 마력을 수집, 방출하도록 했다.

그리고 마법진을 의도적으로 일부 빠뜨리고 슬라이드 식 스위치로 마법진을 완성해 마법을 발동하게 한 것이었다.

아직 개량할 필요는 있었지만 스테이터스 플레이트가 피에 반응하는 기능을 도입해 등록자에게만 반응하도록 하면 아인족이라도 쓸 수 있는 전용 아티팩트의 완성이었다.

사실 이 원리는 이번 사태를 위해 급히 고안한 것이 아니었다.

하지메가 언젠가 데리러 가기로 약속한 딸— 뮤를 위해 생각한 것이었다.

그렇게 사랑스러우니까 이상한 벌레가 꼬일지도 모른다. 만에 하나를 대비해 그 괘씸한 벌레를 숯덩이로 만드는 아티팩트를 호신용으로 들고 다니게 하고 싶다. 그런 살벌한 부모의 마음에서 발명된 작품이었다. 어찌 보면 팔불출 딸 바보가 변혁을 낳았다고도 할 수 있었다.

제국 측에서 보면 왜 괜한 짓을 하고 난리냐며 소리치고 싶겠지만……

『걱정하지 마라, 가할드. 하우리아 족이 아닌 다른 아인족에게 아티팩트가 넘어갈 일은 없다. 네가 계약을 선언했다고 기세등등하게 제국을 침공할 리는 없지. 만약 그렇게 된다면 우리 하우리아 족의 칼날은 페어베르겐의 머저리를 처단할 것이다.』

그 말을 들고 가할드는 하우리아 족이 페어베르겐과도 독립해 오로지 아인족(실제로는 토인족이지만)의 대우 개선과 전쟁 회피를 바란다는 것을 이해했다.

"아, 그러서? 잘 알았다. 그럼 이제 이거 좀 풀어. 내일 중으로 노예를 해방하라는 무리한 요구를 했으면 그럴 시간은 줘야 할 거 아냐? 당장 착수해도 모자랄 판국이구만."

『……좋다. 우리 하우리아 족은 언제나 네놈들을 지켜보고 있다. 그 사실을 한시도 잊지 말도록.』

그 말을 마지막으로 스포트라이트가 꺼지고 파티장에 정적이 깔렸다.

"하지메 씨."

하지메가 옆을 보자 시아가 돌아와 있었다. 방금 결판이 났다고 염화로 알렸기 때문이었다.

어딘지 모르게 분위기가 변한 것 같은, 한층 성장한 듯한 시아의 미소에 하지메는 한순간 눈길을 사로잡히고 말았다.

"전부, 끝났어요."

그 말에 얼마나 많은 의미가 포함되었는지는 정확히 알 수 없었다.

하지만 하지메는 훗, 하고 웃으며—

"그래? 열심히 했어."

그렇게 그녀를 치하했다. 시아의 웃는 얼굴이 더할 나위 없이 빛났다.

동시에 염화석을 통해 통신이 들어왔다.

—보스. 여기는 알파1. 철수하겠습니다. 수많은 조력에 뭐라고 감사드려야 할지 모르겠습니다.

하지메는 작게 웃고 답했다.

―시아를 위해서야. 신경 쓰지 마. 게다가 아직 전부 끝나진 않았어. 긴장 풀지 마. 오히려 이제부터가 진짜 시작이야. 『황족을 배제해서라도』라고 생각하는 녀석들이 나오지 말란 법도 없으니까.

―명심하고 있습니다, 보스. 처음부터 계속 싸워 갈 작정이었습니다. 이 길이 신생 하우리아 족이 걷기로 한 길이니까요.

캄의 발언은 각오와 패기로 차 있었다. 하지메의 입꼬리가 실룩 올라갔다.

―그래, 각오라면 충분하고도 남을 만큼 보여줬지. 모든 하우리아 족에게 전달한다.

한 호흡 뒤……

―훌륭했다!

자신들을 이끈 경애하는 보스의 에누리 없는 찬사였다.

모든 하우리아 족의 토끼 귀가 수직으로 쭉 솟고 털이 곤두섰다.

감동을 곱씹는 듯한 한순간의 정적 후, 염화석을 통해 성대한 함성이 터졌다.

―오오오오오오오오오오오오오!!

승리의 함성이었다. 수백 년간 고통받아 온 패배자 중의 패배자가 처음으로 거대한 적에게 한 방 먹였다는 환희의 함성이었다.

솔직히 앞으로 수해에 대한 불가침, 불간섭과 아인 노예화, 박해 금지가 얼마나 지켜질지는 미지수였다. 하지메의 말대로 황족을 배제해서라도 아인족 노예화를 바라는 자들은 나올 것이고, 가뜩이나 추상적인 계약의 구멍을 찾아 제국이 아인족을 다시 학대할 가능성은 얼마든지 있었다.

그렇기에 하우리아 족의 싸움은 이제부터 시작이라고 해야 적절했다.

적어도 계약을 맺을 수 있었으니까 지금 당장 제국이 수해로 쳐들어오거나 토인족을 쫓진 않을 것이다. 이렇게 번 시간으로 하우리아 족은 머릿수와 힘을 모아 더욱 강한 암살 기능과 게릴라 전법을 습득할 필요가 있었다. 제국이 계약을 극복하고 만전의 태세를 갖춰도 쉽게는 손을 댈 수 없을 정도로 강해지기 위해······.

사실 이번 작전의 요지는 제국 수장에게 목줄을 채워, 하우리아 족이 진정한 의미로 제국에게 대항할 수 있는 힘을 기를 시간을 버는 것이었다.

따라서 이번 싸움은 아인족 최약체 종족인 토인족, 하우리아의 명실상부한 승리였다.

"젠장. 저 녀석들, 날 이대로 버려두고 가? 누가 빛을······ 아, 맞아. 아무도 없지······. 앗, 야! 나구모 하지메! 너 인마! 언제까지 모른 척할 거냐! 어차피 생채기 하나 없을 거 아냐! 어떻게든 해 봐!"

하지메가 통신 너머로 들리는 하우리아들의 환성에 눈을 부드럽게 뜨고, 똑같이 작전 성공에 눈물지으며 안겨 든 시아를 끌어안아 그 귀를 만지는데 어둠 너머에서 가할드가 아득바득 외치는 소리가 들렸다. 『밤눈』 기능을 가진 하지메에겐 바닥을 뒹구는 가할드의 모습이 똑똑히 보였다.

참고로 시아가 안긴 순간, 먼저 매달려 있던 릴리아나는 옆으로 홱 던져 버렸다. 릴리아나는 얼이 빠져 있다가 하지메의 지독하기 짝이 없는 취급에 눈물을 찔끔하고 「왕녀인데에……」라며 이제는 익숙해진 탄식을 흘렸다. 바닥에 쓰러져 훌쩍이는 모습이 애인에게 버려진 여자 같았다.

"그래그래, 있어 봐……."

하지메는 한 손으로 시아를 끌어안은 채 『보물고』에서 빛을 발하는 광석을 꺼내 천장으로 던졌다. 광석은 천장 근처에서 부유하더니 단숨에 밤의 어둠을 걷어 내고 대낮 같은 빛으로 파티장을 비췄다.

전체가 훤히 드러난 파티장은 그야말로 『참상』이란 말이 더 없이 어울리는 상황이었다. 도처에 무시무시한 양의 피가 튀었고 참수된 머리가 수도 없이 굴러다녔다. 몸과 머리가 헤어지지 않은 자 중에서도 무사한 사람은 한 명도 없었다. 모두 팔다리 힘줄을 잘려 고통에 신음하며 바닥을 기는 중이었다.

귀족 영애 중에서는 공포와 고통에 실금한 사람도 적지 않았다. 밝아진 파티장의 참상을 본 순간, 쇼크로 정신을 잃은 것은 어떻게 보면 요행이라 할 수 있었다.

가까스로 정신을 붙잡고 있던 굳센 일부 영애들도 시야 한쪽에 비친 시아의 토끼 귀를 본 순간 비명조차 지르지 못한 채 눈을 뒤집고 기절했다. 남자들도 적잖게 실금하며 겁먹은 눈치로 시아를 바라봤다.

하우리아 족의 공포는 확실하게 각인된 모양이었다.

그런 가운데에서 어디 하나 상한 곳 없는 하지메 일행과 용사 일행은 대단히 이질적이었다.

마지막까지 싸운 자들은 증오가 담긴 눈으로 죽일 듯이 노려봤다. 공범이라고 확신하는 기색이었다.

"야, 나구모 하지메. 농탕질 작작 부리고 좀 도와라, 이 녀석아. 이 상황에서 여자를, 그것도 토인족 여자를 끌어안아? 철면피에도 정도가 있지."

"시아는 연약한 토끼니까 방금 그 습격 때문에 무서워서 이러는 거야. 불쌍하기도 하지. 정말로 무시무시한 녀석들이었어. 내 몸 하나 지키기도 바쁘더라."

하지메는 장난스럽게 말하고 과장스럽게 몸을 오들오들 떨었다.

시아는 무서워하기는커녕 세상을 다 가진 표정이었다.

가할드의 이마에 핏줄이 섰다. 마법을 못 쓰도록 입을 찢겨 말하지 못하는 이들도 그럴 수만 있으면 눈빛만으로 죽여 버리겠다는 양 매서운 눈초리로 노려보고 있었다. 학생들은 사람이 어떻게 이렇게 뻔뻔해질 수 있을까, 하는 전율 비슷한 감정을 담아 바라봤다.

"입에 침도 안 바르고 거짓말을……. 어쨌든 멀쩡한 건 맞잖아? 너희에게 제국에 대한 적의가 없다면 치료를 하든 사람을 부르든 뭐든 해야 하지 않겠냐?"

"당신 부하들이 몸만 나으면 당장에라도 달려들 것처럼 살기등등한데…… 그럴 경우 그냥 죽여도 될까?"

"턱도 없는 소리 하지 마! 야, 너희! 저기 저 괴물에겐 절대 손대지 마! 설령 죽이고 싶을 만큼 건방지고, 보나 마나 하우리아 족과 한통속이고, 미녀들만 끼고 다녀서 아니꼽고, 씹어 먹어도 시원찮을 꼬맹이라도 개죽음은 용납하지 않겠다!"

가할드의 부하들은 주군의 살아남으라는 명령에 분하게 눈살을 찌푸렸다. 하지메도 울컥해 눈살을 찌푸렸다.

"자, 널 죽이고 싶을 만큼 미워해도 실제로 괴물 아가리 속으로 뛰어들 바보는 없어. 내가 그렇게 두지 않을 거다. 슬슬 출혈이 심해 위험한 녀석도 있으니까 부탁한다, 나구모 하지메."

"뭐, 덤비지 않겠다면야 딱히 상관없지. ……카오리, 부탁해."

"응, 맡겨줘! —『성전』!"

영창도 마법진도 없이 마법명만으로 최상급 회복 마법이 즉시 발동했다. 찬란한 마력이 파티장 전체에 파문을 일으켰다. 그리고 상처 입은 이들을 눈 깜짝할 사이에 치료해 나갔다.

"회복까지 괴물급이냐? ……못 해 먹겠군."

가할드가 카오리의 비범한 회복 마법 기량에 어쩐지 지친 표정으로 중얼거렸다. 빠르게 치유되는 몸을 보며 가할드의 부하들도 입을 떡 벌리고 있었다. 최상급 마법의 즉시 발동은 일반적으로 불가능하다고 여겨지므로 당연한 반응이었다.

회복해도 정신을 되찾지 못하는 영애들이나 다리가 풀린 귀족들을 제쳐 놓고, 전투 가능한 병사들은 즉시 가할드의 주위를 에워싸며 하지메에게 경계심이 고스란히 드러나는 험악한 표정을 보였다.

"글쎄, 그만두래도. 살기등등하게 보다가 반격이라도 당하면 진짜 전멸한다고."

"허나 폐하! 놈들이 앞잡이란 사실은 자명합니다!"

"맞습니다! 심지어 황태자 전하까지⋯⋯. 가만둘 수 없습니다!"

"이대로 가면 제국의 위신이 땅에 떨어집니다!"

타이르는 가할드를 향해 부하들이 잇따라 대꾸했다.

카오리의 상식을 초월한 회복 마법으로 그 실력의 단편을 느꼈지만 하지메 본인의 힘을 실제로 본 것은 아니었다. 심지어 그들 중 몇 명은 일전에 왕국에서 가할드와 코우키의 모의전을 보았다. 기준 대상이 그렇다 보니 『어쩌면』이라고 생각하는 구석이 있었다.

가할드는 격분하는 부하들에게 탄식하고 패기를 부딪쳤다.

부하들이 무심코 신음하며 휘청거리자 가할드는 그들 외에 파티장에 있는 자들에게도 위협 담긴 목소리로 말했다.

"무슨 잔말이 그리 많아! 내가 말했다. 너희를 개죽음당하게 할 생각은 없다고. 저 백발 안대는 진짜 괴물이야. 혼자서 눈 하나 깜짝 안 하고 만군을 전멸시키는 그런 녀석이다. ⋯⋯ 그림자조차 밟지 못할 정도로 강하단 말이다. 녀석에게 따르라곤 안 하겠지만 힘을 지고의 가치로 내건 제국인이라면 실력 차이에 우는소리를 내는 꼴사나운 모습은 보이지 마라!"

찌릿찌릿하게 고막을 때리는 고함에 부하들과 파티장에 있는 귀족들은 몸이 뻣뻣이 굳었다.

"그건 하우리아 족에 대해서도 마찬가지다. 누구보다 약할 녀석들이 힘을 길러서 제국 본진에 도전했어. 호되게 당한 건 그만큼 우리가 약하고 멍청했기 때문 아니겠나? 이대로 끝낼 생각은 없고 놈들도 그렇게 생각하지 않을 테지만…… 우선은 인정해라. 우리는 졌다. 패자는 승자에게 따라라. 그게 제국의 룰이다! 그래도 아직 불만이 있으면 나한테 말해! 힘으로 나를 굴복시키고 따르게 해 봐! 놈들이 그렇게 한 것처럼!"

가할드의 성난 목소리가 파티장에 메아리쳤다. 다리가 풀려 주저앉은 자들에겐 눈길조차 주지 않았다. 주위 부하들은 조금 머뭇거린 뒤 가할드 앞에서 머리를 숙였다. 자신들이 빠르게 나가떨어진 가운데서도 마지막까지 싸운 사람은 가할드였다. 그런 가할드의 말은 주군의 말인 동시에 무척 무거운 말이었다.

다시 정적이 찾아온 파티장에서 하지메가 만족스럽게 말했다.

"좋아. 이걸로 전부 해결됐군."

당연히 그 자리에 있는 모든 사람이 일제히 하지메를 노려봤다.

그 눈빛은 입보다 많은 말을 하고 있었다.

그 말인즉―.

네가 할 소리냐! 이 걸어 다니는 폭탄!

그날 제도에 격진이 일었다.

—모든 아인족 해방과 향후 노예화 금지.

간결하게 말하면 그런 취지의 칙명이 전 제국 백성을 대상
으로 선포되었다.

개인 소유도 노예 상인도 관계없이 어떤 예외도 인정하지
않는 강권 발동이었다.

당연히 당혹감과 동시에 적잖은 반발이 일어났다.

제성 앞은 이 뜬금없는 사태에 설명을 요구하는 백성으로
들끓었다.

제성 발코니에서 제국 국민 앞에 모습을 드러낸 가할드는
묘하게 굳은 표정으로 외쳤다.

"모든 것은 창세신 에히트 님의 『신탁』에 의한 것이다! 봐라,
제국 국민들이여! 에히트 님께서 제국에 사도님과 용사님을
보내셨다."

그 순간 하늘에서 무수한 빛이 내려왔고 그곳에서 은색 날
개를 펼친 신의 사도(카오리 양)가 강림했다. 눈부시게 빛나
는 은색 깃털이 천상으로부터 하늘하늘 떨어졌다.

세계가 밝게 반짝이며 빛의 파문(혼백 마법과 재생 마법을
복합한 것)이 제도의 사방으로 퍼졌다. 사람들은 너무나도 편
안한 기분에 젖어 눈에서 힘을 풀었다.

그때 가할드 옆으로 용사 코우키가 모습을 드러내며 성검을

높이 들었다.

성검이 어째 평소보다 힘차게 빛나고 있었다.

"아인 해방은 제국이 더욱 번영하기 위해 필요한 일이라고 에히트 님께서 말씀하셨다! 당혹스럽기도 하겠지만 괘념치 마라! 노예를 잃은 자에겐 나라에서 보상을 내릴 것이다! 나는 제국 황제로서 제국 국민의 애국심과 신앙심을 믿는다!"

꽃잎처럼 떨어지는 사도의 증거— 은빛 깃털.

그것들을 손에 잡은 제국 국민은 잠시 후 환성을 지르며 사도와 용사와 황제를 칭송했다.

보상 정도에 불안을 감추지 못하는 이들도 있었지만 그 점은 앞으로 가할드가 고민할 문제였다.

"알아서 잘해 봐, 황제."

방 안에서 어색한 웃음을 지은 가할드에게로 건네진 말이었다.

발언자는 물론 하지메였다. 옆에는 유에와 티오도 있었다. 그들은 카오리를 성스럽게 보이게 하는 연출 요원이었다.

세상이 빛나고 신의 위광이 쏟아졌다. 『하지메 감독』의 손에 의해서⋯⋯.

당연히 가할드의 대사도 하지메의 대본이었다.

어젯밤 중으로 군부와 집정부 등 제국 주요 기관을 담당하는 자들에겐 현재 상황이 전달되었다. 중진 대부분이 파티에 출석했기 때문에 정보 공유는 빠르게 이루어졌다.

노예 해방을 위해서는 제국 국민을 향한 명령과 노예를 모을 장소가 필요했다. 제도 외 도시, 마을에 있는 노예는 추후 대응한다고 하더라도 제도에 있는 노예만은 약정대로 내일까지 해방하지 않으면 물리적으로 모가지가 날아간다.

목숨이 걸렸기에 제국 상층부의 대응은 신속했다.

그렇지만 문제도 있었다. 제국 국민에게 이 일을 어떻게 전달하느냐, 였다. 하루아침에 노예라는 재산을 몰수한다고 하면 일개 개인은 몰라도 노예 상인 등은 길거리에 나앉게 된다. 폭동이 일어나지 말란 법도 없으며 그 과정에서 노예들이 다칠 가능성도 있었다.

그러면 물리적으로 모가지가 날아간다.

머리를 쥐어뜯는 가할드와 제국 상층부에 구원의 손길을 뻗은 것은 상큼한 웃음을 지은 하지메였다.

"곤란할 때는 신을 써먹으면 되잖아?"

그런 세상 무서운 줄 모르는 발언을 태연히 내뱉은 하지메는 『신의 사도와 용사님 강림! 은색 깃털 줄 테니까 노예를 해방하자!』라는 시나리오를 제시했다.

제국 국민은 아마 생각도 못 할 것이다. 하늘에게 감사하며 손에 쥔 은색 깃털이 사실 사도님 기분 여하에 따라 만물을 분해하는 흉악한 병기가 된다는 사실을……

덧붙여 방금 카오리의 회복 마법이 일으킨 파문은 그들을 안정시키는 효과 외에도 심신이 미약해졌을 아인 노예를 한꺼번에 치료하기 위한 것이기도 했다.

제국병들에 의해 차례차례 회수되어 노예 목걸이가 해제되는 아인 노예들이 지금 이 순간도 콜로세움 옛터 쪽에 보였다.

가할드는 그쪽을 한 번 흘긴 후 하지메를 돌아봤다.

"씹어 먹어도 시원찮을 꼬맹이란 말은 취소하마. 너는— 악마야!"

발코니에서 여전히 성검을 들고 있는 코우키를 포함한 아이들, 그뿐만 아니라 유에 등 같은 일행까지도 강하게 고개를 끄덕였다.

그 후 제국병이 총동원되어 노예 해방에 나섰기 때문에 모든 아인들에게서 족쇄가 풀리기까지 그리 오랜 시간은 걸리지 않았다.

수천 명 규모의 아인들은 아직도 무슨 일이 일어나는지 이해하지 못했고, 이해해도 믿지 못하는 눈치였다. 그저 멍하게 제도 밖으로 유도하는 코우키를 따를 뿐이었다.

제도 밖으로 나가서도 몇 번이나 제도를 돌아보며 제국의 새로운 장난이 아닐까, 도망치는 순간 비참할 꼴을 당하지 않을까 전전긍긍했다.

그런 아이들이 놀라 자빠질 만한 사태가 발생했다.

창문에서 거대한 배가 내려온 것이었다. 거대한 곤돌라가 증설된 폴니르였다.

입을 떡하니 벌리고 경직한 그들은 그 직후 갑판 위에서 활기차게 팔을 흔드는 토인족 소녀 한 명을 발견했다.

그녀— 시아는 씩씩하게 울리는 목소리로 아이들이 가슴속에서 기대하던 말을 외쳤다.

"여러부우우운! 구하러 왔어요오! 다 같이! 집으로! 페어베르겐으로! 돌아가요오오오오!!"

아문 상처, 등 뒤의 제도, 풀린 구속구, 인솔하는 용사, 미지의 탈것, 그리고 거기에 타고 자신들을 맞이하러 온 동족 소녀.

현실이, 불가능하다고 포기한 미래가 그들 가슴으로 밀려왔다.

잠깐의 정적이 지나고……

—와아아아아아아아아아아아아!

땅을 뒤흔드는 환성이 터졌다. 모두 하나같이 눈물을 흘렸고 옆에 있는 사람끼리 부둥켜안으며 기쁨을 표현했다.

"집으로 돌아간다, 라……"

함교에서 디스플레이 너머로 그 광경을 보던 하지메가 나직이 중얼거렸다.

그 표정은 도저히 한 마디로는 표현할 수 없었다.

부러움인가, 공감인가, 아니면……

이유가 뭐가 됐든 그것은 대단히 인간미 있는 표정이었다.

하지메의 손이 약하게 쥐어졌다.

옆에는 상냥한 눈으로 빤히 바라보는 유에가 있었다.

하지메는 살짝 미소 짓고는 아인들을 맞이하기 위해 폴니르 조종에 집중했다.

그런 하지메의 등을, 카오리와 티오뿐 아니라 다른 학생들도 따뜻한 눈초리로 바라보았다.

에필로그

【마국 가란드】는 현재 초상집처럼 숙연한 정적에 싸여 있었다.

왕성이 존재하는 마도에는 남녀노소 할 것 없이 모두 목소리를 죽이고 자국의 앞날을 수군거렸다. 그 내용은 결코 밝지 않았다.

모두 불안과 절망을 얼굴에 떠올리고 왕성으로 구원을 바라는 듯한 눈길을 힐끔힐끔 보냈다.

원인은 하나였다.

인간족과 마인족의 정세를 결정할 핵심 임무이자 최대 규모 작전—【하일리히 왕국】 및 【성교 교회 총본산】 침공 작전이 실패로 끝났다.

아니, 실패라는 표현은 지나치게 얌전했다.

패배였다. 의심의 여지가 없는 대패였다. 10만을 넘는 마물 군세, 정예 마인족 병사 중 무려 90퍼센트 가까운 병력을 잃었으니까.

출진하기 전 마도 근교에 펼쳐진 평야에 질서 정렬하게 도열한 군세를 보고 사람들은 확신했었다. 이 힘 앞에서 인간족 따위는 감히 대항할 엄두조차 내지 못하리라.

그런데 막상 뚜껑을 열어 보니 현실은 어떤가?

인간족이 그다지도 강력했단 말인가? 자신들은 선택받은 종족이 아니었던가? 반공(反攻) 작전이 시작되진 않을까? 그렇게 되면 조국은 승리할 수 있을까?

사람들은 모두 가슴속에 품은 불안을 조금이라도 덜어내기 위해 가까운 사람들과 의미 없는 말을 주고받을 수밖에 없었다.

아직 마왕이나 프리드 장군에게서도 아무런 발표가 없기 때문이었다.

한편, 그 왕성 안은 성 밖 이상으로 침통한 분위기에 잠겨 있었다.

많은 동포를 잃었다. 그것도 전혀 예상하지 못한 방법으로. 단순하게 정면에서 전쟁을 벌여 패한 것이 아니었다. 그랬다면 적어도 그들은 책임 소재를 지휘관에게 물을 수 있었겠지. 육두문자를 퍼부으며 화풀이든 정당한 탄핵이든 무슨 수를 썼을 것이다.

하지만 일개 병졸에 이르기까지 그런 생각은 하지 않았다.

대체 누가 하늘에서 쏟아지는 빛의 기둥 단 일격에 군대가 괴멸하리라고 상상이나 하겠는가?

애초에 지나치게 큰 피해를 입어 모두 망연자실할 뿐, 책임 소재를 논할 기력조차 없었다.

그런 성내 분위기를 피부로 느끼던 사내가 자신의 집무실에서 작은 목소리를 냈다.

"큭."

옷가슴을 찢어 버릴 듯이 움켜쥐고 어금니가 깨질 정도로 강하게 이를 악물었다. 미간에는 주름이 깊었고, 단정한 얼굴이 지금은 귀면이라고 해도 이상하지 않은 수준이었다.

그것은 군부 최고 사령관, 장군의 지위에 있는 프리드 바그어였다.

"난 왜 이리도 무능하단 말인가."

진심으로 자신의 한심함을 벌주고 싶었다. 아직도 쑤시는, 그 금발 소녀가 되살린 수많은 상처조차 자신을 벌하기에는 한참 부족했다.

패전 보고는 이미 마왕에게도 했다. 하지만 신의 대변자이자 경애하는 마왕은 프리드를 벌하려고 하지 않았다.

그 자리에서 처형당할 각오까지 되어 있었다. 물론 유일한 신대 마법 사용자인 프리드를 그리 쉽게 버릴 수는 없겠지만, 프리드 본인의 거짓 없는 심정을 말하자면 죽음에 필적하는 벌을 받고 싶었다. 지금 이 순간에도 책임감과 마왕 폐하, 그리고 위대한 신의 기대에 부응하지 못한 부끄러움에 프리드는 미칠 것 같았다.

문득 누가 집무실 문을 두드렸다. 입실 허가와 동시에 부하가 뛰어 들어왔다.

"보, 보고합니다! 방금 전령부에서 제국과 수해에 관한 보고가 들어왔습니다!"

"다발로스와 디보프 부대인가! 결과는?! 어떻게 됐지?!"

왕도 침공 작전이 실패로 끝난 지금, 적어도 두 작전만은 성공했길 바라며 기도하는 마음으로 물었다. 하지만 보고하러 온 부하의 굳은 표정을 보고 감정이 속절없이 빠져나가는 것을 느꼈다.

"옛. 제도에 막대한 피해를 주는 데는 성공했습니다. 하지만 디보프 소대는…… 황제 살해에 실패, 전멸했다고 합니다."

"……그래. 신과 폐하께 목숨을 바쳤나……."

프리드는 크게 한숨 쉬었다. 황제 살해에 실패하면 퇴각하라고 명령했었지만 원래 퇴로가 마땅하지 않은 작전이었다. 죽기 살기로 도망치기보다 결사의 각오로 싸움에 임할 가능성은 예상했었다. 신의 전사에게 어울린다고 치하해야 할까, 살아날 여지마저 버렸다고 분개해야 할까.

프리드는 머리를 흔들고 보고를 계속하라고 눈짓했다.

"수해 공략은…… 완전히 실패했다고 합니다. 큰 타격은 주었으나, 페어베르겐은 건재. 다발로스 소대는…… 전멸했습니다."

"뭐? 다발로스 부대가, 한 명도? 한 명도 퇴각조차 못 했단 말이냐? 아니, 잠깐만. 페어베르겐이 건재해? 그럼 다발로스 부대는 진정한 대미궁에 도전하지도 못했단 거냐? 설마 그럴 리가……."

"……보고에 의하면 조사를 위해 수해에 침입한 전령 부대 인원도 상당수 당했다고 합니다. 생존자 몇몇에 의하면…… 그 수해에는 토인족의 탈을 쓴 괴물들이 있다고……."

등줄기에 얼음덩어리가 흘러 들어간 느낌이었다. 괴물? 상식을 벗어난 토인족?

그 단어에 불현듯 자신에게 몇 번이나 고배를 마시게 한 백발 안대 소년과 그 곁에 있던 토인족 소녀가 떠올랐다. 프리드는 확신했다. 그리고 뇌리에 떠오른 소년에게 소리쳤다.

"네놈이냐……!"

"프, 프리드 님?"

부하가 당황한 것은 알았지만 프리드는 속에 열불이 치밀어 그를 배려할 여유가 없었다.

그곳에 있지도 않았으면서 자신을 방해한 그 소년에 대한 분노로 복장이 뒤집혔다.

그때 다시 노크 소리가 났다. 또 누가 왔나 보다.

눈을 질끈 감아 열이 오른 머리를 간신히 가라앉혔다.

몇 초 사이에 침착함을 되찾은 프리드는 입실을 허가했다.

"실례합니다. 장군님, 폐하께서 찾으십니다."

"으, 알겠다. 바로 찾아뵙겠다."

병사가 경례와 함께 전해 온 내용에 프리드는 한순간 경직하더니 곧 고개를 끄덕였다.

열흘가량의 대기 명령에 프리드의 마음도 한계에 다다른 참이었고 무엇보다 병사들과 백성들도 슬슬 참지 못할 시기였다. 기다리고 기다리던 호출에 조속히 알현실로 향했다.

문 앞을 지키는 병사들이 프리드를 보고 경례했다. 알현실로 들어가자 마왕의 모습이 보였다. 마왕은 프리드에게 등을 돌리고 옥좌 뒤에 걸린 큰 액자, 신의 모습이 담긴 그림을 보고 있었다.

"폐하. 프리드 바그어, 부름을 받고 왔나이다."

무릎을 꿇고 고개를 숙였다. 얼마 동안 마왕은 대답하지 않았다.

프리드에겐 마치 빛 하나 없는 암흑 속에 내던져진 것 같은 불안이 이어졌다. 이윽고 마왕은 신의 그림에서 눈을 떼지 않고 입을 열었다.

"제국과 수해에 관해선 들었느냐?"

"예. 방금 보고받았나이다. 이것도 모두 제 생각이 얕아 벌어진 일이옵니다. 변명할 여지가 없습니다."

마왕에게서 훗, 하고 작은 웃음소리 같은 것이 흘러나왔다.

"네 계획에 잘못은 없었다. 모든 것은 예상하지 못한 변수 때문이지."

"하오나—."

마왕은 말을 끊듯이 끼어들었다.

"그것보다 프리드. 저번 보고 내용을 다시 한 번 들려 다오."

"예, 옛? 보고 내용, 말씀이옵니까?"

"그렇다. 네가 교전했다는 금발 홍안 소녀. 아무리 큰 상처를 입어도—『재생』한다고 했으렷다?"

"……『재생』…… 예. 폐하의 말씀대로 그것은 치유라고 하기보다 『재생』이라 표현함이 옳은 현상이었나이다."

"그리고 주문도 마법진도 쓰지 않았다. 겉모습은 아직 앳된 티를 벗지 못했다. 맞느냐?"

"예. 그렇사옵니다."

다시 마왕에게서 훗, 하고 웃음소리 같은 것이 흘러나왔다. 하지만 프리드에겐 방금과는 그 소리의 의미가 조금 다르게 느껴졌다.

"······폐하?"

당혹감이 드러나는 프리드의 부름에 마왕은 목을 가다듬으려는 듯 헛기침을 한 차례 했다.

"프리드. 대부분 작전이 실패로 돌아가고 왕도 침공에서는 침공군이 괴멸적 타격을 입었다. 이곳 가란드에는 네 마물을 포함해 충분한 전력이 있으나, 병사, 백성 할 것 없이 모두 불안이 크리라 생각한다."

"······모두 제 부덕의 소치입니다. 모든 책임은 제게—."

"책임을 묻는 것이 아니야. 널 부른 이유는 따로 있다."

코를 바닥에 붙이다시피 머리를 조아리는 프리드에게 마왕은 말했다.

"—신탁이 내려왔다."

"그건······!"

프리드는 일찍이 단 한 번, 직접 그 천명을 받은 적이 있었다. 마인족이 신봉하는 신『알브 님』의 말을 떠올리고 무심결에 도취될 뻔한 프리드는 간신히 정신을 현실에 묶어 놓았다.

일언반구도 흘려들을 수는 없다며 마음을 다잡았다. 당연했다. 하늘의 뜻을 지상에 전달하는 신의 대변자인 마왕의 말은 곧 신의 말씀이었다.

마왕은 엄숙하게 입을 열었다.

"사도를 보낸다. 뜻대로 이용하라. 그리고— 이레귤러와 그와 관련된 자들을 내 앞으로 데리고 오라」그렇게 말씀하셨다."

"예? 이, 이곳에 놈들을 말씀이옵니까?! 하오나 그건······!"

보통은 있을 수 없는 일인지라 프리드는 신의 뜻이라는 말을 듣고도 대꾸하려고 했다. 조금 전까지 가슴속에 휘몰아치던 그 소년과 동료에 대한 분노와 증오 때문이었다.

하지만 다행히도 그 말이 나오기 전에 프리드의 말은 가로막혔다.

갑자기 시선 앞에 쏟아진 빛의 기둥에 의해서.

"이, 이건?! 폐하, 물러나십시오!"

프리드는 설마 자객인가 하고 경계했지만 마왕은 손을 한 번 털어 제지했다.

눈부시고 성스럽기까지 한 빛을 뿜는 그것은 알현실 천장을 뚫고 쏟아지더니 곧 폭발했다. 무심결에 손으로 눈을 감싼 프리드의 시선 앞에 한쪽 무릎을 꿇은 사람이 한 명 보였다.

아름다운 은색 머리에 신화 속 발키리 같은 장엄한 차림새. 마음을 빼앗기지 않을 수 없는 완벽한 외모. 그리고 생기가 느껴지지 않는 푸른 눈동자. 너무나 아름다워 인간미가 희박한 여자는 조용히 일어섰다.

"─신의 사도 『에르스트』라고 합니다. 주인님의 명을 받아 마왕 폐하 아래에서 만난을 물리치겠습니다."

"잘 와주었다. 그대에게 거는 기대가 크다."

멍하게 있는 프리드 앞에서 신의 사도와 마왕이 인사를 나눴다. 마왕은 동요한 프리드에겐 개의치 않고 이야기를 진행했다.

"에르스트. 노인트라는 그대의 동포는 그 이레귤러에게 패했다고 들었는데…… 무슨 문제가 있겠느냐?"

"없습니다. 노인트는 어디까지나 저희 중 하나에 불과합니다."

무슨 뜻이지? 무심결에 프리드가 묻기 전에 그 답은 밝혀졌다.

5, 600명이 들어와도 여유가 있는 이 넓은 알현실 공중에 차례차례 빛이 소용돌이쳤다.

백 개는 거뜬히 넘지 않을까 싶은 그 모든 빛에서 사람이 나왔다. 스르륵 스미어 나오듯 나타난 것은 모두ㅡ.

"폐, 폐하! 프리드 장군님! 밖에, 왕성 밖에 엄청난 수의 여자가! 똑같은 얼굴을 한 여자가 출현했습니다!"

황급히 달려온 병사의 말에 프리드는 퍼뜩 정신을 차렸다.

바로 공간 마법으로 게이트를 열어 바깥 상황을 공중에서 조감했다. 보이는 것은 왕성 앞에 정렬한 신의 사도였다. 눈으로 헤아려도 그 수가 400은 됐다.

그리고 지금 알현실에 나타난 신의 사도가 대략 100여명.

모두 에르스트, 그리고 사망했을 노인트와 같은 얼굴, 같은 모습이었다.

기계처럼 전혀 감정이 느껴지지 않는 목소리가 들렸다.

"신의 사도 500명. 패배란 있을 수 없습니다."

프리드는 떨었다. 그리고 모든 병사가, 모든 국민이 똑같이 떨었다.

이 땅에 강림한 성스러운 신의 사도를 우러러보며.

ㅡ아아, 역시 마인족이야말로 신에게 선택받은 종족이다.

라며…….

"프리드. 새로운 명을 내리겠다. 사도와 함께 수행하라."

"명, 받들겠나이다!"

자신감과 위엄에 조금의 흔들림도 없는 자신의 왕을 보며 프리드는 이루 말할 수 없는 감동을 느꼈다. 그리고 마왕의 새로운 명령을 들으면서 그런 생각을 했다.

그러고 보니 폐하도— 금색 머리와 붉은 눈동자를 가지셨다고…….

덜컹덜컹, 엉덩이에 좋지 않은 진동이 이어지는 마차 안에서 한 노인이 한숨을 내쉬었다.

동승한 여성이 인상을 찌푸렸다.

"시몬 님. 이제 그만 포기하세요."

"말이야 쉽지. 아, 우울하구먼. 내가 왜 왕도에 가야 하나 모르겠어."

다시 여보란 듯이 한숨 쉬었다. 그리고 여성에게로 힐끔 시선을 던졌다.

왕도로 향하는 긴 여정에서 몇 번이나 오간 대화에 여성의 인내심이 드디어 바닥났다.

"아, 정말 좋알좋알 시끄럽네! 할아버지! 제발 그만 좀 하세요! 막 출발했을 때라면 몰라도 오후에는 왕도에 당도한다구요! 언제까지 구질구질하게 꿍얼대실 생각이세요! 그러고도 성교 교회 사제예요?!"

"그치만……."

"안 귀여워요! 쭈그렁 할배가 손가락 깨물어 봤자 징그럽기만 하다고요!"

여성은 손가락을 깨물고 귀여운 척하는 노인의 손을 찰싹 쳐서 떨어뜨렸다.

과하게 아파하는 노인의 이름은 시몬 리베랄. 백발에 비춰색 눈동자, 그리고 거무스레한 피부가 특징인, 올해로 76세가 된 성교 교회 사제였다.

"아이고, 마부 양반. 손녀가 날 들들 볶는구려! 나 좀 살려 주게!"

"평소처럼 무시하셔도 돼요! 늙은이가 실없이 하는 소리니까!"

"네, 네에~."

마부도 다 아는지 머뭇거리며 대답했다.

시몬이 요즘 젊은이는 노인을 공경할 줄 모른다며 이번에는 훌쩍거렸다.

동승한 시몬의 18세 손녀— 시빌 리베랄은 노골적으로 짜증이 난 표정을 지었다. 금발에 비취색 눈동자, 갈색 피부를 가진 대단한 미인이었지만 그만큼 짜증 난 표정에는 박력이 있었다.

그러나 시빌도 성직자를 꿈꾸는 사람이며 기본적인 심성은 온화했다. 그런 그녀를 화나게 하는 것은 대개 할아버지인 시몬이었다.

"실없는 소리가 안 나오게 생겼어? 릴리아나 전하께서 보내신 편지 내용도 믿어지지 않는 마당에 나를, 나를…… 으으, 각혈할 것 같아."

"그야 기분은 이해하지만요……. 애초에 왜 변방으로 좌천된 할아버지를 이제 와서……."

"릴리아나 공주님께서 어리실 적, 내가 아직 총본산에서 추방되기 전에는 자주 말동무가 되어드렸지. 그걸 기억하고 계셨던 게야. 하지만 아무리 그래도 그렇지……."

"……그렇죠. 아직도 현실을 직시하지 못하겠어요. 아니, 하기 싫다고 해야 하나?"

왕국에서 급서를 가진 파발마가 온 것이 약 두 시간 전이었다.

무슨 일이냐고 물으니 사자는 편지 한 통을 시몬에게 건넸다. 왕녀의 친필 서한이었다.

분명히 한때 시몬은 총본산 주교 지위에 있었고 당시에 릴리아나와 접점이 있었다. 그러나 섣불리 아인 차별에 이의를 제기하는 바람에 【그류엔 대사막】 북부에 있는 작은 마을 사제로 좌천당한 것이 벌써 10년 전 일이었다.

능구렁이처럼 둘러대서 이단 낙인은 면했지만 이질적인 가치관을 가진 그가 왕족과 관계를 가질 수 있을 리 없었다. 그래서 추방 이래 릴리아나와는 얼굴도 마주한 적이 없었다.

그런 시몬이었기에 왕녀의 친필 서한을 봤을 때는 아들 내외와 함께 죽을 만큼 놀랐다.

심지어 그 편지 내용이 또 놀라웠다.

—성교 교회 총본산 붕괴. 교황을 포함한 왕도 성직자 전원 순직.

대체 무슨 일이 있었길래?! 일가 가족이 입을 모아 그렇게 외쳤다.

편지를 가지고 온 자가 왕족의 사자라는 증표를 꺼내 진실임을 증명하지 않았다면 틀림없이 누군가가 사기를 치는 거라고 의심했을 것이다. 아직도 조금 의심스러울 정도였다.

그리고 편지에 적힌 『의뢰』 내용이 바로 지금 시몬이 앙탈을 부리는 이유였다.

—시몬 리베랄을 새로운 교황으로 추거한다. 조속히 왕도로 올 것.

왜?! 일가 가족이 입을 모아 그렇게 외쳤다.

편지를 가지고 온 자가 왕족의 사자라는 증표를 꺼내 진실임을 증명하지 않았다면 틀림없이 누군가가 사기를 치는 거라고 의심했을 것이다. 아직도 조금 의심스러울 정도였다.

일단 릴리아나도 다양한 요소, 사정을 숙고한 끝에 시몬을 선택했지만 본인에게는 청천벽력이었다.

"그래도 조금 뜻밖이었어요. 일단 전하의 편지에는 나이를 고려해 자진 사퇴해도 된다는 말도 있었잖아요? 게다가 교황 추천과 관계없이 다른 지방에서도 사제를 소집하셨다고 하고, 할아버지는 왕도를 싫어하시고…… 분명히 거절하실 줄 알았어요."

"흠. 그러고 싶은 마음은 굴뚝같지만……."

그 한순간 시빌은 무의식중에 움찔 떨었다. 순간 할아버지의 분위기가 일변해 압도될 뻔했다. 시몬은 곧 평소의 익살스러운 분위기로 돌아왔지만 시빌은 자세를 바로 하고 왜냐고 되물었다.

"별건 아니야. 오래된 구전이 생각나서 조금 확인해 보고 싶어졌을 뿐이지."

"구전이요? 우리 집안에 말인가요?"

"너에게도 항상 하던 말이란다. 물론 구전의 일부분이지만."

할아버지의 의미심장한 말에 고개를 갸웃거린 시빌은 의문스럽게 신음하며 생각했다.

시몬은 진지한 손녀에게 살며시 미소 짓고는 창밖으로 시선을 돌렸다.

그 시선이 향한 곳에 드디어 그리운 왕도가 보이기 시작했다.

【하일리히 왕국】 왕도에 도착한 시몬은 일단 튀었다.

사사건건 잔소리하는 손녀를 숙련된 마법으로 속이고 왕도의 번잡한 거리로 뛰어든 것이었다.

참고로 지금은 사제복 위로 여행용 로브를 껴입고 있었다. 가보인 『공간 확장 가방』을 몰래 가져온 덕택이었다. 은근히 국보급인 이 아티팩트에는 시몬이 자랑하는 도망 도구가 한가득이었다.

"흐음, 제법 심각하게 당했구먼. 마인족도 너무하지."

10년이면 강산도 변한다지만 기억 속 왕도가 『파괴』라는 형태로 변했다는 사실에 마음이 아팠다.

여기저기서 복구 작업 소리가 들리는 가운데, 시몬은 76세라고는 생각하지 못할 건강한 다리로 거리를 척척 나아갔다.

"……총본산이 사라진 건 진실이었어. 하지만 그런 것치고는 제법……."

사람들은 앞을 보며 살아가고 있었다. 총본산의 위광은 그다지도 가벼웠던가?

시몬은 이 위화감이 석연치 않았다.

편지에는 총본산 붕괴에 관한 자세한 내용은 적혀 있지 않았다. 그것은 교황을 이어받은 사람이 아니면 전할 수 없는 중요한 내용이라고 짐작했다.

그래서 자신의 눈으로 왕도 백성들을 보고 싶었던 것인데…… 솔직히 예상 밖이었다.

시몬은 이야기를 듣지 않고서는 모르겠다며, 건물을 수리하던 인부들이 마침 휴식을 취하려는 것을 보고 말을 걸었다.

그렇게 해서 듣게 된 내용에는 놀라움을 감출 수 없었다.

선신 에히트 님의 이름을 사칭하는 악신 에히트? 하늘에서 내려온 빛의 기둥? 만군이 소멸?

"……별 희한한 이야기를 지어냈구먼. 에히트 님에게 무슨 원한이라도 있는 건가?"

이건 백성들 사이에 불씨를 심는 시나리오가 아닌가? 시몬은 눈을 찌푸렸다. 머릿속에서는 온갖 의문이 소용돌이쳤다.

그때, 조금 흉흉한 소음이 귀를 찔렀다. 그곳을 보니 여러 사내가 말다툼을 벌이는 것 같았다.

"또야? 이번에는 또 뭐래?"

이야기를 듣던 인부 한 명이 인상을 쓰며 말했다.

"자주 있는 일인가?"

"요즘은 그렇수. 교회가 그 사달이 나서 다들 불안한 거요."

역시 전혀 영향이 없진 않나 보다.

그러는 사이 말다툼은 싸움으로 번졌다. 그리고 기어코 한 사람이 떠밀려 수리 중인 건물 바깥 기둥에 격돌했고, 휘청한 기둥 위에서 건축 자재가 낙하했다.

"조심해!"

인부가 소리쳤다. 동시에 작은 말소리가 들렸다.

"─『천절』."

그 직후, 반짝이는 다수의 장벽이 낙하물을 모두 받아 냈다. 친절하게 자재가 파손되지 않도록 받아 내는 순간 살짝 가라앉으며 충격까지 완화했다.

"지, 지금 그거 어르신이 한 거요?"

영창을 생략한 즉시 전개. 범상치 않은 기량이었다. 시몬에게 이목이 쏠렸다. 그리고 그들은 봤다. 시몬이 실수로 펄럭이고 만 로브 안쪽에 있는 순백색 사제복을……

"서, 성교 교회 사제님?"

"아, 아니, 나는 그게……"

성직자를 모두 잃은 왕도에 사제가 나타났다. 당연히 왕도 백성의 눈은 희망을 찾은 것처럼 반짝였고 정보는 순식간에 전파됐다. 시몬은 허둥지둥 얼굴을 감췄지만…… 이미 엎질러진 물이었다.

숨어서 왕도의 상황을 확인하려고 했는데 손녀에게 들켜서 끌려갈 거야! 초조해하는 시몬에게 왕도 백성들이 몰려들었다.

"부디 우리에게 은총을!"

"으음, 이제 끝인가……"

시몬이 잠행을 포기하려고 한 그때, 갑자기 늠름하고 젊은 목소리가 들렸다.

"거기! 이게 무슨 소란이야! 또 싸움 났어?!"

소녀가 밤색 머리를 흔들며 경쾌하게 달려오고 있었다. 그녀를 본 순간 사람들이 입을 모아 「사도님!」이라고 외쳤다. 그녀는 한순간 싫은 표정을 지은 뒤 인파 중심에 있는 시몬을 봤다. 시몬은 「사도님」이라는 말에 순간 놀랐지만 눈빛으로 호소했다.

'아가씨! 구해줘! 날 여기서 데리고 나가줘!'

'잘은 모르겠지만 할아버지가 데리고 가 달라는 눈으로 보고 있어.'

눈치가 좋은 아가씨였다.

"여러분. 힘들 때지만 싸움은 정도껏 하세요. 이제 곧 새로운 교황님도 오신다고 해요. 우리 같이 힘냅시다!"

소녀가 그렇게 말하자 사람들은 공손히 고개를 숙였다. 그리고 눈을 빛내면서 시몬을 봤다.

시몬은 식은땀을 줄줄 흘리며 소녀의 눈짓을 받고 서둘러 인파에서 빠져나왔다.

소녀는 잠시 걸음을 재촉해 시몬을 인기척 없는 곳으로 안내했다.

"후유, 살았군. 고맙네, 아가씨. 괜찮다면 이름을 들어도 되겠나?"

"어, 아, 아뇨. 뭐 대단한 일이라고……."

소녀는 조금 쑥스러운 듯 눈을 피하고 볼을 긁적이며 이름을 말했다.

"유카예요. 소노베 유카."

"유카 아가씨구먼. 다시 한 번 감사하네. 그나저나 사도님이라고 불리던데……."

"아, 그거요……. 그렇게 호들갑스러운 게 아니에요. 많이 있는 애들 중 한 명일 뿐인걸요, 뭘."

애매하게 웃는 유카를 보고 시몬은 눈을 살짝 가늘게 떴다.

"뵙게 되어 영광일세. 하지만 사도님이 친히 거리를 순찰하는가? 왕도에 사람이 부족하긴 부족한가 보구먼."

"그런 이유도 있지만 단순히 싸움이 늘어서 그래요. 마음의 지주였던 교회가 없어져서 다들 불안한 거겠죠. 많은 사람을 잃기도 했고요. ……할 수 있는 일이 있으면, 뭐든 해야죠."

유카는 그렇게 말하고 먼 곳을 봤다. 동쪽 방면이었다. 그리고 들릴 듯 말 듯 한 조그만 목소리로 중얼거렸다.

"그러지 않으면, 여기 남은 의미도 없으니까……."

귀가 좋은 시몬에게는 똑똑히 들렸다. 사도라고 불리는 눈앞의 소녀를 빤히 바라봤다.

"뭔가? 유카 아가씨. 젊은 처자가 귀엽구먼. 제국에 좋아하는 남자라도 있는 겐가?"

"아, 안 좋아하거든요?! 그보다 그런 거 아니에요! 뜬금없이 무슨 소리예요!"

유카는 얼굴이 새빨개져서 반박했다. 동요가 이만저만이 아니었다.

시몬은 시치미를 떼고 능청스럽게 대답했다.

"아니, 보이는 그대로 말했을 뿐이네만? 남자가 여행을 떠나 버렸고, 사실은 따라가고 싶었지만 사정이 있어서 그러지 못했다. 적어도 먼 땅에서나마 님을 그립니다. 그런 얼굴이었어."

"구체적이야! 아니, 그런 거 아니에요. 잘못짚으셨어요. 전, 전 그냥……."

유카는 뭐라고 말하려고 했지만 남에게 할 이야기가 아니라고 생각했는지 고개를 젓고 입을 다물었다. 딴에는 숨기고 있다고 생각할 근심 어린 얼굴로 이곳을 뒤로하려고 했다.

"저 이만 가 볼게요. 방금 무슨 일이 있었는지는 자세히 모르지만 할아버지도 조심하시고—."

"괜찮다면 이야기해 보겠나?"

말꼬리에 겹쳐지도록 들린 말이었다. 유카는 말문이 막혔다. 바로「됐어요」라고 말하지 못한 것은 이 노인의 눈이 무척 상냥했기 때문이었을까?

"이래 보여도 남의 이야기를 듣는 게 일이라고 할 수 있네. 걱정에 빠진 젊은이를 보면 그냥 지나치기가 어려워. 어떤가? 마음에 맺힌 생각은 말로 하면 편해지는 법이라네."

그러나 낯선 사람에게 할 이야기가 아니기에 유카는 망설였다.

시몬이 말을 이었다. 그 목소리에 강제하는 느낌은 전혀 없었다. 그저 감싸 안는 듯한 따스함이 있었다.

"어차피 지나가는 인연 아닌가. 하물며 이런 갈 날 머지않은 노인에게 들려주어 부끄러울 것이 뭐가 있겠나. 오히려 오래

산 만큼 내 인생이 더 부끄러울 게 많지!"

노인은 장난기를 듬뿍 담아 말했다. 유카는 무심코 웃음을 흘렸다.

미워하기 힘든 노인이었다. 흘러나오는 분위기가 온화하기 때문일까?

유카는 평소라면 절대 그러지 않겠지만 왠지 말해보고 싶은 충동에 휩싸였다.

"아하하, 그럼 조금만 들어주실래요? 뭐, 고민이라고 할 만한 것도 아니지만요."

유카는 근처에 있는 벤치에 앉아 한 번 숨을 내쉬었다.

그리고 낯선, 하지만 어딘가 포근한 노인에게 속내를 털어놓았다.

"어떤 사람이 날 구해줬어요. 두 번이나. ……첫 번째는 목숨을 구해줬죠."

떠오른다. 뼈밖에 없는 소름 끼치는 괴물이 아무런 주저도 없이 자기 머리에 검을 내려치던 순간이. 죽음의 기운을 명확하게 느꼈다. 하지만 그것은…….

─괜찮아! 냉정해지면 저런 뼈다귀는 아무것도 아니야!

약하다를 넘어 무능하다고까지 욕먹던 그가 물리쳐줬다.

"두 번째는 마음을 구해줬어요."

떠오른다. 한 번은 마음이 꺾였지만 그래도 뭔가를 해야 한다고 일어섰다. 하지만 마음 깊은 곳에 뿌리내린 죽음의 공포, 트라우마는 쉽게 사라지지 않았고…….

—너 같은 녀석은 죽지 않아.

나락 밑에서 기어 올라온 소년이 한때 건네준 말. 근거는 없어도 확신했다. 나는 분명히 죽지 않는다. 진심으로 살고자 하는 한 죽지 않는다. 까닭도 없이 그렇게 생각했다.

스스로 생각해도 신기할 정도로 트라우마는 약해졌고 맞서 싸울 용기를 가질 수 있었다. 왕도가 절체절명의 위기에 빠졌을 때도 바로 움직일 수 있었던 것은 그 말이 있었기 때문이었다.

"뭔가 돌려주고 싶어요. 헛된 일이 아니었다고 걔한테 보여주고 싶어요. 걘 신경 쓰지도 않겠지만 전 뭔가를 돌려주고 싶어요."

유카는 다시 동쪽 하늘을 올려다봤다. 그리고 한숨 쉬었다.

"그렇지만 전 아무런 재주도 없고 걔가 필요로 하는 건 아무것도 가지지 않았어요. ……너무, 머네요. 점점 앞으로 가버려서."

"기다려 달라고는 말하지 않은 게냐?"

시몬의 의문에 유카는 어떻게 그러냐며 우습다는 것처럼 웃었다.

"그러니까 그런 말을 할 관계가 아니라니까요?"

"그래……?"

시몬은 유카의 옆얼굴을 신기하게 바라봤다.

유카는 잠깐 뜸을 들이고 근심의 원인을 입에 담았다.

"어쨌든 은혜도 못 갚는 제가 너무 한심하다는 이야기예요……."

봐요, 고민이랄 것도 없죠? 그렇게 말하듯 유카는 멋쩍게 웃었다.

시몬은 턱을 만지며 유카에게 물었다.

"흠, 그래서 유카 아가씨는 은인을 떠나보내고 『적어도 이 정도는 해야겠다』는 생각으로 가능한 일을 하고 있단 건가?"

"대충 맞아요. 싸우지 못하는 애들도 많지만 그래도 전 조금은 싸울 수 있으니까요……. 게다가 만에 하나의 사태도 있을 수 있고……. 방금 말한 것처럼 사고도 잦아서 순찰을 돕기도 하고……. 걔하고는 아무 관계도 없는 일이지만요."

시몬은 흠흠, 하며 고개를 주억거리더니 직후 얼굴을 활짝 펴고 유카를 칭찬했다.

"대단하구먼. 『멈추지 않고 할 수 있는 일을 한다』. 음, 쉽게 할 수 있는 일이 아니지."

"따, 딱히 그렇게 대단한 일은……."

직설적인 칭찬을 받고 유카는 왠지 친할아버지와 이야기하는 듯 낯간지러운 기분이 들었다. 자연스럽게 볼이 붉어지고 시선이 이리저리 흔들렸다.

그런 유카를 보고 흐뭇하게 미소 지은 시몬은 계속해서 말했다.

"사람은 바로 멈춰 서 버려. 누구든 반드시 그렇지. 할 수 있는 일을 한다…… 그게 제법 어려운 일이야. 그러니까 유카 아가씨는 대단한 거야. 이 할아버지는 앞으로도 그렇게 살아가면 될 거라고 생각해."

"이렇게 살아가요?"

"그래. 언젠가 그 은인이란 사람도 멈춰 서는 날이 올 게야. 지쳐 버려서든 여행이 끝나서든, 반드시 멈춰 설 테지. 그때 지금처럼 하면 돼. 유카 아가씨가 할 수 있는 일을 하면 되는 게야."

유카는 눈을 크게 떴다. 마음속에 낀 안개에 빛이 내리쬔 기분이었다. 천천히 머릿속 톱니바퀴를 돌리며 생각해 봤다.

"……내가 할 수 있는 일."

시몬은 입을 다물고 어떤 답을 내려고 하는 유카를 바라봤다. 그리고 얼마간 평온한 시간이 흘러갔고 유카는 작게 말했다.

"……저희 집. 양식점…… 그러니까 음식점인데요."

"호오?"

"동네에서는 제법 유명해서 단골손님도 있는 가게예요……. 전 우리 가게를 좋아해서 커서 이어받을 생각이었죠."

시몬은 『었다』라는 말에 조금 얼굴이 흐려졌지만 아무 말도 하지 않고 귀를 기울였다.

"요리 실력에는…… 제가 말하기도 부끄럽지만 자신 있어요. 커피나 홍차도 잘 끓이고요. 그러니까 제 말은…… 만약, 만약 걔가 여행을 끝내고 함께, 다 같이 돌아갈 수 있다면……."

유카의 표정에서 근심의 그림자가 훌훌 날아간다. 시몬은 그런 광경을 본 것만 같았다.

포근하게 웃는 유카를 따라 시몬도 덩달아 미소 지었다.

"걔를 우리 가게에 초대할래요. 그리고 우리 집이 자랑하는 음식을 배 터지게 먹일 거예요!"

"그거 좋구먼. 음, 보아하니 조금 기분이 풀린 것 같군. 얼굴이 좋아졌어."

유카가 의미도 없이 다리를 휘휘 저었다. 쑥스러워하는 것이 한눈에 보였다. 볼은 홍당무처럼 익었다.

시몬은 그런 유카를 흐뭇하게 바라본 뒤, 무척 신경 쓰이는 질문을 했다.

"그런데 유카 아가씨, 그 『양식』이란 건 대체 어떤—."

그 순간, 왕도 전체가 떠나갈 듯한 포효가 들렸다!

"하아아알배애애애애! 드디어 찾았다아아아아아!"

"히익?! 손녀가 마귀 같은 얼굴로?!"

길 멀리서 두두두두 달려오는 손녀를 발견하고 시몬은 노인이라고는 생각할 수 없는 거동으로 벤치에서 튀어 나갔다. 그리고 어? 어? 하며 상황을 이해하지 못하는 유카에게 말했다.

"난 가 보겠네, 유카 아가씨. 자네 미래가 자유로운 의사 아래 결정되길 빌겠네!"

"네? 아, 예. 고, 고맙습니다?"

"잘 있게!"

시몬은 아름다운 크라우칭 스타트를 끊었다. 그리고 「지금 난 바람이 된다!」는 느낌으로 쌩하니 달려 사라졌다.

그 뒤를 따라 역시나 엄청난 속도로 달리는 시빌이 쫓아갔다.

휘웅, 하고 바람이 뒤따랐다.

"대, 대체 뭐야?"

그 뒤에는 당황한 유카만이 남았다.

"할아비를 때려? 어디서 배운 버릇인지 원……."

시몬은 왕궁 정원을 산책하며 정수리를 문질렀다. 도망친 후 딱히 반전도 없이 허망하게 붙잡힌 시몬은 손녀에게 머리를 쥐어박히고 그대로 왕궁까지 끌려왔다.

"그나저나…… 어처구니없는 이야기를 들었구먼."

왕궁에 도착한 후, 시몬과 시빌은 루루아리아 왕비와 란델 왕자, 재상과 알현했다.

최대한 사람을 물리고 잠정적이라도 좋으니까 교황 자리에 앉아 백성의 심적 지주가 되어 달라는 그들의 의뢰에, 오히려 시몬은 총본산 붕괴의 진실을 말해 달라고 요구했다. 그러지 않으면 성교 교회 최고위직에는 도저히 앉을 수 없다면서…….

그들은 릴리아나가 추천한 인재라면 믿을 수 있다며 발설하면 무조건 엄벌에 처한다는 서론을 깔고 진실을 털어놓았다.

그 결과 극심한 충격에 빠진 시빌은 지금도 앓아누워 있었다.

연륜 덕분인지 시몬은 어찌어찌 냉정하게 진실을 받아들였다. 그래도 역시 마음을 정리할 시간은 필요했다. 지금 이렇게 산책을 하는 이유도 그 때문이었다.

왕궁 안뜰의 아름다운 화단을 무심히 바라보며 한참을 걷는데 화단 뒤로 사람이 보였다.

"거기 누가 있소?"

"응? 아, 안녕하세요."

화단과 화단 사이에서 머리를 빼꼼 내민 사람은 키가 작은 여자아이였다.

"음, 안녕하신가, 아가씨. 혹시 내가 방해했나?"

"아, 아뇨, 아니에요! 잠깐 멍하게 있었을 뿐이에요."

그녀의 표정에는 쓴웃음이 떠올라 있었다. 아무래도 무슨 고민이 있어서 조용한 곳에서 상념에 잠겨 있던 모양이었다.

"흐음, 그런가? 실은 나도 잠깐 멍하게 있던 참이라네. 마음이 차분해지는 조용한 장소를 찾고 있었지. 아가씨, 괜찮다면 함께 있어도 되겠는가?"

"아, 네. 괜찮아요. 오세요."

그곳으로 돌아가자 화단 사이에 벤치가 있었다. 그녀는 방금까지 거기에 앉아 있었나 보다.

시몬은 웃으며 고맙다고 한 뒤 자리에 앉았다. 여자아이도 분위기에 휩쓸려 함께 앉았다.

"저기……."

"아이고, 자기소개를 아직 안 했구먼. 내 이름은 시몬이네. 그냥 늙은이지."

"그, 그러신가요? 전 하타야마 아이코예요. 아이코가 이름이에요. 그리고 스물여섯 살이고요."

"뭣이?!"

신의 진실에 이은 충격이었다. 시몬은 눈을 까뒤집었다. 까딱 잘못하면 하늘로 승천할 뻔했다.

아이코는 역시 더 어리게 봤구나, 하며 씁쓸하게 웃었다. 아이 취급에 익숙하게 대응하는 모습이 참 애잔했다.

얼버무리듯 헛기침한 시몬은 다시 벤치 깊숙이 몸을 묻어 한숨을 푹 쉬었다. 그리고 그대로 명상이라도 하려는지 눈을 감았다.

귀로 들어오는 것은 바람이 꽃들을 쓰다듬는 소리뿐이었다. 조용하고 평온한 시간이었다.

얼마 동안 그러고 있는데 문득 시몬이 눈은 감은 채 입을 열었다.

"뭔가 하고 싶은 이야기라도 있는가? 아이코 양."

"네?!"

"아까부터 한숨을 쉬거나 내 쪽을 돌아보는 것이 마음이 조금 불안해 보이는구먼. 불편하다면 난 다른 곳으로 가겠네만……."

"죄, 죄송해요. 불편하단 생각은 전혀 안 했어요. 그저 시몬 씨가 고민이 있으신 것처럼 보여서……."

"자기랑 똑같다고 생각했다고?"

"아, 그게, 아하하…… 네."

시몬은 천천히 눈을 뜨고 아이코가 놀랄 정도로 상냥한 표정으로 말했다.

"난 고민한 게 아니네. 그냥 잠깐 마음을 정리했을 뿐이지."

"마음을 정리……."

"그래. 아이코 양. 필요하다면 내가 아이코 양의 마음 정리를 도와도 되겠는가?"

"네……?"

시몬의 온화한 눈빛을 보고 아이코는 추억 속 은사를 연상해 저도 모르게 「선생님……」이라고 중얼거렸다. 그리고 아차 하며 얼굴을 붉혔다.

"괜찮네. 선생님이 아이코 양의 이야기를 들어보지."

"으으."

마치 어린애가 실수로 다른 여성을 『엄마』라고 부른 것 같은 창피함이었다. 아이코는 부끄러움에 몸을 떨면서도 시몬의 포근한 분위기에 휘말려 정신을 차리자 입을 열고 있었다.

"그게…… 신경 쓰이는 사람이 있어요."

"좋구먼. 내가 그런 이야기를 좋아하지. ……하지만 상당히 침울해 보이는걸."

"이것저것 문제가 있다 보니……."

의아해하는 시몬에게 아이코는 결심한 것처럼 말했다.

"하, 학생과 선생님은 안 된다고 생각해요! 게다가 그 사람에겐 이미 좋아하는 상대가……!"

"그렇군. 상대는 처자식 딸린 선생님……."

"선생님은 저예요!"

"그랬지. 스물여섯이랬지. 요지경일세……."

시몬은 대략적인 사정을 짐작하고 고민스럽게 턱을 문질렀다.

"그게 그리 문제인가? 방법이 있지 않나? 예를 들면 학생이 아니게 될 때까지 기다린다거나……."

"한 번 학생은 영원한 학생이에요!"

"흠. 그럼 아이코 양이 선생님을 그만두면?"

"그것만은 절대로 안 돼요."

고민하는 기색도 찾아볼 수 없는 단호함이었다.

시몬은 조금 눈을 크게 뜨고 다시 물었다.

"……교사 일에 상당한 신념이 있나 보구면. 그래. 그래서 그런 고민을……. 아이코 양에게 선생님이란 뭔가? 꼭 들어보고 싶어."

진지한 눈빛이었다. 아이코는 무심코 숨을 들이켰다. 단순히 재미 삼아 묻는 것 이상으로 강한 마음이 느껴졌다.

잠깐 망설인 후, 아이코는 자세를 고치고 말을 골라가며 천천히 이야기했다.

"학생 시절 크게 신세 진 선생님이 계세요. 엄하고 잘 웃지도 않으시는, 뭐라고 해야 할까…… 옛날 할아버지 선생님이셨죠."

대부분 학생은 싫어했으리라. 정년도 가까워서 빨리 그만두면 좋겠다는 말까지 들렸다. 아이코에게도 껄끄러운 선생님이긴 했다.

"제 고향은 엄청 시골이라서 오랜 명가나 지역 유지의 영향력이 꽤 강한 곳이었어요. ……그때 그 집안 아이가 법에 저촉되는 일을 저질렀죠."

전부터 제법 유명한 문제아였다. 부모의 영향력을 자기 능력이라고 생각하는 유형의 사람이었다. 그는 그날 절도를 저질렀다. 순간 마가 꼈다는 정도의 동기였을 것이다. 절도품은 고급 산악자전거. 한참을 타고 놀던 그는 우연히 아이코를 발견하고 어떤 생각을 떠올렸다.

"그는 저희 집 창고에 그 자전거를 두고 갔어요. 아마 그냥 장난이었겠죠."

"왜 아이코 양 집이었지?"

아이코는 쓰게 웃었다.

"당시 전, 뭐랄까, 잘못된 일을 보면 절대로 그냥 넘어가는 법이 없는 그런 애였거든요."

한마디로 반장 타입이었다. 남학생의 장난에도 일일이 걸고 넘어지며 잘못이 있으면 꼬치꼬치 지적해 내 말이 틀렸냐고 되묻는 학생. 사춘기 남자에게는 특히 눈엣가시였을 것이다.

"그 애는 장난이었을지 몰라도 절도는 절도예요. 피해 신고가 들어와 경찰이 출동했죠."

"그래서 아이코 양 집에서 물건을 발견하고 아이코 양이 의심받은 게로군?"

"네. 동기도 없고 키가 작아 탈 수도 없는데 말이죠. 경찰은 제가 범인이라고 단정했어요."

"대충 알겠군. 그 애의 부모가 입김을 넣었구먼? 영향력이 있다고 했지?"

아이코는 다시 씁쓸하게 웃으며 고개를 끄덕였다.

"아무리 결백을 주장해도 많은 사람은 믿어주지 않더라구요. 물론 가족과 정말로 친한 사람들은 별개였지만…… 시골이라서 소문이 퍼지는 것도 순식간이었죠. 경찰이 찾아온 이

틋날엔 동네 사람들이 절 보는 눈이 달라져 있었어요."

속마음은 달랐을지도 몰랐다. 특히 교사들의 떳떳하지 못한 분위기는 압력에 굴했기 때문이었으리라. 거스르면 그 지방에 있을 수 없게 된다. 그 사실을 두려워해서 외면해 버린 것이었다. 누구에게나 사랑받고 언제나 친절하게 대해주던 선생님조차 아이코와 눈을 마주치려고 하지 않았다.

"그런 와중 은사님만은 달랐어요. 제 이야기를 듣고 그때까지 본 적 없을 정도로 화를 내셨죠. 제게 화를 낸 게 아니에요. 경찰과 주변 사람들에게죠."

학우도 교사도 다른 사람들도 믿어주지 않는 가운데, 누구에게나 미움을 사던 선생님은 믿어줬다.

"선생님께서 백방으로 노력하셔서…… 제 혐의는 풀렸어요. 하지만 그 대신……."

은사는 지역 유지의 분노를 사서 설 자리를 잃었다.

"……교사 생명을 걸고 학생을 지켰군. 참으로 훌륭한 분이야."

"네. 제가 존경하는 분이에요."

아이코는 자랑스럽게 웃었다. 그래서 그 사람 같은, 무슨 일이 있어도 학생 편이 되는 교사를 목표로 했다. 그렇게 은사에게 약속하고 이곳에 있었다.

"그러니까 교사직을 그만둘 순 없고 그럴 생각도 없어요."

시몬은 아이코의 결의와 그 이유를 듣고 이해했다며 고개를 주억거렸다. 아이코는 그저 자신의 의지를 충실히 따르고 싶은 것이다.

하지만 인생에는 풍파가 따르는 법. 인간의 신념은 언제나 시험받는다. 품어서는 안 될 마음을 품게 되거나 믿었던 것이 거짓임을 알게 되거나 하며……

항상 신념을 관철한다면 그것이 이상적이겠지만 보통은 그렇게 되지 않아 타협하거나 포기하게 마련이다.

그러나 아이코는 그럴 수 없다고 한다. 교사의 긍지가 있기 때문에. 학생의 모범이 되고 싶기 때문에.

그 결과, 교사라는 이유로 벽에 부딪치고 모순을 끌어안았다. 그렇다고 허락되지 않은 마음을 포기할 수도 없었다.

"좋은 이야기를 들었어. 하지만 아이코 양은 제법 귀찮은 성격이구먼그래."

"그, 그건 너무해요! 저도 조금 그렇게 생각하긴 하지만!"

말과는 반대로 시몬의 표정은 무척 다정했다. 아이코의 신념과 고민하는 모습이 그의 마음을 결정지었다.

가슴을 찌르는 말에 울상이 된 아이코에게 시몬은 감사의 눈빛을 보내며 말했다.

"교사를 절대로 그만둘 수 없다면 어쩔 수 없지. 포기하라고 말하고 싶지만…… 그럴 수 있었으면 애초에 고민도 안 했겠지."

"……네."

선생님이면서! 선생님이면서! 그렇게 자기 혐오에 빠지며 화단 사이에 틀어박혀 끙끙 앓을 정도로 고민했다. 시몬은 그런 아이코에게 말했다.

"길은 언제나 두 갈래밖에 없다네. 물러나거나 앞으로 나아가거나, 그 둘 중 하나야."

음색이 변했다. 분위기가 변했다. 아이코는 흠칫 놀라며 시몬을 봤다. 그의 비취색 눈동자가 똑바로 아이코를 바라보고 있었다. 그곳에 있는 그는 장난기 있는 노인이 아니라 마치 이야기 속에 나오는 현자 같았다.

"물러나면 아이코 양은 후회할 게야. 하지만 지금까지 쌓아 올린 것을 잃지 않고 끝나지. 앞으로 나아가면 바람을 이룰 수 있을지도 모르지만 대신 동경해서 결의하고 노력해서 거머쥔 교사라는 긍지를 자기 손으로 더럽히게 될지도 몰라."

아이코는 묵묵히 경청했다. 시몬은 조금 부드러운 분위기로 돌아와 말을 이었다.

"긍지와 바람. 저울질하기는 어렵지. 내가 어떻게 해야 할지 말해줄 순 없지만…… 기껏 생겨난 바람이 아닌가? 아이코 양이 갓 태어난 그 바람을 무작정 버리지 말고 소중히 했으면 좋겠구면."

"갓 태어난 바람을, 소중히 한다……."

말을 되새긴 아이코는 생각에 빠진 것처럼 땅을 봤다. 다시 조용한 시간이 찾아왔다.

그러고선 얼마나 지났을까? 얼마 뒤 아이코는 조금 근심이 풀린 얼굴을 보였다.

"후후, 뭔가 멋진 표현이네요. 그래도 걸어가려면 힘든 길…… 가시밭길이 될 것 같은걸요……."

"가시밭이 아닌 길이 어디 있는가? 있다고 해도 그 앞에서 얻을 것에 과연 가치가 있겠나?"

"……그렇죠. ……그래도 기왕 태어난 마음이니까 무턱대고 잘라 버리기보다 더 긍정적으로 생각해 볼게요."

"그래. 마음 자체에는 선도 악도 없어. 자네가 자유로운 의사로 소망하는 미래를 쟁취하길 멀리서나마 기도하겠네."

"고맙습니다."

시몬이 본래 성격 좋은 할아버지 같은 분위기로 돌아와 말하자 아이코는 웃는 얼굴로 감사했다.

그 후로 아이코와 잠깐 잡담을 나눈 시몬은 그녀와 헤어진 뒤 다시 왕비에게 알현을 신청했다. 교황 추천에 대한 답을 주기 위해서였다.

시몬의 결단에 왕비와 왕자, 재상은 감사를 표했다. 그리고 그들과 앞으로의 방침을 논의하고 밀담용 방에서 나온 시몬에게 손녀가 말을 걸었다.

"할아버지…… 그 모습을 보니, 받아들이신 건가요? 왜죠?"

아무래도 방 앞에서 기다린 모양이었다. 진실과 직면해 기절한 시빌은 어떻게든 정신을 차린 것 같았다. 평소대로 강한 의지가 깃든 눈빛으로 시몬을 바라봤다.

"신에 관한 이야기와는 별개로 필요한 일이라고 생각했단다. 게다가 사도님, 아니, 소환해 버린 아이들에게도 힘이 되어주고 싶구나."

가벼운 발걸음으로 어슬렁어슬렁 돌아다니던 시몬도 그저

놓고 다닌 건 아닌 듯했다.

정보를 모으고 그것을 토대로 숙고를 거듭해 결단하기 위해 돌아다닌 것이었다.

그것을 알기 때문에 시빌은 난감하게 눈썹을 내리떴다.

시몬은 그런 손녀를 보며 『리베랄 가문 사람으로서 받아들인 또 하나의 이유』를 밝혔다.

"시빌. 마차 안에서 한 리베랄 가문의 구전에 관한 이야기를 기억하느냐?"

"네. 물론 기억나죠. 평소 자주 하는 어떤 말이 구전의 일부라고 하셨죠?"

"그래. 우리 집 직계 자손에게만 때가 되면 전해지는 그 말을 지금 알려주마."

왜 하필 지금? 당황하는 시빌에게 시몬은 주위로 차음(遮音) 마법을 사용하며 노래처럼 낭랑하게 말했다.

『저항하는 이의 아이들아, 하늘을 우러르며 살아라.

신의 의지가 은색 날개가 되어 강림하고 신의 위광을 세계에 떨치리라.

기대지 말지어다. 침묵하고 고개 숙여 그늘에 몸을 숨겨 미래를 생각하라.

언젠가 반역의 적자(赤子)가 첫울음을 터뜨릴지니.

귀를 열고 눈을 떠 마음을 정하라.

저항하는 이의 아이들아, 그대들의 미래가 자유로운 의사 아래 결정되기를.』

　신기한 여운이 시빌의 가슴속을 뚫고 지나갔다. 시몬은 말을 잃은 손녀에게 말했다.

　"이제는 거슬러 올라갈 수도 없을 만큼 아득한 옛날, 선조님이 남겼다는 구전, 아니, 예언 같은 거란다. 신기하게도 리베랄 가문 직계 자손은 이 말을 한 번 들으면 결코 잊지 않지."

　"……그러게요. 머릿속에 자연스럽게 들어왔어요. 이건, 이건 어떤 뜻인가요?"

　뭔가 절실한 마음이 담긴 시처럼 느껴졌다. 시빌은 자세를 잡고 물었다.

　"나도 전혀 몰랐어. 왕비님께 진실을 듣기 전까지는."

　시빌은 앗 소리를 냈다. 동시에 등에 얼음 덩어리가 흘러든 것처럼 오싹했다.

　정말로, 정말로 이건 마치 예언 같지 않은가?

　계보도 따져 볼 수 없을 만큼 오래전 리베랄 가문의 조상은 머나먼 미래를 내다보았단 말인가……?

　"리베랄 가문의 직계 자손은 쭉 이 구전의 의미를 생각해 왔어. 이번 소집에 응한 것도 어쩌면 내 대에서 그 뜻을 알게 되지 않을까 하는 희망을 품었기 때문이야. 그러니까 나는 귀를 열고 눈을 떠, 그리고 마음을 정했지."

　"할아, 버지…… 그 말은……."

　뭔가 거대한 존재, 혹은 유구하게 이어진 역사의 심연 앞에서 몸을 떠는 손녀를 보며 시몬은 선언했다.

"사람들의 미래가 자유로운 의사 아래 결정되기 위해서 나는— 교황이 될 거다."

눈앞에 있는 사람은 정말로 자신의 할아버지일까? 단호한 의지를 내세우며 패기에 찬 할아버지를 앞에 둔 시빌은 그렇게 생각했다. 하지만 곧 자연스럽게 고개를 숙였다.

시몬은 도와 달라고 말하며 다시 걸어 나갔다. 그리고 엄숙하게 각오를 다진 것처럼 뒤따르는 시빌에게 마침 떠오른 말을 건넸다.

"아 참, 구전을 전수한 직계 자손에게 전해야 할 것이 하나 더 있구나."

"이미 머릿속이 터질 것 같은데요……."

"별건 아니다. 리베랄 가문에는 계승해야 할 두 개의 이름이 있단다."

"두 개의 이름이요? 미들 네임 같은 건가요?"

"그렇지. 정식으로 이름을 소개하면 나는 시몬 L. G. 리베랄이야."

"L…… G……? 그럼 전 『시빌 L. G. 리베랄』인가요?"

고개를 갸웃거리는 시빌에게 시몬은 그것이 무슨 이름의 이니셜인지 밝혔다.

"L은 리브. G는…… 그류엔이다."

그리고 웃으며 덧붙였다.

"허허허, 왜 이런 이름이 붙었는지는 전해지지 않지만 옛날에는 리브라는 땅도 있었는지도 몰라."

　잠깐의 정적 후—.

"왜 대사막 이름이 우리 가문 이름에?!"

　시빌의 절규가 메아리쳤다.

■작가 후기

흔해빠진 직업으로 세계최강 제7권을 읽어주셔서 정말로 감사드립니다.

중2를 좋아하는 시라코메 료입니다.

이번 이야기는 어떠셨나요?

웬일로 대미궁 공략도 없고 하지메 일행이 무쌍을 찍지도 않았습니다. 그저 숲 속 토끼들이 깡총깡총, 적의 목도 뎅강뎅강할 뿐인 이야기였죠.

그런데도 불구하고 웹 버전과 비교하면 볼륨이 약 1.5배로 늘어났습니다.

왜냐?

하우리아들을 그리는 게 즐거웠습니다!

집필에 흥이 오르면 쓸데없이 문자 수가 늘어나는 나쁜 버릇이 있습니다만 이번 권이 그 버릇이 발동한 좋은 예가 되겠습니다.

담당 편집자님께 「……하우리아 부분, 길지 않아요?」라고 지적을 받기도…….

사실 이래 봬도 대폭 잘라 낸 것입니다.

담당 편집자님과 마찬가지로 「하우리아 너무 길어!」라고 생각하신 여러분. 「시라코메 이 인간 못 말리네」란 생각으로 부디 관대하게 용서해주십시오.

다음으로 번외편에 관한 이야기입니다만 신 캐릭터가 등장했습니다. 네, 새로운 교황님입니다.

그가 나타난 이유는 『교회는 날아갔는데 신앙은 사라지지 않았다』는 6권의 흐름을 위해 교회를 재건할 존재가 필요하다고 생각했기 때문이었습니다. 그러나 또 하나 큰 이유가 있죠.

동시 발매하는 외전 「흔해빠진 직업으로 세계최강 제로 1」과 조금이라도 연결점을 만들고 싶었기 때문입니다.

주인공 일행뿐 아니라 새로운 교황과 같은 토터스 세계의 인간에게도 계승되는 것이 분명히 존재한다는 사실이 조금이라도 전해졌으면 좋겠다고 생각합니다.

뭐, 단순히 「외전도 잘 부탁해요!」라는 제 마음의 외침이기도 하지만요.

속 보이는 짓을 해서 죄송합니다.

아, 그리고 《애니화》 된다고 합니다. 애니화요…….

놀랍지 않습니까? 아직 믿어지지 않습니다. 그렇지만 실현된 이유는 언제나 지갑을 열면서까지 응원해주시는 여러분 덕분입니다. 그야말로 무한한 감사! 압도적 감사!

끝으로 이 책과 관련된 분들께 감사 인사를 드리겠습니다.

매번 멋진 일러스트를 그려주시는 타카야Ki 선생님, 담당 편집자님, 교정자님, 코믹스를 그려주시는 RoGa 선생님, 스핀오프 만화 「흔해빠진 일상에서 세계최강」을 그려주시는 모리 미사키 선생님, 그 외 출판에 힘써 주신 관계자 여러분.

그리고 이 책을 읽어주신 독자 여러분, 「소설가가 되자」 유저 여러분.

항상 정말로 감사합니다!

앞으로도 「흔해빠진」을 잘 부탁드리겠습니다!

시라코메 료

흔해빠진 직업으로 세계최강 7

1판 1쇄 발행 2018년 5월 10일
1판 5쇄 발행 2023년 11월 3일

지은이_ Ryo Shirakome
일러스트_ Takaya-ki
옮긴이_ 김장준

발행인_ 최원영
편집장_ 김승신
편집진행_ 권세라 · 최혁수 · 김경민 · 최정민
편집디자인_ 양우연
관리 · 영업_ 김민원

펴낸곳_ (주)디앤씨미디어
등록_ 2002년 4월 25일 제20-260호
주소_ 서울시 구로구 디지털로 26길 111 JnK디지털타워 503호
전화_ 02-333-2513(대표)
팩시밀리_ 02-333-2514
이메일_ lnovellove@naver.com
ㄴ노벨 공식 카페_ http://cafe.naver.com/lnovel11

ARIFURETA SHOKUGYOU DE SEKAISAIKYOU 7
ⓒ 2017 by Ryo Shirakome
First published in Japan in 2017 by OVERLAP, Inc.
Korean translation rights reserved by D&C MEDIA Co., Ltd.
Under the license from OVERLAP, Inc., Tokyo JAPAN

ISBN 979-11-278-4491-2 04830
ISBN 979-11-278-1840-1 (세트)

값 7,400원

*잘못된 책은 구매처에 문의하십시오.

태양을 품은 소녀 1권

나나사와 마타리 지음 | 루케이치 안드로메다 일러스트 | 김성래 옮김

실험 번호 13번.
숫자로 불리며 고아원에서 특별한 교육을 받고 자랐던 붉은 머리의 소녀.
고아원을 나와 노엘이라는 이름을 갖게 된 소녀의 꿈은 단 하나.
『행복해지고 싶어』

후계자 분쟁으로 난국을 겪는 코임브라 군의 병사가 되어
비범한 무력과 계책으로 소녀는 금세 두각을 드러냈다.
무기는 불꽃을 뿜는 두 갈래의 창.
전투의 끝에 『행복』이 있다 믿으며 소녀는 전장을 달려 나간다.

해님이 밝게 비치는 한 결코 죽지 않을 테니까.

라이트노벨의 새로운 빛! L노벨의 신간은 매월 10일에 발매됩니다. http://cafe.naver.com/lnovel11

일반공격이 전체공격에 2회 공격인 엄마는 좋아하세요? 1~2권

이나카 다치마 지음 | 이이다 포치. 일러스트 | 이승원 옮김

"이제부터 이 엄마와 함께 실컷 모험을 하는 거야.", "맙소사……"
고교생 오오스키 마사토는 그렇게 염원하던 게임세계로 전송되지만,
어찌된 영문인지 그의 어머니이자
아들이라면 껌뻑 죽는 마마코도 따라오는데?!
길드에서는 「아들의 연인이 될지도 모르는 애들이니까」라는 이유로
마사토가 고른 동료들에게 면접을 실시하고,
어두운 동굴에서는 반짝반짝 빛나는데다,
무릎베개로 몬스터를 재우는 걸로 모자라,
전체공격에 2회 공격인 성검으로 무쌍을 찍는 등
아들인 마사토가 질릴 정도로 대활약을 하는데?!
현자인데도 유감스런 미소녀 와이즈,
치유계 여행 상인인 포타를 동료로 맞이한 그들이 구하려는 것은
위기에 처한 세계가 아니라 부모자식간의 정.

**제29회 판타지아 대상 〈대상〉 수상작인
신감각 모친 동반 모험 코미디!**

곰 곰 곰 베어 1~5권

쿠마나노 지음 | 029 일러스트 | 김보라 옮김

게임이 현실보다 재밌습니까?—YES
현실 세계에 소중한 사람이 있습니까?—NO

……온라인 게임 설문 조사에 대답했을 뿐인데
말도 안 되는 이세계(아마도)로 내던져진 나, 유나.
은둔이 경력 3년의 폐인 게이머.
맨 처음 장착하게 된 장비템이 『곰 세트』라니…….
이게 무어야—!?
하지만 세고 편하니까 뭐, 괜찮으려나?
울프를 쓰러뜨리고, 고블린을 쓰러뜨리고
극강 곰 모험가로서 일단 해볼까요.

은둔형 외톨이 소녀, 이세계에서 무적의 곰 모험가가 되다!

검사를 목표로 입학했는데
마법 적성 9999라고요?! 1~2권

넨쥬무기챠타로 지음 | 리이츄 일러스트 | 김보미 옮김

「하지만 전 전사학과에서 검객이 되고 싶어요!」
일류 검사를 꿈꾸는 소녀 로라는 불과 아홉 살에 모험가 학교에 합격.
「검사 친구가 많이 생겼으면 좋겠다」는 기대에 부푼다.
그리고 다가온 입학식 날. 로라는 검 적성치 측정에서 경이로운 107점을 기록.
보통의 학생은 50~60이기에 로라는 틀림없이 검 천재다.
그런데 하는 김에 마법 적성치도 측정한 결과…… 무려 『전 속성 9999』!!
전대미문의 압도적 수치에 학교 전체가 들썩. 마법학과로 즉시 전과 결정♪
검객이 되고 싶은 바람과는 반대로 로라는 천재 마법사로 쑥쑥 커가고
순식간에 마법학과의 어느 선생님보다도 강해지는데…….
인기 폭발 학원 판타지!!

라이트노벨의 새로운 빛! L노벨의 신간은 매월 10일에 발매됩니다. http://cafe.naver.com/lnovel11